Arena-Taschenbuch
Band 51229

Für Sacha,
der früher ein Nowhere Man war
und jetzt ein Somewhere Man ist.

M. A. Bennett
hat venezianische Wurzeln, wurde in Manchester geboren und wuchs im nordenglischen Yorkshire auf. Nach ihrem Studium der Geschichte in Oxford und Venedig studierte sie Kunst und arbeitete als Illustratorin, Schauspielerin und Filmkritikerin. Außerdem war sie Tour-Designerin mehrerer Rockbands, unter anderem von U2 und den Rolling Stones. Sie lebt mit ihrer Familie in Nordlondon.

M. A. Bennett

SIEBEN

Spiel ohne Regeln

Aus dem Englischen
von Bea Reiter

Ein Verlag in der Westermann Gruppe

www.blauer-engel.de/uz195
- ressourcenschonend und umweltfreundlich hergestellt
- emissionsarm gedruckt
- hauptsächlich aus Altpapier
MI6

Dieses Druckerzeugnis wurde mit dem Blauen Engel ausgezeichnet.

FSC www.fsc.org
RECYCLED
Papier aus Recyclingmaterial
FSC® C110508

5. Auflage im Arena-Taschenbuch 2026
Für die deutschsprachige Ausgabe:

Rottendorfer Str. 16, 97074 Würzburg
arena-service@westermanngruppe.de
Die Originalausgabe erschien 2018 unter dem Titel *The Island* bei Hot Key Books, einem Imprint von Bonnier Zaffre, London.

Aus dem Englischen von Bea Reiter
Innenillustrationen: Hot Key Books
Umschlaggestaltung: Niklas Schütte, unter Verwendung von Bildern von © Schutterstock.com/sumroeng chinnapan; K_Dreamcatcher und © stock.adobe.com/Miniloc; freshidea
Umschlagtypografie: Sibylle Bader
Gesamtherstellung: Westermann Druck Zwickau GmbH
Gedruckt in Deutschland
ISSN 0518-4002
ISBN 978-3-401-51229-7

Besuche den Arena Verlag im Netz:

www.arena-verlag.de

»Niemand ist eine Insel ganz für sich allein ...«
John Donne

* * *

Die Personen auf der Insel

Lincoln Selkirk: Der Nerd
Flora Altounyan: Die Außenseiterin
Sebastian Loam: Die Sportskanone
Miranda Pencroft: Die Klassenschönheit
Ralph Turk: Der Kriminelle
Jun Am Li: Die Streberin
Gilbert Egan: Der Trottel

Erste Platte

Ode an die Freude

Ludwig van Beethoven (1785)

PROLOG

Das Erste, woran ich mich erinnern kann, ist der Sand auf der Insel. Ich machte die Augen auf und sah Sand, nichts als Sand, total aus der Nähe, als würde er unter einem Mikroskop liegen. Das hört sich jetzt vielleicht bescheuert an, aber bis zu dem Moment hatte ich nicht gewusst, dass Sand von Nahem genauso aussieht wie eine Menge winzig kleiner Felsbrocken, die zusammenkleben wie dieser krümelige braune Zucker, den es in England gibt. An der Seite, auf der mein Kopf am Boden lag, fühlte sich mein Schädel irgendwie flach gedrückt an, als hätte er sich von einem runden englischen Fußball zu einem ovalen amerikanischen Football verformt.

Ich blinzelte und versuchte, meine Umgebung zu erkennen. Irgendetwas kam auf mein Gesicht zu. Es war warmes Salzwasser. Als es in meinen Mund spritzte, musste ich würgen, dann zog es sich so genauso schnell zurück, wie es gekommen war. Ein paar Sekunden später war es wieder da und dieses Mal hatte es etwas mitgebracht. Ich streckte eine Hand aus, die nicht mir zu gehören schien, packte das schwarze Gebilde, das wie eine Spinne aussah, und hielt es mir vors Gesicht. Es war meine Brille, die ich für vier Pfund bei *Tiger* gekauft hatte. Sie war noch heil.

Ich setzte mich auf. In meinem Kopf pochte es auf einmal schmerzhaft. Nachdem ich die Brille im Meerwasser gewaschen hatte, setzte ich sie auf, aus reiner Gewohnheit. Das Wasser fiel von den Gläsern wie Tränen auf mein Gesicht. Es war so heiß, dass die Tränen fast sofort trockneten. Ich bewegte meinen Kiefer. Er tat weh. Als ich mit der Zunge über meine rechte Zahnreihe fuhr, fühlte es sich ein bisschen wacklig an. Aber ich konnte keine Lücken ertasten, nur die scharfe Kante des Zahns, der abgebrochen war, als mir mal eine reingehauen wurde. Meine Mom hatte mir wochenlang in den Ohren gelegen, dass ich zum Zahnarzt sollte, aber ich war einfach nicht dazu gekommen. Jetzt würde ich vermutlich noch erheblich länger damit warten müssen.

Ich begutachtete den Rest von mir. Er sah nicht so aus, als hätte er etwas abbekommen. Meine dürren weißen Arme waren okay und meine dürren weißen Beine schienen auch in Ordnung zu sein. Ich hatte keinen Spiegel, daher konnte ich meinen Football-Kopf nicht untersuchen, aber nach einem Blick auf mein Hemd hatte ich den Eindruck, dass mein Oberkörper ebenfalls unverletzt war und so aussah wie immer: schmal und schwächlich, mit ungefähr so vielen Haaren, wie Homer Simpson auf dem Kopf hatte. Erbärmlich für einen Sechzehnjährigen, aber völlig intakt. Das weiße Hemd und die Khaki-Shorts, die ich im Flugzeug getragen hatte, waren ein bisschen schmutzig und an einigen Stellen zerrissen und irgendwie hatte ich es geschafft, meine Sneaker zu verlieren – meine großen weißen Füße waren nackt. Aber für jemanden, der gerade vom Himmel gefallen war, schien ich in ziemlich guter Verfassung zu sein.

Ich blickte mich um. Ich war auf einer bilderbuchartigen SpongeBob-Insel gelandet, mit Palmen, türkisfarbenem Meer und blauem Himmel. Eine goldene Sonne brannte von oben auf mich herunter. Mir war noch nie in meinem Leben so heiß gewesen, nicht einmal, als wir noch in Palo Alto gewohnt hatten. In meinem Kopf konnte ich meinen eigenen Atem hören und außerhalb meines Kopfs hörte ich das Geräusch der Brandung, die an den Strand schlug und sich dann wieder zurückzog. Die Insel atmete auch.

Eine angenehm kühle Brise kam auf und dann fiel mir noch ein Geräusch auf: eine Art Flüstern, das der Wind in den Palmen verursachte. Die großen glänzenden Blätter wedelten hin und her, darunter hingen, immer paarweise, große grüne Kokosnüsse. Hinter den Palmen konnte ich eine dschungelartige Wildnis und einen hohen, mit frischem Grün bewachsenen Hügel erkennen. Natürlich wusste ich nicht von Anfang an, dass ich auf einer Insel war, aber es sah ganz klar wie eine aus. Im Sand hinter mir befand sich eine lange, bogenförmige Furche, als hätte mich jemand am Strand entlanggezogen, nachdem ich dort aufgekommen war. Über die gesamte Länge des Strandes verstreut lagen ein paar weiße Teile, die vom Flugzeug stammen mussten, in dem ich und meine Klasse gesessen hatten.

Ich stand langsam auf und spuckte Sand aus, während meine Beine zitterten wie die eines neugeborenen Fohlens. Augen, Nase und Mund waren voller Sand. Ich blinzelte und hustete und spuckte. Die rechte Seite meines Kopfs – die Seite, die eingedrückt war – tat tierisch weh. Aber das war mir egal. Ich drehte mich einmal um mich selbst und suchte alles ab, was ich bis zum Horizont erkennen konnte. Ich konnte keine Menschenseele sehen. Ich war allein.

In dem Moment hätte ich Angst bekommen sollen. Aber ich bekam keine. Fehlanzeige. Stattdessen führte ich einen kleinen Freudentanz auf und schwenkte die Hände über meinem Kopf hin und her wie einer dieser aufblasbaren, wild zuckenden Röhrenmänner, die manchmal an Tankstellen stehen. Trotz der Sandkörner in meiner Kehle sang ich ein paar ziemlich schief klingende Takte der »Ode an die Freude«. Jetzt fand ich es nicht mehr so ätzend, dass es die Melodie zu unserem Schullied war.

Meine Klassenkameraden waren tot. Sie waren alle tot. Und *das* war ein Grund zum Feiern.

Meine Mom hatte recht gehabt.

Der Nerd besaß die Erde.

Zweite Platte

Nowhere Man – The Beatles

John Lennon, Paul McCartney (1965)

DREI JAHRE VORHER

1
DESERT ISLAND DISCS

Für meine Spezies – der kleine Nerd – gibt es bestimmte Stereotypen, an die wir uns halten müssen. Wir mögen Wörter (ich kann sämtliche Dialoge aus *Star Wars* zitieren). Wir mögen Zahlen (ich kann Pi mit Hunderten Nachkommastellen auswendig). Und richtig gut sind wir, wenn es um Wörter *und* Zahlen geht (ich finde es toll, dass es *39 Stufen* oder *101 Dalmatiner* sind oder dass der Graf von Monte Christo »Nummer 34« genannt wurde). Wir mögen Computer. Wir mögen Marvel und DC. Wir können alles Mögliche bauen, aber mit Leuten reden können wir nicht. Wir können alles finden, nur keine Freunde. Wir mögen Mädchen, aber wir kriegen sie nicht. Und unter keinen, wirklich gar keinen Umständen machen wir Sport. Oder, wie es in meiner neuen Schule heißt, *Spiele.*

Spiele waren für mich immer Videospiele. Videospiele wären in Ordnung gewesen. Wie die meisten Angehörigen meiner Spezies bin ich ein ziemlich guter Gamer *(Fortnite. Uncharted 4. Link's Awakening* von *Zelda.* Und der Klassiker: *Myst.)* Klar, einige dieser Spiele können ganz schön brutal sein. Aber es ist alles virtuell und deshalb harmlos.

Die Spiele an meiner Schule waren anders.

Sie waren gefährlich.

Bis ich dreizehn war, hatte ich es geschafft, um Sportunterricht herumzukommen, ganz einfach deshalb, weil ich um Schule selbst herumgekommen war. Seit unserem Umzug nach England (bei dem ich noch ziemlich klein gewesen war) war ich zu Hause unterrichtet worden und konnte mir nichts Besseres vorstellen. Ich wurde an der amerikanischen Westküste geboren. Meine Eltern sind Wissenschaftler und unterrichteten an einem Hippie-College, an dem alle mit Batikklamotten und Birkenstock-Sandalen herumliefen und Kristalle sammelten. Und dann bekamen meine Wissenschaftler-Eltern beide eine Forschungsstelle an der Universität von Oxford in England und wir zogen nach Oxford.

An unserem neuen Wohnort mussten wir uns alle anpassen. Meine Eltern sehen aus, als wären sie direkt aus den 1970ern ins 21. Jahrhundert gebeamt worden. Mein Dad hat eine Wallemähne und einen Bart und trägt eine Pilotenbrille und Nylonhemden, die knistern, wenn man ihn umarmt. Die Haare meiner Mom reichen ihr bis zur Taille und sie läuft immer in bodenlangen Röcken herum. An der Universität von Palo Alto (ihrer alten Uni) wurden sie Paul und Marilyn genannt, sogar von ihren Studenten. Keinen von beiden hatte ich jemals in etwas anderem als Sandalen gesehen. In Oxford waren sie plötzlich Professor P. Selkirk und Professorin M. Selkirk und mussten richtige Schuhe tragen. Aber das schien ihnen egal zu sein. Sie schwärmten geradezu von der historischen Stadt und den alten Colleges und dem ganzen Kram und arbeiteten an einem bahnbrechenden neuen Verhaltensforschungsprojekt, von dem sie total begeistert waren. Und was mich anging, dachten sie, der Übergang von meiner alternativen amerikanischen Westküstenschule, an der eigentlich nur Malen mit Fingern und nicht viel mehr unterrichtet wurde, zu einer steifen britischen Privatschule in einer akademisch geprägten Stadt wie Oxford wäre vielleicht ein bisschen zu heftig. Und deshalb beschlossen sie, mich selbst zu unterrichten.

Da ich immer zu Hause war, kannte ich eigentlich gar keine anderen Kinder, bis ich dreizehn war. Klar, wenn die Kinder der Kollegen meiner Eltern Geburtstag hatten, wurde ich zu den Partys mitgeschleppt, aber ich schloss keine dauerhaften Freundschaften. Zum einen geht es in der akademischen Welt ziemlich wechselhaft zu, die Leute schwirren ständig in der Welt herum, weil sie irgendwo anders eine Forschungsstelle für dieses oder einen Lehrstuhl für jenes annehmen. Und deshalb waren die Kinder, die ich kennenlernte, sozusagen nur für zwei Sekunden in Oxford. Zum anderen war ich der Meinung, dass ich niemand anderen als meine Eltern brauchte. Ich fand es toll, dass sie mich unterrichteten. Sie arbeiteten an einer neu gegründeten modernen Fakultät, die »Institut für Verhaltenswissenschaften« hieß und zu einem wahnsinnig alten und wahnsinnig schönen College namens Trinity gehörte. Aber es war immer jemand zu Hause und dieser Jemand unterrichtete mich dann.

Auf dem Stundenplan standen Naturwissenschaften – natürlich –, Mathe, Englisch und sogar ein bisschen Latein, weil es, wie Dad immer sagte, die Wissenschaftssprache war. Und Politik, wofür ich mich von Anfang an interessierte, was an meinem Namen lag. Ich hatte mein ganzes Leben lang gewusst, dass ich nach Präsident Lincoln benannt worden war, aber aus irgendeinem Grund fragte ich meine Eltern erst, nachdem wir nach England gezogen waren, warum ausgerechnet nach *ihm.*

»Er ist mein Lieblingspräsident«, hatte Mom gesagt.

»Und wenn man nach einer bestimmten Person benannt ist, fängt man manchmal an, ihr nachzueifern«, fügte Dad hinzu. Sie redeten oft so, immer abwechselnd, einer nach dem anderen –

sie waren ein echt gutes Zweierteam, nicht nur bei der Arbeit, sondern auch zu Hause. »Das nennt man nominativen Determinismus.« Meine Eltern schraubten ihr geistiges Niveau nie für mich herunter, nicht einmal, als ich noch klein war. Sie erwarteten einfach von mir, dass ich alles verstand.

»Ihr wollt also, dass ich mit vierundfünfzig in einem Theater erschossen werde?«, fragte ich.

Sie lachten. »Nein, du Dummerchen«, erwiderte meine Mutter. »Ich dachte eher an die Art und Weise, in der er *gelebt* hat, nicht daran, wie er *gestorben* ist. Er war ein vorbildlicher Präsident mit einem starken moralischen Kompass. Wusstest du, dass er die Sklaverei abgeschafft hat?«

Na klar wusste ich das. »Ich glaube, das mit der Sklaverei ist abgehakt, Mom. Ich kann sie ja schlecht *noch mal* abschaffen.«

»An einigen Orten auf der Welt gibt es immer noch Sklaven«, wandte mein Vater ein. »Und deine Mom meint eigentlich, dass du eines Tages Präsident sein könntest.«

»Aber wir leben doch jetzt in England.«

»Macht doch nichts«, sagte Dad. »Viele Präsidenten haben eine Zeit lang in Oxford gewohnt. John Quincy Adams. JFK. Bill Clinton. Link, wichtig ist nur, dass du in den Vereinigten Staaten geboren wurdest. Das hast du übrigens uns zu verdanken.«

Meine Eltern nannten mich immer Link. Mit dem Link aus *Zelda* hat das aber nichts zu tun, falls das jetzt jemand denken sollte. Ich hielt es lange für eine Abkürzung von Lincoln, aber irgendwann sagte Dad einmal, dass sie damit angefangen hätten, mich so zu nennen, weil sie mich zu den Essenszeiten nie finden konnten. Ich war nämlich ständig mit irgendeinem Spiel beschäftigt, suchte Primzahlen auf einem Schachbrett oder baute ein Modellflugzeug oder etwas anderes. Mein Stuhl am Esstisch blieb immer leer, bis einer von ihnen laut seufzte, die Serviette hinlegte und sich auf die Suche nach mir machte. Und deshalb nannten sie mich dann »Missing Link« – wie diese Theorie der Überlieferungslücke in der Entwicklungsgeschichte. Sie lachten sich kaputt darüber, aber es dauerte *Jahre,* bis ich den Witz verstand.

Das war das Tolle daran, zu Hause unterrichtet zu werden. Es gab keine Struktur. Wenn ich gerade dabei war, etwas im Garten zu erfinden, ließen sie mich einfach machen, bis es so dunkel war, dass ich nichts mehr erkennen konnte. Wenn ich in ein Buch versunken war, das mich interessierte, ließen sie mich weiterlesen, bis mein Magen knurrte und ich mich nicht mehr auf die Geschichte konzentrieren konnte. Manchmal, wenn meine Eltern beide zu Hause waren, beschlossen sie beim Frühstück spontan, den Unterricht an diesem Tag ausfallen zu lassen und stattdessen einen Ausflug zu machen. Diese Ausflüge waren immer irgendwie pädagogisch, aber einem Nerd wie mir machten sie Riesenspaß. Wir fuhren mit dem Zug nach London und verbrachten ganze Tage im Natural History Museum, das, in dem Dinosaurierskelette stehen. Oder nach Stratford-upon-Avon, wo wir die Schwäne fütterten und uns dann ein Stück im Royal Shakespeare Theatre ansahen. Wenn ich jetzt so darüber nachdenke, fällt mir auf, dass mich meine Eltern zu einer Menge Theaterstücke mitgenommen haben. Das ist schon ein bisschen merkwürdig, wenn man bedenkt, dass ich nach einem Präsidenten benannt wurde, der in einem Theater erschossen wurde. Es waren auch Stücke darunter, für die ich eigentlich noch zu jung war. Ich kann mich noch gut an das erste Theaterstück erinnern, das ich in England gesehen habe. Ich glaube, da war ich erst acht. Es ging um einen Butler, der von seiner hochnäsigen englischen Oberklassefamilie wie ein Sklave behandelt wird, aber dann stranden er und die Familie auf einer einsamen Insel, wo sich alles umkehrt, und plötzlich ist er der Boss und sie sind seine Sklaven. Meine Eltern köderten mich dadurch, dass sie sagten, es sei von dem Typ, der auch *Peter Pan* geschrieben hätte. Ich war noch viel zu jung, um alles zu verstehen, aber ich fand es toll.

Die Abende verbrachten wir meistens zu Hause. Wir wohnten in einem alten Haus aus roten Backsteinen in einem hübschen Viertel von Oxford, das Jericho hieß, aus Gründen, die mir nie jemand erklärt hat. Nach dem Essen saßen wir immer in der Küche und hörten der Waschmaschine beim Schleudern zu, während im Radio eine ganz bestimmte Sendung lief. Für meine Eltern war das Beste an England die BBC und das Beste an der BBC war BBC Radio 4, und das Beste an BBC Radio 4 war *Desert Island Discs.*

Bei der Sendung ist jede Woche ein anderer Prominenter zu Gast, der sich vorstellen soll, dass es ihn als Schiffbrüchigen auf eine einsame Insel verschlägt. Die Moderatorin – sie hat einen unglaublich weichen (schottischen?) Akzent – fordert ihn oder sie dazu auf, sich acht Lieblingsmusikstücke auszusuchen, und dann fragt sie, warum es ausgerechnet diese Titel sein sollen, und spielt sie in der Sendung. Die Teilnehmer sind keine bekackten B-Promis wie die Kardashians, sondern richtig tolle Schauspieler, Wissenschaftler, Politiker und so. Sie dürfen sich auch ein Buch aussuchen. Die Bibel und *Shakespeares Gesammelte Werke* kriegen sie sowieso, wenn sie auf der einsamen Insel stranden, die brauchen sie nicht zu nehmen. Und dann können sie noch einen Luxusgegenstand nennen, zum Beispiel ein Klavier oder einen Whirlpool oder etwas in der Art. Es klingt ein bisschen verrückt, aber es ist cool. Offenbar läuft die Sendung seit einer halben Ewigkeit und hatte schon viele richtig tolle Gäste, Stephen Hawking zum Beispiel.

Am 1. April 1963 haben sie sogar die Zuschauer reingelegt und eine komplette Sendung mit jemandem gemacht, der von vorne bis hinten erfunden war. Sie dachten sich einen Typ namens Sir Harry Whitlohn aus, der angeblich Bergsteiger war, und engagierten einen Schauspieler, der mit seinen Expeditionen prahlte und Musik aussuchte und so. Das haben ihnen tatsächlich alle abgenommen. Das Konzept der Sendung besteht darin, dass die Musikauswahl einer Person mehr darüber aussagt, wie sie wirklich ist, als die kurzen Interviews, die zwischen den Songs geführt werden.

Mir gefiel *Desert Island Discs* wirklich gut, weil ich mich – musikalisch gesehen – nie als Kind meiner Zeit gefühlt habe. Die aktuelle Musik ist für mich mit den sozialen Medien verbunden (mit Künstlern wie Taylor Swift, die ihre Waren auf Instagram anpreisen) und soziale Medien sind für mich gleichbedeutend mit *Angst,* aus Gründen, die ich später noch erläutern werde. Aber durch *Desert Island Discs* habe ich alte Musik kennengelernt, die Art von Musik, die meine Eltern mochten. Die Art von Musik, die tatsächlich einmal auf eine Schallplatte gepresst worden war und kein Download oder Stream oder MP-was-auch-immer. Diese Art von Musik war ungefährlich. Und diese Musik mochte ich.

Tagsüber hatte ich also Unterricht und abends hörte ich mir *Desert Island Discs* an oder war in meinem Zimmer, wo ich ein Videospiel spielte, aber nie, wirklich nie musste ich bei Spielen mitmachen, bei denen man seinen ganzen Körper bewegte. Kein Sportunterricht. Nicht einmal eine Kniebeuge.

Dann wurde ich dreizehn und alles änderte sich. Meine Eltern schickten mich auf eine Schule, denn in dem Alter suchen sich englische Jugendliche ihre Fächer für die Zwischenprüfungen am Ende der zehnten Klasse aus. In einigen Fächern war ich inzwischen besser als meine Eltern, nicht in den Naturwissenschaften (natürlich nicht), aber in ein paar anderen Bereichen. Es war jetzt nicht so, dass sie mich an sich drückten und sagten:

Junge, du bist ein Genie. Wir können dir nichts mehr beibringen. Aber es war so ungefähr das, was sie *meinten.*

Ich brauchte Fachlehrer, Lehrer, die Experten auf ihrem Gebiet waren. Ich brauchte einen Lehrplan und mehr Unterricht als nur ein paar Stunden zwischendurch. Und vor allem, jedenfalls nach Ansicht meiner Eltern, musste ich »sozialisiert« werden. Mein Vater und meine Mutter verwendeten eine Menge Fachbegriffe aus der Verhaltensforschung und mit »sozialisieren« meinten sie, dass ich andere Jugendliche kennenlernen sollte. »Du bist ein Einzelkind, Schätzchen«, sagte Mom immer. »Wenn wir könnten, würden wir dich für immer zu Hause behalten. Aber dir fehlt die Interaktion mit anderen Jugendlichen deines Alters.« Und dann sagte mein Dad etwas, an das ich in Zukunft noch sehr oft denken sollte: »Niemand ist eine Insel ganz für sich allein.«

Also meldeten sie mich an einer sehr teuren, sehr renommierten Privatschule an – auf einer Insel, ausgerechnet –, die für Kinder von Dozenten der Uni umsonst war. Und deshalb landete ich im Alter von dreizehn Jahren in der Hölle auf Erden. In Osney.

2
DER SPORT-NAZI

Natürlich hatte ich gleich an meinem ersten Schultag in Osney Sportunterricht. Oder, wie gesagt, Spiele, wie sie das hier nannten. Kurz vor Mittag stand ich im Innenhof der Schule und fror mir den Arsch ab, weil ich nur Sportsachen trug.

Meine Sachen waren zwar von guter Qualität, aber dünn wie Papier. Es war erst September, trotzdem fühlte es sich an, als hätten wir schon Minusgrade. Mir war noch nie in meinem Leben so kalt gewesen. Die Sportkleidung in Osney bestand aus marineblauen Shorts und einem T-Shirt in der gleichen Farbe, das auf der rechten Brust mit dem Schulemblem verziert war. Das Wappen der Schule war ein kleiner Baum auf einer Insel mit drei wellenförmigen Linien darunter, die, glaube ich, Wasser symbolisierten. Die Schule war nämlich auf einer Art Insel namens Osney, die in der Mitte des Flusses lag.

Der einzige Trost, den mir meine Sportsachen gaben (denn Wärme war es mit Sicherheit nicht), war die Tatsache, dass ich aussah wie alle anderen. Ich hoffte inständig, dass ich mich zwischen meinen Mitschülern verstecken konnte, die exakt die gleiche Kleidung trugen wie ich, und die Stunde überstand, ohne mich komplett zum Idioten zu machen. Ich wusste, dass in Osney nicht die Sportarten unterrichtet wurden, in denen ich bei uns zu Hause in den Vereinigten Staaten mit Sicherheit eine Niete gewesen wäre, Basketball oder Baseball oder so. Mich erwartete eine ganze Batterie neuer Disziplinen, in denen ich meine Unfähigkeit beweisen konnte. Außerdem war Osney eine Schule für Jungen *und* Mädchen und etwa die Hälfte der anwesenden Schüler war weiblich. Was keine gute Nachricht war. Das Potenzial, mich lächerlich zu machen, steigt immer exponentiell zur Anzahl der Mädchen in meiner Nähe. Also schlotterte ich vor Kälte, versteckte mich und versuchte, nicht allzu sehr aufzufallen.

Natürlich sah ich nicht *exakt* so aus wie alle anderen. Meine Haare sahen grauenhaft aus, was daran lag, dass ich sie wie immer selbst geschnitten hatte. Meine Eltern gehen nicht zum Friseur. Und ich auch nicht. Ich habe etwas zu lange braune Haare, und wenn mir ein paar Strähnen in die Augen fallen, schneide ich sie einfach mit einer Nagelschere ab, meistens viel zu kurz, damit ich es nicht andauernd wieder machen muss. Und das lässt mich dann irgendwie dumm aus der Wäsche gucken, was ich auch weiß. Meine Mom sagt ständig, dass ich gut aussehe, aber das ignoriere ich grundsätzlich – Mütter sind genetisch darauf programmiert, ihre Nachkommen für attraktiv zu halten. Immerhin hatte ich ziemlich intakte Haut für einen Dreizehnjährigen (wenig Pickel und so). Und ich trug an dem Tag meine neue Brille, die dreihundert Pfund gekostet hatte und auf die ich sehr stolz war. Ich fragte mich jedoch, ob es so eine gute Idee gewesen war, sie im Sportunterricht zu tragen (außer mir hatte niemand eine Brille auf der Nase). Aber ich hatte noch keinen Spind und wollte sie nicht einfach irgendwo rumliegen lassen, dazu war sie einfach zu teuer gewesen.

Meine Eltern hatten mir die Brille als eine Art Bestechung gekauft, als sie mir sagten, dass ich zum ersten Mal in meinem Leben zur Schule gehen würde. Sie war ein bisschen zu groß für mein Gesicht, hatte eine schwarze Hochglanzbeschichtung und entspiegelte Gläser und auf einem der Bügel stand in matten Silberbuchstaben *Tom Ford*. Ich war kein bisschen beunruhigt darüber, zur Schule zu gehen – ich hatte ja keine Ahnung, was mich erwartete –, aber die Brille nahm ich trotzdem, weil ich sie für ziemlich cool hielt. Eigentlich bin ich gar nicht richtig kurzsichtig, aber ich trage gern Brillen. Sie sind so etwas wie ein Markenzeichen für mich und meine Spezies.

Ich starrte also durch meine neue Brille auf meine Umgebung. Osney sah genauso aus wie ein College in Oxford, was es im Prinzip auch war. Genau genommen sah es aus wie eine kleinere Version des Trinity Colleges, an dem meine Eltern arbeiteten. Ich stand gerade im Innenhof, einer großen, quadratischen Rasenfläche in der Mitte der Schule. Der Rasen und die daran angrenzenden Pflastersteine waren auf allen vier Seiten von langen, niedrigen Gebäuden umgeben – alle wunderschön, alle unterschiedlich, alle ein paar Jahrhunderte alt –, die das sogenannte »Viereck« bildeten. Osney war eine ziemlich teure Schule, was einem schon auf den ersten Blick auffiel. Wenn sie keine Verbindung zur Universität gehabt hätte, wäre ich dort mit Sicherheit nicht angenommen worden.

Während alle warteten und ich vor Kälte zitterte, kam ein Typ in einem Sweatshirt mit Osney-Wappen und Trainingshose auf den Hof (der Mann hatte Glück gehabt – er musste nicht in kurzen Hosen frieren). Er joggte übertrieben schnell bis zur Mitte des Rasens, nur um zu beweisen, dass er supersportlich war. An einem Band um seinen Hals hing eine Trillerpfeife, die er wie eine olympische Goldmedaille trug. In der ganzen Zeit, in der ich in Osney war, habe ich kein einziges Mal gesehen, wie er die Pfeife benutzt hat. Für ihn war die Pfeife das, was meine Brille für mich war: ein unnötiges, aber entscheidendes Accessoire. Der Mann war Mr Llewellyn, der Spielelehrer, wie man in Osney zu sagen pflegte.

Er war sehr groß, mit schütteren blonden Haaren und stechenden blauen Augen. Vermutlich als Ausgleich für die Haare, die er auf dem Kopf verloren hatte, hatte er sich einen großen blonden Schnurrbart wachsen lassen. Er starrte uns an, als wären wir Kakerlaken auf seiner Pizza. Ich versuchte, mich hinter den anderen zu verstecken, aber er entdeckte mich sofort. Er musterte mich, als hätte er eine Waschmaschine gewonnen.

»Aha! Ich sehe da einen neuen Schüler!«, rief er, während er mit einem seiner großen Wurstfinger auf mich zeigte. »Tritt vor, Junge. Wie heißt du?«

Und das war's dann mit meinem Versuch, unbemerkt zu bleiben. Ich machte einen Schritt nach vorn. »Lincoln Selkirk«, stieß ich zwischen klappernden Zähnen hervor.

»Lincoln Selkirk, *Sir.*« Er schniefte, wobei sein Schnurrbart kurz nach oben hüpfte. »Merkwürdiger Name.«

»Ich wurde nach Abraham Lincoln benannt, dem sechzehnten Präsidenten der Vereinigten Staaten.«

Ich konnte Mr Llewellyn ansehen, dass es ihm herzlich egal war, dass ich nach Abraham Lincoln benannt worden oder dass er der sechzehnte Präsident der Vereinigten Staaten gewesen war. Das waren einfach zu viele Informationen für den guten Llewellyn. Später fand ich heraus, dass er sich – wie die meisten Leute in Osney – eigentlich nur für Sport interessierte. Wenn Abraham Lincoln Fußballspieler gewesen wäre, hätte er vielleicht anders reagiert.

»Mit deinem Vornamen, so ausgefallen er auch sein mag, brauchen wir uns hier ja zum Glück nicht zu beschäftigen«, meinte Mr Llewellyn. »Hier heißt du einfach Selkirk.«

»Ja, Sir.«

»Du bist Amerikaner, Selkirk?«

Es war das erste Mal, dass mir jemand diese Frage stellte, weshalb ich darüber nachdenken musste. Was war ich? Ich war mit sieben Jahren nach England gekommen, aber in den Vereinigten Staaten *geboren* worden, was vermutlich schwerer wog.

»Ja, Sir.«

»Hmmm. Dann gehe ich davon aus, dass du noch nie richtig Sport getrieben hast.«

Dieser Satz sagte mir alles, was ich über Mr Llewellyn wissen musste. Er war ein Sport-Nazi. Wenn Mr Llewellyn bei *Desert Island Discs* zu Gast wäre, würde er Titel wie »Chariots of Fire«, »Escape to Victory« und »Eye of the Tiger« aussuchen. Sein Buch wäre eines dieser Bücher, die keine richtigen Bücher sind, aber *1001 Fakten über Sport* oder so ähnlich heißen und für Leute geschrieben werden, die auf dem Klo was zum Lesen brauchen. Und sein Luxusgegenstand wäre diese idiotische kleine Trillerpfeife.

»In dem Fall, Selkirk, ist es vermutlich nur fair, wenn wir dir zeigen, wie wir das hier in Oxford machen. Was meinst du?« Er hatte einen näselnden Oberschichtakzent. »Also?«, fragte er an seine Klasse gewandt. »Sollen wir unserem amerikanischen Cousin zeigen, wie wir das hier in Oxford machen?«

Ich muss kurz etwas einschieben. Das Theaterstück, das Präsident Abraham Lincoln sich ansah, als er (mit vierundfünfzig Jahren) erschossen wurde, hieß *Our American Cousin.* Ich weiß noch, dass ich es damals für ein ausgesprochen schlechtes Omen hielt, als Mr Llewellyn an meinem ersten Tag ausgerechnet dieses Theaterstück erwähnte. Es stellte sich dann heraus, dass ich recht gehabt hatte.

»Selkirk, du wirst jetzt Teil einer großartigen Tradition, die wir hier in Oxford schon sehr lange pflegen. Wie alle neuen Schüler bist du verpflichtet, am Osney-Sprint teilzunehmen, einem Kurzstreckenlauf um das Osney-Viereck.« Mit einer weit ausladenden Bewegung zeigte er auf alle vier Seiten des Innenhofs, einschließlich des Gebäudes in der Mitte, das so ähnlich wie eine Kapelle aussah und einen Glockenturm mit einer Uhr hatte. Die Uhr besaß ein blaues Ziffernblatt (es war in etwa der gleiche Farbton, den inzwischen die Gesichter der meisten Schüler angenommen hatten) und goldene Ziffern. Die ebenfalls goldfarbenen Zeiger standen auf fünf Minuten vor zwölf. »Ich werde dir einen Tempomacher mitgeben, einen Schüler, der mit dir zusammen läuft, aber das Rennen findet nicht zwischen dir und ihm statt, sondern zwischen dir und der Glocke.« Er zeigte mit seinem Wurstfinger auf die Uhr am Glockenturm. »Es ist fast Mittag. Du musst die Strecke absolviert haben, bevor die Glocke zwölf schlägt.«

Ich sah mir den großen Innenhof an. Er war riesig. »Jetzt gleich?«, fragte ich.

Meine Mitschüler kicherten.

»Nein«, erwiderte Mr Llewellyn. »Du darfst erst beim ersten Glockenschlag loslaufen.«

Es war ein Albtraum. Ich würde nicht nur im Zentrum der Aufmerksamkeit stehen – also genau da, wo ich überhaupt nicht sein wollte –, ich wusste auch ganz genau, wie langsam ich rannte. »Sie wollen, dass ich in zwölf Sekunden um den ganzen Innenhof herumlaufe?«

»Nein«, erklärte Mr Llewellyn geduldig. »Bevor die volle Stunde geschlagen wird, gibt es noch vier Viertelstundenschläge. Das sind mindestens noch mal zehn Sekunden. Du rennst los, wenn der erste Glockenschlag der ersten Viertelstunde ertönt.«

Ich glaube, da wusste ich, was er meinte. Die Viertelstundenschläge waren die vier *Ding Dong Ding Dong* vor der vollen Stunde. Aber selbst damit hielt ich es für unmöglich.

»Das ist jetzt nicht Ihr Ernst.«

»Nicht frech werden, Selkirk«, blaffte Mr Llewellyn. »Es ist ganz einfach. Und es ist sogar möglich, die gesamte Strecke zu laufen, *bevor* der erste Stundenschlag ertönt – eine Meisterleistung, die wir als ›Viertel‹ bezeichnen. Loam hier ist der einzige Vierteljunge seit hundert Jahren.«

Und da trat dann dieser riesige Kerl vor, der aussah wie ein Riesenbaby – er war genauso breit wie hoch.

»Die meisten Schüler beenden den Sprint irgendwo zwischen dem fünften und zehnten Glockenschlag der vollen Stunde«, fuhr Mr Llewellyn fort. »Die Anzahl der Glockenschläge gestattet es mir, ihr voraussichtliches sportliches Können zu beurteilen.« Als er sich an das Riesenbaby wandte, bekam seine Stimme einen völlig anderen Ton. »Loam, du bist der Schrittmacher. Versuche, deinen Rekord zu brechen, in Ordnung?«

»Ja, Sir.«

»Selkirk, das ist Loam.«

Das Riesenbaby streckte die Hand aus. Da ich nicht so richtig wusste, was ich tun sollte, nickte ich ihm zu.

»Gib ihm die Hand, Selkirk!«, brüllte Mr Llewellyn mich an. »Du bist jetzt nicht mehr in den Kolonien, sondern in England. Hier sind wir zivilisiert.«

Als ich die Pranke des Riesenbabys nahm, zerquetschte es mir fast die Hand.

Und so lernte ich Sebastian Loam kennen.

3
DIE KANAILLE

Wenn Sebastian Loam in *Desert Island Discs* zu Gast gewesen wäre, hätte er sich Titel ausgesucht, die bei englischen Fußballspielen gesungen werden, zum Beispiel »Jerusalem« oder »Swing Low, Sweet Chariot«. In einem Mengendiagramm von *Desert Island Discs* würde die Schnittmenge zwischen seiner und Mr Llewellyns Musikauswahl sehr groß ausfallen. Sebastian Loam wäre *vielleicht* noch in der Lage, sich acht Songs aus dem Gehirn zu wringen, aber die Buchauswahl dürfte ihn überfordern. Und sein Luxusgegenstand wäre mit Sicherheit irgendein Ball. »Sportskanone« wäre wohl die treffendste Bezeichnung für ihn.

Sebastian Loam war bereits mit seinen dreizehn Jahren enorm riesig. Und breit. (Ich bin nicht gerade klein, aber zu der Zeit war ich nur ein Strich in der Landschaft. Wenn ich mein Handgelenk mit Zeigefinger und Daumen umfasste, überlappten sich die beiden.) Loam, wie er von allen genannt wurde, war der beste Sportler in der Schule. Er ruderte, er spielte Cricket, er spielte Rugby, er spielte Fußball. In den Vereinigten Staaten werden Sportskanonen wie er toleriert, aber da sie zwar stark, aber etwas einfach gestrickt sind, lacht man über sie. Das Problem mit dem guten Loam bestand darin, dass er dumm wie Brot *und* super in Sport war. Außerdem war er ein gut aussehendes Arschloch. Sozusagen eine Dreifachbedrohung. In Osney war Loam der King, denn dort war Sport erheblich wichtiger als intellektuelle Leistung, was ich für eine Schule in einer derart renommierten Universitätsstadt schon recht seltsam fand. Selbst die Trimester in Osney hatten mit Sport zu tun. Das Herbsttrimester wurde »Rugby-Trimester« genannt, das Frühlingstrimester »Cricket-Trimester« und das Sommertrimester »Ruder-Trimester«. Etwas später erfuhr ich, dass Loam im wahrsten Sinne des Wortes der König von Osney war, denn es gab jedes Jahr einmal eine ziemlich schräge Zeremonie mit dem bescheuerten Namen »Krönung«, bei der der beste Sportler des Schuljahres zum »König« gekrönt wurde. Der beste Sportler war immer Sebastian Loam, er gewann jedes Jahr diese Auszeichnung. In Osney erzählte man sich voller Ehrfurcht die Geschichte von Loams Aufnahmegespräch mit dem Direktor. (Der Schulleiter war niemand anderer als Mr Llewellyn. Ohne Scheiß. Es war typisch für Osney, den Sportlehrer über alle anderen zu stellen.) Es lief folgendermaßen ab: Mr Llewellyn stellte Loam keine einzige Frage, er holte einfach ein Buch aus dem Regal und warf es Loam zu, als dieser gerade nicht in seine Richtung sah. Loam fing das Buch mit einer Hand auf und Mr Llewellyn sagte: »Wir brauchen noch einen guten Verbindungshalb für die Rugbymannschaft. Du bist angenommen.«

Llewellyn hatte den richtigen Riecher gehabt. Loam gewann *alles* für die Schule. Er war ein begnadeter Sportler und siegte bei sämtlichen Wettkämpfen, die in Oxfordshire und Umgebung veranstaltet wurden. Überall in der Schule standen Silberpokale herum. In den Vereinigten Staaten bekamen Schüler Preise für Wettbewerbe in Naturwissenschaften oder im Buchstabieren, aber in Osney gab es das Blech nur für Sport, nein, Entschuldigung: *Spiele.* Sogar die Lehrer behandelten Loam wie einen Helden. Er hatte ungefähr eine Million Follower auf Instagram und postete ständig Fotos, auf denen seine Muskeln zu sehen waren oder seine Pokale oder David Beckham, den er irgendwann mal getroffen hat, so 'nen Scheiß eben. Natürlich wusste ich das an meinem ersten Tag alles nicht. Ich sah nur dieses Riesenbaby mit den dunklen Haaren und einen etwas klein geratenen Jungen, der mit einer Sporttasche in der Hand hinter ihm stand, als wäre er ein Hotelportier. (Das war Loams Schatten, Egan. Mit Vornamen hieß er Gilbert, kurz: Gil. Wenn Egan in *Desert Island Discs* zu Gast wäre, würde er sich genau die gleichen Songs wie Loam aussuchen. Egan war Loams Fußabtreter.)

Mr Llewellyn joggte zum gepflasterten Teil des Innenhofs, der dem Torbogen unter dem Glockenturm direkt gegenüberlag. »Das hier, Selkirk ...« – er zog seinen riesigen Sneaker über eine uralte Entwässerungsrinne zwischen den Pflastersteinen – »... ist die Start- und Ziellinie. Stellt euch auf.«

Loam positionierte sich so, dass seine Zehen die Rinne berührten, und fing an, wie ein Boxer herumzutänzeln. Er machte diese Aufwärmübungen, die alle Sportler machen, schwenkte die Arme von rechts nach links und wieder zurück und zog die Knie an die Brust, lockerte seine Schultern und bewegte den Kopf hin und her. Ich ging langsam auf ihn zu. Ich habe mir schon sehr oft in meinem Leben gewünscht, der Boden möge sich unter mir auftun und mich verschlingen. Aber leider wusste ich genug über Geologie, um mir darüber im Klaren zu sein, dass so etwas einfach nicht passieren würde. In Kalifornien hätte ich vielleicht noch darauf hoffen können, dass mir die San-Andreas-Verwerfung zu Hilfe kommt, doch hier in England befand ich mich auf festem Untergrund und musste die Aufmerksamkeit der anderen aushalten. Sämtliche Augen, von denen ich nicht wollte, dass sie mich anstarrten, starrten mich an und die Münder, von denen ich nicht wollte, dass sie flüsterten, flüsterten. Ich wusste, was sie sagten. Komische Haare. Komischer Körper. Komische Brille. *Nerd.*

Mit wild klopfendem Herz stellte ich mich an die Startlinie, den Blick auf den großen goldenen Zeiger der Uhr gerichtet, der sich auf die Zwölf zubewegte.

Plötzlich verstummten die anderen Schüler.

Und Loam stand mit einem Mal völlig reglos neben mir.

High Noon, dachte ich. Zwölf Uhr mittags.

Dieser bescheuerte englische Wettlauf hatte plötzlich eine ganz andere Dimension bekommen. Eine amerikanische. Loam und ich waren die Revolverhelden, auch wenn wir Seite an Seite dastanden anstatt einander gegenüber. Aber in dem Moment wusste ich, dass ich tot war.

In der letzten Millisekunde, bevor die Uhr zu schlagen begann, riss ich meinen Blick von dem goldenen Zeiger los und starrte direkt vor mich auf die Strecke, die ich laufen sollte. Aber dann bemerkte ich noch etwas anderes Goldenes.

Sie musste eine winzige Bewegung gemacht haben – vielleicht war sie von einem Fuß auf den anderen getreten oder hatte sich etwas zur Seite bewegt, damit sie besser sehen konnte – und da fiel sie mir auf. Ich drehte den Kopf in ihre Richtung. Ihre goldenen Haare hatte sie zu einem hochsitzenden Pferdeschwanz zusammengebunden. Kurze lockige Flaumhaare, die fast weißblond waren, hatten sich aus dem Pferdeschwanz gelöst und umrahmten ihr perfektes Gesicht. Sie hatte makellose blasse Haut und Wangenknochen, auf denen ein Hauch von Rosa lag, zart wie bei einer Magnolienblüte. Volle rosa Lippen und eine winzige Nase. Und blaue Augen, so blau, wie ich sie noch nie gesehen hatte. Drei Jahre später sollte mir der gleiche Farbton an einem wolkenlosen Himmel über einer einsamen Insel ein zweites Mal ins Auge fallen. Ich hatte keine Zeit, mich zu fragen, was diese Göttin sich bei *Desert Island Discs* aussuchen würde, denn in dem Moment begann die Glocke im Turm zu schlagen und ich rannte los.

Ich wusste, dass ich nicht gewinnen konnte, trotzdem überraschte es mich, wie schnell Loam war. Er schoss vor mir her über die Pflastersteine, als wäre er ein Superheld, kleine Steinchen spritzten in mein Gesicht und es wunderte mich, dass er keinen Superhelden-Umhang trug. Als die Uhr die erste Viertelstunde schlug, hatte er bereits eine Seite des Quadrats geschafft. Ich hörte, wie der Rest meiner Klasse Loam vom Rasen in der Mitte des Hofes anfeuerte und immer wieder seinen Namen brüllte. Meinen Namen brüllte niemand.

Ich kann nicht rennen. Ich bin ein ausgesprochener Stubenhocker. Wenn ich nicht von meinen Eltern unterrichtet wurde, verbrachte ich die meiste Zeit in meinem Zimmer, wo ich las, Videospiele spielte, Dinge erfand – der Nerd-Lehrplan eben.

Als ich die erste Seite des Quadrats hinter mich gebracht hatte, bekam ich fürchterliches Seitenstechen und konnte nur noch halb gehend und halb hüpfend weitermachen. Dadurch verlor ich eine Menge Zeit. Dann joggte ich für eine Weile, während mir brennende Nadeln in die Seite stachen und ich das Gefühl hatte, dass meine Lungen platzten. Die Glocke hatte die Dreiviertelstunde geschlagen, bevor ich zwei Seiten des Quadrats abgelaufen hatte. Als der vierte Schlag für die volle Stunde erklang, rannte Loam unter frenetischem Jubel über die Ziellinie. Danach herrschte eine unheimliche Stille, in der mich meine Mitschüler mit steinernen Gesichtern dabei beobachteten, wie ich mich weiterschleppte. Ich erreichte die vierte Seite des Quadrats, als der erste Stundenschlag ertönte.

EINS. Plötzlich war es ungeheuer wichtig, dass ich den Lauf beendete, bevor die Glocke zwölf schlug. Alle sahen mich an: Loam. Der Sport-Nazi. Und – was auf einmal viel wichtiger war als alles andere – die Göttin. Ich versuchte, meine armen Beine dazu zu überreden, sich ein bisschen schneller zu bewegen.

ZWEI. Die Pflastersteine verschwammen vor meinen Augen. Ich konnte jetzt unmöglich ohnmächtig werden. **DREI**. Alles wird gut. Ich würde es bis sieben, vielleicht bis acht schaffen. **VIER**. Ich stolperte und stürzte, weil ich meine neuen Sneaker nicht gewohnt war. Ich streckte die Hände vor mir aus, um meinen Sturz abzubremsen. Der Schotter bohrte sich in meine Handflächen. **FÜNF**. Ich lag heftig keuchend auf Händen und Knien, mit dem Kopf nach unten. **SECHS**. Ich rappelte mich auf. Meine Hände schmerzten, meine Knie bluteten. **SIEBEN**. Ich begann zu gehen. **ACHT**. Ich begann zu joggen. **NEUN**. Ich begann zu laufen, aber ... **ZEHN** ... es half nichts, ich hatte noch nicht einmal die Hälfte geschafft, als es **ELF** schlug. Meine Schritte wurden größer, ich bot jedes bisschen Kraft auf, das ich noch hatte, doch die Glocke hatte **ZWÖLF** geschlagen und der Ton war bereits verhallt, als ich die Startlinie erreichte.

Ich krümmte mich zusammen, die Hände auf die Knie gestützt, und begann zu würgen. Erst dachte ich, jetzt würde ich meiner Niederlage noch einen draufsetzen und mich vor allen anderen übergeben. Stattdessen brach ich einfach nur auf dem geheiligten Rasen des Osney-Vierecks zusammen, starrte in den klaren blauen Himmel über mir und atmete schwer. Dann fiel der riesige Schatten von Mr Llewellyn auf mich.

»Zwölf«, zischte er halb verwundert, halb empört. »*Zwölf.* Wir hatten seit *Jahren* keine Zwölf mehr.« Dann setzte er zu einer kurzen Rede an, von der ich wegen der vielen Sportbegriffe nicht viel verstand. »Nicht genug Fleisch auf den Knochen für einen Verbindungshalb. Nicht schnell genug für eine Flügelstürmer. Für Sprints zwischen den Wickets völlig ungeeignet. Zu klein für den Riemen. Zu groß für einen Steuermann.« Aber dann sagte er noch etwas, das ich sehr gut verstand. »Ich kann dich nicht gebrauchen, Selkirk.« Er drehte sich um und ging mit großen

Schritten davon, während er meine Mitschüler aufforderte: »Alle zum Sportplatz – wir spielen noch ein bisschen Rugby. Hier haben wir schon genug Zeit verschwendet.«

Ich rappelte mich auf und folgte ihnen. Ich fühlte mich wie ein Stück Scheiße. Ich hatte das Gefühl, als wäre irgendetwas fürchterlich schiefgegangen, wollte protestieren, wollte sagen, dass ein schrecklicher Fehler passiert war. Ich war hingefallen – da hatte ich doch bestimmt noch einen Versuch? Ich konnte Loam nicht sehen, ich konnte die Göttin nicht sehen, ich konnte überhaupt nichts sehen, nur rote Punkte vor meinen Augen.

Wir trotteten durch den Torbogen unter dem Glockenturm, hinter dem die Sportplätze lagen. Als wir in dem Durchgang waren, ließ Loam seine schwere Pranke auf meine Schulter niedersausen. »Wo willst du hin, Selkirk?«

»Zum ...« – ich deutete vor mich – »... Sportplatz?«

Er schüttelte den Kopf. »Noch nicht.«

Meine Augen stellten sich allmählich auf die Dunkelheit im Torbogen ein. Was ich sah, ließ mich nichts Gutes ahnen. Loam und ein paar von seinen Freunden, deren Gesichter aus den Schatten heraus auf mich zukamen. Keines davon war freundlich. Loam wandte sich an den Jungen, der die Sporttasche trug und ihm wie ein junger Hund hinterherlief. »Was war deine Sprint-Zeit, Egan?«

»Elf Uhr, Loam.«

»Alles klar«, sagte Loam. Er riss Egan die Tasche aus der Hand und hielt sie mir vors Gesicht. Dann ließ er sie auf meine neuen Sneaker fallen. Es tat verdammt weh.

»Glückwunsch, Selkirk«, meinte er. »Das hier hast du gewonnen.«

Ich hatte keine Ahnung, was los war. »Aber ich habe doch verloren«, protestierte ich.

»Bis jetzt war Egan der Langsamste. Ab heute bist du das.« Er wandte sich wieder an den Jungen. »Was sagen wir, Egan? Wir sind Engländer, wir haben Manieren.«

»Vielen Dank für dieses Jahr, Loam.«

»Gern geschehen, Egan.« Er drehte sich zu mir. »Selkirk, du bist mein neuer Sklave. Ihr hattet doch Sklaven in den Vereinigten Staaten, stimmt's? Du verstehst das Konzept? Nach dem Unterricht gehe ich zum Rugbytraining. Du wirst diese Tasche in den Umkleideraum bringen. Da es dein erster Tag ist, werde ich dich noch schonen. Das ist alles, was du heute tun musst. Morgen erkläre ich dir deine anderen Pflichten.«

Ich bin keiner von dieser coolen Typen. Ich bin sehr nah am Wasser gebaut und weine oft. Dann bekomme ich das, was ich meine »WLAN-Stirn« nenne – drei Falten, die sich von unten nach oben über meine Stirn ziehen, von klein bis groß. Ich spürte, wie die Falten sich auf meiner Stirn bildeten, und wenn das passiert, gibt es normalerweise kein Zurück mehr und mir kommen die Tränen. Aber ich wusste, dass ich vor Loam nicht weinen durfte. Ich starrte die Sporttasche auf meinen Füßen an. Sie war riesig – man hätte problemlos ein kleines Kind darin verstauen können. »Und was soll ich bis dahin mit der Tasche machen?«

»Trag sie mit dir rum.«

In dem Moment hatte ich eine Vorahnung: Ich wusste, dass es vorbei war. Dass das Riesenbaby mich für den Rest meines Lebens schikanieren würde, sobald ich die Tasche berührte, sobald ich auch nur einen Finger an die Henkel legte. Der Junge, Egan, hatte Loams Sachen offenbar ein ganzes Jahr lang mit sich herumgeschleppt. Ein *Jahr.*

Ich musste mich wehren. »Nein«, sagte ich.

Loam starrte mich eine Sekunde lang an. Dann streckte er die Hand aus und nahm mir die Brille von der Nase. In aller Ruhe zerbrach er sie in zwei Teile und warf sie über seine Schulter. Ich konnte nicht fassen, was da gerade passiert war. Ich war so schockiert, dass ich weder etwas sagen noch mich bewegen konnte.

Zum Glück trug ich die Brille vor allem aus Imagegründen, daher musste ich nicht auf Händen und Knien auf dem Boden herumkriechen wie Velma in *Scooby-Doo.* Aber ich war so wütend wegen meiner schönen Brille, dass ich die Beherrschung verlor. Ich suchte in meinem Kopf nach dem schlimmsten Wort, das ich mir vorstellen konnte. Nach einem Wort, das töten konnte.

»Du ... du ... **Kanaille**!«, brüllte ich ihm ins Gesicht.

Das brachte ihn eine Sekunde lang aus dem Konzept. Dann begann er zu lachen und natürlich lachten seine Freunde mit. »Ist das alles, was dir dazu einfällt?«, fragte er. Er zeigte auf die Sporttasche und sein Ton änderte sich. »Heb sie auf«, stieß er zwischen zusammengebissenen Zähnen hervor. Er starrte mich drohend an. Ich wusste, dass er mich aller Wahrscheinlichkeit nach schlagen würde. Und ich wusste auch, dass es wehtun würde. Mir wurde schon wieder schlecht, dieses Mal vor Angst.

Darauf, was dann passierte, bin ich nicht gerade stolz. Ich sah als Erster weg, kniete mich hin, als wäre ich Loams Untergebener, und nahm die Henkel der Sporttasche in die Hand. Er drehte sich um und ging weg, gefolgt von seiner Gang.

Plötzlich stellte ich fest, dass ich nicht mehr aufstehen konnte. Ich ließ mich gegen die Wand sinken, wobei mein Hinterkopf gegen den kalten Stein prallte. Und dann blieb ich einfach sitzen, mit den Henkeln von Loams Sporttasche in der Hand. Wie lange ich so dasaß, weiß ich nicht. Die Beine der Schüler, die hinter uns gewesen waren, marschierten an mir vorbei. Brandneue Sneaker wie meine, blaue Osney-Sportsocken mit weißen Streifen, nackte Beine, blaue Shorts. Und dann blieben zwei Beine vor mir stehen. Die langen, wohlgeformten Beine eines Mädchens. Ich hob den

Kopf und hoffte für eine Sekunde, die Göttin vor mir zu sehen. Fehlanzeige. Die Beine gehörten einem leicht übergewichtigen, aber einigermaßen hübschen Mädchen mit pinken und violetten Haaren. Ihre Ohren waren übersät mit Steckern und Piercings und sie hatte ein Tattoo auf dem rechten Handgelenk, ein Pik-Ass.

Sie rutschte mit dem Rücken an der Wand herunter, bis ihr Hintern auf dem Boden war und sie neben mir saß. Ihre blauen Shorts rutschten nach oben.

»*Kanaille?*«, fragte sie.

Ich konnte sie nicht richtig ansehen, weil sie neben mir saß, daher starrte ich ihre Beine an. Die feinen goldenen Härchen auf ihren Knien hatten sich wegen der Kälte aufgerichtet. »Abraham Lincoln sah sich ein Theaterstück an, als er ermordet wurde«, sagte ich zu ihren Knien. »Es war eine Komödie und John Wilkes Booth, Lincolns Mörder, war vorher eine Woche lang jeden Abend in das Theater gegangen, um herauszufinden, an welcher Stelle am lautesten gelacht wurde. Am Abend des Attentats wartete er auf das Gelächter. Es kam, als die Hauptfigur eine andere Figur beschuldigte, eine ›garstige alte Kanaille‹ zu sein. Das Publikum lachte sich kaputt und währenddessen sprang Booth auf und erschoss Lincoln.«

»Kein wahnsinnig komisches Wort.« Sie hatte einen deutlich ausgeprägten Oberschichtakzent, der überhaupt nicht zu ihren Haaren passte.

»In der Nacht hatte es eine durchschlagende Wirkung«, erwiderte ich. »Im wahrsten Sinne des Wortes.«

»Um was ging es in dem Stück?«

Erst da fiel es mir auf. »Um einen Amerikaner, der nach England kommt und nicht dazupasst.«

Danach sagte sie eine Weile gar nichts. Schließlich nahm sie meine aufgeschürfte Hand und legte etwas hinein.

Zwei etwas. Meine neue Brille, in zwei Teile zerlegt.

»Tut mir leid wegen der Brille«, sagte sie. Es war das einzig Nette, was jemals jemand in Osney zu mir sagen sollte. Aber dann stand das Mädchen mit den pinken und violetten Haaren auf und ließ mich in dem Durchgang sitzen. Erst sehr viel später erfuhr ich, dass sie Flora Altounyan hieß. Wenn Flora bei *Desert Island Discs* zu Gast wäre, würde sie sich düstere Death-Metal-Songs mit Namen wie »Those Who Have Lost the Right to Exist« aussuchen. Als Buch würde sie vermutlich *Dracula* nehmen und ihr Luxusgut wäre eine zahme schwarze Ratte oder ein menschlicher Schädel oder so etwas in der Art. Flora war die Einzige, die mir ein kleines bisschen leidtat, als das Flugzeug abstürzte. Nicht dass sie eine Freundin gewesen wäre – das war sie nicht –, aber sie war die Einzige in Osney, die mich nicht wie Scheiße behandelte.

4
DER NOWHERE MAN

Ich trug Loams Sporttasche den ganzen Tag mit mir herum. Um 15.30 Uhr brachte ich sie in die Umkleide, dann ging ich nach Hause. Meine Beine taten immer noch weh vom Osney-Sprint. In dem Moment, als ich die Haustür hinter mir geschlossen hatte, kamen mir die Tränen.

Meine Mom umarmte mich und atmete in meine Haare, nicht auf die Art, mit der sie mir sagen wollte, dass ich sie waschen solle, wie sonst, sondern so, wie sie es getan hatte, als ich noch klein war. Ich weiß noch ganz genau, dass sie zu meinen Haaren sagte: »Mach dir nichts draus, Link. Die Nerds werden die Erde besitzen.«

Zuerst verstand ich nicht, was sie meinte. Sie sagte zu mir, ich solle es selbst herausfinden. (Mom sagte ständig, dass ich es selbst herausfinden solle. Und Dad auch. Wahrscheinlich, weil sie beide Wissenschaftler waren.) Sie meinte, ich solle in der Bibel nachsehen, bei Matthäus 5,5. Normalerweise hätte ich die Stelle gegoogelt, aber irgendwie kam es mir komisch vor, die Bibel zu googeln, daher wollte ich im Buch nachsehen. Ich wusste, dass wir irgendwo eine Ausgabe hatten. (Unser Haus ist voller Bücherregale. Sie stehen überall. An *jeder* Wand. Bei uns sieht es aus wie in einer Bibliothek.) Ich holte die Bibel aus einem Regal und schlug die Stelle auf. Die Bibel hat keine Kapitel und Zahlen wie normale Bücher, sondern besteht aus vielen kleinen Büchern, die zu einem großen zusammengefasst wurden. Diese kleinen Bücher wurden meist nach Leuten benannt und darin gibt es dann Kapitel und Verse. In Matthäus, Kapitel 5, Vers 5 las ich:

Selig die Sanftmütigen, denn sie werden die Erde besitzen.

Da stand gar nicht »die Nerds«, sondern »die Sanftmütigen«. Und damit war klar, dass Mom ein Wortspiel gemacht hatte. Shakespeare machte das auch sehr oft und wir sahen uns VIELE Theaterstücke von Shakespeare an, weil Stratford in der Nähe war, und daher wusste ich gleich, was sie gemeint hatte. Mir liefen immer noch die Tränen über die Wangen und ich musste schniefen. Ein bisschen was von meinem Rotz tropfte auf die Bibel und ich hob verstohlen den Kopf, als würde Gott mich beobachten. Meine Eltern waren Verhaltensforscher, was bedeutet, dass sie untersuchen, warum Menschen das tun, was sie tun. Wie viele Wissenschaftler waren sie nicht religiös, und ich auch nicht, aber ich war ziemlich sicher, dass es respektlos war, Rotz auf eine Bibel tropfen zu lassen. Ich wischte die nassen Stellen mit dem Ärmel meines brandneuen Osney-Schulblazers weg – der im Übrigen furchtbar kratzte –, dann klappte ich die Bibel zu und ging in die Küche.

Den Kühlschrank öffnete ich aus reiner Gewohnheit, aber da ich keinen Appetit hatte, nahm ich eine Dose mit einem Softdrink heraus, den ich eigentlich gar nicht wollte. Das Radio war an und natürlich lief *Desert Island Discs,* was sonst. Sie spielten gerade etwas von den Beatles, die Band, die bei der Sendung mit Abstand am häufigsten ausgewählt wurde. Es war »Nowhere Man«. Ich kannte den Song nicht sehr gut, aber an dem Tag setzte ich mich an den Tisch und hörte einfach nur zu. Im Text schien es um mich zu gehen, denn ich war ein echter Nowhere Man. Ich starrte den Softdrink an, ohne ihn zu öffnen. Das Kondenswasser an der Dose sammelte sich und bildete dicke Tropfen, die am Blech herunterliefen. Wir weinten beide und ich bewegte mich erst wieder, als der Song zu Ende war.

Dann wischte ich mir die Tränen aus den Augen und dachte an das, was meine Mom gesagt hatte. Ich glaube, ich wusste, worauf sie hinauswollte. Sie hatte das Wortspiel vorhin nicht gemacht, um mich zum Lachen zu bringen. Sie hatte mich trösten wollen. Sie hatte mir sagen wollen, dass ich jetzt, wo ich ein Nowhere Man war, keine Macht hatte, dass es aber nicht immer so sein würde.

Damals hat es nicht funktioniert. Ich habe meine Mutter wirklich lieb und ich fand es auch toll, dass sie versuchte, mich zu trösten, aber wenn man in der Schule gemobbt wird, ist einem so ein Wortspiel scheißegal.

Jetzt, auf der Insel, bekam es eine ganz neue Bedeutung.

5
DIE INSEL, DIE EIN JUNGE WAR

Genau genommen war es John Donne und nicht mein Dad, der sagte: »Niemand ist eine Insel ganz für sich allein.«

Ich sage: Wenn John Donne das tatsächlich gesagt hat, dann hatte John Donne keine Ahnung von englischen Schulen.

Hätte er aber haben müssen. Wirklich. John Donne begann mit elf Jahren sein Studium an der Universität von Oxford. Mit *elf*. Und jetzt sag mir bloß keiner, dass er vom ersten Tag an dazugehört hat. Nicht als Sohn eines walisischen Eisenwarenhändlers. Vermutlich trug er schräge Klamotten und hatte einen schrägen Akzent, genau wie ich. Ich könnte wetten, dass er ein paar beschissene Erfahrungen gemacht hat, die ihm dabei halfen, später so ein sensationeller Dichter zu werden. Aber es könnte gut sein, dass sie nicht ganz so beschissen waren wie meine.

Unter der Woche ging ich jeden Morgen über die Brücke auf die Insel, auf der Osney lag, dieses seltsame Königreich, in dem nur Sport zählte. Der Fluss, der die Insel umgab, war mein Rubikon, den ich Tag für Tag überschreiten musste, und wenn er hinter mir lag, wurde ich ein anderer Mensch, eine Drohne, ein Sklave. Eine Insel, die aus mir selbst bestand.

Wenn ich durch das Eisentor ging, machte ich mich wie ein Soldat auf das Grauen des Kampfes gefasst, der für mich Alltag geworden war. Selbst die vielen Türmchen und schiefen alten Dächer dieser Stadt im Miniaturformat, die so alt, so englisch war, konnten mich nicht aufmuntern. Wie ein Zombie schlich ich durch die Gänge und starrte mein verzerrtes Spiegelgesicht in den glänzenden Silberpokalen an, auf denen die Namen anderer Schüler standen. Ich kannte jede einzelne dieser Trophäen, denn es gehörte zu meinen Aufgaben, sie auf Hochglanz zu polieren. Außerdem musste ich die Holztafel wachsen, auf der in vergoldeten Buchstaben alle Sportler des Jahres aufgeführt waren, bis zurück ins Georgianische Zeitalter. Ich musste seltsame Dinge mit Sportgeräten anstellen, Dinge, die sehr ungewöhnliche Bezeichnungen hatten: einschleifen, einölen, einschlagen. Ich musste neue Schuhe einlaufen, die nicht meine Größe hatten, bis meine Füße bluteten. Und jeden Tag sah ich mit einer sonderbaren Mischung aus Bedauern und Erleichterung zu, wie Busse mit den Sportteams das Schulgelände verließen. Einerseits hatte ich Angst, etwas zu verpassen, andererseits freute ich mich darüber, dass ich einige Stunden lang keine Befehle erhielt. Dann kamen die Busse zurück, und mit ihnen mein größter Peiniger, Sebastian Loam.

Es dauerte nicht lange, bis ich begriff, dass die Position eines Schülers in Osney dadurch bestimmt wurde, wie schnell oder langsam er beim Osney-Sprint gewesen war. Das ist in etwa so, als würden die Ergebnisse einer einzigen Sportveranstaltung den Rest des Schullebens bestimmen. Nein, nicht eine einzige Sportveranstaltung, ein einziger *Lauf.* Man konnte den Sprint nur ein einziges Mal machen und das Resultat definierte einen dann für die nächsten Jahre. Es gab keine zweite Chance. Mr Llewellyn zufolge kann man das Leben nicht zweimal versuchen, warum also den Osney-Sprint? Da es keine anderen Zwölfer in der Schule gab, hatte ich genau null Gesellschaft.

Die strenge Hierarchie galt für jeden Aspekt des Schullebens. Es gab einen Chor, der nur aus Einsern und Zweiern bestand. Eine Schachgemeinschaft für Dreier. Einen Debattierclub für Vierer und darüber. Für Zwölfer gab es nichts. Ich war immer der Letzte, der für ein Team ausgesucht wurde, der Letzte, der bei der Anwesenheitskontrolle aufgerufen wurde (ja, die Namensliste wurde nach unseren Sprint-Zeiten geführt, nicht nach etwas so Normalem wie dem *Alphabet).* Ich war sogar der Letzte in der Schlange für das Mittagessen.

Es gab zwar keine anderen Zwölfer (vermutlich hatten alle anderen es geschafft, in der etwa einen Minute, die man für den Sprint brauchte, nicht hinzufallen), aber es gab Elfer und ich dachte, dass sie vielleicht Grund zur Hoffnung waren. Sie waren alle etwas eigenartig, etwas exzentrisch. Flora, das Mädchen, das mich wegen meiner Brille getröstet hatte, war eine Elf. Aber nach unserem Gespräch im Torbogen lächelte sie mir immer nur kurz zu, wenn ich Loams Sporttasche durch die Gänge schleppte. Irgendwie halb freundlich, halb mitleidig. Aber es war mir egal. Ich sammelte diese halben Lächeln, denn genug halbe ergaben irgendwann ein paar ganze.

Flora war die Einzige in der Schule, die beim Vornamen genannt wurde. Alle anderen wurden mit dem Nachnamen angesprochen, als wären sie Fußballspieler bei einer Live-Übertragung. Vielleicht war Flora eine Ausnahme, denn mit ihren pinken Haaren und dem Pik-Ass-Tattoo war sie anders als die anderen. Vielleicht lag es aber auch daran, dass man sich die Zunge brach, wenn man ihren Nachnamen – Altounyan – aussprach. Flora hing die GANZE ZEIT nur mit zwei Freunden rum: einem Mädchen namens Smith und einem Typ namens Fry. Flora, Smith und Fry. Das klang wie eine Folkband aus den Siebzigern – die Art von Band, die sich meine Mutter bei *Desert Island Discs* aussuchen würde, die Art von Band, die psychedelische Songs darüber schreibt, was die Haselmaus in *Alice im Wunderland* gesagt hat.

Am Anfang dachte ich noch, dass die drei vielleicht meine Freunde werden könnten. Flora war schon einmal nett zu mir gewesen, Smith war die Einzige, die auch nur ansatzweise mein Notenniveau in Mathe erreichte, und Fry, das wusste ich ganz genau, war ein Gamer – so etwas konnte ich auf einen Kilometer riechen. Aber Flora, Smith und Fry bildeten ein verschworenes Dreierteam und hatten überhaupt kein Interesse an mir.

Ich versuchte, mich mit Egan anzufreunden, Loams Ex-Fußabtreter. Ich dachte, er würde die Gesellschaft einer anderen Niete vielleicht zu schätzen wissen oder ein bisschen Mitgefühl haben für den Jungen, der sein Nachfolger war. Aber er ließ mich auch abblitzen. Er schien Loam nach wie vor treu ergeben zu sein, als hätte Loam immer noch Macht über ihn. Egan wollte kein böses Wort über seinen Ex-Boss hören und war fast genauso fies zu mir wie Loam. Ich hatte den Eindruck, dass Egan sich nicht dazu durchringen konnte, sich auf meine Seite zu stellen, weil man ihn dann für meinesgleichen gehalten hätte, für einen Versager. Stattdessen rannte er den Siegern hinterher wie ein kleiner Hund.

Jetzt denken einige vielleicht: *Moment* mal. Dieser Osney-Sprint ist doch eigentlich ziemlich fair. Er ist vielleicht das, was man als Meritokratie bezeichnet: Wenn du schnell rennst, stehst du an der Spitze der Schule. Das hat nichts mit Geld zu tun. Es hat etwas damit zu tun, ob man gut oder schlecht in Sport ist.

Falsch. Osney war eine private Einrichtung, deren Besuch viel Geld kostete, und hatte landesweit den Ruf, eine erstklassige Sportschule zu sein. Jeder, aber auch wirklich jeder in Osney – bis auf die Kinder der Uni-Dozenten – war vorher auf eine teure private Grundschule gegangen, an der Schüler erbarmungslos in Sport gedrillt wurden. Um in Osney angenommen zu werden, waren sie als Grundschüler von Ex-Olympiateilnehmern und Ex-Weltmeistern und so weiter unterrichtet worden. Sollte also jemand denken, dass da ein neuer Schüler aus bescheidenen Verhältnissen einfach so an den reichen Kindern vorbeirennen könnte, hat er sich geirrt. Das ganze System war manipuliert.

Ich, Selkirk, war also der Geringste der Geringen. Ich war meine eigene kleine Insel. Aber das bedeutete nicht, dass man mich ignorierte. Oh nein. Während ich den Osney-Sprint absolvierte, hatte ich kein einziges Mal meinen Namen gehört, von den Zuschauern war nicht ein Pieps zu meiner Unterstützung gekommen. Jetzt hörte ich ihn *ständig.* Da ich eine Zwölf war, konnte mich jede Nummer über mir – selbst die verachteten Elfer – herumkommandieren. *Selkirk, mach das. Selkirk, mach dies.*

Ich konnte nicht aufmucken. Das bloße Gewicht der Nummern über mir, das ich mir in etwa so vorstellte wie die größte Cheerleader-Pyramide aller Zeiten, bedeutete, dass ich nichts dagegen tun konnte. Ich konnte keine Rebellion anzetteln. Es gab niemanden, der dabei mitgemacht hätte. Die Elfer – die meisten waren Emos wie Flora – waren Kiffer und so ziemlich die inaktivsten Aktivisten, die ich je gesehen hatte. Sie waren die Letzten, die eine Revolution beginnen würden. Ganz oben auf der Pyramide stand Sebastian Loam, die Kanaille, und wedelte mit seinen Puscheln. Er war der einzige Schüler, der den Osney-Sprint in den Viertelstundenschlägen geschafft hatte. Sein Viertelstatus gab ihm unbeschränkte Macht. Und diese unbeschränkte Macht hatte er auch über mich.

6

WARUM ICH NICHT GERADE TRÄNEN VERGOSS, ALS ICH ALLE MEINE KLASSENKAMERADEN FÜR TOT HIELT

Loam hatte es geschafft. Alle wollten mit ihm befreundet sein. Wie ging noch mal dieser Spruch über James Bond? Männer wollen so sein wie er und Frauen wollen einen Mann wie ihn. Das war Loam. Selbst die Lehrer waren völlig begeistert von ihm, obwohl er strunzdumm war und bei sämtlichen Prüfungen durchfiel. Loam brachte der Schule Silberpokale ein, und das war alles, was in Osney zählte.

Er war nicht allein. Es wäre einfacher gewesen, sich gegen ihn zu stellen, wenn er allein gewesen wäre. Aber er hatte immer eine kleine Entourage aus Einsen um sich, quasi seine Nebendarsteller. Während der drei dramatischen Jahre, die ich an dieser Schule verbrachte, lernte ich die Besetzung von Osneys abartigem Theaterstück sehr genau kennen.

Die Göttin, die ich am Tag des Osney-Sprints gesehen hatte, war Pencroft, Vorname Miranda. Osney hatte keine Cheerleader-Truppe, aber wenn es eine gehabt hätte, hätte sie ebenfalls ganz oben auf der Spitze der Pyramide gestanden. Sie sah sensationell aus, und wenn sie mit ihren Freundinnen im Schlepptau den Schulflur hinunterging, hatte man immer den Eindruck, als wäre eine Windmaschine auf sie gerichtet. Nur die Musik dazu fehlte – am besten irgendetwas von Miranda Pencrofts Titelliste. (Wenn Pencroft bei *Desert Island Discs* zu Gast gewesen wäre, würde sie sich Songs von Taylor Swift, Ariana Grande und Justin Bieber aussuchen.)

Miranda war Schwimmerin und das viele Training hatte dafür gesorgt, dass sie einen unglaublichen Körper besaß: lange, muskulöse Arme, perfekte Beine und Haare, die vom Chlor fast silberblond waren. Sie roch immer nach Hallenbad und dieser Geruch löste bei mir für den Rest meines Lebens ein Gefühl banger Erwartung aus. Miranda Pencroft ähnelte der kleinen Meerjungfrau – nicht der süßen Rothaarigen aus dem Disney-Film, sondern der aus dem Märchen von Hans Christian Andersen, wenn die kleine Meerjungfrau das Meer verlässt und als schönstes Mädchen der Welt an Land geht, um nur mithilfe ihres Aussehens einen Prinzen für sich zu gewinnen, da sie stumm ist. (Ich glaube, in der Geschichte muss sie sich die Zunge herausschneiden lassen, um Beine zu bekommen. In diesen alten Märchen ging es nicht gerade jugendfrei zu.)

Pencroft war genauso schön und genauso stumm wie die kleine Jungfrau. Sie sah mich nie an, obwohl ich sie die ganze Zeit anstarrte. Ich konnte einfach nicht anders. Beim Osney-Sprint hatte es bei ihr nur für eine Eins gereicht, aber was das Aussehen anging, war sie eine Zehn. Sie redete auch nie mit mir, was aber nicht bedeutete, dass sie mich nicht mobbte. Pencrofts bevorzugte Waffe waren soziale Medien und damit hätte sie es fast geschafft, mich um den Verstand zu bringen.

Pencrofts beste Freundin war Jun Am Li. Li hatte lange schwarze Haare, die ihr bis zur Hüfte reichten und zu einem dicken Zopf geflochten waren, wenn sie ihren beiden Hauptbeschäftigungen nachging: Tennis und Geige spielen. Sie war in beidem ein Wunderkind. Wenn Li an *Desert Island Discs* teilnehmen würde, würde sie sich Mozarts Geigenkonzerte aussuchen, die, die mit einem K anfangen. Li hatte den schlimmsten Fall von Resting Bitch Face, den ich je gesehen hatte. Sie wirkte sogar selbst dann noch fies, wenn sie es gar nicht versuchte, aber da sie sowieso die meiste Zeit über fies war, war es eigentlich auch egal. Was ihre beste Freundin, Miranda Pencroft, anging, war Li überfürsorglich. Lis Feindseligkeit mir gegenüber war der Tatsache geschuldet, dass sie mich *ein einziges Mal* dabei erwischt hatte, wie ich Pencroft anstarrte. »Was gibt's denn da zu sehen, du kleiner Perverser?«, hatte sie gefragt, während sie mich wütend angefunkelt und mit dem Finger auf mich gezeigt hatte. In dem Moment waren mir beim Anblick von Pencroft mal wieder Meerjungfrauen-Vergleiche durch den Kopf gegangen, aber das konnte ich Li ja schlecht sagen. »Nichts«, erwiderte ich daher.

»Das will ich auch hoffen«, zischte sie nur wenige Zentimeter von meinem Gesicht entfernt. »Sie ist eine Nummer zu groß für dich.« Als ob ich das nicht schon längst gewusst hätte.

Loams bester Freund war Turk, ein Fußball-Naturtalent. Turk machte auf Proll und er hatte Glück, dass sein Nachname so klasse zu diesem Image passte. Ich wusste zufällig – weil ich einmal Medikamente für ihn aus der Apotheke geholt hatte –, dass er mit Vornamen Ralph hieß und genauso reich war wie alle anderen. Turk hatte einen dieser bescheuerten Haarschnitte, bei denen die Seiten fast kahl rasiert und die restlichen Haare ziemlich lang waren. Vermutlich dachte er, es würde ihn *hart* aussehen lassen. Er trug immer eine kleine Cross-Body-Tasche von Adidas mit sich herum, in der er wahrscheinlich seine »Drogen« unterbrachte. Außerdem sog er ständig die Luft durch die Zähne, mit einem schmatzenden Geräusch, das fürchterlich nervte. Anscheinend machte man das »auf der Straße« so und Turk betonte mit dem Geräusch alles, was er sagte. Er nannte jeden *Digga* oder *Alder* oder *Bro,* und es ging das Gerücht um, dass er dealte, auch schon, als ich ihn kennenlernte, und da war er dreizehn. Angeblich verbrachte er viel Zeit in den berüchtigten Sozialsiedlungen weitab von Oxfords prächtigen Colleges, in Problemvierteln wie Blackbird Leys im heruntergekommenen Osten Oxfords.

Ich nahm ihm nicht ab, was er verkaufen wollte – damit meine ich nicht die Drogen, sondern das Image. Klar, in Chemie, dem einzigen Unterrichtsfach, das ihn interessierte, kannte er sich ziemlich gut aus und über Chemikalien und Drogenutensilien schien er auch eine Menge zu wissen. Im Chemielabor tat er immer so, als würde er in seinem Keller Meth kochen, wie diese Typen aus *Breaking Bad.* Ich persönlich vermutete allerdings, dass Turk sofort die Flucht ergreifen würde, falls er tatsächlich mal echte Drogen zu Gesicht bekommen würde. Wenn er bei *Desert Island Discs* zu Gast wäre, würde er sich Grime-Rapper »von der Straße« aussuchen, Lethal Bizzle oder Wretch 32 zum Beispiel. Aber es war alles von vorne bis hinten Fake. Das Rezept für seine Medikamente hatte mir verraten, dass Turk ganz in meiner Nähe im spießigen Jericho wohnte und seine Eltern absolut seriöse Leute waren. Zu Hause hörte er vermutlich Ed Sheeran und Coldplay. Aber da alle dachten, Turk wäre so ein knallharter Typ, beherrschte er mit Loam zusammen die Schule. Turks Foltermethoden waren chemischer Art, was ich am eigenen Leib erfahren sollte.

7
BLUCOZADE

Turk hat mir das Zeug wahrscheinlich im Speisesaal verabreicht. Ein langer, eichenholzgetäfelter Raum mit einem Podest an einem Ende, auf dem der Tisch stand, an dem die Lehrer in ihrer unvermeidlichen Sportbekleidung saßen. An den Wänden hingen die genauso unvermeidlichen Trophäen und Rosetten. Ich nahm das Mittagessen für gewöhnlich in der Gesellschaft des einzigen Porträts im Raum ein – ein riesiges Ölgemälde von George III., dem Gründer der Schule, das dem Lehrertisch und dem großen Fenster gegenüber über der Tür hing. Über George III. wusste ich genau drei Dinge:

Er gründete Osney.

Er verlor den Amerikanischen Unabhängigkeitskrieg und erkannte die Unabhängigkeit der Vereinigten Staaten von der englischen Krone an.

Er wurde wahnsinnig.

Dass er verrückt war, konnte man auf dem Porträt nicht so richtig sehen. Offenbar hatte der gute alte George zu dem Zeitpunkt, als das Bild entstand, noch verbergen können, dass er nicht mehr alle Tassen im Schrank hatte. Genau genommen hatte er auf dem Bild etwas sehr Erhabenes und Autoritäres an sich, als wäre er allen anderen überlegen. Irgendwie erinnerte er mich an Loam, soll heißen: dass er wie ein kompletter Idiot aussah.

Jedenfalls nahm ich mein beschissenes Mittagessen auf Proteinbasis – in Osney gab es jede Menge Fleisch und Eier – wie immer allein ein, am Ende des Tisches, unter den wachsamen Augen meines alten Kumpels George. Aber dieser Tag war anders. Turk, der natürlich sein Fußballtrikot trug, knallte sein Tablett auf den Tisch (»Was geht, Alder?«) und ließ sich neben mich auf die Bank fallen. Dabei stieß er meine Getränkeflasche um, stellte sie wieder hin und sagte: »Meine Schuld.« Und danach hätte ich schwören können, dass mein Sportdrink irgendwie sandig war, aber da er sowieso schon eine dermaßen unnatürliche radioaktiv-blaue Farbe hatte, war es ziemlich schwierig, festzustellen, ob noch etwas anderes drin war.

Die Krämpfe begannen im Sportunterricht. Wann sonst? Ich wusste nicht, dass Scheiße so flüssig wie Pisse werden kann, bis ich mich mitten auf dem Rugbyfeld vor Schmerzen krümmte und erschrocken zusah, wie eine braune Flüssigkeit an meinem Bein hinunterlief. Ich musste hinter einen Baum rennen, weil mein Hintern explodierte. Ich zog die kurze Sporthose aus und musste dann meine Unterwäsche benutzen, um mich abzuwischen. Nachdem ich meinen Slip in einen Busch geworfen hatte, zog ich die Sporthose wieder an. Dann humpelte ich mit zusammengepressten Beinen in Richtung Schulgebäude, wobei mir auffiel, dass Turk an einem Rugbypfosten lehnte und sich ebenfalls krümmte. Nicht vor Durchfall, sondern vor Lachen.

Ich konnte unmöglich verheimlichen, was passiert war. Nicht nur die braunen Streifen an meinen Beinen verrieten mich, auch der Geruch. Den Rest des Nachmittags verbrachte ich auf dem Klo, denn was immer Turk mir verabreicht hatte, es ließ meine Eingeweide vollkommen verrücktspielen. Es ist wohl klar, was für Spitznamen mir nach diesem Vorfall verpasst wurden: »Scheiße-statt-Hirn«, »Pampers« und so weiter. Irgendwann war ich es leid, das Kackhaufen-Emoji zu sehen.

Mein Getränk mit einem Abführmittel zu versetzen, war ein

ziemlich geschmackloser Scherz, aber Turk hatte noch mehr auf Lager. Er machte verbal weiter. Loam war alles andere als wortgewandt – er war ein Dreckskerl, ein Volltrottel und ein Neandertaler. Aber Turk mit seinem schier unerschöpflichen Vorrat an Straßen-Slang hatte immer neue Namen parat, die er mir an den Kopf warf. Jeden Tag. Einige kannte ich schon: *Nerd, Geek, Loser.* Bei manchen Wörtern war ich mir nicht so ganz sicher, was er meinte: *Schwachmat, Problemiker, Tastenhengst.* Ein anderes verstand ich sehr gut: *Schwuchtel.* Das muss mir erst mal einer nachmachen: Ich war ein Perverser, der Mädchen angaffte (laut Li), und eine Schwuchtel (laut Turk) – und zwar gleichzeitig.

Aus irgendeinem Grund stürzte sich Gil Egan auf Turks Behauptung, ich sei schwul. Es wäre mir egal gewesen, aber ich war nicht schwul. Es wäre lustig gewesen, aber das war es nicht. Es wäre zum Lachen gewesen, aber ich fand es nicht zum Lachen. Egans gezielte Kampagne unbegründeter Homophobie setzte mir mehr zu als alles andere. Er ließ keine Gelegenheit aus, mich nach meinen Lovern zu fragen. Und was noch schlimmer war: Er behauptete, ich sei in Mr Errington, meinen Mathelehrer, verknallt. Ich mochte Mr Errington, aber nicht *so.* Ich mochte ihn in erster Linie deshalb, weil ich mit ihm über Mathe reden konnte.

Einmal, direkt nach einer besonders brutalen Mittagspause, war ich mit meiner WLAN-Stirn in den Matheunterricht gekommen. Ich schwöre, Mr Errington konnte mir ansehen, dass ich versuchte, nicht in Tränen auszubrechen. Er musterte mich, dann musterte er meine Peiniger – Turk, Loam, Egan, Pencroft und Li –, die hinter mir ins Klassenzimmer kamen. Er verdonnerte die gesamte Klasse zu einer Seite Matheaufgaben, was alle erst mal eine Weile beschäftigte. Und dann kam er zu mir. Er ging neben meinem Pult in die Hocke und legte mir die Hand auf die Schulter. Ich dachte, er würde mich gleich fragen, was los sei, was schrecklich gewesen wäre, ganz, ganz *schrecklich,* denn ich schwöre, wenn er mich das gefragt hätte – wenn er auch nur ein einziges freundliches Wort zu mir gesagt hätte –, wäre ich zusammengebrochen und hätte angefangen zu weinen und das hätte alles nur noch viel schlimmer gemacht.

Aber er fragte mich gar nichts. Er sagte nur: »Selkirk, hast du gewusst, dass es eine ganz einfache Methode gibt, um sich die Nachkommastellen von Pi einzuprägen? Du musst dir einfach nur den Satz: ›Gib O Gott, O Vater, Fähigkeit zu lernen‹ merken.«

Ich schniefte. »Wie soll mir das helfen, mir die Nachkommastellen zu merken?«

»Schau her.« Er schrieb die Wörter untereinander in eine Spalte, dann die Ziffern daneben.

Gib	3
O	1
Gott	4
O	1
Vater	5
Fähigkeit	9
zu	2
lernen	6

»Cool.« Mr Errington wusste, dass ich solche Wort-und-Zahlen-Spielereien mochte, weil wir uns vorher schon einmal darüber unterhalten hatten. Ich sah ihn an und er sah mich an und lächelte, bis seine Augenwinkel irgendwie Falten bekamen. Dieser kleine Trick, den er mir verriet, und die Tatsache, dass er sich mit mir unterhielt, als wäre ich ein menschliches Wesen, und anstelle von »Loser«, »Blindgänger« oder »Pädo« meinen Namen benutzte, machten ihn für mich zum Helden.

Egan bekam es mit und musste natürlich eine Bemerkung darüber machen. »Mir ist aufgefallen, wie Mr Errington dich angesehen hat«, flüsterte er direkt nach der Stunde in mein Ohr. »Bist du schwul und in Mr Errington verknallt? *Er* ist nämlich schwul. Hast du das gewusst?«

Ich hatte es nicht gewusst. Und es war mir egal. Aber Egan gab mir das Gefühl, dass ich mich nicht einmal mehr mit Mr Errington unterhalten konnte, denn wenn ich es tat, sah ich aus dem Augenwinkel heraus Egan, der hinter vorgehaltener Hand lachte und flüsterte. Ich hatte absolut keine Möglichkeit, von meiner eigenen einsamen Insel herunterzukommen.

8

DIE WIEDEREINFÜHRUNG DER SKLAVEREI

Zwölfer (also ich) mussten für alle arbeiten. Aber Loam war der schlimmste Sklaventreiber.

Er ließ mich seine Sachen von Klassenzimmer zu Klassenzimmer tragen. Selbst heute noch könnte ich ganz genau beschreiben, wie seine Sporttasche ausgesehen hat: so lang wie ein Sarg und genauso schwer. Marineblaues wasserdichtes Gewebe, roter Rennstreifen, auffällig unauffälliger Nike-Haken, raue Klettverschlusse an den Henkeln. Je nachdem, welchen Wochentag und welche Jahreszeit wir gerade hatten, spürte ich, wie sich die Sportausrüstung in der Tasche hin- und herbewegte – Cricketschläger, Schienbeinschoner, Tennisschläger. An den Seiten drückten die Sachen gegen den Stoff, sodass man ihre Umrisse wie bei der Geburt eines Aliens sehen konnte, und wenn es Fußball- oder Laufschuhe waren, zerkratzten mir die Stollen und Spikes beim Gehen die Schienbeine. Meine Hände wurden wund von den Henkeln, meine Schultern schmerzten vom Gurt, mein Rücken war ständig gekrümmt. Ich schwöre, dass ich drei Jahre lang gebückt gegangen bin, nur wegen dieser verdammten Tasche.

Das war aber noch nicht das ganze Ausmaß meines Sklavendaseins. Wenn Loam zum Mittagessen einen Bubble-Tea wollte, musste ich los und ihn holen. Wenn seine beschissenen, nach Käse stinkenden Socken, sein Beinschutz fürs Cricket oder – noch schlimmer – sein Suspensorium gewaschen werden mussten, stand ich in der Pause im Umkleideraum und schrubbte das Zeug.

Wenn ich ihm auf dem Gang begegnete, riss er mir manchmal ohne jeden Grund die Brille von der Nase und brach sie auseinander. Obwohl ich nur minus eine Dioptrie hatte, kaufte ich mir trotzdem immer wieder eine neue, weil sie eine Art Pufferzone zwischen ihm und mir bildete. Ich tat immer so, als würde es mich völlig fertigmachen, tatsächlich aber war es mir egal. Wenn ich keine Brillen mehr zu Hause hatte, kaufte ich einfach ein paar neue. Die Logik dahinter war folgende: Wenn Loam meine Brille zerbrach, würde er vielleicht *mich* nicht zerbrechen. Ich hatte nämlich Angst vor ihm. Ich war ein Feigling. Ich wollte keine Schläge von ihm und ich dachte, die Brille würde das verhindern. Bei dem Gedanken daran, von ihm verprügelt zu werden, wurde mir schlecht.

Nachdem er meine Brille zum zweiten Mal kaputt gemacht hatte, machte ich mir nicht mehr die Mühe, hochwertige Gestelle zu kaufen. Bei der ersten – der teuren – waren meine Eltern ziemlich angefressen, als ich ihnen erzählte, ich sei aus Versehen draufgetreten. Der Ersatz war eine tolle Brille von *Specsavers* für etwa hundert Pfund. Als Loam *die* in den Fluss warf, sagte ich es meinen Eltern gar nicht mehr. Ich ging in die Stadt und kam zufällig an einem verrückten kleinen Laden namens *Tiger* vorbei, in dem man quietschbunten Plastikschrott bekommt, unter anderem auch Lesebrillen für vier Pfund. Ich kaufte das Regal mit den schwarzen Lesebrillen leer, weil ich davon ausging, dass ich sie brauchen würde.

Ich hatte mich nicht geirrt.

Meine Eltern erfuhren nie, was mit der dritten Brille passierte. Oder der fünften oder der sechsten. Die Brillen von *Tiger* sahen dem Modell, das sie für mich gekauft hatten, so ähnlich, dass sie es nicht bemerkten. Obwohl sie Verhaltensforscher waren, schienen sie blind zu sein für das, was in Osney vor sich ging. Aber man kann ihnen eigentlich keinen Vorwurf machen. Ich wurde ziemlich gut darin, es zu verheimlichen.

Bis auf meinen ersten Tag in Osney weinte ich nie wieder, und obwohl ich Mom manchmal dabei erwischte, wie sie mich halb besorgt, halb liebevoll musterte, schaffte ich es, meine Eltern davon zu überzeugen, dass alles super lief. Sie waren so glücklich in Oxford, so glücklich mit ihrer Arbeit, dass ich die Idylle nicht zerstören wollte. Ich hätte sie natürlich anflehen können, mich aus der Schule zu nehmen und irgendwo anders hinzuschicken, weil ich gemobbt wurde. Aber ich konnte mir einfach nicht vorstellen, so etwas zu sagen. Wahrscheinlich schämte ich mich, weil ich dachte, sie wären enttäuscht von mir, wenn ich ihnen gestand, dass ich der Sklave der ganzen Schule war.

Und es gab noch einen Grund dafür. Mein Zuhause war eine Oase in der Wüste, ein Haus voller Liebe, den tröstlichen Klängen von BBC Radio 4 mit der beruhigenden Lyrik des Seewetterberichts und den vertrauten Klängen der Titelmelodie von *Desert Island Discs.* Mein Zuhause war der Ort, an dem ich mir vorstellen konnte, ein Schiffbrüchiger zu sein, der weit weg von meinen Klassenkameraden auf einer einsamen Insel gestrandet war. Es war der Ort, wo ich in meinem Zimmer verschwinden und sämtliche Bösewichte in *Overwatch* abknallen konnte, während ich mir vorstellte, sie wären Loam, wo ich mich auf die Insel Myst träumen und als Link in *Zelda* mit dem Deku-Blatt herumreisen konnte.

Nach einer Weile wurde ich zum Essen nach unten gerufen und dort gab es dann keine Bildschirme, sondern meine Eltern, die leicht durchgeknallt, liebevoll und intelligent waren. Beim Essen redeten wir über naturwissenschaftliche Themen wie

Pawlows Hunde oder Schrödingers Katze und die Augen hinter den Brillen meiner Eltern funkelten begeistert. Was wir aßen, schmeckte hervorragend und war, wie alles an uns, eine merkwürdige Mischung aus amerikanisch und britisch. Hier war ich nicht der Letzte in der Schlange, sondern der Erste. Ich war ihr Liebling. Ich war nicht länger eine Zwölf, sondern Sohn Nummer eins. Es war der einzige Ort, an dem ich mich wie der wichtigste Mensch fühlte, nicht wie der letzte. Mein Zuhause war meine Flucht vor Sklaverei und Unterdrückung. Ich wollte Loam und seine Kumpel nicht hierherbringen, ich wollte nicht einmal ihre Namen sagen, sie nicht in meinen sicheren Hafen lassen. Ich fragte mich, wie viele gemobbte Jugendliche das tun, wie viele von ihnen dafür sorgen, dass ihre Eltern nicht einmal die Namen ihrer Peiniger kennen.

Aber ich war nie vollkommen sicher, nicht einmal bei mir zu Hause. Nicht einmal spätabends in meinem Zimmer. Dort ergriff das Handy die Macht, in Form von sozialen Medien oder besser gesagt antisozialen Medien. Loam, Li, Turk, Egan und Pencroft drangen in meine Zufluchtsstätte ein, als Pieps- und Klingeltöne von Instagram, Snapchat, E-Mail, SMS. Es gab so viele Medien, mit denen ihre Beleidigungen wie Pfeile in meine Festung eindringen konnten. Kleine Symbole, die so harmlos aussahen: niedliche Emojis, winzige »Daumen hoch«-Symbole und kleine grüne Textblasen. Warum wird einem schlecht, wenn man etwas so Lustiges wie einen grinsenden Smiley sieht? Warum schlägt einem das Herz bis zum Hals, wenn eine winzige, nicht einmal daumennagelgroße Sprechblase angezeigt wird? Warum bringt einen ein kleines Geisterbaby zum Weinen? Ich erklär's mal: weil Miranda Pencroft einen beleidigt und alle darüber lachen. Weil ihnen ein beschissenes Foto »gefällt«, das einen in Unterwäsche im Umkleideraum zeigt. Weil in der Sprechblase steht, dass man schwul oder bescheuert oder ekelhaft ist oder – an einem denkwürdigen Abend – »du bist so hässlich, geh sterben«. Ich begann, mein Telefon zu hassen, und fürchtete mich vor den leisen Tönen, die es von sich gab. Ich weiß nicht, warum ich es nicht einfach in den Mülleimer warf. Ich wollte es tun, wirklich, ich wollte ihm sein Hochglanzgesicht einschlagen, aber aus irgendeinem Grund hatte es mich in seiner Gewalt, arrogant und selbstsicher und mit mehr Technologie in seinem Nickelbauch als die Apollo-Mondflüge. Und deshalb lag es auf meinem Nachttisch und war unantastbar, ein bösartiges schwarzes Rechteck. Manchmal summte es, wenn ich gerade am Einschlafen war, und dann überfiel mich die Angst, die mir den Magen umdrehte und mich so lange wach hielt, bis es Morgen war und der Himmel vor meinem Fenster kopfschmerzgrau wurde.

9
KRÖNUNG

Ich erzähle das alles ganz locker und wie eine Art Überblick, weil dieser Scheiß drei Jahre gedauert hat. Natürlich hat mich jeder einzelne dieser Vorfälle tief verletzt. In der Schule bekam ich jeden Tag meine WLAN-Stirn, weil ich krampfhaft versuchte, nicht zu weinen, und so gut wie jede Nacht weinte ich dann doch in meinem Zimmer, während ich mein passiv-aggressives Handy anstarrte, bis es gegen Mitternacht, wenn sogar Trolle schlafen müssen, zu piepsen und zu klingeln aufhörte. Wenn ich alles, was passiert ist, bis ins letzte Detail auflisten würde, würde wohl jeder aufhören zu lesen. Es wäre einfach zu deprimierend. Und im Grunde genommen ist dieser Teil ja auch nur der Prolog für die eigentliche Geschichte, für das, was auf der Insel geschah.

Am Ende des ersten Schuljahrs hatte ich jedenfalls genug und beschloss, mich Mr Errington anzuvertrauen. Wie bei den meisten Mobbing-Opfern war der Unterricht selbst mein sicherer Hafen. Jeder Schüler, der schikaniert wird, kann bestätigen, dass man sich im Klassenzimmer, unter den Augen der Lehrer, sicher fühlt. Dort blühte ich auf. Dort begann ich zu leben. Dort wurde ich von Naturwissenschaften, Mathe und Literatur getröstet. Die Lehrer – mit Ausnahme des widerwärtigen Mr Llewellyn – waren die Einzigen in Osney, die mich mochten. Wenn sich die Zeiger der Uhr auf die Pause oder die Mittagszeit zubewegten, wurde mir schlecht, weil ich nicht wollte, dass die Stunde zu Ende ging. In Osney durfte man sich nicht in der Bibliothek oder dem Klassenzimmer verstecken – die Lehrer waren derartige Frischluftfanatiker, dass sie einen sofort aus den Gängen mit den Silberpokalen scheuchten, wenn kein Unterricht war.

Nerds mögen keine frische Luft. Wir mögen die zugezogenen Vorhänge und das Kunstlicht in unserem Zimmer, das freundliche Brummen von Computerprozessoren, das aus unseren PC-Türmen dringt. Ich hasste frische Luft, denn frische Luft bedeutete, dass Loam und seine Kumpel mich schikanierten. Oder besser gesagt, ich hasste frische Luft, bis ich auf die Insel kam. Dort fand ich frische Luft eigentlich ganz okay.

Was die Lehrer angeht, so hatte ich eine gute Beziehung zu Mr Adamson in Physik, Miss Hardy in Englischer Literatur und ganz besonders zu meinem »Liebhaber« Mr Errington in Mathe entwickelt. Sie waren fachlich alle recht gut, aber ich wusste vermutlich genauso viel wie sie, denn sämtliche Lehrer waren in erster Linie für den Sportunterricht eingestellt worden. Miss Hardy war früher Tennis-Profi gewesen, Mr Adamson Sportwissenschaftler (er hat Trainingspläne für Fußballspieler entwickelt) und Mr Errington hatte geboxt, daher hielt ich ihn für jemanden, der es mit Loam aufnehmen konnte.

Die Lehrer waren immer erleichtert, wenn sie mich aufriefen oder ich mich meldete, denn sie wussten, dass sie die richtige Antwort bekommen würden, von jemandem, der sich für ihr Fach begeisterte. Ich war so etwas wie eine kleine Insel in einem Meer gelangweilter, desinteressierter und absolut ahnungsloser Schüler, die nur auf die nächste Sportstunde warteten. Jedes Mal, wenn sie mir etwas Besonderes über ihr Fach verrieten, so wie Mr Errington das mit Pi getan hatte, oder wir einen kleinen Scherz machten, den außer uns niemand verstand, sog ich dieses Wissen in mich auf. Obwohl die Lehrer in der Schule das für mich waren, was Freunden am nächsten kam, machte ich mir nichts vor. Ihnen lag nichts an mir – ich war nur ein Schüler, der gut in ihrem Fach war. Niemand machte eine große Sache daraus oder versuchte, mich aus der Reserve zu locken. Die Komplimente und Witze waren spontan und beiläufig, aber diese Bruchstücke der Interaktion waren für mich die einzige von Respekt geprägte Kommunikation, die ich in Osney erlebte. Und das war dann auch der Grund dafür, warum ich nach den Schrecken des Sportfests beschloss, mit Mr Errington zu reden.

In den Vereinigten Staaten gab es keine Schulsportfeste. Die schlimmste sportliche Demütigung, die ich in meinem bisherigen Leben hatte erfahren müssen, bestand darin, dass ich in der Little League auf die Bank geschickt wurde, weil ich keinen einzigen Ball schlagen oder fangen konnte. Aber damals war ich so jung gewesen, dass es mir egal gewesen war, und in der Little League spielt man Baseball sowieso nur zum Spaß. Bei meinem ersten Sportfest in Osney war ich so alt, dass es mir alles andere als egal war. Und wie immer, wenn es in Osney um Sport ging, war es eine todernste Sache. Für alle Unsportlichen ist das Sportfest an sich schon Folter. Sinn und Zweck dieser Veranstaltung ist es, die Schwächen eines Schülers in aller Öffentlichkeit zur Schau zu stellen und ihn dabei auch noch maximal zu demütigen, denn die ganze Schule schaut dabei zu.

Wir marschierten über die Brücke zu den Sportplätzen. In Osney benutzte man selbstverständlich nicht den örtlichen Park. Die Schule besaß eine eigene Laufbahn, mehrere Spielfelder, eine Schwimmhalle und überhaupt alles, was das Sportlerherz begehrte. Ich war nur bei einem einzigen Wettkampf dabei – man hatte mir erlaubt, am Staffellauf der Elfer teilzunehmen, eine der letzten Veranstaltungen des Tages. Wenn ich nicht gerade Besorgungen für Loam und seine Kumpel erledigen musste, war mir ganz schlecht vor lauter Warten darauf, dass es endlich losging. Natürlich ließ ich den Stab fallen und natürlich grölte die ganze Schule meinen Namen. Selbst die Elfer sahen mich an, als wäre ich der letzte Dreck. Als das Sportfest vorbei war, hatte ich genug. Ich wollte gleich am nächsten Tag mit Mr Errington reden. Ein weiteres Schuljahr wie das letzte würde ich nicht durchstehen. Nicht einmal ein Trimester, eine Woche oder einen Tag.

Es gab nur ein Problem. Einen Tag nach dem Sportfest, am letzten Tag des Trimesters, fand die »Krönung« statt. Und daher konnte ich kurz vor dem Beginn der Sommerferien voller Staunen miterleben, was es damit auf sich hatte.

Bei der Krönung ging es völlig anders zu als beim Sportfest. Wir versammelten uns nicht auf den Sportplätzen, sondern im Innenhof, im Herzen der Schule, dort, wo ich an meinem ersten Tag den berüchtigten Osney-Sprint absolviert hatte. Und wir trugen keine Sportsachen, sondern unsere »Ausgehuniform«, die bei besonderen Gelegenheiten Pflicht war. Sie bestand aus einem schwarzen Gehrock mit Schwalbenschwänzen anstelle des Blazers, einer flaschengrünen Weste und – Achtung, jetzt kommt's – einem Zylinder. So ein Ding, wie man es bei Pferderennen in Ascot trägt. Ohne Scheiß.

Wir standen in einem großen, exakt ausgerichteten Quadrat da, kerzengerade wie Soldaten. In Osney gab es keine Häuser wie bei Harry Potter; wir waren wie immer nach unseren Sprintzeiten geordnet. Ich hatte mich neben die Elfer hingestellt, die mich alle – einschließlich der guten Flora – angestrengt ignorierten, weil ich am Tag vorher den Staffelstab hatte fallen lassen. Ich entdeckte Loam, der größer und breiter als alle anderen war, obwohl er zu der Zeit bei Weitem nicht der älteste Schüler war. Seine kleine Clique aus Einsern – Li, Pencroft, Turk – umringte ihn, wobei Turk die exakte Ausrichtung störte, weil er seinen Zylinder auf dem Hinterkopf trug, damit seine bescheuerten Haare nicht flach gedrückt wurden. Die Lehrer trugen ihre schwarzen Talare und in einer Ecke des Innenhofs sah ich Mr Errington, meinen Silberstreifen am Horizont, der sich zu Mr Adamson und Miss Hardy gesellt hatte, seiner eigenen Clique. Mein Blick fiel auf die Schüler, die bei dem warmen Sommerwetter in ihren Zylindern und Gehröcken schwitzten, und auf die uralten Mauern hinter ihnen, und ich dachte: *Die spinnen doch alle.* Ich kam mir vor, als wäre ich in ein Wurmloch des Raum-Zeit-Kontinuums gefallen und im 19. Jahrhundert wieder herausgekommen.

Es sollte noch surrealistischer werden. Mr Lake, der Musiklehrer, trat mit wehendem Talar vor und sang einen Ton. Das war für uns das Zeichen, das »Krönungslied« anzustimmen. Es wurde achtzehnhundert-noch-was von einem ehemaligen Schüler geschrieben, der dann später während des Burenkriegs Armeegeneral wurde. Musik war in Osney eigentlich Nebensache, was Li, die ja ein Geigenwunderkind war, mächtig wurmte, aber in der letzten Woche hatten wir dieses bescheuerte Lied fast ununterbrochen üben müssen, zur Melodie von Beethovens »Ode an die Freude«. Als Mr Lake das Signal gab, konnten wir es daher alle in- und auswendig. Der Refrain ging so:

Lauf los, lauf los, Osney-Mann,
schlägst uns alle in den Bann.
Ruhm und Reichtum sind dein Ziel,
stürz dich mit Elan ins Spiel!
Nur der Beste ist gut genug,
es vergeht die Zeit im Flug.
Ruhm und Reichtum sind dein Ziel,
stürz dich mit Elan ins Spiel!

Bei dem Lied hätte ich am liebsten gekotzt. Wer um alles in der Welt reimte *Spiel* auf *Ziel?* Das war in etwa so einfallsreich wie *Herz* auf *Schmerz.* Aber was mir noch mehr Magenschmerzen bereitete als das Reimschema war die Grundstimmung des Ganzen. Als wären Sport und Spiele alles, als wäre alles ein Spiel, als könnte man den Rest seines Lebens ein »Osney-Mann« sein. In einer Art Vorausblende sah ich den Rest von Loams Leben an mir vorbeiziehen: eine auf Sport ausgerichtete Universität, vielleicht eine Karriere als Profisportler, dann – Gott steh uns bei – in die Politik, und alles so, als würde er den Osney-Sprint absolvieren. An keiner Stelle des Liedes ging es darum, sich um andere zu kümmern oder ein gutes Vorbild für andere zu sein oder den Schwächeren zu helfen. Es ging nur ums Gewinnen.

Danach wurde es noch schräger. Mr Llewellyn, Direktor der Schule, Leiter des Sportunterrichts und bekennender Sport-Nazi, trat vor – mit einem riesigen Silberpokal in der Hand. Ich wusste, was das war. Es war der Pokal für den Allroundsportler, die höchste Auszeichnung von Osney, und alle behandelten das Ding, als wäre es der Heilige Gral oder etwas in der Größenordnung. Der gute Llewellyn ging damit so behutsam um, als wäre es ein Atomsprengkopf, und stolzierte gemessenen Schrittes in die Mitte des Innenhofs. Dort angekommen, stellte er den Pokal auf den Boden, auf einen Kreis aus hellen Steinplatten in der Rasenfläche. Dann nahm er den Deckel von dem Ding und hielt ihn hoch, sodass sich die Sonnenstrahlen darin fingen.

»Wer ist ein Osney-Mann?«, brüllte er.

»Ich bin ein Osney-Mann!«, antwortete die Schule im Chor.

Ohne zu wissen, warum, beugte ich mich ein wenig vor und warf einen Blick die Reihe hinunter zu Flora, deren pinke und violette Haare unter ihrem Zylinder hervorlugten. Eigentlich hätte sie lächerlich aussehen sollen, aber aus irgendeinem Grund wirkte sie wie ein ziemlich cooler Steampunk. Ich fragte mich, ob es ihr gefiel, als »Osney-Mann« bezeichnet zu werden, auch wenn Osney seit 1918 eine gemischte Schule war. Ich hatte mich nicht in ihr getäuscht. Flora hatte die Lippen aufeinandergepresst. Sie hatte es nicht ausgesprochen. Es war der erste Hauch von Rebellion, den ich bei ihr entdecken konnte. Ich richtete mich wieder auf, als Mr Llewellyn brüllte: »Gibt es einen Viertelmann?«

Loam trat vor. »Ich bin ein Viertelmann!«, schrie er.

»Wer ist der Spitzenmann?«

»Loam ist der Spitzenmann!«, brüllte die Schule im Chor.

Dann marschierte Loam in die Mitte der Rasenfläche, nahm seinen Zylinder ab und warf ihn in die Luft, so hoch er konnte. Da er Loam war, war es ziemlich hoch. Ich hörte gar nicht, wie der Hut wieder herunterkam. Und dann wurde er von dem guten Llewellyn mit dem Deckel des bescheuerten Pokals *gekrönt.* Im Ernst. Es gibt kein anderes Wort dafür. Es war eine verdammte *Krönung.*

Loam drehte sich mit einem triumphierenden Grinsen zu uns um. Auf seinem Gesicht stand *Gewinner* geschrieben, obwohl er mit dem spitzen Silberdeckel auf dem Schädel wie ein kompletter Idiot aussah. Dann schleuderten auch die restlichen Schüler – mit Ausnahme von mir – ihre Zylinder in die Luft. Die schwarzen Hüte, die überall herumflogen, ähnelten der Luxusversion einer Abschlussfeier. In diesem Augenblick setzte vorübergehend mein Verstand aus, weil mir alles so surreal vorkam. Ich sah zufällig Flora an, während die Hüte um uns herum wie in Zeitlupe herunterfielen, und stellte fest, dass auch sie ihren Zylinder noch trug.

Und dann, im Chaos der herabfallenden Zylinder, rannten alle Einser zu Loam, packten ihn und hoben ihn hoch. Er wurde zum Torbogen getragen und dann um den ganzen Innenhof herumgereicht, an allen vier Seiten entlang, von den Einsern bis hin zu den Elfern, als würde er crowdsurfen. Alle jubelten hysterisch und irgendwann hatte Loam mich erreicht, den einzigen Zwölfer. Die Elfer setzten ihn ab und er landete schmerzhaft auf meinen Füßen. Ich konnte die vertraute Mischung aus Schweiß und Aftershave riechen, als Loam gegen mich prallte. Er entschuldigte sich nicht, er sah mich nicht einmal an; er joggte einfach noch eine Runde um den Innenhof herum, während er den Deckel des Silberpokals auf seinem Kopf mit einer Hand festhielt und mit der anderen winkte. Jemand hatte von irgendwoher eine Schulflagge angeschleppt – mit dem Baum und der Insel darauf – und legte sie ihm um die Schultern, als hätte er bei den verdammten *Olympischen Spielen* oder sonst wo gewonnen. Loam zelebrierte das Ganze, und zwar so richtig.

Während ich die anderen beobachtete – abgesehen von Flora war ich der Einzige in der Schule, der *nicht* jubelte –, sah ich, wie Miss Hardy lächelte, klatschte und auf und ab hüpfte, wie Mr Adamson wahnsinnig laut auf zwei Fingern pfiff. Und dann sah ich noch etwas, das all meine Hoffnungen zerstörte. Mr Errington – Mr *Errington* – wischte sich eine Träne aus dem Auge.

Echt jetzt?

Er tat genau das, was jemand in einem Kinofilm immer tut, wenn er von seinen Gefühlen übermannt wird. Es war nur eine kleine Bewegung mit dem Zeigefinger. Die Träne glitzerte in der Sonne wie ein Diamant. Und sie sagte mir, dass es keinen Zweck hatte. Trotz meiner intellektuellen Überlegenheit würden immer alle zu Loam halten, dem Champion der Schule, dem beschissenen Sir Lancelot dieser kleinen Insel Camelot.

10
DAS ÜBERGELAUFENE FASS

Ich musste die Krönungszeremonie noch zweimal über mich ergehen lassen – beide Male gewann Loam –, bevor ich endlich verschwinden konnte.

Es ist nicht übertrieben, wenn ich sage, dass es mit der Zeit immer schlimmer für mich wurde. Wie bitte? *Noch* schlimmer als Scheiße, die einem auf dem Sportplatz die Beine hinunterläuft? Noch schlimmer als die ganze Nacht starr vor Angst sein eigenes Handy anzustarren?

Ja, sage ich. Denn als wir älter wurden, wurden auch die Schikanen ... na ja ... *erwachsener.* Bevor ich weitererzähle, muss ich noch loswerden, dass unser Älterwerden unter anderem auch bedeutete, dass die Zwischenprüfung immer näher rückte, die man in England nach der zehnten Klassse mit sechzehn absolviert.

Ich musste weiterhin Besorgungen für die anderen machen. Drei Jahre lang sagte ich ausgesprochen wenig in der Schule, nur das eine Wort, das die Vereinigten Staaten erfunden haben und inzwischen zum beliebtesten Wort auf unserem Planeten geworden ist: okay. Dieses kleine, zuvorkommende Wort wurde mein Mantra, mein Motto.

»Selkirk. Geh mir eine Geigensaite kaufen. Ich brauche eine A-Saite. In der Banbury Road gibt es ein Musikgeschäft namens *Caswell's.* Und es muss Stahl sein, kein Nylon.«

»Okay.«

»Selkirk, hol mir einen Mango-Bubble-Tea mit Erdbeerperlen. Kein Apfelgelee, sonst schick ich dich noch mal hin.«

»Okay.«

»Selkirk! Alder! Hol mir vierundzwanzig Paracetamol. Ich brauche das Zeug so schnell wie möglich, Bro. Also stemm den Arsch in die Hose und ab zu *Boots.*«

»Okay.«

Falls jetzt jemand auf die Idee kommen sollte, dass ich während der Prüfungen meinem Sklavendasein entkommen wäre – Fehlanzeige. Loam ließ mich Wasserflaschen, Red Bull, Energieriegel und allen möglichen anderen Scheiß holen, von dem er irrtümlicherweise glaubte, er könnte damit sein Gehirn nach sechzehn Jahren Inaktivität zum Laufen bringen. Ich musste auch in der Prüfungsphase meine üblichen Botengänge machen, allerdings kamen noch weitere Dienstleistungen hinzu, die zunehmend akademischer Art waren. Sämtliche sportlichen Schüler interessierten sich nicht die Bohne für die Unterrichtsfächer, aber selbst in Osney mussten sie irgendwie durch die Prüfungen gehievt werden. Ich fing an, Aufsätze, Lernhilfen und Gedankenlandkarten zu schreiben. Ich schrieb Lernkarten in mehreren Versionen, selbst für Fächer, in denen ich mich gar nicht prüfen lassen wollte. Der einzige Vorteil bestand darin, dass ich den gesamten Prüfungsstoff in- und auswendig konnte. Ich wurde – wie der große Abraham Lincoln selbst – zu einer Art Polyhistor, vulgo Klugscheißer. Und das brachte mich auf eine Idee: Wenn ich diesen zusätzlichen Lernaufwand zu meinem Vorteil nutzte, konnte ich meine Prüfugen mit links schaffen. Ich konnte meinen Eltern Bestnoten präsentieren, wie weiland ein Ritter, der den Kopf eines Drachen überbringt, und ihnen dann sagen, dass ich von der Schule abgehen wollte.

Nachdem mir dieser Gedanke gekommen war, war ich gera

dezu besessen davon. Ich begann, die Tage zu zählen, bis ich es meinen Eltern sagen konnte. Ich hatte sogar eine Strichliste in meinem Zimmer hängen, auf der ich die Tage bis zu meinem Abgang vermerkte: vier senkrechte Striche und ein diagonal gesetzter Querstrich, um die fünf vollzumachen. Ich tat so, als wäre ich Edmond Dantès, der Held meines Lieblingsbuchs, der im Château d'If, seinem Inselgefängnis, saß und die Tage zählte, bis er entkommen und zum Grafen von Monte Christo werden konnte. Genau wie Dantès verheimlichte ich, was ich vorhatte. Edmond Dantès aß das Brot und trank das Wasser, das durch seine Zellentür geschoben wurde. Edmond Dantès benahm sich wie immer, wenn die Wachen ihn zu Gesicht bekamen. Edmond Dantès verriet mit keiner Geste, mit keinem Wimpernzuckern, dass er seine Flucht plante und dass er einen Komplizen in der Zelle neben seiner und einen selbst gegrabenen Tunnel unter sich hatte.

Ich aß alles, was mir zu Hause vorgesetzt wurde, und ich lernte fleißig für die Prüfungen. Ich tat so, als würde ich meine Haupt- und Nebenfächer für die letzten zwei Schuljahre aussuchen. Ich meldete mich sogar für das von Osney organisierte Sommercamp mit dem bescheuerten Namen »Vorbereitung aufs Leben« an, wozu mich meine Eltern gedrängt hatten. Es klang wie eine faule Ausrede, aber sie unterrichteten in den großen Ferien einen Sommerkurs und dachten, ich würde mich ohne sie langweilen.

Ich war mir sicher, dass es allerhöchste Zeit war, von Osney Island zu flüchten, und was dann passierte, bestärkte mich nur noch in meiner Entscheidung.

Okay, jetzt wird es gleich ein bisschen eklig. Alle, die ein bisschen zartbesaitet sind, sollten jetzt mal kurz rausgehen.

Die Quälereien in Osney wurden immer übler und ... na ja ... *sexueller.*

Loam wurde größer, ich wurde größer. Loam wurde breiter, ich wurde dünner. Ich vermute, dass mein ausgesprochen magerer Körper dafür sorgte, dass ich noch schräger aussah als vorher. Das weibliche Geschlecht schenkte mir keinerlei Beachtung (jedenfalls keine positive), mit Ausnahme meiner Mutter. Nach meinem Wachstumsschub erwischte ich sie einmal dabei, wie sie mich nachdenklich musterte.

»Was ist denn?«, fragte ich.

»Wenn man diesen verunglückten Haarschnitt und die Brille ignoriert, bist du eigentlich ein sehr gut aussehender Junge.«

»Das sagen alle Mütter zu ihren Söhnen.«

»Nein, nicht alle«, meinte Dad und unterbrach kurz die Lektüre seiner Fachzeitschrift. Er hasste *seine* Mutter.

»Das meine ich jetzt nicht als deine Mutter, sondern als Wissenschaftlerin«, fuhr Mom fort. »Wissenschaftler neigen nicht dazu, Daten zu manipulieren. Ich rede nicht von einer persönlichen Meinung. Legt man empirische Fakten zugrunde, siehst du blendend aus.«

»Jetzt hör aber auf, Mom.« Ich machte mich darüber lustig, ging aber sofort ins Bad und starrte mich im Spiegel an. Meine Augen sahen irgendwie schlammgrün aus und in meinem Gesicht und an meinem Kiefer entdeckte ich ein paar neue Ecken und Kanten. Meine Lippen wirkten ziemlich fett und mädchenhaft. Ich war immer noch zu dünn, aber wenigstens war ich jetzt groß – ich hätte Loam in sein bescheuertes Gesicht sehen können, wenn ich es gewagt hätte. Meine Haare wirkten ein bisschen schräg, so wie immer. Es war nicht so, dass ich mein Spiegelbild *gehasst* hätte, aber zwischen mir und Loam lagen Welten und Loam war nun mal mein Maßstab für einen gut aussehenden

Typ. Er und ich sahen aus wie die Vorher-Nachher-Bilder, die in Werbeanzeigen für Fitnessstudios abgedruckt werden. Ich war Dr David Banner, Loam war der Hulk.

Sämtliche Jungen in Osney machten Veränderungen durch, die so dramatisch waren wie beim Hulk. Klar, wir wurden nicht grün, aber größer (ich) und breiter (Loam) und unsere Stimmen wurden tiefer (alle). Haare begannen zu sprießen, auf Gesichtern, in Achselhöhlen, auf Eiern.

Auch die Mädchen machten eine erstaunliche Verwandlung durch. Sie bekamen Brüste, die die Pullover ihrer Schuluniform ausbeulten, und vermutlich auch Haare an Stellen, die ich nie sah. Wenn ich an die Stellen dachte, an denen Mädchen vielleicht Haare hatten, begann ich zu schwitzen und irgendwie die Kontrolle über mich zu verlieren, ein Gefühl, das ich sowohl mochte als auch hasste. Und das Schlimmste war, dass die Mädchen anfingen, anders zu *riechen.* An heißen Tagen oder nach dem Sportunterricht überlagerte ihr Geruch, ihr RICHTIGER Geruch, der widerlich und aufregend zugleich war, sämtliche blumigen Parfums und ekelhaft-süßlichen Deosprays, die in einer schweren, stickigen Wolke aus der Umkleidekabine drangen.

Miranda Pencroft wurde noch schöner und kam mit Loam zusammen, was überhaupt keine Überraschung war. Es war wie in den Vereinigten Staaten, wo die schönste Cheerleaderin auch immer mit dem besten Sportler zusammen war, der fast immer der größte Idiot war. Das wurde von ihnen erwartet. Sie erfüllten ihre Rollen, so wie ich meine Rolle erfüllte. Ich weiß nicht, wie sehr Miranda in Loam verliebt war. Okay, er war ein gut aussehendes Arschloch, aber so dumm wie ein Gartenstuhl und ich konnte mir nicht vorstellen, dass sich jemand in seiner Gesellschaft wohlfühlte. Trotzdem schien es zwischen den beiden eine gewaltige Anziehungskraft zu geben, denn jedes Mal, wenn ich sie sah, küssten und befummelten sie sich wie zwei Schimpansen.

Während ich mich an meine schlaksigen Arme und Beine zu gewöhnen versuchte, gab ich mir extrem viel Mühe, nicht wie ein kompletter Idiot zu wirken, wenn Pencroft in der Nähe war. Es war eigentlich nur schwer nachzuvollziehen, dass ich sie immer noch mochte, schließlich mobbte mich die Zicke seit Jahren. Trotzdem wünschte ich mir nichts mehr, als dass sie mich cool fand. Und je mehr ich mich bemühte, cool zu sein, desto weniger cool war ich. Schüler haben ein Elefantengedächtnis und niemand hatte die Sache mit dem Durchfall vergessen; dazu kam noch, dass Loams Grausamkeiten in der Pubertät etwas zielgerichteter wurden. Sie wurden das, was meine Eltern als »genderorientiert« bezeichnen würden. Meine Eltern hatten für alles einen Fachausdruck.

Ich bin ziemlich sicher, dass Loam mitbekam, wie ich Pencroft ansah, und dass es ihm gefiel. Es gefiel ihm, dass ich etwas haben wollte, das er als sein Eigentum betrachtete. Loam war kein Feminist – Pencroft war sein Mädchen, sein Besitz. Und deshalb dachte er sich kleine Gemeinheiten für mich aus, die mit ihr zu tun hatten. Er zwang mich zum Beispiel dazu, ihr sehr persönliche Botschaften zu überbringen, in denen es zum Beispiel darum ging, was die beiden am Abend vorhatten, oder ihr zu sagen, dass sie ihren BH bei ihm zu Hause vergessen habe. Es war alles ungeheuer peinlich. Loam war zwar intellektuell ziemlich beschränkt, aber er schaffte es tatsächlich, seine Botschaften so zu formulieren, als würde *ich* sie ihr sagen, in der ersten Person. Ich musste also sagen: »Ich möchte dich am ganzen Körper küssen«, nicht: »Loam lässt dir ausrichten, dass er dich am ganzen Körper küssen möchte«. Super-erwachsen von ihm, aber er machte das mit Absicht so, weil er mich leiden sehen wollte. Und ich litt. Loam *wusste,* dass ich genau so etwas zu ihr sagen wollte, dass ich genau so etwas mit ihr machen wollte. Für ihn war es nur ein weiteres Mittel, um mich spüren zu lassen, dass ich der Unterlegene war.

Wenn ich mit Miranda redete, konnte ich ihr nicht in die Augen sehen, und wenn sich unsere Blicke dann doch einmal trafen, bemerkte ich den Triumph in ihren Augen. Es gefiel ihr, dass jemand, der einen Kopf größer war als sie, allein durch ihre göttinnengleiche Gegenwart weiche Knie bekam. Li beäugte mich immer wie ein Kampfhund, wenn ich mit ihrer besten Freundin redete. Aber sie konnte nicht verhindern, dass ich ihr ausrichtete, was Loam mir aufgetragen hatte – er hatte es befohlen, er war der King.

Ich habe ein ziemlich gutes Bauchgefühl – Nerds haben das in der Regel, weil sie sehr viel Zeit mit Beobachten, Zuhören, Denken und Außenseitersein verbringen. Zum ersten Mal bekam ich das Gefühl, dass Loam unsicher war. Und zwar MEINETWEGEN.

Ich weiß.

Ich kann fast hören, wie jetzt alle loslachen.

Warum sollte jemand wie Sebastian Loam wegen eines schlaksigen Losers wie *mir* unsicher sein? Ich weiß es nicht. Aber trotz meines eklatanten Mangels an Coolness hatte ich das Gefühl, dass es so war. Und die Sache mit dem Schlag bestätigte, dass ich richtiggelegen hatte.

11
DER ERSTE SCHLAG UND DER LETZTE TROPFEN

Jeder von uns kommt einmal an einen Punkt, an dem es ihm zu viel wird, und bei mir war es der Schlag. Kurz vorher passierte das, was während meiner ganzen Zeit in Osney das mit Abstand Gemeinste und Demütigendste war.

Das Sportfest stand auf dem Programm. Solche Nebensächlichkeiten wie Prüfungen hielten niemanden in Osney davon ab, ein standesgemäßes Sportfest zu veranstalten. An anderen Schulen hatte man Ferien, wenn die Prüfungen vorbei waren. Nicht so in Osney. Für das Sportfest und die Krönung mussten wir zurückkommen. Nach einem Monat, in dem ich stundenlang in meinem Zimmer am Computer gespielt und mit meinen Eltern Ausflüge nach London und Stratford zu Schwänen und Shakespeare gemacht hatte, stand ich wieder in Osney. *Fast* wäre es mir egal gewesen. Es war, meinem Dantès-Strichlisten-Countdown zufolge, der vorletzte Tag vor meiner Flucht von Osney Island. Meine Eltern wussten es noch nicht, aber ich musste nur noch das Sportfest und die Krönung am Tag darauf überstehen, bis ich Osney für immer verlassen konnte. Ich wusste, dass ich alle meine Prüfungen mit Bestnoten bestanden hatte – was vermutlich daran lag, dass die Einser Wissen nur in leicht verdaulichen Häppchen vertrugen und der Lernstoff entsprechend intensiv von mir bearbeitet werden musste. Ich war daher sicher, dass ich die Ergebnisse meinen Eltern als Teil meines Fluchtplans präsentieren konnte.

Aber beim Sportfest, dem Tag des letzten Tropfens, ging Loam zu weit. Er erteilte den Befehl, der das Fass zum Überlaufen brachte. In der Mittagspause rief er mich zu sich und sagte: »Selkirk, du gehst jetzt zu *Boots.*«

Ich war etwas verwirrt – alles, was mit Medikamenten oder Chemie zu tun hatte, fiel normalerweise in Turks Zuständigkeitsbereich.

»Okay«, sagte ich wie immer und wartete auf weitere Anweisungen. Die auch kamen. »Miranda braucht Tampons. Ich will, dass du eine Packung für sie kaufst.«

Was Tampons waren, wusste ich natürlich – so ungefähr jedenfalls. Sexualkundeunterricht war Teil des Lehrplans und in unserem Badezimmerschränkchen lagen die Tampons meiner Mutter. Als Kind hatte ich einmal einen aus der Packung genommen und die kleine weiße Kreatur aus weicher Baumwolle mit ihrem Fadenschwänzchen verwirrt angestarrt. Aber ich hatte keine Ahnung, wie man die Dinger *kaufte.* Gab es sie in verschiedenen Größen? Musste ich danach *fragen?* Allein schon bei dem Gedanken daran wurde ich rot. Ich sagte wieder *okay,* dann ging ich durch den Torbogen und über die Brücke in die Stadt.

Im *Boots* in der Fußgängerzone kannte ich mich ganz gut aus, weil ich dort immer Sachen für Turk kaufte, aber in den geheimnisvollen Gang mit der Bezeichnung »Damenhygiene« hatte ich mich noch nie gewagt. Mein Blick wanderte über die verwirrende Auslage knallbunter Kartons, die alle sehr feminin aussahen und ganze Arbeit darin leisteten, den eigentlichen Zweck des Inhalts zu verheimlichen. Während ich krampfhaft versuchte, nicht wie ein Perverser mit einem Fetisch für Hygieneartikel zu wirken, sondern wie ein cooler Metrosexueller, der seiner Freundin einen Gefallen tut, griff ich nach der größten Packung, die ich finden konnte. Sie war mit Begriffen wie »super« und »plus« bedruckt. Ich starrte die drei blauen Regentropfen an der Seite an (Rot war offensichtlich verboten – zu blutig) und ging zur Kasse, wo die Verkäuferin mich neugierig beäugte.

Als ich wieder in der Schule war, gab ich die Packung, die in einer Plastiktüte von *Boots* steckte, an Loam weiter. Er warf einen Blick darauf, dann sah er mich an und sagte: »Was soll *ich* denn damit? Sie sind für Miranda, nicht für mich.«

Turk, der mit seiner typischen Gangsta-Haltung neben seinem Boss stand, stürzte sich wie eine Hyäne darauf. »Was soll er denn damit machen, Bro? Er kann sie ja wohl schlecht selbst benutzen. Wir sind nicht *alle* schwul.«

»Okay«, sagte ich wie immer. »Wo ist ... ähm ... Pencroft?«

Loam warf einen Blick auf seine Fitbit-Smartwatch, selbstverständlich das neueste und teuerste Modell. »Sie wird im Umkleideraum der Mädchen sein und sich für den Schwimmwettbewerb umziehen. Sie braucht sie, bevor es losgeht. Also beweg dich.«

Turk sog die Luft durch die Zähne. »Stemm den Arsch in die Hose, Bro.«

Ich drehte mich um, stemmte den Arsch in die Hose und lief zur Schwimmhalle und den Umkleideräumen. In diesem Teil der Schule waren die Wände nicht mehr eichengetäfelt und mit Silberpokalen dekoriert, stattdessen gab es moderne blau-weiße Umkleideräume, die an ein modernes blau-weißes Becken angrenzten. Aus irgendeinem Grund folgten mir Loam und Turk. Eigentlich brauchte ich keinen Wegweiser. Auch wenn sich das jetzt so anhört, als wäre ich tatsächlich so pervers, wie es im *Boots* ausgesehen hatte: Ich wusste, wo die Mädchen sich umzogen. Zu dem Zeitpunkt dachte ich noch, dass die beiden mir helfen wollten, Pencroft zu finden. Aber da hatte ich noch nicht begriffen, was gespielt wurde.

An der Tür klebte eine Strichfigur mit einem Rock. Ich klopfte und wartete. Keine Antwort. Der beißende Geruch nach Schwimmbecken – nach Miranda Pencroft – drang zu mir heraus. Loam und Turk standen dicht hinter mir. Ich drehte mich um und suchte nach einem vorbeigehenden Mädchen, das die Packung an meiner Stelle hineinbringen konnte. Plötzlich war es ziemlich voll in dem Gang, aber es waren nur Jungen. Turk sog wieder die Luft durch die Zähne, mit diesem nervenden Geräusch, das er ständig von sich gab. »Niemand da, stimmt's, Bro? Niemand daaaaa, Digga.«

Als ich mich wegdrehte, stellte ich fest, dass Loam neben mir stand, die Arme vor der Brust verschränkt wie der Türsteher eines Nachtclubs. »Du wirst sie ihr schon reinbringen müssen, Selkirk.«

Und dann passierten drei Dinge gleichzeitig. Loam stieß die Tür auf und schubste mich hinein, während Turk meine Hose packte und sie mir bis zu den Knien herunterzog. Einschließlich dessen, was ich darunter trug. Damit meine ich meine Unterhose. Ich stolperte mit zusammengepressten Beinen durch die Tür der Mädchenumkleide, von der Hüfte abwärts nackt, in der Hand eine Packung Tampons. Es war buchstäblich so, als wäre jemand in meine Psyche eingedrungen, hätte sich meinen schlimmsten Albtraum notiert und ihn dann mit mir in der Hauptrolle nachgespielt. Ich ließ die Tampons fallen und zog meine Hose hoch, aber erst, nachdem jedes einzelne Mädchen, einschließlich Miranda Pencroft, meinen Schwanz gesehen hatte.

Plötzlich war ich von einem Kreis kreischender Mädchen umringt, die mich – natürlich – pervers nannten und mir noch schlimmere Schimpfwörter an den Kopf warfen. Li war die

Schrillste und Lauteste und zog Pencroft von mir weg, als wäre sie ihre Leibwächterin. Ich konnte Floras schockiertes Gesicht sehen, ihr Mund stand offen. Dann wurde ich auf den Boden gestoßen. Mein Gesicht brannte, wegen dem, was sie gesehen hatte, aber auch wegen dem, was ich gesehen hatte – die Unterwäsche, die verborgenen Teile von Mädchenkörpern, die Träger, die Spitze, die Haare. Und erst die Gerüche – Bodylotion und Deos und Parfums und über allem dieser undefinierbare, elementare weibliche Geruch. Oh Gott.

Die Jungen im Gang draußen, die nur gekommen waren, um sich die Show anzusehen, lachten und grölten. Turk öffnete die Packung mit den Tampons und leerte sie über mir aus. Dann griffen sich die Jungen ein paar von ihnen und fingen an, sie wie Kugeln aus ihren Hüllen abzufeuern und an den Fäden herumzuwirbeln. Es war ihre letzte Chance gewesen, mich vor dem Sommer noch einmal zu schikanieren, und dafür hatten sie sich etwas Besonderes einfallen lassen. Ich war von einer Phalanx aus Smartphones umgeben, die alle unerbittlich filmten. Das Video würde im Internet stehen, bevor ich zu Hause war. Aber in dem Fall wollte ich dafür sorgen, dass es noch etwas Sehenswertes gab. Ich fing einen der fliegenden Tampons auf – ironischerweise war es das einzige Mal, dass ich auf Anhieb etwas fing – und drehte mich zu Loam. Ich hielt das Baumwollgeschoss zwischen zwei Fingern, es war winzig wie ein Mäuschen.

»Das behältst du besser«, sagte ich zu ihm. »Sie braucht vielleicht etwas, das ein bisschen größer ist als du.«

Die anderen machten dieses halb-lachende, halb-schockierte *Oooooooh*-Geräusch, und selbst Turk, Loams Vize, meinte: »Der Kleine traut sich was!«

Ich weiß nicht, woher die Worte gekommen waren. Es passte überhaupt nicht zu mir, so etwas Primitives, Vulgäres zu sagen.

Es war das zweite Mal in meinem Leben, dass ich Loam beleidigt hatte, und seit der Kanaille war eine Menge passiert. Mein Angriff hatte mich vollkommen überrascht.

Der Schlag überraschte mich genauso.

Ich spürte, wie er mich traf. Ich hörte, wie ein Mädchen »Nein!« rief. Plötzlich sah ich alles ganz hell und dann dunkel und gleichzeitig spürte ich einen heftigen Schmerz in meinem Zahn. Ich fiel mit dem Rücken zuerst auf den Boden und blieb einfach liegen. Ich rollte mich herum, wobei ich den metallischen Geschmack von Blut in meinem Mund spürte. Dann stand ich langsam auf, gebeugt, mit hängendem Kopf, wie Frankensteins Monster. Niemand bewegte sich. Schockierte, blasse Gesichter um mich herum. Selbst die Einser dachten wohl, Loam sei diesmal zu weit gegangen.

Ich hörte, wie Turk »Ach du *Scheiße …*« flüsterte. Ich sah niemanden an, Loam schon gar nicht. Meine Zunge berührte die scharfe Kante eines Zahns – er war wahrscheinlich abgebrochen, als er bei dem Schlag auf die obere Zahnreihe geprallt war. Ich blinzelte einmal, zweimal, dann richtete ich mich auf. Alle starrten mich an und warteten ab, was ich tun würde. Sie wirkten unsicher und vorsichtig, als hätte zur Abwechslung einmal ich die Macht. Aber ich tat gar nichts. Ich drehte mich um und verließ Osney über die Brücke. Es war mir egal, dass morgen die Krönung war, dass Loam mit dem Silberdeckel gekrönt und um den Hof getragen werden würde und Zylinder vom Himmel fallen würden. Es würde ohne mich stattfinden müssen.

Ich ging, für immer. Und dieses Arschloch würde ich nie wieder sehen müssen.

12
DIE VEREINBARUNG

Ich will von der Schule abgehen.«

Ich hatte bis zum Abendessen damit gewartet. Wir aßen spät, wenn meine Eltern vom College nach Hause kamen – schließlich waren wir in Europa –, und trotz meines abgebrochenen Zahns schmeckte mir das Essen, zum ersten Mal seit drei Jahren.

Mom legte ihr Besteck weg und rückte es so sorgsam zurecht, als hätte sie Brennstäbe vor sich. Dad schob seine Pilotenbrille ein Stück die Nase hoch, wie immer, wenn er beunruhigt war. »Du willst *was?*«

Ich schluckte. »Von der Schule abgehen. Ich will von der Schule abgehen.«

Meine Mutter legte meinem Vater die Hand auf den Unterarm. »Jetzt mal langsam, Schätzchen. Was willst du denn stattdessen tun? Du musst doch deinen Abschluss machen. Und dann studieren.«

Ein Blick in ihre Gesichter sagte mir, dass mein Plan nicht funktionieren würde. Ich hatte mir mit meinen Noten selbst ein Grab geschaufelt – Noten, die ich zum Teil nur deshalb bekommen hatte, weil ich Loam und diesen faulen Einsern den Prüfungsstoff vorgekaut hatte. Noch zwei Jahre Schule kamen mir vor wie eine Gefängnisstrafe und ich hatte die starke Vermutung, dass es an der Uni – Oxford oder Cambridge, wenn es nach meinen Eltern ging – genauso sein würde wie in Osney.

Ich holte tief Luft. »Ich könnte ja etwas anderes machen. Ich könnte Mechaniker werden. Oder Programmierer. Oder Techniker im Kundenservice.«

Dad faltete die Hände, als wollte er ein Gebet sprechen. »Link, wir haben überhaupt nichts dagegen, wenn du dich für einen solchen Beruf entscheidest. Aber das solltest du nach der Uni machen, damit du eine Alternative hast.«

»Außerdem«, warf Mom ein, deren Gesicht einen sonderbar flehenden Ausdruck trug, »hast du doch immer gesagt ... haben *wir* doch immer gesagt ...« Sie brach ab und presste ihre Lippen aufeinander, während sie meinem Blick auswich. Ich kannte diesen Ausdruck. Ich hatte diesen Ausdruck *erfunden.* Meine Mom hatte meine WLAN-Stirn. Sie war kurz davor, in Tränen auszubrechen, und als mir klar wurde, was der Grund dafür war, konnte ich es einfach nicht glauben.

»Geht es darum, dass ich einmal *Präsident* werden soll?«

Sie sagte nichts.

»Darum geht's, habe ich recht?«

»Nein, Schätzchen, natürlich *nicht.* Das wäre ja lächerlich.«

Ich war fassungslos. »Mom, ich bin mir ziemlich sicher, dass man auch ohne ein abgeschlossenes Studium Präsident der Vereinigten Staaten werden kann. Sieh dir Trump an. Es würde mich wundern, wenn er die *Highschool* beendet hat.«

Meine Mutter stapelte die Teller aufeinander, sehr langsam, als würde eine zu abrupte Bewegung sie kaputt machen, als würde sie alles kaputt machen.

Diese Diskussion – inklusive der lauten Stimmen meiner Eltern und der Tränen meiner Mutter – war die erste von vielen. Sie schlugen alles Mögliche vor. Sie wollten mir ein Auto, eine Reise, ein neues Handy spendieren. Wäre ich vielleicht dann einverstanden, die nächsten beiden Jahre irgendwo an einer anderen Schule zu absolvieren? An einem Berufskolleg vielleicht? Ich lehnte alle Bestechungsversuche und alle Alternativen ab.

Inzwischen war mir nämlich klar geworden, dass ich nicht mit Menschen umgehen konnte. Ich verstand mich einfach nicht mit ihnen – mit Maschinen hingegen schon. Ich brauchte einen Job, in dem ich möglichst wenig Kontakt mit Menschen hatte. Und daher brauchte ich einen Job, den ein Junge erledigen konnte, der eine Insel war.

Reparieren Sie meinen Computer. Bitte schön, fertig. Reparieren Sie mein Auto. Bitte schön, fertig.

Die letzte Woche des Trimesters war die einzige Zeit in meinem Leben, in der ich mich mit meinen Eltern stritt. Am Ende der Woche riefen sie mich in ihr Arbeitszimmer, als wollten sie mich entlassen, und sagten mir, ich solle mich hinsetzen.

Ich sah meine Eltern an, die in ihren Ledersesseln vor dem Bücherregal saßen. Über dem Kopf meiner Mutter stand die ledergebundene Bibel, das Buch, über dem ich an meinem ersten Tag in Osney geweint hatte, als Loam meine Brille auseinandergebrochen hatte. Es war die erste von unzähligen Schikanen gewesen. Ich war *drei Jahre* lang gemobbt worden. Das musste ein Ende haben.

»Okay, Schätzchen«, begann Mom. Sie stieß einen lauten Seufzer aus. »Wir werden dir jetzt einen Deal vorschlagen.«

Das war gut, denn in der letzten Woche waren beide keinen Zentimeter von ihrem Standpunkt abgewichen. Ich beugte mich vor.

Jetzt war mein Vater an der Reihe. »Du kannst von der Schule abgehen und dir einen Job suchen.«

Ich machte eine Faust und stieß sie triumphierend in die Luft. »Yesss!«

»Aber dein Dad und ich haben eine Bedingung«, sagte Mom.

Ich setzte mich wieder gerade hin. »Und die wäre?« Ich würde so ziemlich allem zustimmen, nur um Osney nie wiederzusehen.

»Das Sommercamp, für das du dich angemeldet hast«, fuhr mein Vater fort. »Wir möchten, dass du daran teilnimmst.«

Das hatte ich fast vergessen. Vor den Prüfungen hatte ich zugestimmt, an diesem bescheuerten Sommercamp teilzunehmen, irgendwo im Ausland.

Ich hatte allem zugestimmt, in dem Wissen, dass meine Flucht aus Osney kurz bevorstand. Aber ich hatte nie geplant, tatsächlich dorthin zu gehen. Dad musste mein Gesicht gesehen haben.

»Wir haben die Teilnahmegebühr bereits bezahlt und sie erwarten dich dort. Außerdem sind wir der Meinung, dass es dir helfen könnte, eine andere Perspektive zu bekommen. Es geht um Teamentwicklung, Achtsamkeit, gemeinsame Aktivitäten«, sagte er.

»Dein Dad und ich sind nicht blind«, fügte meine Mutter hinzu. »Wir wissen, dass es nicht einfach für dich gewesen ist.« Es war der erste Hinweis darauf, dass sie vielleicht doch ahnte, was in der Schule los war. Ich spürte, dass ich meine WLAN-Stirn bekam. Wenn ich jetzt keine flapsige Antwort gab, würde ich anfangen zu weinen.

»Die Untertreibung des Jahres.«

»Und deshalb möchten wir, dass du an dem Camp teilnimmst, dass du auf die Jungs zugehst, ihnen eine Chance gibst.«

Ich wollte klarstellen, dass diese Leute keine Chance verdient hatten, dass sie keine Freunde, sondern Feinde waren, ließ es dann aber bleiben. »Und wenn ich es tue?«, fragte ich stattdessen.

»Dann werden wir uns zwei Wochen später in L.A. mit dir treffen. Unser Sommerkurs wird zu Ende sein und wir werden Urlaub machen, alle zusammen, in den Vereinigten Staaten. Wir werden in Palo Alto bleiben.«

Ich konnte mich kaum noch an Palo Alto erinnern, aber den Urlaub wollte ich nicht verpassen. Ich hatte ihn dringend nötig. »Und im September muss ich nicht wieder zur Schule gehen?«

»Nicht, wenn du nicht willst«, versprach mein Vater. »Wenn es wirklich nicht funktioniert und du immer noch keine Freunde gefunden hast, *dann* werden wir dir erlauben, die Schule zu verlassen.« Er rückte wieder seine Brille zurecht. »Zwei Wochen, Link. Das ist alles, worum wir dich bitten.«

Ich konnte kaum glauben, was sie da sagten. Ich hatte es geschafft. »Ich muss nie wieder die Schuluniform anziehen? Ich muss nie wieder über die Brücke oder durch das Tor gehen?«

»Nur wenn du dich selbst dafür entscheidest, nach Osney zurückzugehen.«

Ich überlegte. Zwei Wochen Sommercamp waren ein Klacks, wenn ich anschließend von der Schule abgehen konnte. Ich hatte drei Jahre durchgehalten. Das Camp wurde von Osney organisiert, es würde Betreuer und andere Leute dort geben. Meine Strategie war klar: Ich würde mich von den anderen fernhalten, den Kopf einziehen und das Ganze hinter mich bringen.

Ich streckte die Hand aus. »Abgemacht«, sagte ich.

Meine Eltern sahen sich an und gaben mir dann nacheinander die Hand. Ich hatte das Gefühl, gewonnen zu haben, daher konnte ich nicht so richtig verstehen, warum sie so ... na ja ... *erleichtert* wirkten.

Die nächsten Tage verbrachte ich damit, meinen Koffer zu packen. Die Briefe und Besprechungen im Vorfeld des Summercamps hatte ich ignoriert, weil ich davon ausgegangen war, nicht daran teilzunehmen. Das wäre in etwa so gewesen, als hätte man Edmond Dantès gesagt, dass ein neuer Zellentrakt an das Château d'If angebaut werden solle und ob er gern die

Pläne dafür sehen wolle. Aber jetzt musste ich mich um alles kümmern.

Offenbar würden wir nach L.A. fliegen und dann mit einem kleinen Flugzeug auf irgendeine Insel im Pazifik gebracht werden, wo das »Sport- und Freizeitcamp« lag. Ich war ziemlich sicher, dass ich eher die Freizeit- als die Sportangebote nutzen würde. Gegen Wasserrutschen und Massagen hatte ich überhaupt nichts. Aber Beach-Volleyball in der prallen Sonne – vergiss es! Das Programm hörte sich tatsächlich ein bisschen anspruchsvoller an als bei den üblichen Schulausflügen. Es sollte Achtsamkeitsübungen geben, wie meine Mutter bereits gesagt hatte, und Angeln von Glasbodenbooten aus und solche Sachen. Es schien ganz okay zu sein. Also packte ich meine Shorts und ein paar schreiend bunte Hawaiihemden meines Vaters ein, was als Strandkleidung genügen musste, weil ich nichts anderes hatte. Außerdem mein Handy und mein iPad und – am wichtigsten – meinen E-Book-Reader. Egal, wie schlimm es werden würde, ich hatte hundert Romane auf dem Reader gespeichert, mir konnte also gar nichts passieren.

Ich lächelte, als mir meine Eltern in Heathrow zum Abschied zuwinkten. Ich lächelte während des ganzen Fluges zum LAX. Und als ich in L.A. herausfand, wer außer mir noch auf dem Weg ins Camp war, lächelte ich auch. *Natürlich* war Loam da und Egan und Li und Turk und Flora (mit einem neuen Nasenpiercing) und Pencroft. Alle, die mich am Tiefpunkt meines Lebens gesehen hatten und mir vermutlich bei der nächsten Gelegenheit unter die Nase reiben würden, dass sie auch alles gesehen hatten, was ich in der Hose hatte. Ich wunderte mich kurz, warum Floras Busenfreunde Smith und Fry nicht mitgekommen waren – für Flora würden die nächsten zwei Wochen daher vermutlich genauso unangenehm werden wie für mich. Aber ich hatte nicht vor, auch nur einen Schritt auf sie zuzugehen, schließlich hatte sie ja ebenfalls keinen Finger gerührt, um mir zu helfen. Ich lächelte, während ich das dachte. Ich lächelte sogar, als die anderen Witze über meine Genitalien machten. Wenn das der Preis war, den ich für meine Freiheit zahlen musste, war das völlig in Ordnung.

Gut gelaunt ging ich mit Loam und den anderen zusammen an Bord des kleinen Flugzeugs. Wir alle bekamen ziemlich bescheuert aussehende Poloshirts in Flaschengrün und Gold – den Schulfarben Osneys –, deren Rücken mit

Osney-Sommercamp
Vorbereitung aufs Leben

bedruckt waren. Ich stopfte meines in meine Reisetasche. Keine zehn Pferde würden mich dazu bringen, es anzuziehen. Loam, der sich nur in Sportklamotten wohlfühlte, streifte es sofort über. Was für Egan natürlich das Signal war, es ebenfalls zu tun. Sie sahen wie Zwillingsbrüder im Vorschulalter aus, die sich für die Kirche fein gemacht hatten. Ich lächelte wieder. Nichts konnte mich aus der Fassung bringen, alles amüsierte mich. Ich konnte sogar dann noch lächeln, als der Idiot mir seine Tasche in die Hand drückte – weil ich wusste, dass ich sie *nach* diesen vierzehn Tagen nie wieder tragen würde.

Das Flugzeug war toll, eine Fluggesellschaft namens *Oceanic Airlines*, von der ich noch nie etwas gehört hatte. Die Kabine war mit cremefarbenen Ledersitzen und viel Holz ausgestattet. Ich tat so, als wäre ich *tatsächlich* der Präsident der Vereinigten Staaten – das hier war die Air Force One und diese Loser saßen alle in *meinem* Flugzeug. Ich kann mich noch an einige wenige Details des Fluges erinnern. Den Neigungswinkel der Wasseroberfläche in Floras Evian-Flasche beim Start. Loam, der an seiner Fitbit-Smartwatch herumfummelte. Pencroft, die ihre gebräunten Beine unter einem hammermäßigen Minirock aus Wildleder übereinanderschlug, der die Farbe einer Babymaus hatte. Ich war zufrieden. Ich bestellte bei der Flugbegleiterin eine Cola, klappte meinen Sitz nach hinten und steckte meine Kopfhörer ein. Ich suchte »Nowhere Man« aus und drückte auf Play. Ich hörte mir den Song an und wusste: Es würde nicht mehr lange dauern, bis ich ein Somewhere Man sein konnte.

Ich kann mich noch daran erinnern, dass ich meinen Reader herausholte und begann, noch einmal den *Grafen von Monte Christo* zu lesen, ein Buch, das mir immer ein großer Trost gewesen war. Ich kann mich noch daran erinnern, dass ich die ersten Zeilen las, Zeilen, die ich so gut wie auswendig konnte:

Am 28. Februar 1815 gab die Hafenwache von Notre-Dame das Signal vom Heransegeln des Dreimasters Pharaon, der von Smyrna, Triest und Neapel kam. Ein Küstenpilot steuerte alsogleich aus dem Hafen und ...

Und dann kann ich mich an nichts mehr erinnern.

Dritte Platte

Survivor – Destiny's Child

Anthony Dent, Beyoncé Knowles,
Matthew Knowles (2000)

13

ER BEHERRSCHT DAS LAND, SO WEIT ER BLICKEN KANN

Ich weiß nicht, woran es liegt, dass man als Schiffbrüchiger in biblischen Maßstäben denkt, aber es ist tatsächlich so. Ich war Adam an seinem ersten Tag im Garten Eden und die Welt war ausschließlich für mich geschaffen worden. Amerikaner haben eine lange, unrühmliche Tradition der Kolonisierung und ich hatte vor, diesen Ort hier von vorne bis hinten zu kolonisieren.

Ich war der erste Mensch hier, also hatte ich Namensrechte. Die Insel nannte ich Lincoln Island. In Jules Vernes *Die Geheimnisvolle Insel* nannten die Schiffbrüchigen ihre Insel ebenfalls Lincoln Island, aber das war etwas anderes. Zum einen waren diese Leute dem Amerikanischen Bürgerkrieg in einem Heißluftballon entkommen, den man vielleicht mit dem fliegenden Schlachtenbus in *Fortnite* vergleichen könnte. Zum anderen hatten sie ihre Insel nach dem richtigen Lincoln benannt, der zu der Zeit Oberbefehlshaber der Union war. Diese Insel sollte nach *mir* benannt werden.

Nachdem ich meinen kleinen Siegestanz aufgeführt und meine Soloversion unseres Schulliedes zum Besten gegeben hatte, wanderte ich eine Weile an meinem Strand auf und ab. Der Strand würde auch einen Namen brauchen, aber das konnte warten. Ich steckte meine Füße in das warme Wasser, hob ein paar Muscheln und etwas Seegras auf und warf alles in mein Meer.

Dann ließ ich den Blick meine Küste hinunterwandern, nach links und nach rechts, so weit ich durch meine beschlagene Brille sehen konnte. Der golden schimmernde Strand verschwand in beiden Richtungen hinter einem Felsen. Ich stand in einer Art Bucht. Ich wusste nicht so genau, was ich als Nächstes tun sollte. In den Büchern wird es nie erwähnt, deshalb werde ich das jetzt nachholen: Wenn man sich als Schiffbrüchiger auf einer einsamen Insel wiederfindet, ist man erst einmal ziemlich verwirrt. Aber man hat keine Angst. Angst empfand ich immer noch nicht.

Ich drehte dem Meer den Rücken zu und sah landeinwärts. Plötzlich hatte ich die Antwort. In der Mitte der Insel ragte ein verdammt großer Berg auf, mit dicht bewachsenen Hängen und einem blau verhangenen Gipfel. In der Literatur vergewissern sich fast alle Schiffbrüchigen zunächst einmal, dass sie tatsächlich auf einer Insel sind. Ich glaube, es war der heilige Brendan oder irgendein anderer von diesen Heiligen, der eine Insel erreichte, aus seinem Boot stieg und feststellte, dass er auf dem Rücken eines Wals gelandet war. Ich hatte jetzt nicht gerade den Verdacht, auf einem Wal zu stehen, aber es wäre durchaus möglich gewesen, dass ich mich auf einer Art Halbinsel oder so befand. Und um das herauszufinden, musste ich hoch hinaus. Ich beschloss, den Berg zu besteigen.

Ich marschierte landeinwärts und erreichte einen dichten Dschungel. Dann ging es bergauf. In diesem Moment hätte ich wirklich gern meine Sneaker gehabt, denn das Gestrüpp und die abgebrochenen Zweige unter meinen Füßen waren ziemlich stachlig. Sagen wir es mal so – ich hätte nicht sehr schnell rennen können, wenn mich etwas angegriffen hätte, ein Tiger oder ein Krokodil oder so etwas Ähnliches. Aber ich hatte nicht den Eindruck, dass die Insel besiedelt oder schon einmal entdeckt worden war. Und, wie der Mann in *Der Graf von Monte Christo* gesagt hatte, zweibeinige Tiger und Krokodile sind gefährlicher als die anderen. Solange ich nichts mehr mit meinen Klassenkameraden zu tun hatte, war ich glücklich. Ich war fest davon überzeugt, dass mein Herz das einzige war, das hier schlug, meine Lunge als einzige hier atmete, und ich war begeistert. Ich hatte keinen Zweifel daran, dass ich irgendwann gerettet werden würde. Ich wusste, dass selbst ein kleines Flugzeug eine Blackbox hatte. Die Suche nach mir war bestimmt schon angelaufen. Und bis man mich fand, würde ich mein Alleinsein genießen. Wenigstens musste ich jetzt nicht zwei Wochen lang idiotische Teamentwicklungsspielchen mit Menschen, die ich hasste, über mich ergehen lassen. Die Menschen, die ich hasste, waren alle tot.

Mein Magen begann zu knurren. Ich hatte seit LAX nichts mehr gegessen und im Flugzeug hatte ich nur eine von diesen Mini-Coladosen bekommen, bevor wir – wie ich vermutete – abgestürzt waren. Ich sah mich um und suchte nach grünen Kokosnüssen. Wenn sie auf Bäumen wuchsen, sollten doch ein paar auf dem Boden liegen, oder nicht? Aber ich konnte keine entdecken. Stattdessen fand ich ein paar große Beeren, die an einem stachligen Busch wuchsen und eine schokoladige Farbe hatten. Ich pflückte eine davon, und obwohl ich am Verhungern war, aß ich nur ein winziges Stück der Beere und ging dann ein halbe Stunde lang weiter, bevor ich wieder ein bisschen davon hinunterschluckte.

Ich kam mir vor wie Charlie Bucket aus Roald Dahls *Schokoladenfabrik,* der immer nur ein kleines Häppchen von der Schokoladentafel abbeißt, die er zum Geburtstag bekommt. Aber ich wollte auf Nummer sicher gehen. Jetzt, wo ich mein eigenes Land hatte, wollte ich nicht gleich wieder alles verlieren, indem ich mich am ersten Tag mit einer meiner eigenen Beeren vergiftete. Als ich der Meinung war, dass sie nicht giftig waren, aß ich noch ein paar davon. Die Schokoladenbeeren, wie ich sie nannte, waren nicht sonderlich gut und nach Schokolade schmeckten sie schon mal gar nicht. Sie schmeckten irgendwie nach Schlamm, sorgten aber dafür, dass mein Magen zu knurren aufhörte.

Der Weg zum Gipfel war hart, aber ich genoss jeden einzelnen Schritt davon. Während ich nach oben kletterte, änderte sich die Vegetation. An den Hängen gab es kleine Büsche mit glänzenden Blättern und duftenden Blüten und zwischen den Felsen wuchsen Zistrosen. Insekten, die ich nicht sehen konnte, zirpten wie Grillen. Ich gab dem Berg einen Namen, während ich ihn bestieg. Ich musste gar nicht lange überlegen. Er sollte Monte Christo heißen. Diese Insel hatte mein Leben verändert, so wie Monte Christo das Leben von Edmond Dantès verändert hatte. Er hatte etwas gefunden: einen riesigen Schatz. Ich hatte etwas verloren: meine Klassenkameraden. Und darüber freute ich mich genauso wie er über seinen Schatz.

Irgendwann hatte ich den Gipfel erreicht. Die Aussicht war der Hammer. Sie beantwortete auch die große Frage: Ich war tatsächlich auf einer Insel. Die Insel – Lincoln Island – hatte in etwa die Form eines Pac-Man. Sie war fast rund, mit einer v-förmigen Sandbucht als Mund. Ein See bildete das Auge des Pac-Man und jetzt wusste ich auch, wo es Süßwasser gab. Ich nahm mir vor, gleich am nächsten Morgen dort hinzulaufen. Es gab einen grünen Wald, der fast die gesamte Insel bedeckte und über dem Vögel in der warmen Abendthermik kreisten. Rund um die Insel knabberte ein indigoblaues Meer an der Küste. Von hier oben sahen die Wellen wie weiße Spitze aus. Und über allem lag ein silberner Dunst wie der Schleier einer Braut, der darauf wartete, gelüftet zu werden, entdeckt zu werden. Von mir. Außer mir gab es hier niemanden mehr.

»ICH LEBE NOCH!«, brüllte ich und breitete die Arme aus. Es waren die ersten Worte, die ich auf der Insel von mir gab. Und aufgrund eines topografischen Zufalls wurden die Worte von meiner Bucht, meinem See, meinen Bächen, meinem Wald zu mir zurückgeworfen.

Ich wollte etwas Bedeutsames tun, um die Kolonisierung der Insel zu verdeutlichen. Wenn ich eine Flagge bei mir gehabt hätte, hätte ich sie jetzt in den Boden gerammt. Hatte ich aber nicht, daher errichtete ich einen kleinen Steinhaufen, um den höchsten Punkt von Lincoln Island zu markieren.

Und dann wusste ich nicht so richtig, was ich tun sollte. Die Sonne ging unter und mir war klar, dass ich nach einer Stelle suchen sollte, an der ich schlafen konnte. Aber es war so schön hier oben, dass ich beschloss, noch eine Weile zu bleiben. Selbst auf dem Gipfel wuchs eine dieser riesigen Palmen mit zwei grünen Kokosnüssen dicht unterhalb der Wedel. Weiß der Himmel, wie sie hier oben überlebt hatte. Natur ist schon etwas Tolles. Ich setzte mich mit dem Rücken an den glatten Stamm und starrte die beiden grünen Kokosnüsse über mir an, für den Fall, dass sie auf die Idee kamen, auf mich runterzufallen.

Der gesamte Himmel färbte sich rotgold und instinktiv griff ich nach meinem Handy, um ein Foto zu machen. Erst dann wurde mir klar, was für eine bescheuerte Idee das war. Wem sollte ich das Bild zeigen? Warum genoss ich nicht einfach den verdammten Sonnenuntergang? Ich machte keine Aufnahme, aber die Aussicht war mit einem Mal uninteressant geworden, denn ich starrte das gesprungene Display meines Telefons an.

Ich musste daran denken, wie oft ich meinem Handy das Gesicht hatte einschlagen wollen, weil es piepste und klingelte und harmlose kleine Emojis und Symbole anzeigte, weitere Dolchstöße in meinen Rücken. Jetzt zogen sich hauchdünne Linien wie ein Stern über das Display. Was ich nie zu tun gewagt hatte, war bei dem Flugzeugabsturz passiert und ich war froh darüber. Das Handy sah jetzt gar nicht mehr so schlau aus. Und ich konnte meinen Namensvetter – Link aus *Zelda* – in seiner knallgrünen Jacke nicht mehr auf dem Startbildschirm sehen. Ich konnte nur noch die Uhrzeit erkennen, wenn auch undeutlich: 18:15. Und die kleinen Symbole oben verrieten mir, das ich noch sieben Prozent Akkuladung und definitiv kein Netz hatte. Was keine Überraschung war. Ich hatte kein Netz, wenn ich ins Untergeschoss der Buchhandlung *Blackwell's* in Oxford ging, daher war es nicht unbedingt ein Schock für mich, dass mein Handy auf einer einsamen Insel nicht einmal einen Balken anzeigte.

Anstatt den Sonnenuntergang zu beobachten, saß ich also auf einem Felsvorsprung und sah zu, wie mein Telefon den Geist aufgab, und es war einfach nur großartig. Irgendwann war der Akku leer und der Bildschirm wurde dunkel. Er zeigte nur noch einen leeren, weiß umrandeten Akku mit einem roten Streifen an, worüber ich mich normalerweise aufregte, doch jetzt war es die schönste Grafik, die ich je in meinem Leben gesehen hatte. »Ciao, du Arschloch«, sagte ich laut. Dann stand ich auf und schleuderte mein Handy in Richtung Meer, so weit ich nur konnte. Ich weiß, dass es verrückt war, ein Smartphone zu schrotten – schließlich hätte ich es nach meiner Rettung ja aufladen und das Display reparieren können –, aber es war mir scheißegal.

Ohne Akkuladung war es nur ein Stück Nickel und Glas und niemand brauchte zu wissen, dass es den Absturz überstanden hatte. Ich drehte mich um, bevor ich hören konnte, wie das Handy auf die Felsen prallte. Jetzt war ich völlig allein. Es gab nur noch mich und die Insel. Obwohl ich wusste, dass man mich finden würde, schoss mir durch den Kopf, dass es gar nicht so schlecht wäre, wenn sich meine Retter Zeit ließen. Ich hätte nichts dagegen gehabt, ein paar Tage oder sogar Wochen auf meiner Insel zu verbringen. Die letzten drei Jahre waren so voll gewesen – voll mit Unglücklichsein, gemeinen Kommentaren, Botengängen, dem Piepsen und Klingeln von Nachrichten und E-Mails und *Gefühlen* im Allgemeinen. Ich war der Meinung, dass ein bisschen Ruhe mir guttun würde. Ein bisschen Leere, ein bisschen Platz, um nichts zu fühlen. Aber meine Psyche wollte nicht mitspielen. Ein ungewohntes Gefühl stieg in mir auf und ließ meine Brust ganz weit werden. So musste sich Glück anfühlen. Zum ersten Mal seit drei Jahren war ich glücklich. Bester Laune hüpfte ich den Berg hinunter, als wäre ich eine junge Ziege.

Ich ging wieder zu dem Strand, an dem ich aufgewacht war, weil ich dachte, es wäre klug, die erste Nacht an einer Stelle zu verbringen, die ich schon kannte. Mit etwas Glück würde ich noch genug Zeit haben, um den Rest meiner Insel zu erkunden, bevor die Kavallerie anrückte. Die Sonne sank immer tiefer und es wurde sogar noch schöner. Der Himmel war jetzt blutrot und die Palmen ragten als schwarze Silhouetten vor mir auf. Ich wusste, dass ich langsam damit anfangen sollte, mir einen Platz zum Schlafen zu suchen.

Ich war ziemlich hungrig und durstig, aber nicht so sehr, dass es mich beunruhigen würde. Ich wollte nicht damit anfangen, in der Dunkelheit die Umgebung nach etwas Essbarem abzusuchen. Ein sicherer Schlafplatz hatte jetzt Priorität. Für den nächsten Morgen hatte ich schon einen Plan. Ich wollte die heilige Dreifaltigkeit des Schiffbrüchigen finden – Nahrung, Wasser und einen Unterschlupf – und anfangen, Dinge zu bauen. Sozusagen das Einmaleins des Robinson Crusoe.

Zunächst aber stellte ich ein paar Berechnungen an. Soweit ich das vom Monte Christo aus hatte sehen können, gab es zwei

Strände, die das V der Bucht bildeten. Der Rest der Insel schien von Klippen oder Felsküste umgeben zu sein. Ich schätzte, dass ich auf dem Unterkiefer von Pac-Man aufgewacht war, daher beschloss ich, zu dem anderen Strand zu laufen. Von Westen her wehte jetzt ein kräftiger Wind und ich nahm an, dass es dort geschützter sein würde. Ich ging auf den Sonnenuntergang zu, weil der andere Strand im Westen lag und die Sonne bekanntlich im Westen untergeht. Bald schon hatte ich die Grasbüschel auf der Düne hinter mir gelassen und versank mit den Füßen in feinem Sand. Die ganze Zeit über dachte ich, dass es kein größeres Vergnügen gab, als auf jungfräulichem Sand zu gehen, den noch nie ein menschlicher Fuß berührt hatte, wenn man sich drei Jahre lang gewünscht hatte, allein zu sein. Aber es wäre wohl nicht sehr klug gewesen, mich an der Stelle zum Schlafen hinzulegen, an der die Flut hereinkommen würde. Ich wollte mich gerade umdrehen und zurücklaufen, als ich etwas sah, das mich mit wild klopfendem Herzen wie angewurzelt stehen bleiben ließ.

Eine flache Delle im Sand, nicht größer als ein Sneaker, aber groß genug, um sämtliche Glücksgefühle zu ersticken.

Ein Fußabdruck.

14

DIE MÖGLICHKEIT EINES EISBÄREN

Ich ging zu der Stelle hin und stellte meinen Fuß in den Abdruck.

Es war mit Sicherheit nicht meiner. Er war größer und breiter als mein Fuß. Einen Moment lang stellte ich mir einen freundlichen Eingeborenen vor, so etwas wie einen zweiten Freitag. Unmittelbar darauf musste ich allerdings an einen *un*freundlichen Eingeborenen denken, vielleicht Bigfoot. Selbst das wäre mir noch lieber gewesen als die wahrscheinlichste Theorie: Außer mir hatte noch jemand den Flugzeugabsturz überlebt.

Ich suchte nach einem zweiten Fußabdruck und fand ihn – er führte zu einem kleinen Felsvorsprung, einer Art Halbinsel. Ich folgte dem zweiten Abdruck, dann dem dritten und dem vierten.

Als ich den Felsvorsprung hinter mir gelassen hatte, wurde mir die schreckliche Wahrheit klar. Sie hatten *alle* überlebt. Alle.

Bis zu dem Moment hatte ich nie verstanden, was jemand meint, wenn er sagt, dass ihm das Herz schwer wird. Aber in dem Moment hatte ich tatsächlich das Gefühl, dass meines eine Tonne wog. Vor mir tauchte eine Gruppe von Leuten auf; ein paar von ihnen saßen auf dem Boden, der Rest stand. Ich sah nicht viel mehr als ihre Silhouetten, aber nach drei Jahren konnte ich meine Peiniger selbst im Halbdunkel erkennen. Die größte Silhouette, die alle anderen überragte wie das verdammte Alphatier einer Erdmännchenkolonie, war natürlich Loam. Als ich ihn sah, tastete meine Zunge unwillkürlich nach der scharfen Kante des Zahns, der abgebrochen war, als Loam mich geschlagen hatte, und den ich vor meiner Abreise nicht hatte richten lassen. Den Reflex hatte ich nicht mehr gehabt, seit ich auf der Insel aufgewacht war. Jetzt war er wieder da.

Ich ging zu ihnen hinüber, während meine Beine so zitterten wie vorhin, als ich auf dem Sand liegend aufgewacht war. Die am Boden sitzende Gestalt war Egan, der sein Knie anstarrte, das eine ziemlich harmlose Schürfwunde aufwies. Mein Mitleid hielt sich in Grenzen.

Wie immer wanderte mein Blick sofort zu Miranda Pencroft. Sie sah nicht ganz so sensationell aus wie sonst, was ich sehr gut nachvollziehen konnte, schließlich hatte sie gerade einen Flugzeugabsturz überlebt. Zum ersten Mal kam mir der Gedanke, dass sie vermutlich zu den Mädchen gehörte, die Stunden vor dem Spiegel verbrachten, bevor sie auch nur einen Fuß vor die Tür setzten. Was ich ihr aber sofort verzieh, denn sie trug immer noch ihren Lederrock, diesen hammermäßigen, superkurzen Mini aus dem Flugzeug. Im Gegensatz zu seiner Besitzerin hatte der Rock den Absturz allerdings unversehrt überstanden. Auch Li sah ziemlich mitgenommen aus. Die sonst so glänzenden schwarzen Haare standen ihr wild vom Kopf ab und sie war gerade dabei, sie zu einem straffen Zopf zu bändigen. Loam und Egan hatten in ihren Osney-Sommercamp-Vorbereitung-fürs-Leben-Poloshirts eine frappante Ähnlichkeit mit Tweedledum und Tweedledee. Und Turk sah in seinem mit Logos übersäten Rapper-Trainingsanzug einfach nur bescheuert aus.

Flora war auch da. Aus irgendeinem Grund sah sie mit ihren abgeschnittenen Jeans-Shorts und dem ausgebleichten ärmellosen T-Shirt so aus wie immer, als wäre sie hier zu Hause. Im Gegensatz zu Miranda wirkte sie kräftig und auf alles gefasst. Aber ihr Gesichtsausdruck verriet, dass sie unsicher war – sie stand etwas verkrampft am Rand der Gruppe. Mir fiel wieder ein, dass sie eine Elf war, und bis auf Egan, der ebenfalls ein Elfer war, kannte sie die anderen eigentlich gar nicht. Als Elfer gehörte sie nicht dazu. Flora war weder wichtig genug für sie, um sie zu kennen, noch schwach genug, um gemobbt zu werden, nachdem es eine Zwölf in der Schule gegeben hatte. Ich war froh, als ich Flora sah – ich meine, ich war froh, dass sie sich unbehaglich fühlte. In der Schule hatte ich mich von ihr fast mehr verraten gefühlt als von den anderen. Ich hatte gedacht, wir könnten Freunde werden, aber sie hatte nach dem ersten Tag, an dem sie nett zu mir gewesen war, nie wieder mit mir gesprochen. Anscheinend war die Kluft zwischen Elfern und Zwölfern genauso groß wie zwischen Einsern und Zwölfern. Sie wollte mich nicht kennen. Und jetzt, ohne ihre Freunde Smith und Fry, sah sie genau so aus, wie ich mich immer gefühlt hatte. Ich fragte mich, warum die beiden sich nicht ebenfalls für das Camp angemeldet hatten. Aber auf den Grund dafür wäre ich nie im Leben gekommen.

»Ah«, sagte Loam. »Der Room Service ist da.« Ich ging zu der Gruppe und verwandelte mich sofort wieder in mein schüchternes, schweigsames Selbst. Jetzt, wo ich nicht länger Schlossherr war, kehrte ich zu meiner gebeugten, konkaven Haltung zurück und versuchte, meinen langen, schlaksigen Körper zusammenzufalten und so wenig Raum wie möglich einzunehmen. Durch gesenkte Wimpern hindurch registrierte ich die Reaktion der anderen: Loam war ausgesprochen gut aufgelegt, geradezu begeistert davon, seinen Sklaven wiederzuhaben. Li verdrehte die Augen. Flora wirkte erleichtert und Egan schien sich tatsächlich zu freuen, mich zu sehen – vermutlich war er heilfroh darüber, nicht mehr die rangniedrigste Kreatur auf der Insel zu sein.

Turk sog mal wieder die Luft durch die Zähne. »Hey, Alder! Dann stimmt das also doch, was man von Kakerlaken behauptet.« Pencroft starrte den Sand vor sich an, weil sie mich nicht ansehen wollte. Vermutlich deprimierte es sie, dass ich doch nicht zu hässlich zum Leben war, wie sie mir das einmal in einer Nachricht geschrieben hatte. Ich schaute mich um. Am liebsten wäre ich weiterhin unsichtbar geblieben, aber es gab etwas, das ich unbedingt wissen musste. Also nahm ich all meinen Mut zusammen und machte den Mund auf.

»Habt ihr noch jemanden gesehen?«, fragte ich schließlich, an die Gruppe als Ganzes gerichtet. Meine Stimme klang viel zu laut.

»Wer sollte denn sonst noch hier sein?«, erwiderte Egan.

»Der Pilot vielleicht? Oder die Flugbegleiterin?« Plötzlich war es ungeheuer wichtig für mich, dass wenigstens einer von ihnen überlebt hatte. Jetzt, wo ich nicht mehr allein war, brauchte ich einen Erwachsenen, irgendeinen Erwachsenen, und es war mir egal, ob es der Typ war, der das Flugzeug geflogen hatte, oder die Frau, die mir eine Cola gebracht hatte. Ich hatte *Herr der Fliegen* gelesen. Ich wusste, wie so etwas ablief. In Osney war es schon schlimm genug gewesen, dort war ich nur in Gegenwart eines Lehrers sicher gewesen. Hier, auf einer einsamen Insel ohne einen Erwachsenen, konnte alles Mögliche passieren.

»Nein. Niemanden außer uns.«

»Wart ihr alle zusammen? Oder habt ihr euch erst später wiedergefunden?«

Pencroft starrte den Himmel an und sagte gelangweilt: »Ich und Loam lagen nebeneinander, als wir aufgewacht sind. Turk war ein Stück von uns weg, in den Dünen. Egan am Strand.«

»Ich war da drüben, wo das Gestrüpp wächst«, erwiderte Flora, während sie auf ein paar Büsche zeigte. »Und Li habe ich unmittelbar darauf gesehen.« Li nickte widerwillig mit dem Kopf und bestätigte es.

»Trümmerteile?«

»Von was?«, fragte Li barsch.

»Vom Flugzeug«, erklärte ich geduldig. »Habt ihr Trümmerteile gesehen?«

»Nur kleine Teile«, gab Flora Auskunft. »Wie das hier.« Sie zeigte auf ein kleines, verbeultes Stück Metall auf dem Sand. Es war weiß, mit den roten und blauen Streifen des Flugzeugs. Ich hatte ähnliche Teile gefunden, am ersten Tag, an dem Strand, auf dem ich aufgewacht war. »Aber nicht den Rumpf?« Ich versuchte, mich nicht allzu technisch auszudrücken. »Die Kabine? Die Flügel?«

Ausdruckslose Gesichter, Kopfschütteln.

»Das Flugzeug muss ziemlich tief über der Insel geflogen sein, als es zerstört wurde«, sagte ich nachdenklich. »Andernfalls hätten wir bei dem Absturz mehr als nur einen Kratzer abbekommen.«

»Und was ist das hier?«, jammerte Egan, während er mit beiden Händen auf sein Knie zeigte.

»Ein Kratzer«, erwiderte ich trocken. Ich hatte keine Angst vor ihm. »Aber jetzt mal im Ernst. Es ist irgendwie merkwürdig. Genau genommen ... ist es fast ein ... *Wunder.«* Es war das mit Abstand längste Gespräch, das ich je mit ihnen geführt hatte.

»Selkirk!«, fuhr Loam mich an.

»Ja?«

»Klappe halten.«

»Okay.« Es rutschte mir einfach so heraus, aus lauter Gewohnheit. Eigentlich hatte ich sagen wollen, dass wir gleich morgen früh beim ersten Tageslicht das Flugzeug suchen sollten. Aber nach Loams Anschiss hielt ich den Mund. Plötzlich schoss mir durch den Kopf, dass ich den anderen ja nicht unbedingt alles erzählen musste, was ich vorhatte. Auf einer Insel mit begrenzten Ressourcen musste ich mit niemandem teilen. Schließlich waren wir hier nicht im Kindergarten.

»Wir sollten ein Lager aufschlagen«, sagte Loam. Selbst ihm war aufgefallen, dass es ziemlich dunkel wurde. »Dort hinten zwischen den Bäumen.« Er zeigte auf die dicht bewachsene Fläche hinter uns. Ich betrachtete das dunkle Gewirr aus Zweigen und Ästen, in dem sich weiß Gott was verstecken konnte, mit Skepsis.

Nachdem ich die anderen entdeckt und die Dämmerung eingesetzt hatte, war die Sache mit dem »auf dieser Insel schlägt nur mein Herz und sonst keines« gegessen und ich bekam Angst. Ich dachte an wilde Tiere, die aus dem Wald kamen und uns auffraßen, während wir schliefen. Als ich noch klein war, hatten meine Eltern immer eine Fernsehserie namens *Lost* gesehen. Sie kauften sich alle Staffeln und zogen sich dann immer mehrere Folgen auf einmal rein. Und weil sie nichts von festen Schlafenszeiten oder Grenzen hielten, bekam ich eine ganze Menge davon mit. Es ging um ein Flugzeug, das auf einer einsamen Insel abgestürzt war, und die Überlebenden wurden von so einem Heldentypen namens Jack Shephard angeführt. An viel konnte ich mich nicht mehr erinnern, aber eines wusste ich noch: In einer Folge fürchteten alle, dass im Wald ein Eisbär war (obwohl die Insel in den Tropen lag – so richtig verstanden habe ich das nie), denn für ein Kind ist das erheblich interessanter als die ganzen Beziehungskisten auf der Insel und Sex und so. Ich habe nie herausgefunden, ob es tatsächlich ein Eisbär war oder nicht oder das, was meine Eltern *eine psychologische Manifestation der inneren Psyche* nennen würden, aber ich glaube, jetzt ist klar, was ich meine: etwas Großes und Unheimliches im Wald. (Randnotiz: Eltern können einen wirklich fix und fertig machen, denn wenn ich dann tatsächlich irgendwann mal ins Bett ging, nachdem ich Sachen wie *Lost* im Fernsehen gesehen hatte, lasen mir meine Eltern immer Märchen vor, in denen Ungeheuer im Wald leben und Kindern Angst machen. Märchen sollten mit einem Warnhinweis auf eine Gesundheitsgefährdung versehen werden.)

Auch wenn ich Angst vor Loam hatte, vor dem Wald hatte ich noch mehr Angst. Ich nahm all meinen Mut zusammen und sagte ein Wort, das ich bis jetzt nur ein einziges Mal zu ihm gesagt hatte.

»Nein«, sagte ich. »Ich werde in den Dünen schlafen, so hoch wie möglich, und direkt unter dem freien Himmel.« Ich starrte wieder die schwarze Masse aus Bäumen an. »Nur für den Fall.«

»Für *welchen* Fall?«

»Für den *Notfall.*«

Ich wollte meine Befürchtungen hinsichtlich der Möglichkeit einer Eisbärpopulation im Wald nicht näher erläutern, weil ich mich sonst wie ein Spinner angehört hätte.

»Selkirk hat nicht ganz unrecht«, mischte Flora sich ein.

»Yo«, stimmte ausgerechnet Turk ihr zu. »Der Dschungel da sieht verdammt übel aus.«

»Der Meinung bin ich auch«, meinte Pencroft, während sie nach Loams Hand griff. »Komm schon, Seb. Ich habe keine Lust, nachts im Dschungel rumzulaufen. Vielleicht morgen, wenn wir uns ein bisschen umgesehen haben.«

Kein Mann auf Erden hätte ihr widerstehen können. »Also gut«, murmelte er unwillig. »Dann eben die Dünen.«

Es war unglaublich, aber alle folgten *mir* in die Dünen, anstatt mit Loam zusammen in den Wald zu gehen. Ja, er hatte das Kommando dazu geben müssen, aber es war meine Idee gewesen. Die anderen marschierten in einer Reihe hinter mir her wie

Entenküken, bis wir die höchste Düne erreicht hatten, wo das hohe Gras von einem überraschend heftigen Wind hin und her gepeitscht wurde. Ich war immer noch nicht ganz sicher, was gerade passiert war, wies die anderen aber an, sich in einem Kreis mit dem Kopf nach außen hinzulegen, so nah beieinander, dass wir uns gegenseitig beschützen konnten, und so platziert, dass wir alle Himmelsrichtungen im Blick hatten und sehen konnten, was sich uns näherte.

Ich konnte eine ganze Weile nicht einschlafen und lag einfach nur da, den Kopf auf mein Sandkissen gebettet. Zum einen war es überraschend kalt. Morgen würden wir herausfinden müssen, wie man Feuer machte. Zum anderen wanderte mein Blick über die ungewohnten Sterne, die unglaublich hell und nah waren. Ich konnte genug von ihnen erkennen, um zu wissen, dass wir auf der Südhalbkugel waren. Der Polarstern und der Große Wagen waren vom Kreuz des Südens ersetzt worden, das langsam über den Himmel zog wie der fahrende Prospekt einer Bühnenkulisse. Ich dachte an die Sterne und an das, was gerade passiert war. Wo immer wir jetzt auch waren, die Welt war auf den Kopf gestellt worden.

15
DER FRÜHSTÜCKSCLUB

Mein erster Morgen auf der Insel ähnelte dem Moment, als ich dort aufgewacht war – ich sah Sand in extremer Nahaufnahme, griff nach meiner Brille und setzte sie auf. Ich versuchte aufzustehen und auch jetzt wieder zitterten meine Beine. Doch an diesem Morgen gab es keine Euphorie.

Ich stand auf und dehnte meine schmerzenden Glieder. Für eine tropische Insel war die Nacht eiskalt gewesen und meine Arme und Beine fühlten sich an, als wären sie aus Eis. Ich schüttelte sie aus, während ich langsam munter wurde und mein Blut wieder in meinen Adern spürte. Dann sah ich mich um. Pencroft und Loam schliefen noch, eng umschlungen, die Gesichter einander zugewandt, wie in einer Werbeanzeige für Calvin Klein. Ich wünschte mir, sie würden weiterschlafen. Im Wachzustand waren sie für mich einfach nur das Böse. Plötzlich lief es mir kalt den Rücken hinunter.

Wenn man nicht mehr aufwachte, bedeutete das, man war tot.

Am Horizont ging gerade die Sonne auf, und als mein Blick zum Meer wanderte, konnte ich Egan am Strand erkennen, der mit den Füßen in der Brandung herumplanschte. Turk saß auf einer Düne, kaute auf einem Stängel Seegras herum und starrte auf das Meer hinaus, während seine bescheuerten Haare im Wind wehten. Li stand neben ihm und warf kleine Steine in die Brandung. Flora schlenderte über den gelben Sand und blieb hin und wieder stehen, um eine Muschel aufzuheben und wieder fallen zu lassen, wobei ihr die Haare ins Gesicht fielen.

Plötzlich spürte ich Wut in meinem Bauch. Turk kaute auf meinem Seegras herum. Li warf meine Steine ins Meer, Flora sammelte meine Muscheln und Egan planschte mit seinen kalkweißen Quadratlatschen in meiner Brandung herum. Lincoln Island gehörte nicht länger mir; die Insel war verunreinigt. Es gab eine ganze Menge Giftschlangen in meinem Paradies, und wenn es nicht mir gehören konnte, wollte ich sofort von diesem Felsen im Meer herunter. Ich wollte so dringend von hier weg, dass mich der Wunsch, gerettet zu werden, sogar das laute Knurren meines Magens vergessen ließ. Da ich gestern alle dazu gebracht hatte, oben in den Dünen zu schlafen, beschloss ich, eine Besprechung abzuhalten. In Ermangelung eines Muschelhorns, mit dem ich sie hätte zusammenrufen können, brüllte ich einfach nur: »Hey!«

Die anderen drehten sich um und starrten mich an. Ich winkte ihnen zu, mit einer weit ausholenden, einladenden Bewegung, was überhaupt nicht meiner aktuellen Gefühlslage entsprach. Am liebsten wäre mir gewesen, wenn alle von hier verschwinden würden. Aber wenn ich mit diesen Leuten zusammenarbeiten musste, um gerettet zu werden, würde ich das tun.

»Ich glaube, wir sollten eine Besprechung abhalten, um herauszufinden, was wir als Nächstes tun werden.«

Zu meiner Überraschung unterbrachen sie das, was sie gerade machten, und kamen langsam auf mich zu, nicht gerade begeistert, aber sie kamen. Wir setzten uns im Kreis auf den Boden und Li rüttelte Pencroft mit viel Theatralik wach – wie eine Mutter, die versucht, morgens ihr Kind für die Schule zu wecken. Was allerdings gar nicht notwendig gewesen wäre, denn sie und Loam hatten schon angefangen, sich zu rühren, als ich losgebrüllt hatte.

Loam war wach und sein erster Kommentar war typisch für ihn: »Ich habe Hunger«, sagte er. Alle stimmten ihm zu. *Ja. Ich auch. Ich bin am Verhungern.* Ich stellte mir vor, was diese athletischen Typen vermutlich sonst immer zum Frühstück zu sich nahmen, der wichtigsten Mahlzeit des Tages. Vermutlich waren es Berge von Protein und Obst und Porridge, um genug Energie für ihre sportlichen Leistungen zu haben. Aber ich hätte gar nicht raten müssen, denn plötzlich fingen alle an, vom Essen zu reden.

»Was gäbe ich jetzt nicht alles für Spiegeleier mit Speck und Bohnen. Und Würstchen.«

»Ich auch«, hauchte Egan verzückt.

»Croissants und heiße Schokolade«, meinte Li, deren Gesicht ganz weich wurde.

»Ein McMuffin mit Schinken und Ei«, sagte Turk erwartungsgemäß.

»Buttermilchpfannkuchen, knuspriger Speck und Ahornsirup«, kam es von Pencroft. Das überraschte mich schon eher, schließlich sah sie aus, als wäre sie noch nie in ihrem Leben in die Nähe eines überflüssigen Kohlenhydrats gekommen. Der Reihe nach fantasierten sie darüber, was sie jetzt gern essen würden; alle bis auf Flora, die sich vor Lachen kaum einkriegte.

»Was ist denn?«, fragte ich neugierig.

»Der Frühstücksclub«, sagte sie. »Ihr wisst schon – der Film.« Sie deutete der Reihe nach auf die anderen. »Loam ist der Muskelprotz. Pencroft ist die Cheerleaderin. Turk der Kriminelle, Li das Wunderkind. Ich bin die Außenseiterin. Und du, Selkirk, bist der Nerd. Außer Frühstück haben wir kein anderes Gesprächsthema.«

Ich begriff, was sie meinte. Alle von uns entsprachen einem klassischen Highschool-Klischee. Ihre Theorie fand ich so interessant, dass es mich nicht störte, dass sie mich einen Nerd genannt hatte – das war ja schließlich offensichtlich und alle wussten es. Genau genommen fand ich es ziemlich clever von der guten Flora, dass ihr das mit dem Frühstücksclub aufgefallen war. Und irgendwie war ich sogar erleichtert, dass nicht jeder, mit dem ich hier festsaß, ein Idiot war. Aber so leicht wollte ich sie nicht davonkommen lassen – noch nicht. »Großartig«, sagte ich. »Dann sind wir also der Frühstücksclub. Sehr gut. Aber was bringt uns das? Wir müssen uns organisieren. Die einzige Nahrungsquelle, die wir hier kennen, ist das Flugzeug, richtig?«

Loam, ganz das Alpha-Männchen, forderte mich sofort heraus. »Und was ist *damit?*«

Wir folgten seinem Finger und legten den Kopf in den Nacken. Er zeigte auf die Krone einer riesigen Palme, auf die Stelle am oberen Ende des glatten Stamms, an der zwei grüne Kokosnüsse dicht unterhalb der glänzenden Wedel hingen.

»Die sehen aus wie Nüsse«, verkündete Loam.

»Das *sind* Nüsse, du Nuss«, erwiderte Flora scharf.

»Nein, ihr habt alle einen Achter in der Pupille. Die sehen aus wie zwei *Eier«,* warf Turk ein, während er sich wie ein Rapper in den Schritt griff.

Ich schaffte es, trotz dieser kindischen Geste zu lächeln, weil ich versuchte, alle auf meiner Seite zu behalten. »Er hat recht«, räumte ich ein. »Grüne Eier. Aber ich habe keine Ahnung, wie wir die da oben runterholen sollen. Die Stämme sind spiegelglatt.«

Das wenigstens konnte man nicht infrage stellen. Diese Palmen hatten keine Stämme mit Kerben, die aussahen wie die Schale einer Ananas und an denen man sich beim Hochklettern festhalten konnte, sondern überhaupt keine Rinde. Vermutlich war das ein Trick der Natur, um die Früchte zu schützen. »Wie ich gerade gesagt habe«, fuhr ich fort, »könnten wir fürs Erste sämtliche Getränke und Snacks aus der Maschine holen, wenn wir die Absturzstelle finden. Vielleicht gibt es sogar Fertigmahlzeiten an Bord. Gestern habe ich zwar ein paar Beeren gefunden, aber die haben ziemlich übel geschmeckt. Wir sollten uns auf die Suche machen, solange es hell und noch nicht zu heiß ist. Wenn wir Glück haben, finden wir etwas zu essen und zu trinken und unser Gepäck. Dann können wir es uns wenigstens ein bisschen bequemer machen, bevor wir gerettet werden.«

»Glaubst du wirklich, dass wir gerettet werden?«, fragte Li. Sie wirkte mir gegenüber immer noch feindselig, aber wenigstens fragte sie mich nach meiner Meinung. Und das fühlte sich verdammt gut an.

»Ja«, erwiderte ich. Ich versuchte jetzt nicht unbedingt, die anderen zu trösten (dazu hasste ich sie immer noch viel zu sehr), aber ich musste mir selbst Mut machen. *Ich* musste von hier weg. »Auch kleine Flugzeuge haben eine Blackbox an Bord. Zwei- oder Dreisitzer nicht, aus Gewichtsgründen.« Soweit ich wusste, stimmte das sogar. »Aber wir sind mit einer zehnsitzigen Maschine geflogen. Und wenn der Pilot gewusst hat, dass etwas nicht stimmt, wäre es möglich, dass er einen Notruf abgesetzt hat, bevor wir abgestürzt sind.« Ich starrte die anderen an. »Kann sich jemand von euch an den Absturz *erinnern?* Ich nämlich nicht.«

Alle sahen sich an und schüttelten den Kopf.

»Wir können doch nicht *alle* geschlafen haben«, meinte Flora.

»Na ja, wenn es einen plötzlichen Druckabfall in der Kabine gab, sind wir vielleicht alle ohnmächtig geworden. Wir müssen beim Absturz ziemlich entspannt gewesen sein, weil es so gut wie keine Verletzungen gegeben hat.«

Flora zuckte mit den Schultern. Sie war nicht überzeugt.

»Jedenfalls ist es sinnlos, Spekulationen anzustellen. Wir sollten etwas Praktisches tun.« Ich ging zu einer flachen Stelle des Strandes, die oberhalb der Gezeitenmarke lag, und sah mich nach etwas um, mit dem ich schreiben konnte.

In meiner Nähe lag ein Stück Treibholz, rund und glatt wie ein Knüppel, gebleicht vom Salzwasser und so lang wie ich. Es war ein perfekter Stab. Okay, das hört sich jetzt wie kalifornisches Esoterikgeschwafel an, aber ich hatte das Gefühl, dass nicht ich den Stab gefunden hatte, sondern er mich. Ich hob ihn auf und wog ihn prüfend in meiner Hand. Dann fing ich an, ihn durch den Sand zu ziehen.

Die anderen standen auf und kamen zu mir. Die Buchstaben waren so groß – schließlich sollte man sie von sehr weit oben erkennen können –, dass es ziemlich schwierig gewesen sein dürfte, herauszufinden, was ich schrieb. Die Sonne stieg immer höher, und als ich mit den drei riesigen Buchstaben fertig war, schwitzte ich.

»Soss«, sagte Loam, als wäre das ein Wort.

»Nicht *soss«,* korrigierte ich schwer atmend, weil es so anstrengend gewesen war. »SOS.« Ich sprach es Ess-Oh-Ess aus. Jetzt würde sogar er es verstehen.

»Wofür steht das? Hat es was mit Osney zu tun?« Loam zeigte auf die Brusttasche seines grünen Poloshirts, die mit demselben Logo bestickt war wie der Schulblazer, den ich nie wieder würde tragen müssen: ein kleiner goldener Baum auf einer Insel und darunter die Buchstaben O.S. Wusste er es wirklich nicht? Hatte er tatsächlich keine dieser Schiffbrüchiger-auf-einer-einsamen-Insel-Geschichten gelesen oder wenigstens im Fernsehen gesehen? Kannte er kein einziges Beispiel für jene große Tradition, die mit *Robinson Crusoe* begonnen hatte? »Ist dir Robinsonade ein Begriff?«, fragte ich ihn.

»Ja klar«, antwortete er wie aus der Pistole geschossen. Ich zog überrascht die Augenbrauen hoch. Aber dann sagte er: »Das ist doch dieser Fruchtsaft, den es in Wimbledon gibt.«

Ich starrte ihn an und hatte erneut ein Erlebnis, von dem immer wieder in der Literatur berichtet wird. Es fiel mir wie Schuppen von den Augen und endlich sah ich ihn so, wie er war. Die Erkenntnis machte mich frei – wie einen Sklaven, dessen Ketten auf einem Amboss zerschmettert werden.

Loam war dumm. Außerhalb der Schulhierarchie und seiner vertrauten Sportwelt hatte er null Ahnung.

Und nachdem ich diese weltbewegende Entdeckung gemacht hatte, fing ich an, ein bisschen weniger Angst vor ihm zu haben.

»SOS bedeutet Save Our Souls«, erklärte ich geduldig, als würde ich mit einem Kind reden. »Rettet unsere Seelen.«

Er schnaubte. »Wohl eher ›Rettet unseren Arsch‹.«

»Ja«, schoss ich zurück, fast ohne nachzudenken. »Ich wollte sichergehen, dass du zuerst gerettet wirst.«

Und dann passierte etwas Merkwürdiges. Sie lachten. Der ganze Frühstücksclub lachte. Okay, sie lachten nicht lange und sie hörten auch sofort wieder damit auf, als sie Loams wütendes Gesicht sahen, aber da war es schon zu spät. Es war passiert. Sie hatten gelacht. Es hatte eine kleine, aber bedeutsame Veränderung gegeben. War ich etwa *lustig?*

Mein Selbstvertrauen wuchs. »Wir haben unser SOS geschrieben«, sagte ich. »Es wird den Leuten helfen, die nach uns suchen, und Flugzeuge, die über uns hinwegfliegen, sehen es vielleicht auch. Es liegt oberhalb der Gezeitenlinie, daher dürfte es bei Einsetzen der Flut nicht zerstört werden.« Ich rammte den Stab in den Sand. »Wir sollten uns organisieren und unsere Ressourcen bündeln.« Ich starrte in ausdruckslose Gesichter. »Damit meine ich: Wir sollten das analysieren, was uns nach dem Absturz geblieben ist. Was habt ihr? Was haben wir?« Ich setzte mich im

Schneidersitz auf den Strand und erstaunlicherweise folgten alle meinem Beispiel, bis wir wieder einen Kreis bildeten. Eine Sache fiel mir sofort auf. »Keiner von uns trägt Schuhe«, sagte ich. »Habt ihr sie alle im Flugzeug ausgezogen?«

»Voll nicht.« Turk schüttelte den Kopf. »Ich hätte meine Sneaker auf keinen Fall ausgezogen. Die waren brandneu, Bro.«

Einige hatten ihre Schuhe ausgezogen, andere wiederum nicht. »Aber wir hätten nicht auch noch unsere Socken ausgezogen«, wandte Flora ein. Ein gutes Argument.

»Ich bin am Strand aufgewacht«, erklärte ich. »Vielleicht habe ich meine Schuhe ja abgestreift, um besser schwimmen zu können. Keine Ahnung, jedenfalls sind sie weg. Wir sollten uns keine Gedanken über das machen, was wir nicht haben. Was *haben* wir?«

Langsam leerten sie ihre Taschen und legten die kostbaren Gegenstände vor sich in den Sand, als wollten wir mit einer Geisterbeschwörung beginnen. Die meisten von ihnen hatten die neuesten Smartphones. »Ist eines davon noch geladen?«

»Nein«, sagte Li. »Das ist das Erste, was wir versucht haben. Jemanden anzurufen.«

Ich starrte den Kreis aus Handys an. Sie sahen genauso aus wie ein paar Zierkacheln. Und zu mehr waren sie auch nicht mehr zu gebrauchen. »Was haben wir noch, was uns irgendwie helfen würde?« Mein Blick ging dorthin, wo er immer hinging. »Pencroft?«

Sie zeigte auf den Minirock, der ihre Oberschenkel nur notdürftig bedeckte. »Diesen Rock«, meinte sie.

Flora prustete los. »Wie bitte? Was soll uns *der* nützen?«

»Halt die Klappe, Flora. Das ist ein echter Missoni aus italienischem Kalbsleder.«

»Wenn er nicht aus Chicken Wings besteht«, meinte Flora trocken, »wird er uns keine große Hilfe sein.« Sie war auf der Insel offenbar auch mutiger geworden.

Turk entging das nicht. »Krass«, sagte er zu niemand Bestimmten.

»Turk, was ist mit dir?«

Etwas verschämt hob er eine kleine Steinschale und einen winzigen Baseballschläger aus Stein in die Höhe. Ich musste das Ding doch tatsächlich mehrere Sekunden lang anstarren, bevor ich begriff, was es war: ein Mörser mit Stößel. »Wie zum Henker ist das denn hierhergekommen?«

Er zuckte mit den Schultern. »Es war in meiner Hosentasche. Wie immer. Schließlich weiß man ja nie, ob man nicht plötzlich was kochen muss, Bro.«

Flora lachte wieder.

»Was denn?«

»Na ja«, erwiderte sie, »das ist so ... so *typisch* für dich, Turk.«

Er schien es ihr nicht übel zu nehmen. »Dealen ist alles«, sagte er. »In meinem Viertel muss man auf alles vorbereitet sein.«

Ich überlegte kurz, ob ich klarstellen sollte, dass Turks »Viertel« auch mein »Viertel« war – ein sehr schicker und sehr teurer Teil von Oxford und nicht gerade Compton in L.A. Aber dann ließ ich es bleiben und fragte den Nächsten. »Egan?«

Egan hatte nur einen Kugelschreiber bei sich, in seiner Brusttasche. Er schwenkte ihn etwas schüchtern hin und her, als würde der Stift ihn neben Turks Dealerausrüstung wie einen Idioten aussehen lassen, und legte ihn dann in den Kreis zu den anderen Sachen.

Loam hatte seine Fitbit-Smartwatch. Er weigerte sich, das Teil abzunehmen, streckte aber den Arm aus wie ein Kind an Weihnachten.

»Fitbit Surge. Brandneu. Mit orangerotem Band in limitierter

Auflage«, verkündete er stolz. »Sie hat einen Aktivitätstracker und einen Pulsmesser.«

»Das ist ganz toll, Loam«, sagte ich. »Aber wir brauchen das Ding nur, um zu wissen, wie spät es ist. Zeigt es auch die Uhrzeit an?«

»Aber natürlich.«

»Ist als Ortszeit England eingestellt?«

»Ja«, gab er Auskunft.

»Gut. Ich werde später mehr dazu sagen. Li?«

»Ich habe meine Geige«, erklärte sie. »Sie ist drüben bei den Bäumen. Ich habe sie zum Schutz in Blätter eingewickelt.«

»Wie jetzt? Du bist mit der Geige in der Hand aus dem Flugzeug gefallen?«, fragte ich total irritiert.

»Nein, nicht direkt.« Sie wurde rot. »Ich habe sie gefunden. Nicht weit von der Stelle entfernt, an der ich aufgewacht bin. Sie war in der Kabine, neben mir. Meine Mutter bucht immer einen eigenen Sitz für sie, damit wir zusammen fliegen können.« Ich wusste nicht, was ich bemerkenswerter finden sollte: die Tatsache, dass die Geige einen eigenen Sitz bekam oder dass Li von ihr sprach, als wäre sie so etwas wie ihr Baby. Sie spreizte ihre langen Finger. »Und deshalb glaube ich, dass sie beim Absturz an derselben Stelle gelandet ist wie ich.«

»Aber warum hast du sie überhaupt mitgenommen? Sollte es bei dem Camp nicht um Teamentwicklung und so gehen? ›Vorbereitung aufs Leben‹?«

»Ich gehe nirgendwohin ohne meine Geige«, erwiderte sie kurz angebunden. »Außerdem *wird* sie mein Leben sein. Im September spiele ich beim Royal College of Music in London vor und meine Mutter will ...« Sie unterbrach sich kurz. »*Ich* will jeden Tag üben.« Dann drehte sie den Spieß um. »Was ist mit dir?«

»Fehlanzeige«, sagte ich. »Ich hatte mein Handy dabei, aber es ist beim Absturz beschädigt worden.« Ich wollte auf keinen Fall zugeben, dass ich es selbst zerstört hatte. So langsam dämmerte mir, dass meine theatralische Geste ziemlich dumm gewesen war – vielleicht war etwas in seinem Innern gewesen, das wir hätten gebrauchen können.

»Das stimmt nicht«, protestierte Flora. Sie streckte die Hand aus und ich dachte, sie wollte mir einen ihrer schwarz lackierten Fingernägel ins Auge rammen, aber ihr Finger traf mit einem leisen Klicken auf Glas. »Du hast deine Brille.«

Die Brille hatte ich ganz vergessen. Ich war so daran gewöhnt, sie zu tragen, dass sie quasi ein Teil meines Gesichts geworden war. Ich zuckte mit den Schultern. »Die wird uns nicht viel nützen.«

»Vermutlich nicht«, stimmte sie mir zu. »Aber wenigstens hast du sie noch auf der Nase. Ich hatte nicht so viel Glück.«

Ich sah sie prüfend an. »Ich wusste gar nicht, dass du eine Brille trägst.«

»Tu ich auch nicht«, erwiderte sie. »Aber ich habe etwas verloren, das im wahrsten Sinne des Wortes an meinem Gesicht festgemacht war.« Sie tippte mit dem Finger an ihren Nasenflügel. »Mein Nasenstecker.«

Zusammen mit den anderen starrte ich Flora auf die Nase. Am Nasenflügel konnte ich tatsächlich ein winziges Loch in der Haut erkennen, das leicht gerötete Ränder hatte. »Du glaubst, er ist herausgefallen?«, fragte ich.

»Das ist es ja. Diese Dinger können eigentlich nicht herausfallen. Der Stecker hat keinen Stift wie bei einem Ohrring, sondern eine kleine Spirale, die sich wie ein Mini-Korkenzieher in den Nasenflügel schraubt.«

Pencroft verzog ihr perfektes Gesicht, steckte sich die Finger in die Ohren und fing an, »Lalalalalala« zu singen.

»War er sehr teuer? Mit einem Diamanten oder so?«, fragte Li spitz.

»Nein, Kim Kardashian«, sagte Flora. »Es war nur ein winziger Strassstecker. Aber ich habe mir das Piercing erst vor drei Tagen stechen lassen und musste mir einiges einfallen lassen, um es meinen Eltern zu verheimlichen. Jetzt werde ich das Ganze noch mal machen müssen, wenn wir gerettet werden.«

»*Falls* wir gerettet werden«, sagte Pencroft, die zu singen aufgehört hatte.

»Was das angeht«, meinte Flora, »ist es mir gelungen, etwas zu retten, das uns *allen* etwas nützen wird.« Sie hielt eine leere Evian-Flasche mit Schraubverschluss hoch.

»Die Flasche würde uns mehr helfen, wenn noch Wasser drin wäre«, stichelte Pencroft, die Flora den Witz über ihren Rock noch nicht verziehen hatte.

»Schon klar«, meinte ich. »Aber wir können sie ja füllen, wenn wir eine Wasserquelle finden.«

»Ich dachte eher an eine Flaschenpost.«

»Das ist auch keine schlechte Idee«, sagte ich nachdenklich. »Aber zuerst müssen wir wissen, was wir schreiben sollen.«

Loam deutete auf die riesigen Buchstaben im Sand. »Wie wäre es damit?«

»Großartig«, antwortete ich. »Wenn jemand in Japan oder Neuseeland, oder wo auch immer wir am nächsten dran sind, eine Flaschenpost findet, in der ›SOS‹ steht, was wird er dann wohl tun?«

Loam sah verwirrt aus, als wäre ich plötzlich ein Lehrer, der ihm eine Frage stellte, die er nicht beantworten konnte. »Hilfe schicken?«

»Wohin?« Ich breitete die Arme aus und zeigte auf die Insel und das Meer, das sich bis zum Horizont erstreckte. »Woher soll er wissen, wo wir sind?«

Loam begriff langsam, wo das Problem lag.

»Wir haben hier aber kein Navi, Bro«, warf Turk wenig hilfreich ein. »Wir können nicht herausfinden, wo wir sind.«

»Doch, können wir«, korrigierte ich. »Aber dazu später mehr.« Wieder hielt ich mich zurück, weil ich nicht zu viel verraten wollte. Aus irgendeinem Grund ahnte ich, dass Wissen Macht bedeutete und dass es Vorteile hatte, wenn man es für sich behielt. »Loam, wie lange hält der Akku deiner Fitbit noch?«

Er warf einen Blick auf das quadratische Display an seinem Handgelenk. »Drei Tage?«, meinte er dann.

»Gut. Dann können wir uns Zeit lassen«, sagte ich. »Wir werden die Flaschenpost morgen losschicken. Aber die Flasche behalten wir erst mal.« Ich sprang auf und klopfte meinen sandigen Hintern ab. »Flora, du nimmst sie mit, falls wir Süßwasser finden.«

»Und wohin soll ich sie mitnehmen?«, wollte sie wissen.

»Wir gehen jetzt los und suchen das Flugzeug.«

Jetzt standen alle auf. »Sollen wir uns aufteilen?«, fragte Turk. Er sah mich an. »Bro?«

Befriedigt stellte ich fest, dass Turk mich und nicht Loam gefragt hatte. Ich überlegte kurz. »Nein«, sagte ich. »Jetzt noch nicht. Wir kennen uns hier nicht aus, und wenn sich jemand verirrt, werden wir Zeit und auch Energie verlieren, um nach ihm oder ihr zu suchen, da keiner von uns etwas gegessen oder getrunken hat.« Dann fiel mir noch etwas ein. »Und vielleicht finden wir etwas, das wir hierhertragen müssen. Dinge, die wir gebrauchen können. Wir sollten zusammenbleiben.« Ich sah mich um. Ich hatte keine Ahnung, wo die Absturzstelle liegen könnte, aber das wahrscheinlichste Hindernis für ein Flugzeug war der Monte Christo. Ich hatte einmal gelesen, dass fast alle Abstürze von Kleinflugzeugen auf einen Fehler des Piloten zurückzuführen waren und die Trümmer meist an einem Abhang gefunden wurden. Am Tag zuvor war ich in den westlichen Ausläufern des Berges gewesen und hatte nichts gefunden, daher zeigte ich mit meinem Stab nach Osten, als wäre ich ein Reiseführer. »Gehen wir.«

Und so machten wir uns auf die Suche nach dem Flugzeug. Wir stapften durch das hohe Dünengras und erreichten den Waldsaum und zum ersten Mal in meinem Leben ging ich voran.

16
DAS FLUGZEUG, DAS FLUGZEUG

Am Anfang war es toll. Ich hatte meinen Stab bei mir, als Gehstock und Zeichen meines Amtes. Ich benutzte ihn, um durch schwieriges Gelände zu kommen, und schlug damit auf das Unterholz ein, wie ich es in Filmen gesehen hatte, als wäre ich Dr. Livingstone oder so. Als dicht vor mir eine Ziege durch den Dschungel rannte, hätte ich fast einen Herzinfarkt bekommen, aber ich war heilfroh, das Tier zu sehen. Wenn die Sache mit dem Flugzeug ein Reinfall war, brauchten wir noch etwas anderes zu essen als Schokoladenbeeren.

Mein enzyklopädisches Wissen, das ich schon fast wieder vergessen hatte, reaktivierte sich. Ich identifizierte Spezies, als wäre ich ein zweiter David Attenborough. Ein roter Vogel, der an uns vorbeischoss, war ein Nacktkopf-Paradiesvogel. Ich entdeckte einen Leopardgecko und eine Cochinelleschildlaus. Jeder Name, den ich vor mich hin murmelte, steigerte mein Ansehen bei den Mitgliedern des Frühstücksclubs. Im Wald benannte ich Himalaya-Zedern, Douglasfichten, Kasuarinen, Gummibäume, Eukalyptusbäume und Hibiskus. Und eine Pflanze, die uns noch sehr nützlich sein konnte: »Bambus!«, rief ich. »Hervorragend zur Bewässerung und zum Bau von Gebäuden geeignet, weil er so leicht und solide ist. Wir können ihn in Stücke hauen und Trinkbecher daraus machen oder Latten für Körbe. Aus dem Mark kann man sogar Alkohol herstellen.«

»XD!«, brüllte Turk.

Loam blieb schwer atmend stehen und stemmte die Hände in die Hüften. Sein Gesicht war knallrot und er schwitzte stark. »Herrgott noch mal, Selkirk, du bist *so* ein Nerd. Woher *weißt* du diesen ganzen Scheiß eigentlich?«

Ich wurde nicht langsamer. »Ich lese viel!«, rief ich nach hinten. »Bücher. Nicht nur Zeug auf meinem Handy, wenn ich auf dem Klo sitze.«

Als Turk loslachte, wurde ich wieder ein paar Zentimeter größer. Loam zu demütigen, konnte leicht zur Gewohnheit werden. Und ich hatte weiß Gott das Recht dazu. Aber gleichzeitig spürte ich, wie mir der Schweiß ausbrach, denn ich rechnete fast damit, dass Loam mir von hinten einen Schlag versetzte. In diesem Moment stieß Egan einen Schrei aus und ließ sich auf den Boden fallen. Als er wieder aufstand, hielt er einen Teil einer Tragfläche in der Hand – ein weißes, keilförmiges Stück Metall mit einem roten und blauen Streifen.

Das, was dann kam, hatte starke Ähnlichkeit mit einer Ostereiersuche. Jedes Mal, wenn jemand weitere Wrackteile entdeckte, stießen die Mitglieder des Frühstücksclubs entzückte Schreie aus. Mein erster Gedanke war, dass wir alles, was wir fanden, sammeln und für unseren Unterschlupf oder als Werkzeug verwenden sollten. Aber wir entdeckten erstaunlich viele Trümmer und irgendwann konnten wir gar nicht mehr alles tragen und ließen einiges liegen.

Die Sonne stieg immer höher, es wurde immer heißer und außer Flugzeugteilen hatten wir noch nichts gefunden. Mein Mund war staubtrocken, meine Brille beschlagen und ich bekam ernsthafte Zweifel an der ganzen Unternehmung. Wäre es doch besser gewesen, die Gruppe aufzuteilen? Wäre es besser gewesen, den Monte Christo zu besteigen und von oben nach der Absturzstelle zu suchen? Aber als wir immer mehr Überreste fanden, wusste ich, dass wir auf der richtigen Spur waren. Wir gewannen auf der Ostseite des Berges immer mehr an Höhe und plötzlich meldete sich Egan wieder. »Seht mal, da!«

Ich sah in die Richtung, in die sein Finger zeigte. Mir drehte sich fast der Magen um, als ich begriff, was er entdeckt hatte. Eine Kuppel aus hellem Metall, ein weißer Flügel, der in einem merkwürdigen Winkel in den Himmel ragte, und eine lange Schneise aus abgebrochenen Ästen und umgestürzten Bäumen dahinter, deren helles Holz auseinandergesplittert war und freilag wie Knochen.

Die Absturzstelle.

Die Überreste des Flugzeugs waren ziemlich weit verstreut, Teile auf dem Boden, Teile in den Bäumen. Eine der Tragflächen war vom Rumpf abgerissen worden und mehrere Meter davon entfernt aufgekommen. Es sah genau so aus, wie man sich eine Absturzstelle vorstellte – die Trümmer waren überall verteilt, so, wie das in Filmen immer gezeigt wird. Mir lief ein Schauder über den Rücken, als ich das Wrack anstarrte; ich konnte einfach nicht glauben, dass wir den Absturz überlebt hatten. Doch der Frühstücksclub war schon dabei, über die größeren Teile hinweg in die Kabine und über die zerfetzten Ledersessel zu klettern, als wäre das Ganze ein Abenteuerspielplatz im Wald.

Ich musste das hier organisieren. »Zuerst und vor allem Essen und Getränke!«, rief ich. »Dann das Gepäck. Und seht euch auch nach scharfen Gegenständen um, Werkzeuge oder Waffen.«

Es war absolut kein Gepäck zu sehen. »Vielleicht ist das Teil mit dem Frachtraum irgendwo anders«, meinte Li.

»Ja, vielleicht, aber wir müssten doch wenigstens unsere Handtaschen finden«, sagte Pencroft schwer enttäuscht. »In meiner war mein ganzes Make-up.«

Unsere Suche war jedoch nicht ganz erfolglos. Egan fand einen Stapel großer Karten, auf denen oben in Goldbuchstaben *Oceanic Airlines* und darunter ein Menü gedruckt war. »Das sieht schon mal gut aus«, urteilte ich. »Jetzt müssen wir nur noch den Bereich finden, in dem sie das Essen verstaut haben.«

Plötzlich hörte ich aus einiger Entfernung eine Stimme. Es war Flora, die von irgendwo außerhalb der Kabine etwas rief. Es klang wie »Ukit!«.

Da ich dachte, sie wäre in Schwierigkeiten, kletterte ich aus der Kabine, ließ die anderen weitersuchen und rannte zwischen den Bäumen hindurch zu ihr. Sie stand auf einer kleinen Lichtung und zeigte auf etwas vor sich. »Cockpit«, sagte sie. In einem der Bäume hing tatsächlich das Cockpit der Maschine.

Sie ging wie in Trance darauf zu, als wäre sie in einem Traum. Ich eilte ihr nach und hielt den Arm vor ihre Brust, als wenn sie kurz davor wäre, eine verkehrsreiche Kreuzung zu überqueren. »Nein«, sagte ich.

Flora starrte mich an. »Was denn?«

»Der Pilot«, erklärte ich. »Ich habe keine Ahnung, wie wir es fertiggebracht haben, aus dem Flugzeug zu fallen, aber ich bin ziemlich sicher, dass der Pilot auf seinem Sitz angeschnallt war. Und das bedeutet, dass er vielleicht immer noch dort drin ist.«

Ich konnte zusehen, wie es bei ihr Klick machte.

»Oh«, hauchte sie.

»Genau. Lass mich zuerst einen Blick hineinwerfen, okay?« Mein Schlagwort. Es rutschte mir einfach so heraus.

Sie fuhr sich nervös mit der Zunge über die Lippen. »Okay.« Es war das erste Mal, dass jemand es zu *mir* sagte.

Mit einem dicken Kloß im Hals ging ich über die Lichtung. Es gab keinen triftigen Grund dafür, warum ich mit dem Anblick einer Leiche besser zurechtkommen sollte als Flora. Im Grunde genommen war ich mir ziemlich sicher, dass ich von uns beiden die schlechteren Voraussetzungen dafür besaß. Sie stand auf Gothic und Death Metal, weshalb anzunehmen war, dass ihre Psyche eine Leiche besser verarbeiten konnte als meine, aber ich brachte es einfach nicht fertig. Meine Mutter war zwar Feministin, legte aber großen Wert auf Höflichkeit und hatte kein Problem damit, dass mein Vater und ich ihr die Tür aufhielten oder ihren Koffer trugen. Sie sagte immer, dass die »beiden Konzepte durchaus miteinander vereinbar« seien. Und ich vermute, dass es so etwas wie Ritterlichkeit war, was mich dazu veranlasste, auf den Baum zu klettern und in das Cockpit des Flugzeugs zu kriechen, wo mich aller Wahrscheinlichkeit nach ein toter Pilot erwartete.

Aber ich konnte sofort sehen, dass niemand im Cockpit saß. Und ich gebe zu, dass ich vor lauter Erleichterung einen tiefen Seufzer ausstieß. Es gab zwei leere Sitze, ein Funkgerät, das an einem Spiralkabel baumelte, und eine Instrumententafel mit unglaublich vielen Schaltern und erloschenen Kontrolllampen. Als etwas Pelziges mit einem langen Schwanz über die Instrumententafel trippelte und durch die offene Frontscheibe nach draußen verschwand, machte ich mir vor Schreck fast in die Hose. Ich schrie laut auf.

»Selkirk? Alles in Ordnung mit dir?«, rief Flora von unten.

»Ja!«, brüllte ich, während mir das Herz bis zum Hals schlug. »Du kannst raufkommen.«

Mein Puls beruhigte sich wieder und ich sah mir an, welchen Weg das kleine Tier genommen hatte. Es war durch die fehlende Frontscheibe verschwunden.

Die fehlende Frontscheibe.

»Das ist komisch«, sagte ich laut.

»Was ist komisch?«, fragte Flora, die völlig außer Atem in das Cockpit kletterte.

»Da ist keine Scheibe.«

Ich steckte die Hand durch die Öffnung, um ihr zu zeigen, was ich meinte.

Flora steckte ebenfalls die Hand hindurch und bewegte sie hin und her, als würde sie einen Zaubertrick vorführen. Die Tatsache, dass auf ihrem Handgelenk ein Pik-Ass tätowiert war, verstärkte diesen Eindruck noch.

»Sie muss beim Absturz herausgefallen sein.«

»Aber hier sind nirgendwo Scherben.« Ich fuhr mit dem Finger um den Rahmen, in dem die Frontscheibe gewesen war. »Keine spitzen Scherben, die normalerweise entstehen, wenn man ein Fenster einschlägt. Es sieht fast so aus als ... als wäre hier *nie* eine Scheibe drin gewesen.«

»Na ja«, meinte sie, »vielleicht ist sie ja so konstruiert, dass sie in einem Stück rausfällt, wenn das Flugzeug an Höhe verliert. Damit der Pilot nicht verletzt wird.«

»Nein, die Scheibe ist so konstruiert, dass sie Risse bekommt, aber nicht auseinanderbricht«, widersprach ich.

»Selkirk, du bist so ein Klugscheißer. Kein Wunder, dass ...« Sie brach ab.

»Kein Wunder was?«

Doch bevor sie antworten konnte, drang ein Schrei von unten zu uns herauf. Wir kletterten aus dem Cockpit und den Baum hinunter und rannten in die Richtung, aus der das Geräusch gekommen war.

Als wir die anderen fanden, standen sie um einen großen Metallkubus herum wie Jäger um den Kadaver eines erschossenen Hirsches. Es war der Servierwagen aus dem Flugzeug, der Getränke und Snacks enthielt. Der Frühstücksclub war bereits dabei, ihn zu plündern. Es war nur ein kleiner Wagen und es gab nur Minidosen mit Getränken wie bei den meisten Fluggesellschaften. Keine Spur von den Gourmet-Mahlzeiten, die in den

Speisekarten aufgeführt waren, nur salzige Knabbereien wie Kartoffelchips und Brezeln. Doch in dem Augenblick war uns das egal. Ich wühlte wie die anderen in den Schubladen herum, fand eine Cola und trank sie in einem Zug aus. Es war der schönste Moment meines Lebens. Ein Blick auf die anderen sagte mir, dass es ihnen genauso ging. Miranda Pencroft sah aus, als wäre sie einer Colawerbung entsprungen, doch ausnahmsweise fiel mir etwas ins Auge, das schöner war als sie. Eine Schublade mit Chipstüten. Extra knusprige, handgemachte Kartoffelchips aus einer Manufaktur in der Schweiz. Ich zog die Folie auseinander und schaufelte mir die Chips in den Mund. Während ich aß, fiel mir auf, dass Loam – natürlich, wer sonst – nach einer zweiten Packung griff. »Jeder nur eine«, sagte ich streng. »Den Rest nehmen wir mit und teilen ihn gerecht auf. Wir wissen nicht, wie lange wir damit auskommen müssen.«

Loam starrte mich mit zusammengekniffenen Augenbrauen an. »Selkirk, du kannst mich mal! Ich glaube, du hast vergessen, dass ich ein *Viertelmann* bin. Ein *Spitzenmann.* Ich esse, so viel ich will.« Er griff sich noch eine Chipstüte, riss sie auf und stopfte sich den Inhalt in den Mund. Dann öffnete er noch eine Coladose und leerte sie. Dann zerquetschte er die Dose an seiner Stirn, wie man das in Filmen immer sieht, und warf sie über die Schulter. Und dann rülpste er so laut, dass die Palmen zu schwanken begannen. Mein Blick fiel auf die Stelle, an der die leere Dose gelandet war. Komischerweise sorgte ausgerechnet die Coladose, die rot und zerdrückt im Unterholz lag, dafür, dass ich meine WLAN-Stirn bekam. Loam vermüllte meine schöne Insel. Es war dumm, sich darüber aufzuregen, schließlich lag sowieso schon jede Menge Metall vom Flugzeug hier rum. Was machte da schon eine bescheuerte Coladose aus? Aber sie machte etwas aus. Sie machte *eine Menge* aus.

Ich schluckte meine sinnlose Wut hinunter und sagte nichts mehr. Loam bediente sich am Inhalt des Wagens und wühlte sich durch die verschiedenen Geschmacksrichtungen, um die zu finden, die er am liebsten aß. Erbost starrte ich die anderen an. Keiner von ihnen, nicht einmal Pencroft, sah zufrieden aus, aber selbst hier wollte sich niemand mit einem Viertelmann anlegen. Niemand wollte einem Spitzenmann widersprechen.

Erst nachdem Loam sich genommen hatte, was er wollte, verteilten wir den kläglichen Rest unter uns. Der Wagen war zu schwer, um ihn zu tragen, und wir hätten es nie geschafft, ihn durch das unwegsame Gelände zu rollen. Daher holten wir die Spuckbeutel aus den Rückenlehnen der Sitze, um unseren Anteil an den (stark dezimierten) Essensvorräten zum Strand zu bringen, zusammen mit den Teilen des Flugzeugs, die wir für brauchbar hielten.

Auf dem Weg zurück ging Loam voran. Er schleppte nichts, bis auf einen Armvoll Chipstüten für sich selbst. Es blieb dem Rest von uns überlassen, die Beute zu tragen, die wir gefunden hatten – eine Fensterblende, der abgerissene Griff einer Ladeluke, die Armlehne eines Sitzes, die Speisekarten (damit wir Papier hatten), alles von dem abgestürzten Flugzeug. Loam stopfte immer noch Kartoffelchips in sich hinein und kaute mit offenem Mund. Das Geräusch begleitete jeden unserer Schritte und ging mir so was von auf die Nerven, denn jeder Biss in die knusprigen Chips war eine Erinnerung daran, dass er immer noch das Sagen hatte.

Und dann begriff ich es. Ich hatte schon gewonnen. Mit jedem salzigen Snack, den Loam hinunterschlang, vernichtete er sich selbst. Ich musste grinsen. Loam sollte so viel essen, wie er wollte. Damit tat er mir einen Gefallen. Ja, die Kartoffelchips waren Lebensmittel, aber sie würden ihn auch durstig machen. Aus genau diesem Grund bekommt man in Bars Erdnüsse und Chips umsonst – wenn man Durst hat, trinkt man mehr. Bei dieser Hitze würde Loam in ein, zwei Stunden wie ein Jagdhund hecheln.

Meine Schritte wurden beschwingter und ich *hüpfte* fast. Aber ich würde nichts sagen. Ganz bestimmt nicht. Wenn man Poker spielte – denn genau das taten Loam und ich im Moment –, zeigte man nicht alle seine Karten. Ich war der Einzige, der wusste, dass es hier einen See gab. Das Süßwasserauge des Pac-Man, das ich vom Gipfel des Monte Christo aus gesehen hatte. Das war das Ass, das ich im Ärmel hatte, denn wenn Sebastian Loam jemals wieder etwas trinken wollte, würde er früher oder später *mir* folgen müssen.

17
ORANGE IS THE NEW BLACK

Li war diejenige von uns, die bei der Ostereiersuche das goldene Ei fand. Auf dem Weg nach unten wäre sie fast über das Heck des Flugzeugs gestolpert. Es lag wie ein gestrandeter weißer Hai im Unterholz und war mit der Flugzeugkennung markiert, einem großen schwarzen ED-34, so lang wie mein Arm. Aber ich beachtete die Kennung kaum. Ich war viel zu aufgeregt. »Das Heck!«, rief ich. »Da muss der Flugschreiber drin sein.«

»Was suchen wir denn, Bro?«, fragte Turk. »Einen schwarzen Kasten, richtig?«

»Genau genommen ist er orange lackiert«, korrigierte ich, »so findet man ihn nämlich leichter. Er besteht aus Titan, damit er einem Aufprall standhalten kann, und das Innengehäuse ist thermisch isoliert, sodass hohe Temperaturen ihm nichts anhaben können.« Aus dem Augenwinkel heraus konnte ich sehen, wie Flora die Augen verdrehte, aber Pencroft betrachtete mich mit einem Ausdruck, den man schon *fast* Respekt nennen konnte. Ich spürte, wie meine eingefallene Hühnerbrust sich weitete und zu einem prächtigen scharlachroten Brustgefieder anschwoll – wie bei dem Paradiesvogel, den wir auf dem Weg nach oben entdeckt hatten. Ich spielte mich nur deshalb so auf, weil ich sie beeindrucken wollte, und vielleicht funktionierte es. Bis jetzt war sie noch nie so nah dran gewesen, mir in die Augen zu sehen.

Mit den scharfen Teilen, die wir gefunden hatten, versuchten wir, das Heck der Maschine auseinanderzunehmen. Nach kurzer

Zeit hämmerten wir alle wie eine Horde Schmiede vor uns hin. Trotz des Blätterdachs, das uns ein wenig vor der heißen Mittagssonne schützte, war es harte Arbeit, und nach kurzer Zeit waren wir alle schweißüberströmt, aber in diesem Moment waren wir zum ersten Mal ein Team. Und selbst ich musste zugeben, dass Loam, das begriffsstutzige Muskelpaket, tatsächlich die beste Arbeit leistete. Zugedröhnt mit Zucker und Kohlehydraten setzte er eine der Sitzstreben wie eine Brechstange ein und bog damit die Seitenwand am Heck auf, als wäre sie der Deckel einer Konservendose. Als das Metall nachgab, klatschten alle Beifall. Ich sah, wie Loams Gesicht sich für einen Augenblick erhellte und er den Applaus genoss. Meine Paradiesvogelbrust fiel in sich zusammen und mein Herz schrumpfte auf die Größe einer Dörrpflaume. Ich musste meine überlegene Position zurückgewinnen. Der Flugschreiber *musste* hier sein, sonst würde ich schon wieder das Gesicht verlieren. Und ich wollte unbedingt derjenige sein, der ihn herauszog.

Loams Hulk-ähnliche Dimensionen waren mir dabei sogar behilflich. Er war so breit, dass seine Schultern nicht durch das Loch im Heck passten. »Lass mich«, sagte ich schnell, bevor sich einer von den anderen melden konnte. Er starrte mich an, mit rotem Gesicht und schweißüberströmt von der Kraftanstrengung. »In Ordnung«, keuchte er, während er einen Schritt zurücktrat. »Du bist ja nur ein Strich in der Landschaft.«

Als ich in das Heck kroch, konnte ich wegen der plötzlichen Dunkelheit zuerst nichts erkennen. Der Gestank nach Flugbenzin brachte mich zum Würgen und die Glasfasern sorgten für einen Hustenanfall. Einige Sekunden lang wühlte ich in meiner Umgebung herum wie eine überdimensionale, in Panik geratene Ratte, aber dann hatten meine tastenden Hände etwas gefunden. Mit einem kräftigen Ruck zog ich daran und schob mich rückwärts wieder aus dem Loch. Heftig blinzelnd musterte ich das Ding.

Es war ein knallorange lackierter, rechteckiger Kasten mit zwei dicken weißen Streifen, die sich quer über das Gehäuse zogen, einer Art Dose an einem Ende, aus der ein schwarzes Kabel ragte, und der Aufschrift *FLIGHT RECORDER DO NOT OPEN* in dieser militärisch wirkenden Schriftart, die man immer an Panzern und Bomben sieht. Ich hielt ihn wie den jungen König der Löwen hoch und jetzt war *ich* derjenige, dem Beifall gespendet wurde. Meine Paradiesvogelbrust blies sich wieder auf wie eine Rettungsweste.

Ich ließ das Ding sinken und sah es mir an, während ich es zärtlich an mich drückte, als hätte ich ein Baby auf dem Arm. »Orange is the new black«, murmelte ich.

»Und was jetzt?«, wollte Egan wissen. Er schien irgendwie angefressen zu sein, trotzdem fragte er nicht Loam, sondern mich.

»Jetzt nehmen wir den Flugschreiber mit«, sagte ich. »Er hat einen Sensor und sendet ein Signal aus. So finden unsere Retter nicht nur die Absturzstelle, sondern auch unser Lager.«

Loam, dem der Triumph seiner rohen Kräfte wohl in den Kopf gestiegen war, fragte mit einem aggressiven Unterton in der Stimme: »Warum bleiben wir nicht einfach hier? Wir könnten doch den mittleren Teil des Flugzeugs als Unterschlupf benutzen. Es könnte unser Haus sein. Es ist schon fertig. Außerdem habe ich keine Lust mehr weiterzulaufen.«

Als die anderen ihn ansahen, konnte ich ihnen anmerken, dass sie es für eine coole Idee hielten. Pencroft schien von der Hitze ziemlich mitgenommen zu sein und klammerte sich an Loam wie Giftefeu an eine Eiche.

»Nein«, entschied ich. »Wir wissen, dass das Flugzeug hier ist, und können es später nach brauchbaren Materialien absuchen.

Aber wir müssen in der Nähe einer Wasserquelle bleiben. Und wenn es keine Coladosen mehr gibt, ist das hier keine.«

Das saß. Loam japste wegen der körperlichen Anstrengung nach Luft, und wenn er etwas sagte, machte sein Mund dieses eklige trockene »Klicken«, das entsteht, wenn man fast am Verdursten ist. Es war wirklich schwer erträglich, es anhören zu müssen. Mir war schleierhaft, wie Pencroft es an seiner Seite aushielt. Ich warf einen Blick auf die Sonne über uns und zeigte den Hügel hinunter. »Ein Stück weiter südlich von hier ist ein *See.* Ein *Süßwassersee* mit einem *Wasserfall.«* Ich betonte die Wow-Wörter wie jemand, der einen Gebrauchtwagen verkaufen will.

»Woher willst du das wissen?«, fragte Loam, der wegen der gleißend hellen Sonne die Augen zusammenkniff.

»Ich habe ihn gestern gesehen. Vom Monte Christo aus.« Es rutschte mir einfach so heraus. »Ich meine, vom Berg aus.«

Loam musterte mich argwöhnisch. Wir waren hier nicht in Osney. Ich musterte ihn ebenfalls argwöhnisch. Es wurde Zeit, meine Trumpfkarte auszuspielen. »Ich weiß ja nicht, wie ihr darüber denkt, aber ich hätte nichts dagegen, jetzt schwimmen zu gehen.«

Das gab den Ausschlag. Der Frühstücksclub faselte etwas davon, ins kühle Wasser zu springen und den ganzen See auszutrinken, und dann folgte er mir mit neuer Energie. Doch bevor wir aufbrachen, griff ich nach dem Metallteil, das Loam aus dem Heck herausgerissen hatte. »Das wäre ein gutes Dach für einen Unterschlupf«, sagte ich zur Erklärung.

Was nicht ganz der Wahrheit entsprach. Es war wie bei einem Collegestudenten, der ein Highway-Schild stiehlt und in seinem Zimmer im Wohnheim aufhängt. Das Teil mit der Flugzeugkennung war eine Trophäe. Wenn wir die Insel verlassen hatten – und nachdem wir den Flugschreiber gefunden hatten, war ich sehr sicher, dass das ziemlich bald der Fall sein würde –, wollte ich ein Souvenir an dieses Abenteuer haben. Einen Beweis dafür, dass wir – ich – dem Tod entkommen waren.

Inzwischen war die heißeste Zeit des Tages angebrochen, und während wir uns in die Richtung des Sees dahinschleppten, hoffte ich inständig, dass ich mir den Weg richtig gemerkt hatte. Wir marschierten bereits einige Kilometer durch den Dschungel und ich hörte, wie Loam, Turk und sogar Egan hinter meinem Rücken miteinander flüsterten – was zweifellos Meuterei zu bedeuten hatte – und Pencroft und Li vor Müdigkeit stöhnten. Nur Flora, die den Flugschreiber trug, trottete klaglos hinter mir her. Während ich mit meinem Stab auf das Unterholz einschlug, wurde das Flugzeugteil unter meinem Arm immer schwerer und das scharfe Metall bohrte sich in meinen Unterarm und meine Fingerspitzen. Ich dachte schon, dass ich den See nicht wiederfinden würde. Und dann, wie durch ein Wunder, lag er plötzlich vor uns.

»Meine Fresse«, murmelte Turk.

Er war so schön, dass wir es kaum glauben konnten. Wir bogen quasi um die Ecke und da sahen wir ihn, wie blaues Glas, in dem sich der grüne Berg spiegelte. Der Dschungel reichte nicht bis ganz an den See heran und es gab einen Ministrand – allerdings mit Kieseln, nicht mit Sand –, auf dem ein paar der allgegenwärtigen Palmen standen.

Es war so heiß, dass wir unsere Beute einfach am Ufer fallen ließen und wie eine Horde Otter ins Wasser rannten. Miranda Pencroft schälte sich wie eine Pellkartoffel aus ihrem Minirock, und auch wenn mich jetzt vielleicht jemand anzeigen wird: Ich starrte ihr hinterher, als sie in ihrer Unterwäsche in das kühle Nass eintauchte. Wenn uns jemand beobachtet hätte, hätte er uns für die besten Freunde gehalten. Wir planschten im Wasser und tranken dabei ausgiebig, denn nach unserer Wanderung hatten wir alle einen Riesendurst. Flora füllte ihre Evian-Flasche für später und legte sie zu den Flugzeugteilen.

Nachdem ich mich eine Weile auf dem Wasser hatte treiben lassen, kam ich auf die Idee, eine ruhige Ecke zu suchen, um mein Hemd, meine Shorts und meine Unterwäsche zu waschen, die nach zwei Tagen in der Hitze schon ziemlich übel rochen. Es wird wohl niemanden überraschen, wenn ich jetzt zugebe, dass ich nicht gerade ein guter Schwimmer war. Deshalb benutzte ich eine Kombination aus Unter-Wasser-Gehen und Brustschwimmen, um zu den Fällen zu gelangen, die ich vom Monte Christo aus gesehen hatte. Sie bildeten eine glitzernde Kaskade, die einen steilen Abhang herabstürzte, wie eine luftige Gardine eine von Höhlen durchzogene Felswand verdeckte und an einigen Stellen über große, mit Zistrosen bewachsene Steine rauschte. Die Fälle waren geradezu unwirklich schön. Und was sie noch schöner machte, war die hinreißende Wassernymphe, die sie als Dusche benutzte.

Miranda Pencroft war schneller gewesen als ich. Sie stand in ihrer Unterwäsche da, die letztendlich wie ein weißer Bikini aussah, und ließ das Wasser auf Gesicht, Schultern und – großer Gott – sämtliche ihrer *Rundungen* prasseln. Sie spielte mit dem schimmernden Nass, wich immer weiter zurück, bis sie völlig hinter dem Vorhang aus Wasser verschwunden war, und machte dann einen Satz nach vorn, sodass der Strahl wieder hinter ihr aufkam. Trotz ihres sehr weiblichen Körpers lachte und spielte sie sorglos wie ein Kind. Es war eine Seite an ihr, die ich nicht kannte, und zum ersten Mal in meinem Leben mochte ich sie.

Ich versuchte, mich davonzuschleichen, war aber schon zu nah. Das Wasser plätscherte, als ich mich unbeholfen wegdrehen wollte, und ich betete, dass es vom Rauschen des Wasserfalls übertönt wurde. Doch ihr musste das gebrochene Weiß meines Hemds aufgefallen sein. Wie auch immer, Miranda bemerkte mich. Ich konnte nur noch stehen bleiben und versuchen, möglichst lässig zu wirken, als hätte ich es darauf angelegt, mich dabei zu erwischen lassen, wie ich eine halb nackte Klassenkameradin anstarrte, während ich bis zum Bauch in einem See stand und meine Brille in der Hitze beschlug.

Miranda, die mit ihren nassen blonden Haaren und der gebräunten, vor Wasser glänzenden Haut wie eine Meerjungfrau aussah, watete auf mich zu, bis sie so dicht vor mir war, dass ich ihre Wimpern erkennen konnte, die sich wie Seesterne ausbreiteten.

Ich stand wie angewurzelt im Wasser, das mir zum Glück bis zum Bauch reichte. Miranda war noch etwas außer Atem von der Planscherei unter dem Wasserfall. »Ich habe gesehen, wie du mich angestarrt hast. Du starrst mich immer an«, sagte sie.

Ich spürte, wie mein Gesicht knallrot anlief, und richtete meinen Blick nach unten auf das Wasser. Und dort, verzerrt von kleinen Wellen und Strudeln, sah ich das Spiegelbild eines bleichen, mageren Jungen in einem schmutzigen, kurzärmeligen weißen Hemd, mit komischen Haaren und einer komischen Brille. Eine Brille. Wir waren so schnell ins Wasser gelaufen, dass ich sie völlig vergessen hatte. Wer um alles in der Welt trägt beim Schwimmen eine Brille? Ein Nerd. Es war ein denkwürdiger Moment, der mich wieder zu meinem alten Selbst zurückbrachte, zu Lincoln dem Nerd. Wie konnte ein Nerd es wagen, eine Göttin anzusehen? Mein neu gefundenes Selbstvertrauen war auf einen Schlag weg. »Es tut mir leid«, murmelte ich.

»Großer Gott«, stöhnte Miranda. »Du brauchst dich doch nicht zu entschuldigen.« Sie klang nicht so, als wäre sie sauer auf mich. Sie klang irgendwie ... geschmeichelt. Und dann geschah etwas Unglaubliches, so unglaublich wie sieben Teenager, die den Absturz eines Kleinflugzeugs unverletzt überstehen, so unglaublich wie der Moment, in dem der Frühstücksclub über meine Witze gelacht hatte. Miranda Pencroft legte einen Finger unter mein Kinn und hob es an. Sie sah mir in die Augen und lächelte.

Vierte Platte

Light My Fire – The Doors

John Densmore, Ray Manzarek,
Jim Morrison, Robbie Krieger (1967)

18
ES BRENNT

Ich kam nicht dazu, meine Sachen zu waschen. Aber es war mir egal. Als ich mit Miranda Pencroft zusammen aus der Blauen Lagune stieg und wieder zu den anderen ging, fühlte ich mich, als wäre ich drei Meter groß. Ich war sicher, dass sie ihre Meinung über mich geändert hatte – aufgrund dessen, was ich morgens am Strand und beim Flugzeug getan hatte. Ich glaube, Pencroft stand auf Jungs, die die Führung übernahmen, und genau das hatte ich getan, zumindest fürs Erste. Ich war fest entschlossen, mir meine neue Rolle nicht wieder nehmen zu lassen. Und ich war geradezu besessen davon, mich vor den anderen aufzuspielen – wenn ich ein Pfau gewesen wäre, hätte ich auf der Stelle meine Schwanzfedern ausgebreitet. Mir fiel ein, womit ich meine Überlegenheit noch steigern könnte. Es war so ziemlich das Primitivste und Steinzeitmäßigste überhaupt. Ich würde Feuer machen.

Als wir wieder auf dem Strand am Meer waren, verteilten wir uns. Einige legten sich in den Schatten der Palmen und machten ein Nickerchen, ein paar gingen schwimmen und Pencroft, die wie immer meine Blicke auf sich zog, malte mit dem Finger Emojis in den Sand. Heute Abend würde sie ihre langen kaffeebraunen Beine an meinem Feuer wärmen, während das goldene Licht Schatten auf ihr perfektes Gesicht malte.

Ich verschwand zwischen den Dünen. Wie immer war ich mir selbst überlassen, und das war genau das, was ich jetzt wollte.

Eigentlich hatte ich vorgehabt, ein Fenster aus dem Flugzeug mitzunehmen und damit die Sonnenstrahlen wie mit einer Lupe zu bündeln. Aber aus irgendeinem Grund gab es kein Glas mehr in der Maschine und es war nicht einmal ein Plastikbecher zu finden. Im Internet hatte ich gelesen, dass man mit dem unteren Teil einer Coladose Feuer machen konnte – die Rundung auf der Unterseite der Dose hat anscheinend genau den richtigen Winkel, um damit das Sonnenlicht zu bündeln und eine Flamme zu entzünden. Aber ich war ziemlich sicher, dass mir das mit den Minidosen aus dem Flugzeug nicht gelingen würde, und das war alles, was wir hatten. Wir hatten genug Kartoffelchips und Erdnüsse, um uns noch einen Tag – zwei, wenn wir sie rationierten – verpflegen zu können, aber dann mussten wir auf die Jagd gehen und Fleisch braten. Es sei denn, wir wollten uns ausschließlich von den Schokoladenbeeren ernähren, die in großen Mengen bestimmt Magenschmerzen verursachen würden. Ich musste eine Möglichkeit finden, Feuer zu machen. Es ging nicht nur darum, für Nahrung und Wärme zu sorgen, sondern auch darum, meine Position zu stärken.

Die Antwort hatte ich natürlich direkt vor meiner Nase, oder besser gesagt, *auf* meiner Nase. Ich hatte *Herr der Fliegen* gelesen, und obwohl das Buch nicht gerade meine Lieblings-Robinsonade war (ich bevorzugte Geschichten, in denen *eine* Person auf einer einsamen Insel strandet, quasi mein Wunschtraum), konnte ich mich noch sehr gut an die Stelle erinnern, an der sie mithilfe von Piggys Brille ein Feuer entzünden. Die Methode beruht auf einer uralten Erfindung namens »Brennglas«, der so ziemlich coolste Name für einen Feueranzünder.

Allerdings ist es gar nicht so einfach, ein Brennglas zu benutzen. Ich saß den Rest des Nachmittags auf einer Düne, im direkten Sonnenlicht, und versuchte, die verdammten Sonnenstrahlen durch das rechte Glas meiner Brille auf eine Handvoll trockenes Seegras zu lenken. Das Gras wurde zwar warm, aber es entstand kein Funke – es passierte nichts, absolut nichts. William Golding hatte Scheiße gelabert. Vermutlich waren Piggys Brillengläser dicker als meine gewesen. Meine waren so schwach und daher so dünn, dass sie allem Anschein nach absolut null vergrößerten. Ich saß ziemlich lange da, starrte die Brille in meiner Hand an und drehte sie mal hierhin und mal dorthin, während das Meer hinter mir leise rauschte und die Sonne auf meine Kopfhaut brannte. Das Gras wollte die liebe Sonne nicht entzünden, aber sie hatte absolut kein Problem damit, mir den Pelz zu braten. Und dann fiel mir etwas ein, das in einer der Prüfungslernhilfen stand, die ich für die anderen geschrieben hatte. Irgendetwas über Wasser und Vergrößerung und Lichtbrechung.

Ich rannte zum Wasser. Die Flut war hereingebrochen und verschlang Pencrofts Emojis. Ein Smiley-Gesicht mit Herzchen als Augen, ein Kussmund und ein Snapchat-Geist wurden weggeschwemmt. Die Flut stieg und bald würde es dunkel werden. Ich hatte nicht mehr viel Zeit. Zuerst tauchte ich kurz mein Gesicht ins Wasser, um im wahrsten Sinne des Wortes einen kühlen Kopf zu behalten, und strich mir die nassen Haare aus den Augen. Und dann, während ich bis zu den Knöcheln in der Brandung stand und auf das Meer hinausblickte, bereitete ich mich mental darauf vor, etwas verdammt Symbolisches zu tun. Ich nahm die Brille in die Hand und brach sie auseinander.

Es fühlte sich völlig anders an, wenn ich es selbst tat. Irgendwie so, als würde es mir Kraft geben. Ich drückte die Brillengläser aus dem kaputten schwarzen Rahmen heraus und tauchte sie in das Salzwasser, sodass sie das Licht einfingen. Dann legte ich die beiden Gläser wie ein Sandwich aufeinander und drückte sie zusammen. Die dünne Schicht Wasser dazwischen blitzte auf wie ein Kristall. Ich nahm das Glassandwich, das nicht größer als mein Handballen war, und ging damit zu den Dünen zurück, während meine salzwassernassen Haare *Beeil dich, beeil dich* flüsterten.

Ich versuchte es noch einmal, dieses Mal mit einem Mantra. *Komm schon, Baby. Komm schon, Baby.* Ich weiß nicht, ob es mein beschwörendes Gemurmel war oder die Sonne, die inzwischen schon sehr tief am Himmel stand, im optimalen Winkel für Feuermachen, oder die Tatsache, dass ich die Glasstärke verdoppelt hatte, aber mit einem Mal entschied sich das Brennglas dazu, seine Arbeit zu tun.

Als ich den richtigen Winkel gefunden hatte, wurde mein kleines Häufchen Seegras von einem winzigen goldenen Kreis angestrahlt, der sich zu einem punktförmigen Strahl verengte und dann zu schwelen begann. Mit wild klopfendem Herzen blies ich vorsichtig auf den Rauch, bis der Funke sich in eine goldene Raupe verwandelte, die immer fetter wurde und immer mehr Seegras fraß. Plötzlich war ich wieder drei Meter groß. Feuer war das Einzige, was den Menschen über die Tiere erhob, was ihn zum König des Dschungels machte. Und es hatte sich auf meinen Befehl hin entzündet.

Dann geriet ich ein bisschen in Panik. Erst als der Funke rauchte, sich ausbreitete und die Flamme zu knistern begann, wurde mir klar, dass ich eigentlich nicht damit gerechnet hatte, dass es funktionieren würde. Ich hatte kein Brennmaterial. Ich sah mich um und versuchte, etwas zu finden, das ich als Anmachholz verwenden konnte. Mein Blick fiel auf ein kleines Bambuswäldchen am Rand der Dünen. Ich rannte hinüber und fing an, abgestorbene, vertrocknete Stangen aus der Erde zu zerren. Der grüne, noch lebende Bambus würde nicht brennen, da er zu nass war. Ich flitzte eine Weile hin und her und fütterte das gierige goldene Monster, bis das Feuer so hoch brannte, dass die anderen angelaufen kamen und vor Begeisterung zu jubeln begannen.

Der Frühstücksclub stieß Freudenschreie aus und tanzte wild um die heilige Flamme herum. »Das flasht!«, rief Turk und ausnahmsweise einmal traf sein bescheuerter Ghetto-Slang den Nagel auf den Kopf. Es kam so etwas wie Lagerfeuerromantik auf, als wir uns im Kreis um die Flammen setzten und sich jeder noch eine Packung Kartoffelchips und Salzbrezeln genehmigte, denn jetzt gingen wir davon aus, dass das Knabberzeug nicht bis zu unserer Rettung reichen musste und wir am nächsten Tag wie die Könige speisen würden. Das Gesprächsthema war typisch für den Frühstücksclub, es ging nämlich ausschließlich um Essen.

»Ab morgen gibt's was Warmes.«

»Wir könnten die Ziege jagen, die wir vorhin gesehen haben.«

»Oder den Vogel.«

»Ich wette, in dem See sind Fische. Wir könnten Fische braten.«

»Dazu müssten wir sie erst einmal fangen«, wandte ich ein. Ich hatte das Gefühl, ein bisschen auf die Bremse treten zu müssen. »Und wir brauchen etwas, das wir als Angelschnur benutzen können. Da aus irgendeinem Grund alle unsere Schuhe verschwunden sind, haben wir keine Schnürsenkel.«

»Wie wär's mit Lianen oder so?«, schlug Turk vor. »Wie bei Tarzan.«

»Ich habe keine gesehen«, erwiderte ich. »Vielleicht könnten wir Bambus abziehen, er ist ziemlich faserig. Aber das wird schwierig werden. Oder wir könnten Fäden aus unserer Kleidung herauslösen, aber Baumwolle zerreißt leicht, wenn sie nass wird. Außerdem hat jeder von uns nur einen Satz Kleidung, da das Gepäck verloren gegangen ist.«

Wir schwiegen alle für eine Weile und starrten wie hypnotisiert in die Flammen. Viel zu bald wurden sie kleiner und das Feuer, von dem ich gehofft hatte, dass es die ganze Nacht hell lodern würde, brannte zu einer fahlen orangefarbenen Glut herunter, die nur noch Licht und keine Hitze mehr aussandte. »Komm schon, Baby«, sagte Loam zu Miranda. Er benutzte dieselben Worte, mit denen ich auf die Flamme eingeredet hatte, und zog sie dann hoch. Eng umschlungen verschwanden die beiden in der Nacht. Mir wurde ganz schlecht bei dem Gedanken daran, was sie da draußen in der Dunkelheit tun würden.

Kurz darauf standen auch die anderen auf und machten sich daran, einen Schlafplatz in den Dünen zu suchen. So hatte ich das nicht geplant. Ich wollte, dass sie beim Feuer blieben und dort die Nacht verbrachten. Ich erwartete ja gar nicht, dass sie Lieder sangen oder Marshmallows grillten, aber sie sollten sich wenigstens im Schein von Link, dem Feuergott, wärmen.

Ich spürte geradezu, wie meine Macht zerrann. Ich hatte kein Brennholz mehr. Ich hatte alle trockenen Bambusstangen vom Waldrand aufgebraucht. Die Palmwedel wuchsen so hoch oben, dass ich sie nicht erreichen konnte, und Holz im Dschungel zu sammeln, würde viel zu lange dauern – das Feuer würde erloschen sein, bevor ich wieder zurück war. Ich hatte es verbockt. Der Bambus war eine schlechte Wahl gewesen. Er eignete sich vielleicht gut als Baumaterial oder zur Bewässerung oder um daraus Trinkbecher und allen möglichen Mist zu machen, aber als Brennholz war er ein Desaster. Er bestand aus jeder Menge leicht entzündlichem, schwammartigem Zeug, das innerhalb von fünf Minuten in Flammen aufging.

Morgen wollte ich Hartholz besorgen, vielleicht eine der Palmen fällen, aber das war natürlich keine Lösung für diese Nacht. Das Feuer verlieh mir Macht, doch wenn es erlosch, war es vorbei. Außerhalb seines Lichtscheins, draußen in der Dunkelheit, konnte alles Mögliche passieren. Es konnte durchaus sein, dass die anderen sich wieder so verhielten wie früher, dass sie sich zusammenrotteten und mich aus der Finsternis heraus überfielen.

Dann sah ich eine weibliche Silhouette am Feuer stehen. Einen Augenblick lang dachte ich, es wäre Miranda, die zurückgekommen war, um die Flammen anzubeten. Doch das Mädchen, das um das Feuer herumging und sich im Schneidersitz neben mich auf den Boden setzte, war Jun Am Li.

Sie sagte nichts, aber plötzlich landete etwas Dunkles auf der nur noch schwach glimmenden Glut und schickte Funken gen Himmel. Einen Augenblick lang dachte ich, sie würde versuchen, das Feuer zu ersticken. Ich spürte, wie mir wieder warm wurde, dieses Mal aber vor Wut. Aber dann wurden die Flammen wieder größer und in ihrer Mitte konnte ich einen unverwechselbaren Umriss erkennen: Die schimmernden Mahagonirundungen einer Geige.

Ich drehte mich zu Li. In ihren dunklen Augen und den schnurgeraden glänzenden Haaren spiegelten sich die Flammen und ihr Gesicht sah entspannt und zufrieden aus. So kannte ich sie gar nicht. »Li? Was zum Teufel soll das? Deine *Geige?*«

»Ist doch egal«, antwortete sie. »Ich *hasse* sie.« Ihre aufgewühlte Stimme ließ mich an den Moment denken, in dem ich mich von meinem Handy verabschiedet hatte. »Wenn ich von der Schule nach Hause komme, wartet sie auf mich. Wenn ich morgens aufstehe, wartet sie auf mich. Meine Mum zwingt mich dazu, vor und nach der Schule zu üben. Ich muss vier Stunden am Tag spielen.« Sie schlang die Arme um die Knie, stützte das Kinn darauf und starrte in die lodernden Flammen. »Und am Wochenende habe ich Tennisunterricht bei meinem Vater, beide Tage, den ganzen Tag lang, bis auf die Stunden, bevor ich zum Tennisplatz gehe und am Abend, wenn ich Geige üben muss. Das ist mein Leben. Meine Mum will, dass ich Profigeigerin werde, mein Dad will, dass ich Tennisspielerin werde. Jeder der beiden zerrt an mir und ich bin so angespannt, dass ich das Gefühl habe, irgendwann zu zerreißen.« Ich konnte ihr förmlich anhören, wie sehr sie unter Druck stand. Ihre Stimme klang immer schriller. »Ich dachte, ich muss so sein. Asiatin, Überfliegerin, du weißt schon. Aber ich kann das nicht mehr.«

Ich war es nicht gewohnt, mich mit anderen zu unterhalten, aber ich wusste, dass ich jetzt einen Scherz machen und sie beruhigen musste. »Na ja«, meinte ich, »das mit dem Professionell-Geige-Spielen dürfte sich jetzt erledigt haben«, sagte ich mit einem Blick auf die Geige.

Sie nickte, wobei ihr die schwarzen Haare ins Gesicht fielen. Wie aus dem Nichts schoss mir durch den Kopf, dass Li ziemlich hübsch war. »Stimmt. Und das mit dem Tennisspielen auch. Wenn ich meinen Tennisschläger mitgenommen hätte, würde ich den auch verbrennen.«

»Werden dir deine Eltern nicht die Hölle heißmachen?«

Sie zuckte mit den Schultern. »Woher sollen sie wissen, dass die Geige den Absturz überstanden hat? Es ist doch viel wahrscheinlicher, dass sie mit dem Flugzeug zusammen am Boden zerschellt ist.«

»Ich meinte eher die Sache mit deiner Karriere.«

Sie schwieg.

»Was willst *du* werden?«

Li holte tief Luft. »Ich würde gern Kinder haben. Ich würde gern eine Tochter haben. Ich würde gern ein richtiges Zuhause für sie schaffen. Ich würde ihr gern zeigen, wie man Kuchen aus Sand backt, Süßigkeiten isst und auf Bäume klettert. Ich würde sie nicht dazu zwingen, ein Instrument zu lernen oder eine Einzelsportart auszuüben. Ich würde sie Kind sein lassen.«

Ich dachte eine Weile darüber nach. Und ich musste daran denken, dass sie immer wie ein Luchs auf Miranda aufpasste. Und dann begriff ich: Sie verhielt sich gar nicht wie eine Leibwächterin. Sie verhielt sich wie eine Mutter. »Klingt toll«, sagte ich.

Sie gähnte heftig. »Ich gehe schlafen.« Dann nahm sie meine Hand und legte etwas hinein. »Für morgen«, sagte sie. Als ich meine Hand öffnete, sah ich vier Geigensaiten, die zu ordentlichen Achtern aufgerollt waren. »Angelschnüre.«

Ich berührte sie mit dem Finger. Starke Geigensaiten, von denen eine so dünn war, dass man sie kaum erkennen konnte. Die perfekte Angelschnur. »Du bist genial«, sagte ich.

»Gute Nacht«, erwiderte Li. Aber sie bewegte sich nicht von der Stelle und gemeinsam sahen wir zu, wie die Geige verbrannte und die Flammen durch diese kleinen, s-förmigen Löcher im Korpus züngelten.

»Li«, fragte ich irgendwann, »was für eine Art von Musik magst du?«

»Wie meinst du das?«

»Na ja, wenn du auf einer einsamen Insel gestrandet wärst ...«

»Ich *bin* auf einer einsamen Insel gestrandet.«

»... welche Tracks würdest du dann mitnehmen? Du weißt schon: Was für Musik würdest du hören, wenn dein Handy-Akku geladen wäre?«

»Vor allem Klassik. Ich liebe Bach. Konzert für zwei Violinen in d-Moll.« Sie warf einen Blick auf die brennende Geige. »Ich *höre* gern Musik. Ich will sie nur nie wieder *spielen.*«

Ich nickte und dann saßen wir einfach nur da und schwiegen. Das war etwas, was ich mir noch vor einem Tag nicht einmal hätte vorstellen können.

Ich habe keine Ahnung, ob es das harte Kirschholz der Geige oder die Lackierung oder irgendetwas anderes war, jedenfalls brannte das Teil die ganze Nacht. Irgendwann kamen die anderen wieder zum Feuer, so, wie ich mir das vorgestellt hatte, sogar Loam und Pencroft. Mein letzter Gedanke, bevor ich einschlief, war, dass die Insel vielleicht, aber nur vielleicht, wieder mir gehören konnte. Ich hatte einen wahren Schatz in der Tasche, einen Schatz, der anderswo in der Welt Abfall gewesen wäre, aber hier auf der Insel mehr wert war als die Goldmünzen der Missionare, auf denen die Gesichter fremder Könige eingeprägt waren. Ich hatte vier Angelschnüre in der einen Tasche und in der anderen das Beste von allem – zwei Brillengläser.

Und außer mir wusste niemand, wie man sie benutzte.

19
JÄGER UND SAMMLER

Ich wachte auf, als ich eine weibliche Stimme hörte, die in einem leisen Singsang etwas vor sich hin murmelte.

Es klang wie ein Zauberspruch, um die Sonne herbeizurufen, und es funktionierte tatsächlich. Die schimmernde goldene Scheibe lugte über den Horizont. Ich sah Li, die im Schneidersitz auf dem Sand saß, das Gesicht der aufgehenden Sonne zugewandt. Zuerst dachte ich, sie würde meditieren, aber dann verstand ich, was sie sagte:

»Kurz gebratenes Filet Mignon,
Rotweinsoße.
Gegrillte Lammkoteletts,
Minzsoße.
Kurz gebratenes Lammkarree,
Senfsoße.
Scaloppine vom Kalb,
Tomaten-Tapenade.
Gegrilltes Schweinefilet,
Zwiebel-Senf-Soße.
Kräuterhuhn,
Zitronen-Salbei-Soße.«

Ich stand auf und taumelte noch leicht schlaftrunken zu ihr hinüber. Als ich einen Blick über Lis Schulter warf, wurde mir klar, dass sie eine der Speisekarten aus dem Flugzeug vorlas.

»Kurz gebratener Felsenbarsch,

Erbsenpesto-Weißweinsoße.
Gegrillter schottischer Lachs,
Sancerre-Lauch-Soße.
Mahi mit Mandelkruste,
Zitronen-Kräuter-Soße.
Amerikanischer Hummer
an Thai-Meeresfrüchte-Soße.«

Ich konnte es nicht mehr mit anhören. Es war Folter, der reinste Food-Porn. Ich stieg über das Ascheskelett von Lis Geige, ging auf die Halbinsel am Strand hinaus und pinkelte ins Meer, während ich auf den Horizont starrte. Aus dem Augenwinkel heraus sah ich Loam, der in einiger Entfernung das Gleiche tat, als würden wir in der spektakulärsten Männertoilette der Welt ein Urinal benutzen. Allein sein Anblick machte mir immer noch Angst und dafür hasste ich mich. Ich war der König der Welt, ich war Link, der Beherrscher des Feuers. Der Daniel Düsentrieb der Schiffbrüchigen. Aber ich wusste, dass ich Loam unter meine Kontrolle bringen musste, wenn ich meine Position behalten wollte. Es reichte nicht, dass ich aufgestiegen war. Loam musste absteigen.

Sobald alle wach waren, rief ich den Frühstücksclub zu einer Besprechung zusammen. Als sie sich noch etwas verschlafen zu einem Kreis in den Dünen aufstellten, fiel mir auf, dass Miranda den Minirock ausgezogen hatte. Sie musste ihn irgendwo hingelegt haben, wo er sicher war, denn jetzt trug sie olivgrüne Boxershorts. Sie waren kurz und eng, aber ich fand sie alles andere als sexy, denn ich war mir absolut sicher, dass es sich dabei um Loams Unterwäsche handelte.

Ich stellte mich in die Mitte dieser verdammten Mobber. Ich war ziemlich aufgedreht und fest entschlossen, meine neue Verfassung durchzusetzen. Wir lebten immer noch nach den Regeln von Osney. Aber das hier war nicht Osney. Das hier war Lincoln Island. »Ich werde ein paar Änderungen einführen«, begann ich. »Als Erstes: Namen. Dieser veraltete Scheiß mit den Nachnamen ist jetzt vorbei.«

Loam starrte mich verständnislos an.

»Wir sind hier nicht auf dem Fußballplatz. Ab jetzt sind nur noch Vornamen zulässig. Ihr werdet mich Lincoln nennen.« Ich hatte ziemlich lange über meinen Namen nachgedacht. Ich selbst nannte mich Link, aber Link war für Leute reserviert, die ich gernhatte – die *einzigen* Leute, die ich gernhatte, was heißen soll: meine Eltern. Außerdem war ich zu dem Schluss gekommen, dass mir mein voller Name mehr Autorität verschaffen würde als Link, da er an einen amerikanischen Präsidenten erinnerte. Und es war der Name der Insel, daher war auch noch Markenbildung mit im Spiel.

Und wenn es bei mir der volle Vorname sein sollte, musste Loams Name – Sebastian – verkürzt werden. »Loam, du bist Seb. Egan, du bist Gil. Pencroft, du bist jetzt Miranda. Li, du bist Jun, und Turk, du bist Ralph. Flora, du bist immer noch ... Flora. Alle einverstanden?«

Niemand sah so richtig begeistert aus. Aber niemand wagte es, mir zu widersprechen. Ich war der Hüter der Flamme.

»Und da wir gerade bei Namen sind«, fuhr ich fort, »gibt es jetzt ein bisschen Nachhilfe in Geografie. Der Berg ...«, ich deutete auf die hinter mir aufragende Masse, die im Morgenlicht schiefergrau aussah, »... heißt Monte Christo. Verstanden? Der Dschungel ist der Smaragdwald und der See wird die Blaue Lagune genannt.« Und weil ich nicht die ganze Zeit ein Arschloch sein konnte, sagte ich: »Wir gehen nachher auf die Jagd und heute Abend wird es etwas Warmes zu essen geben.« Juns Speisekarten-Vortrag hatte mich auf die Idee gebracht und ich wusste, dass meine Umfragewerte nach einer warmen Mahlzeit in die Höhe schnellen würden.

Sie jubelten etwas verhalten. Anscheinend waren sie wieder auf meiner Seite. Aber dann ging alles schief.

»Jagen. Das übernehmen wir«, sagte Seb.

»Aber ...«, protestierte ich.

»Nein, Selkirk.«

»Es heißt Lincoln«, korrigierte ich. »Habe ich nicht *gerade eben* ...«

»Ist *mir* doch egal, wie du heißt.« Er fiel mir einfach ins Wort. »*Du* willst einer von diesen Ziegen nachrennen? Echt jetzt? Du bist eine *Zwölf.* Ich bin ein Viertelmann, schon vergessen? Ich war drei Jahre nacheinander der Spitzenmann.«

Panik stieg in mir auf. Seb hatte meinen Nachnamen benutzt – er beharrte auf Osney-Regeln und schien damit durchzukommen. Sobald er meinen Status als Zwölfer und seinen als Viertelmann genannt hatte, nahmen die anderen regelrecht Haltung an. Mir wurde klar, wie sehr sie gedrillt worden waren, denn allein die bloße Erwähnung von Osney-Regeln hatte die alte Hierarchie wiederhergestellt.

»Wir gehen zu dem großen Berg dahinten«, verkündete Seb.

Er benutzte den Namen nicht. Er musste den Namen benutzen.

»Monte Christo«, murmelte ich.

»Der große Berg«, wiederholte Seb, während er mich herausfordernd ansah. Ich senkte den Blick zuerst. »Entzünde dein kleines Feuer, Schätzchen«, sagte er zu mir, als wäre ich eine Hausfrau aus den Fünfzigern. »Wir bringen was Schönes mit, das du kochen kannst.« Und dann marschierte er auf den Wald zu.

Sie gingen alle mit. Alle. »Jun?«, flehte ich sie an. Ich hatte das Gefühl, als hätten wir letzte Nacht eine Art Durchbruch gehabt.

Aber sie zuckte nur mit den Schultern und folgte den anderen. Selbst Flora, die nie etwas mit den Einsen zu tun gehabt hatte, schloss sich ihnen an, als würden sie regelmäßig Poker miteinander spielen. Während sie sich von mir entfernten, begannen sie zu singen und mir wurde richtig schlecht, als ich das Lied erkannte. Die Melodie war die »Ode an die Freude« aus Beethovens 9. Sinfonie und die Worte kannte ich in- und auswendig:

Lauf los, lauf los, Osney-Mann,
schlägst uns alle in den Bann.
Ruhm und Reichtum sind dein Ziel,
stürz dich mit Elan ins Spiel!

Ich hockte mich neben die Asche von Juns verbrannter Geige, die aus irgendeinem Grund ihre Form behalten hatte und wie ein grauer Geist ihres früheren Selbst aussah. Ich weiß nicht, wie lange ich dort saß, aber es muss ziemlich lange gewesen sein. Ich war wieder allein und spürte, wie sämtliche schrecklichen Osney-Gefühle über mich hereinbrachen. Es war grauenhaft.

Ich konnte nicht hierbleiben und mich fragen, was die anderen jetzt tun würden. Rein logisch betrachtet wusste ich, dass ich noch Macht über sie besaß. Sie würden auf jeden Fall hierher zurückkommen. Seb konnte so oft »kleines Feuer« sagen, wie er wollte, aber sie würden mein »kleines Feuer« brauchen, wenn sie das, was sie fingen, zubereiten wollten. Aber ich wollte mir Seb einfach nicht als erfolgreichen Jäger vorstellen, wollte nicht daran denken, wie er von den anderen bewundert werden und sich mit einem Tropenhelm auf dem Kopf über den Kadaver eines riesigen Löwen beugen würde, so wie man das auf alten Drucken aus Englands Kolonialzeit immer sieht.

Ich stand auf und folgte ihnen mit etwas Abstand, so leise ich konnte. Meine Füße entwickelten bereits Hornhaut an den Sohlen, mein Gang wurde sicherer und leichter, als hätte ich noch nie in meinem Leben Schuhe getragen. Die anderen waren zum Monte Christo unterwegs, wie ich vorgeschlagen hatte. Es war ganz einfach, ihrer Spur durch das Unterholz zu folgen, und noch einfacher, ihrem lauten Geschrei und Gelächter nachzugehen. *Tolle Jäger,* dachte ich. Alles andere als schweigsam und tödlich. Damit würden sie nur die Ziegen verscheuchen.

Doch dann fiel mir ein, dass die anderen vielleicht sogar eine ziemlich einfache Aufgabe vor sich hatten, selbst wenn sie nicht leise waren. Wenn die Ziegen noch nie einen Menschen gesehen hatten, hatten sie vielleicht nie gelernt, Angst vor ihm zu haben. War Angst etwas, mit dem man geboren wurde, oder etwas, das man lernte? Ich konnte nur aus eigener Erfahrung sprechen. Rein theoretisch hatte ich keine Angst vor anderen Jugendlichen. Als ich zu Hause unterrichtet worden war, war mir nie der Gedanke gekommen, dass ich von ihnen gemobbt werden würde. Erst als ich ein paar von ihnen kennenlernte, bekam ich Angst vor ihnen. Aber wie war das bei Tieren? Ich wusste es nicht.

Meine Antwort bekam ich kurze Zeit später. Ein halbes Dutzend Ziegen preschten an mir vorbei und hüpften dann mit großen Sprüngen durch das Unterholz. Ich hatte keine Ahnung, ob sie Angst hatten oder einfach nur das Leben liebten, aber sie waren verdammt schnell. Es würde nicht einfach sein, sie zu fangen.

War es auch nicht. Ich ging noch ein Stück weiter den Berg hinauf, damit ich die Ziegenjagd beobachten konnte.

Es war toll. Ich sah den anderen etwa eine Stunde lang zu und fand es unterhaltsamer als im Kino. Es war nur schade, dass ich kein Popcorn hatte. Sie rannten mit hochroten Gesichtern in der Mittagshitze durch den Wald. Gil und Flora, die armen Elfer, ließen sich nach einer Weile auf den Boden fallen, aber sogar die

Einser blieben irgendwann stehen und schnappten keuchend nach Luft, während sie die Hände in die Hüften stemmten. Ich beobachtete Seb, der sich immer wieder den Schweiß aus dem Gesicht wischte. Seine heiß geliebte Fitbit trug er immer noch am Handgelenk. Ich fragte mich, was das Ding wohl gerade anzeigte. *Du bist eine Stunde hinter einer Ziege hergerannt. Deine Herzfrequenz hat die Schallmauer durchbrochen. Zurückgelegte Strecke: zigtausend Kilometer. Kalorienverbrauch: ein ganzer Arsch voll. Gefangene Ziegen: null.*

Irgendwann verließ ich widerwillig meinen Aussichtspunkt und schlug mich ins Unterholz. Ich musste eine Weile suchen, bis ich fand, was ich brauchte: eine tiefe Spalte zwischen zwei Felsblöcken, die einen schmalen Pfad im Wald unterbrach. Ich stand da und starrte einen Moment lang in die finstere Ritze. Sie war bestimmt zwei Meter tief. Das sollte genügen. Dann machte ich mich an die Arbeit und riss Bambusrohre aus der Erde und Blätter von den Bäumen, alle so dünn und flexibel, dass ich einen Korb damit hätte flechten können.

Ich brauchte über zwei Stunden, bis ich fertig war. Die ganze Zeit hörte ich laute, aufgeregte Stimmen in der Nähe. Sie konnten so viel Lärm machen, wie sie wollten. Es würde mir nur helfen.

Während ich arbeitete, fiel mir auf, dass sie jetzt einen ganz anderen Ton anschlugen. Mit den Witzen und dem Gejohle von Freunden, die zu einer lustigen Jagd losgezogen waren, war es vorbei. Sie stritten sich, litten unter der Hitze und waren müde. Jetzt hatte ich keine Angst mehr. Ich wusste, dass sie nicht einmal in einer Million Jahren eine Ziege fangen würden. Ich hoffte nur, dass es mir gelingen würde. Ich kletterte auf den am nächsten stehenden Baum und wartete.

Erstaunlicherweise dauerte es gar nicht lange. Eine kleine

Herde Ziegen kam angerannt, aufgescheucht von dem lautstarken Streit des Frühstücksclubs. Ein paar von ihnen hüpften über das filigrane Gitter aus Bambusrohren und Blättern, das ich über der Spalte gebaut hatte. Doch eine hatte Pech und stürzte hinein.

Ich sprang von meinem Baum herunter. Das Tier war in der Felsspalte gefangen, es meckerte und strampelte und kratzte mit seinen kleinen Hufen über den Stein, während es versuchte, nach oben zu klettern. Ich streckte die Hand aus und streichelte seinen haarigen, fettigen Kopf. Unter meinen Fingern spürte ich den harten Schädel unter dem Fell. Die Ziege beruhigte sich und sah mich aus ihren gelben Augen an, ohne jede Furcht. Jetzt wusste ich, dass ich recht gehabt hatte: Ich war der erste Mensch, dem sie begegnete, und sie hatte nicht gelernt, Angst vor mir zu haben.

Ein paar Sekunden lang starrte die Ziege zu mir herauf und ich starrte auf sie hinunter. Dann kamen die anderen und storten uns. Sie waren immer noch dabei, hinter der Herde herzurennen, und waren ihr bis hierher gefolgt. Ich packte meinen Stab und sprang in die Spalte mit der Ziege. Sie war *meine* Trophäe. Sie war kein Pokal, kein Silberteller, und statt Bändern und Rosetten hatte sie ein Fell und Zähne, aber sie gehörte mir. Der Frühstückclub, dessen Mitgliedern der Schweiß über das Gesicht strömte, versammelte sich um die Grube und sah zu uns herunter.

»Krass!«, rief Ralph bewundernd. »Er hat eine gefangen. *Alder!*«

Seb ging in die Hocke. »Sieh mal einer an«, sagte er. Er stand über mir, aber meine Position war unanfechtbar. Jetzt war *ich* der Typ in dem Tropenhelm, der sich über den Löwen beugte. Doch Seb verstand es immer noch nicht. »Gib sie mir«, sagte er. »Ich werde sie für dich töten.« Die Ziege schob ihren harten kleinen Kopf zutraulich in meine Hand. Der Frühstücksclub beobachtete uns. »Mach schon, Selkirk. Was willst du denn machen? Sie selbst töten? Dazu hast du nicht die *Eier,* Selkirk.«

Wenn ich an das zurückdenke, was dann geschah, wird mir klar, dass es nicht die Beleidigung war, die mich dazu brachte, etwas so Abscheuliches zu tun. Ich hatte schon Schlimmeres gehört und in den letzten drei Jahren hatte Seb so ziemlich alles zu mir gesagt. Er benutzte meinen Nachnamen, das störte mich am meisten. An die nächsten Sekunden kann ich mich nur sehr undeutlich erinnern. Ich weiß noch, dass ich mit meinem Stab ausholte und dann auf den Kopf der Ziege einschlug, nicht nur einmal, sondern zehn, zwanzig, dreißig Mal. Ich schlug Seb und Ralph und Miranda, alle zusammen. Es war meine Antwort auf die unzähligen Beleidigungen und Textnachrichten und Instagrams und Snapchats. Nach drei Jahren, in denen mein Leben die Hölle gewesen war, drehte ich durch und ich hörte erst auf, als mir klar wurde, dass die Ziege sich nicht mehr bewegte.

Dann hob ich den Kopf. Miranda und Jun hatten die Hand auf den Mund gepresst und Gil hatte sich sogar abgewandt. Ralph und Flora starrten mich mit offenem Mund an. Ich ging in die Knie, weil mir schwindlig war und ich das Gefühl hatte, mich gleich übergeben zu müssen, aber stattdessen packte ich die Ziege und warf sie Seb vor die Füße. Als ein kleines bisschen Blut auf seine Zehen spritzte, sprang er zurück. »*Großer* Gott!« In seinen Augen sah ich die Angst, die die Ziege nie hatte.

Ich stützte mich auf den blutverschmierten Stab und kletterte aus der Felsspalte. Als ich oben war, stellte ich mich hin und sah Seb an. Die Ziege mit ihrem roten Kopf lag zwischen uns auf dem Waldboden. Ich zeigte mit dem Finger darauf. »Heb sie auf«, befahl ich schwer atmend, während mein Herz wie wild klopfte. Zum zweiten Mal an diesem Tag begegneten sich unsere Blicke. Plötzlich waren wir wieder in Osney, Sebs riesige Sporttasche zwischen uns, meine Hände dicht über den Henkeln schwebend, mein Rücken gebeugt, um die Tasche hochzustemmen. Doch dieses Mal war ich der Stärkere, denn ich hatte den Tod auf meiner Seite. Der Tod saß auf meinen Schultern, der Tod schien aus meinen Augen, der Tod pulsierte durch meine Adern.

Es genügte.

Seb schlug als Erster die Augen nieder, dann bückte er sich und nahm die tote Ziege wie ein Kind auf den Arm. Er richtete sich auf. Und dann fragte er: »Wohin damit, Lincoln?«

20
AUSGEWEIDET

Auf dem Weg zum Strand ließ ich den Frühstücksclub am See haltmachen. Während die anderen ihren Durst stillten und schwammen, wusch ich an einer flachen Stelle die Ziege wie bei einer Taufe in einem Bayou. Das Blut im Wasser bauschte sich wie ein roter Schleier um den zertrümmerten Kopf, die gelben Augen starrten mich immer noch an.

»Warum hattest du keine Angst vor mir?«, fragte ich die Ziege. Jetzt tat es mir leid. »Du hättest Angst haben sollen.« Aber ich bekam keine Antwort.

Wir tranken, bis wir keinen Durst mehr hatten, und badeten im See, doch heute waren wir nicht mehr so ausgelassen und übermütig wie am Tag zuvor. Dann führte ich die anderen wieder zu den Dünen am Strand, zu der Stelle mit dem Feuer. Seb setzte die Ziege vorsichtig neben der Asche der Geige ab.

Dort, an dem Ort, der für uns bereits zum Zuhause geworden war, legte sich das Entsetzen, unter dessen Bann wir alle standen. Die praktischen Dinge des Lebens bekamen Vorrang.

»Können wir sie jetzt braten?«, fragte Seb, dem der Hunger anzuhören war. Er sprach im Namen aller und wirkte fast schüchtern.

»Noch *nicht*«, erwiderte ich geduldig. Ich versuchte, meinen Wutausbruch herunterzuspielen, indem ich superhöflich war. »Sie muss erst noch vorbereitet werden. Man kann sie nicht einfach so auf das Feuer legen. Erst muss die ganze Scheiße aus ihr heraus. Sie hat im wahrsten Sinne des Wortes *Scheiße* in sich. Eingeweide und Magen und so. Das Fleisch wäre ungenießbar.«

Alle akzeptierten es. Alle gingen davon aus, dass der neue Lincoln genau wusste, was zu tun war, dass der neue Lincoln sich darum kümmern würde. Aber eigentlich wusste ich *nicht,* was zu tun war. Ich hatte in *Robinson Crusoe* gelesen, dass er Ziegen aß, aber Daniel Defoe hatte nicht im Detail beschrieben, wie man die Eingeweide herausnimmt. Was hätte ich in dem Moment nicht alles für mein verhasstes Handy gegeben, mit dem ich eine schnelle, sehr bizarre Google-Suche nach *Wie weidet man eine Ziege aus?* hätte durchführen können. Aber ich ließ mir nichts anmerken. Der Frühstücksclub glaubte an mich und ich wollte nicht riskieren, dass sich daran etwas änderte. »Macht eine Pause«, sagte ich daher großzügig. »Ihr könnt die Snacks aus dem Flugzeug aufessen. Heute Abend wird es etwas Besseres geben. Geht einfach an den Strand chillen. Ich kümmere mich um alles.« Ganz *ohne* Hilfe würde es allerdings nicht funktionieren und ich wusste auch schon genau, wer mich unterstützen sollte. Der Gangsta, das Großmaul, der Typ, der dachte, er könnte mit einem Messer umgehen.

»Ralph, wenn du mit Essen fertig bist, kommst du wieder her. Du kannst mir dabei helfen.«

Die anderen sahen ihn an. Achselzuckend sog er die Luft durch die Zähne. »Klar, Mann.«

Als die anderen weg waren, holte ich meine Spucktüte aus dem Unterholz, wo ich sie versteckt hatte. Ich war am Verhungern, daher aß ich meine letzte Tüte mit Salzbrezeln auf und kippte meine letzte Cola in einem Zug hinunter. Dann schlug ich mit einem spitzen Stein Löcher in die Coladose und bog sie zu einer scharfen, sichelförmigen Klinge auseinander, wobei ich höllisch aufpassen musste, mich nicht selbst zu verletzen.

Als Ralph wiederkam, drückte ich ihm das Coladosenskalpell in die Hand und drehte die Ziege auf den Rücken. Sie war jetzt steif, was die Sache erheblich einfacher machte. »Ich werde die Beine festhalten. Es ist vermutlich am besten, wenn du ihr einfach den Bauch aufschlitzt. Die Eingeweide sind an der Kehle und am Hintern zusammengewachsen. Wenn wir danach noch zwei weitere Schnitte machen ... hier und da ... dürfte das reichen.«

Er fuhr sich mit der Zunge über die Lippen. »Du meinst, ich soll sie aufschlitzen? Von oben nach unten?«

Jetzt wusste ich, dass ich mir den Richtigen ausgesucht hatte. »Ja. Ich glaube, das wäre am besten.«

Ich wartete. Die Sekunden verstrichen. Ich hörte, wie die anderen am Strand miteinander redeten und mit einem leisen Knacken die letzten Minidosen öffneten, wie sie die letzten Tüten mit Salzbrezeln und Chips aufrissen, in der Gewissheit, am Abend eine warme Mahlzeit zu bekommen. *Das haben sie mir zu verdanken,* dachte ich. Und dann fiel mir auf, dass Ralph sich schon eine ganze Weile nicht bewegt hatte.

Seine Hand, die das Messer hielt, verharrte über dem behaarten Bauch der Ziege. Die Hand zitterte. Als ich ihn verwundert anstarrte, legte sich seine Stirn in tiefe Falten. Dieser Gesichtsausdruck war mir allzu vertraut. Es sah genauso aus wie meine WLAN-Stirn. Ralph Turk würde gleich in Tränen ausbrechen.

»Lincoln«, stieß er hervor, »ich kann das nicht. Bitte, *bitte,* zwing mich nicht dazu.«

Seine Stimme klang völlig anders als sonst. Keine Spur mehr von seiner sonst so coolen und prolligen Ausdrucksweise. Kein Slang, nur eine verzweifelte, ehrliche Bitte. Ich musste an den Tag denken, an dem Ralph mir das Abführmittel in mein Getränk geschüttet hatte, an das Rugbyfeld, an die flüssige Scheiße, die mir am Bein heruntergelaufen war, an die Magenkrämpfe, die mich den ganzen Nachmittag gequält hatten. Jetzt war *ich* an der Reihe. Ich wollte genauso grausam sein wie er. Ich konnte ihn zwingen, hierzubleiben und die Ziege auszuweiden. Ich konnte zusehen, wie er weinte und sich übergeben musste. Ich konnte ihn vernichten. Aber es gab noch etwas viel Schlimmeres, was ich ihm antun konnte.

»Ich kümmere mich darum, du Waschlappen.« Dann musste ich an etwas denken, das er immer zu mir gesagt hatte. »Verschwinde. Stemm den Arsch in die Hose. Ich übernehme das.«

Ich sah zu, wie er sich davonmachte und zu den anderen ging, vor denen er mit Sicherheit wieder den Proll von der Straße spielen und mit Slang um sich werfen würde. Aber es war schon passiert.

Ich wusste jetzt, wer er war.

Und deshalb gehörte er jetzt mir.

Wie das meiste, vor dem es einem graut, war das Ausweiden der Ziege einfacher, als ich gedacht hatte. Nachdem ich den Bauch aufgeschlitzt hatte, fielen die Eingeweide in einem Stück heraus, eine feuchte, glitschige Masse, die aussah, als hätte sie jemand in einer Plastiktüte verpackt. Die Haut ließ sich wie ein Pullover abstreifen. Ein Wilder zu sein, war offenbar ganz einfach.

Als ich das dunkle Herz der Ziege sah, überlegte ich allen Ernstes, ob ich es essen sollte, aber dann kam es mir doch zu extrem vor, zu sehr Mr Kurtz. Stattdessen ging ich zur Landzunge und warf die Eingeweide ins Meer. Es fühlte sich an, als würde ich etwas Ursprüngliches, Primitives tun, das sonderbar befriedigend war. Ich gab der Natur etwas zurück, in einer Art Opfergabe. Zum Dank dafür blies mir der Wind Blut auf mein weißes Hemd. Es war mir egal. Genau genommen gefiel es mir sogar.

Ich sah, wie mich der Frühstücksclub vom Strand aus beobachtete, sie sahen mich und das Rangabzeichen aus Blut, das ich mir redlich verdient hatte. Als ich wieder zu den Dünen ging, um das Feuer anzuzünden, folgte mir Mirandas Blick, so wie ihr früher immer mein Blick gefolgt war.

Fünfte Platte

Gimme Shelter – The Rolling Stones

Mick Jagger, Keith Richards (1969)

21

EINE NACHT AUF DEM KAHLEN BERGE

An jenem Abend sah ich zu, wie die anderen von meiner Ziege aßen, die auf meinem Feuer gebraten und mit meinem Meersalz und meinem Thymian gewürzt worden war. Es war das Beste, was ich je gekostet hatte.

Am nächsten Morgen kam ich zu dem Schluss, dass es Zeit wurde, Sebastian Loam vollständig zu vernichten. Ich wollte ihn zu meinem Helfer bestimmen, wenn ich den Längen- und Breitengrad der Insel berechnete, die beiden Angaben, die notwendig waren, um unseren genauen Standort zu bestimmen.

Diese Information brauchten wir, um die Nachricht für unsere Flaschenpost zu schreiben. Zwar hatten wir jetzt die Blackbox des Flugzeugs, die gut geschützt im Unterholz nahe dem Strand lag, aber ich hatte von Anfang an geplant, eine Flaschenpost loszuschicken, sobald es uns gelungen war, dass Wichtigste zu beschaffen: Wasser, Nahrung und Feuer.

Eigentlich mussten wir jetzt nicht mehr ganz so dringend gerettet werden, aber wenn ich unsere Position berechnen wollte, tickte die Uhr im wahrsten Sinne des Wortes. Ich brauchte nämlich Sebs Fitbit dafür.

»Seb, wie lange hält die Fitbit noch durch?«, fragte ich bei unserer Morgenbesprechung.

Gehorsam warf er einen Blick auf das Display. »Noch etwa einen Tag.«

»Gut.«

Ich stand in dem Kreis, den der Frühstücksclub um mich gebildet hatte, und klatschte einmal laut, aber dann fiel mir ein, dass Mr Llewellyn, der Sport-Nazi und Direktor von Osney, das auch immer so gemacht hatte. Sofort schob ich die Hände in die Hosentaschen, damit es mir nicht noch einmal passierte. »Zum Frühstück gibt es Ziegensteaks.« (Ich hatte das übrig gebliebene Fleisch des Festmahls von gestern Abend von den Knochen gelöst und in Blätter verpackt.) »Anschließend gehen wir auf die Jagd. Dann zum See, damit wir uns waschen und trinken können. Und zur Mittagspause wieder hierher.«

Ich nahm meinen Stock mit. Er war ganz nützlich, um sich beim Gehen darauf abzustützen, aber ich machte mir nichts vor. Für mein Selbstwertgefühl war er noch viel wichtiger. Er war Zeichen meines Amtes und wies mich als Anführer aus.

Wir fingen noch eine Ziege, die ich tötete und ausweidete. Beim zweiten Mal war es viel einfacher und im Grunde genommen nur noch körperlich anstrengend. Ich überlegte, ob ich das Töten und Ausweiden delegieren sollte. Nicht jedoch das Feuer, niemals das Feuer. Solange der Frühstücksclub nicht wusste, wie man das Feuer entzündete, war ich für ihn unentbehrlich.

Nach der Jagd gingen wir baden und tranken den See fast leer. An einer abgelegenen Stelle wusch ich meine Kleidung. Der Streifen aus Blut ließ sich nicht ganz entfernen, was mich allerdings nicht im Geringsten störte. Als ich mein Spiegelbild im Wasser anstarrte, stellte ich fest, dass ich bereits anfing, mich zu verändern. Meine Haut war leicht gebräunt, die Haare voller und gebleicht von der Sonne und irgendwie Boygroup-zerzaust.

Meine Brille trug ich natürlich nicht mehr. Sie hing jetzt an einer von Juns Geigensaiten um meinen Hals und sah in dem V meines offenen weißen Hemds wie eine gläserne Hundemarke aus. Ich hatte immer ein ziemliches Milchgesicht gehabt und mich höchstens einmal im Monat rasieren müssen, doch jetzt fiel mir ein heller Bartschatten an meinem Kiefer auf, der kräftiger und kantiger wirkte. Ich musterte die Person im Wasser und hatte das Gefühl, dass es ein Fremder war. Plötzlich war es mir peinlich und ich schlug mit der Hand auf das Wasser, um das Spiegelbild zu zerstören. Auf dem Weg zu unserem Lager am Strand fiel mir auf, dass Seb den Arm um Mirandas Schultern legte, doch als sie meinen Blick bemerkte, schüttelte sie ihn ab. Ich lächelte verstohlen. *Interessant.*

Wieder im Lager ging ich sofort zu der Feuerstelle und entzündete die Flammen, wobei ich mich wie immer vergewisserte, dass mir niemand dabei zusah. Da ich vorhatte, mit Seb zusammen den Berg zu besteigen, spielte ich mit der Idee, kein Feuer zu machen, bevor ich ging. Eine kalte Nacht ohne warmes Essen würde den anderen bewusst werden lassen, wie sehr sie mich brauchten. Aber es war besser, meine Leute bei Laune zu halten.

Ich musste an warnende Beispiele aus der Geschichte denken. Die französische Königin Marie Antoinette ließ ihre Untertanen hungern. Während der Französischen Revolution strömten die Menschen vor den Palast und protestierten, weil es kein Brot gab. Die gute Marie Antoinette verstand die Situation völlig falsch und sagte: »Dann sollen sie doch Kuchen essen.« Wenige Wochen später war sie einen Kopf kürzer. Eine Revolution konnte ich nicht gebrauchen, daher ging ich in den Wald und sammelte Holz für das Feuer. Ich hatte eine der Heckflossen, die wir aus dem Flugzeug mitgenommen hatten, zu einer Art Axt geschliffen; sie hatte keinen Griff, lag aber gut in der Hand und besaß eine scharfe Kante, daher konnte ich problemlos ein paar Äste abhacken. Ich versuchte sogar, eine der Palmen zu fällen, aber der Stamm war zu hart, fast so, als würde er gar nicht aus Holz bestehen. Dann entzündete ich das Feuer und weidete die Ziege aus, die wir erlegt hatten. Als ich damit fertig war, sammelte ich alles zusammen, was ich für die Berechnung unserer Position brauchte – ein paar gerade gewachsene Äste, Teile einer Coladose, eine große Muschelschale, die ich als behelfsmäßigen Winkelmesser verwenden wollte, meinen Stab und eine von Juns Geigensaiten. Dann ging ich Seb holen.

»Bist du bereit?«

Er hob den Kopf und sah mich rebellisch an. Den Vorfall mit der Ziege hatte er vergessen. Jetzt, wo ich ihn mit Essen versorgte, hatte er aufgehört, Angst vor mir zu haben. Er hielt mich eher für einen Supermarkt als für einen Killer. »Wofür?«

»Wir werden herausfinden, wo wir sind.«

»Und warum muss *ich* dann mitkommen?«

Genau genommen wollte ich ihm zeigen, dass ich erheblich klüger war als er, aber das konnte ich ihm natürlich nicht sagen. »Ich brauche deine Fitbit. Du kannst sie mir aber auch gern mitgeben.«

Sein Blick wanderte zu der Fitbit und dann wieder zu mir. Mir war klar, was ihm gerade durch sein winziges Gehirn schoss. Die Fitbit war für ihn das, was das Feuer für mich war. »Also gut«, murmelte er, während er widerwillig aufstand.

Ich ging mit ihm zusammen auf den flachsten Teil des Strands hinaus. »Damit wir wissen, wo auf der Erde wir jetzt sind«, erklärte ich währenddessen, »müssen wir den Längen- und Breitengrad bestimmen. Und dann können wir in unserer Flaschenpost ziemlich genaue Koordinaten für unsere Rettung angeben.«

Seb sah mich verwirrt an.

»Den Längengrad werden wir anhand des Sonnenstandes um zwölf Uhr mittags bestimmen.«

Ich ging das Ganze mit Seb durch, wobei ich mir ein bisschen wie ein Geografielehrer vorkam. Unter der sengend heißen, hoch am Himmel stehenden Sonne bastelte ich einen behelfsmäßigen Quadranten aus zwei Holzstücken, die ich mit der Geigensaite zusammenband. Dann rammte ich zwei scharfe Teile der Coladose in den Querbalken, um zwei Sichtlinien zu haben. Ich richtete die beiden behelfsmäßigen Nägel an der Sonne aus. Und dann wartete und wartete ich, während die beiden langen Schatten auf dem Sand aufeinander zukrochen. Langsam, ganz langsam verschmolzen die beiden Schattenlinien miteinander. Die Sonne stand im Zenit.

»Jetzt!«, rief ich. »Was sagt deine Fitbit?«

Seb warf einen Blick auf das Display. »Siebzehn Uhr.«

»Hier ist es Mittag, zu Hause fünf Uhr am Nachmittag.« Ich stellte ein paar schnelle Berechnungen im Kopf an. »Wir sind auf dem 60. Längengrad oder jedenfalls verdammt nah dran.«

»Woher zum *Teufel* weißt du das?«

»Die Erde dreht sich einmal am Tag um ihre eigene Achse, das sind dann 360 Grad. Da ein Tag vierundzwanzig Stunden hat, kann man den Längengrad mithilfe der Uhrzeit berechnen. Eine Stunde Zeitunterschied entspricht 15 Längengraden, da 360 Grad dividiert durch vierundzwanzig Stunden 15 Grad pro Stunde ergibt. Deine Fitbit ist auf Britische Sommerzeit eingestellt und befindet sich jetzt an einem weit von England entfernten Ort, wo die Sonne um siebzehn Uhr BST am höchsten steht. Und daher wissen wir, dass wir auf dem 60. Längengrad West sind.«

Seb schüttelte den Kopf, als könnte er so die Spinnweben darin loswerden.

»Warum?«

»Weil BST eine Stunde vor der Mittleren Greenwich-Zeit ist und vier Stunden multipliziert mit 15 Grad pro Stunde 60 Grad ergibt.« Es war reine Angeberei, damit Seb sich möglichst dumm vorkam. Er starrte mich an, als wäre ich gerade übers Wasser gewandelt. Es funktionierte.

»Kann ich jetzt gehen?«

»Ja, du kannst gehen. Da oben hin. Mit mir.« Ich zeigte auf den Gipfel des Monte Christo.

»Warum das denn?«

»Wir haben den Längengrad bestimmt. Aber wir brauchen auch noch den Breitengrad, wenn wir herausfinden wollen, wo wir sind.«

»Großer Gott.«

Aber er konnte schlecht Nein sagen, denn die anderen beobachteten uns. Nachdem ich das Feuer entzündet und dafür gesorgt hatte, dass die anderen alles hatten, was sie für die Nacht brauchten, brachen Sebastian Loam und ich auf, zu einer Nacht auf dem kahlen Berge.

22
MONTE CHRISTO

Als wir den Monte Christo bestiegen, wurde mir wieder bewusst, was mir schon an meinem ersten Tag auf der Insel aufgefallen war. Was lange Strecken und Ausdauer anging, war ich aufgrund meiner drahtigen Figur gar nicht einmal so schlecht. Für Seb, der nur aus Muskeln, Schnelligkeit und Masse bestand, war es erheblich anstrengender. Es dauerte nicht lange, bis er schnaufend und keuchend um eine Pause bat. Wenn er Usain Bolt war, war ich Mo Farah. Und wenn der Osney-Sprint über tausendsechshundert Meter gegangen wäre, hätte ich vielleicht eine Chance gehabt.

Ich hatte Spaß an unserer Wanderung den Berg hinauf. Ich hatte Spaß daran, dass Seb hinter mir herhechelte. Und ich muss zugeben, dass ich mich ein kleines bisschen über ihn lustig machte.

»Komm schon, Seb«, spornte ich ihn an. Und dann fing ich zu singen an: *»Lauf los, lauf los, Osney-Mann, schlägst uns alle in den Bann.«*

Seb, der dunkelrot im Gesicht war, warf mir einen hasserfüllten Blick zu.

Nach einer Weile ging die Sonne hinter uns unter und endlich legte sich die brütende Hitze ein wenig. Ich gab nach und ließ Seb ausruhen. Wir setzten uns einen Moment lang auf die warmen, nach Thymian duftenden Felsen und genossen die Aussicht. Das Meer färbte sich hellviolett und der Himmel irgendwie dunkelrosa. Wir konnten den See unter uns sehen und die Wasserfälle, in deren Gischt ein Regenbogen leuchtete.

»Wow! Schau dir das an! Ist das nicht wunderschön?«

Seb schnaubte empört. »Großer Gott, du wirst doch wohl nicht versuchen, den Arm um mich zu legen, oder? Du bist so *schwul.*«

Warum gab ich mir überhaupt Mühe? Er war ein Idiot. Aber dann musste ich daran denken, wie er versucht hatte, den Arm um Miranda zu legen, und sie ihn abgeschüttelt hatte. Daher grinste ich einfach in mich hinein, stand auf und ging weiter den Berg hinauf.

Es wurde schnell dunkel, doch wir marschierten weiter, bis wir den stecknadelgroßen Lichtpunkt unseres Lagerfeuers nicht mehr erkennen konnten. Als ich den Monte Christo an meinem ersten Tag auf der Insel erklommen hatte, war es die ganze Zeit über hell gewesen. Jetzt, in der Dunkelheit, war alles anders. Aus dem Herz der Finsternis drangen sonderbare Laute zu uns und ich fragte mich, was vor uns lag. Nächtliche Geräusche, unsichtbare Kreaturen, nachtaktive Geschöpfe, die am Tag schliefen. Schwänze, die über den Boden wischten, Augen, die im Dunkeln sehen konnten, Insekten und Spinnen, die zirpten und mit ihren Beinen über die Blätter kratzten. Das war ihre Zeit und die Nacht ihr Königreich. Aber ich hatte keine Angst. Die Insel gehörte wieder mir, diese Kreaturen gehörten mir und ich herrschte über sie.

Die Geräusche machten Seb eindeutig mehr zu schaffen als mir, denn jetzt war er derjenige, der ein Gespräch begann, wenn auch höchst widerwillig. »Warum hast du dir eigentlich diesen bescheuerten Namen ausgesucht?«, fragte er heftig keuchend.

»Hä?«

»Monte Christo«, stieß er hervor. »Was bedeutet das?«

Darauf gab es mehrere Antworten. Ich suchte mir eine aus. »Monte Christo ist eine gebirgige Insel vor der Küste der Toskana. Sie kommt in meinem Lieblingsbuch vor. *Der Graf von Monte Christo.*«

Seb schwieg eine Weile, während wir weiterkletterten. Ich wusste, dass ihn die Erwähnung eines richtigen *Buches* schockiert hatte. Aber ihm musste langweilig gewesen sein, denn er fragte: »Was passiert in dem Buch?«

»Es spielt im Jahr 1815«, erklärte ich. »Ein Mann namens Edmond Dantès wird zu Unrecht eines Verbrechens bezichtigt. Ein paar Leute, die er für seine besten Freunde hält, hängen ihm etwas an. Deshalb sitzt er viele Jahre auf einer Gefängnisinsel fest, die Château d'If genannt wird. Die Insel gilt als absolut ausbruchsicher.«

»Und?«

»Dantès gelingt die Flucht.«

»Wie?«

»Er tauscht den Platz mit einer Leiche, wird in einen Sack eingenäht und von den Wachen ins Meer geworfen. Aber er kann sich mit einem selbst gebastelten Messer befreien.«

»Und dann?« Seb machte den Eindruck, als würde er sich tatsächlich für die Geschichte interessieren. Ich fragte mich, ob ihm jemals jemand Geschichten erzählt hatte oder ob seine reichen Eltern so damit beschäftigt waren, ihren kleinen Sportler mit Energy-Drinks zu versorgen und früh ins Bett zu schicken, dass dafür keine Zeit gewesen war.

»Er wird von einem Schmugglerboot gerettet und schließt sich der Mannschaft an. Dann sucht er die Insel, von der ihm sein Zellengenosse erzählt hat, die Insel Monte Christo. Angeblich befindet sich dort ein Schatz, den vor ewigen Zeiten ein italienischer Kardinal dort vergraben hat.« Die Geschichte war ein bisschen komplexer als das, was ich erzählte, aber Seb zuliebe vereinfachte ich die Handlung.

Dann sagte ich nichts mehr. Ich wollte wissen, ob er fragen würde. Und er fragte tatsächlich.

»Und? Hat er den Schatz gefunden?«

»Ja. Und noch viel mehr. Als er die Insel verlässt, ist er reicher als ... als ... Dagobert Duck.«

Seb war beeindruckt. »Und dann?«

»Dann erfindet er eine neue Identität für sich und nennt sich Graf von Monte Christo. Gut aussehend, unermesslich reich. Auf der Gefängnisinsel hat er sich verändert, er ist erwachsen geworden, hat vieles gelernt. Edmond Dantès wird sowieso von allen für tot gehalten. Er kann von vorn anfangen.«

Seb blieb kurz stehen, um darüber nachzudenken. Es war so dunkel, dass ich seinen Gesichtsausdruck nicht erkennen konnte. »Und nachdem er so reich und mächtig geworden ist, rechnet er dann mit den Leuten ab, die ihn reingelegt haben?«, fragte er schließlich.

»Oh ja«, sagte ich in die Dunkelheit. »Er rächt sich an *allen,* die ihm unrecht getan haben.«

Seb dachte einen Moment darüber nach. »Cool«, meinte er dann.

Der Aufstieg wurde steiler, daher sagten wir nichts mehr, bis wir den Gipfel des Berges erreicht hatten. Ich legte meine Sachen auf den Boden und starrte in den Himmel, an dem jede Menge Sterne funkelten. Sie schienen zum Greifen nah zu sein. »Zu Hause würden wir den Breitengrad mithilfe des Polarsterns bestimmen«, sagte ich zu Seb. »Das ist die einfachste Möglichkeit, um den Nullmeridian zu finden, die gedachte Linie, die vom Nord- zum Südpol verläuft. Aber das können wir hier natürlich nicht machen.«

»Warum nicht?«

»Weil wir gerade auf der Südhalbkugel sind. Im wahrsten Sinne des Wortes auf der anderen Seite der Welt.«

»Und jetzt?«

»Es gibt ein paar andere Sterne, die wir benutzen können. Das Kreuz des Südens – das Sternbild auf der australischen Flagge – und zwei Zeigersterne.« Ich kannte zwar die Theorie, aber eigentlich erzählte ich gerade eine Menge Mist. Ich wusste gar nicht so genau, wie der südliche Sternenhimmel aussah. Aber bevor ich mich völlig blamierte, fand ich das Kreuz des Südens und die beiden Zeigersterne, die unglaublich hell und nah über uns hingen. »Es kann losgehen.« Zum zweiten Mal an diesem Tag zog ich meinen selbst gebastelten Winkelmesser hervor. »Der Breitengrad wird von dem Winkel bestimmt, den das Kreuz des Südens über dem Horizont bildet.« Ich streckte meinen Daumen aus, damit ich eine Richtschnur für den Horizont hatte. »Der Winkel, in dem das Kreuz des Südens über dem Horizont steht, ist gleichbedeutend mit dem Winkel, den unsere Sichtlinie zu den Zeigersternen mit der Linie bildet, die die Erde berührt, also unserer Sichtlinie zum Horizont.«

»Ich habe keine Ahnung, was du da gerade gesagt hast«, beschwerte sich Seb.

Ich grinste in mich hinein und hielt meinen Winkelmesser ins Mondlicht. Dann kniff ich ein Auge zu, damit ich die Triangulierung der Lichtpunkte durchführen konnte.

»Das sieht für mich wie dreißig Grad aus.«

Seb zuckte mit den Schultern. »Wenn du meinst.« Zum Glück war er zu verwirrt, um mich zu fragen, warum ich seine Fitbit nicht haben wollte. In Wirklichkeit brauchte ich die Uhr gar nicht auf dem Berg. Ich hatte Seb nur dabeihaben wollen, um ihn mit wissenschaftlichen Fakten zu beindrucken.

»Komm schon, Seb«, sagte ich. »Wo bleibt dein kindliches Staunen?«

»Können wir jetzt gehen?«, meinte er statt einer Antwort.

»Morgen früh«, erwiderte ich. »Es ist sicherer, hier oben zu übernachten, anstatt zu versuchen, im Dunkeln nach unten zu kommen. Weißt *du,* was für Tiere hier leben? Das könnte alles Mögliche sein. Vielleicht sogar Eisbären.«

Seb kam gar nicht auf die Idee, dass es äußerst unwahrscheinlich war, einen Eisbären zu Gesicht zu bekommen, da wir in der falschen Hemisphäre für den Polarstern waren. Wir legten uns auf den Boden, so dicht nebeneinander, dass wir uns unterhalten konnten, und dieses Mal war ich derjenige, der ein Gespräch begann.

»Seb, was für Musik magst du?«

Er schwieg eine Weile. »Was für *Musik* ich mag?«

»Ja. Wenn du auf einer einsamen Insel gestrandet wärst ...«

»Ich *bin* auf einer einsamen Insel gestrandet.«

»... welche Art von Musik würdest du dann mitnehmen? Wenn du dir deine Lieblingstracks aussuchen könntest?«

Er seufzte. »Selkirk, versuchst du, mich anzumachen? Ich habe absolut kein Interesse an deinem schwulen Small Talk.«

Seb rutschte ein Stück weg, drehte mir den Rücken zu und rollte sich zu einem Ball zusammen. Allerdings hatte er sich nicht so weit von mir entfernt, dass er Gefahr lief, von eventuell vorhandenen wilden Tieren verschlungen zu werden. Und er stand auch nicht auf und stürmte wutentbrannt davon, um allein zum Strand zurücklaufen. Ihm musste klar sein, dass er sich ohne mich verirren würde.

Er brauchte mich. Diese Erkenntnis legte sich um mich wie eine warme Decke.

Aber. Er hatte meinen Nachnamen benutzt. Schon wieder. Er

hatte den Monte Christo beleidigt. Und er hatte *mich* beleidigt. In Osney wäre er damit durchgekommen, aber hier, auf meiner Insel, war so etwas definitiv *nicht* in Ordnung. Der gute Seb brauchte noch einen Dämpfer und ich wusste auch schon, wie ich es anstellen würde.

23
SOS

Als Seb und ich beim ersten Tageslicht aufbrachen, um zum Strand zurückzukehren, begann es zu regnen. Es war der erste Regen seit unserer Ankunft auf der Insel und kein höflicher Oxford-Regen, sondern ein richtiger Wolkenbruch, bei dem es wie aus Eimern schüttete. Wir alle hatten *Der Sturm* für die Prüfungen gelesen – oder besser gesagt, *ich* hatte für alle Einser das Stück gelesen – und dieses Unwetter war so wie das bei Shakespeare: ein Schiffe versenkendes, Bäume entwurzelndes Inferno. Seb und ich hätten uns nicht unterhalten können, selbst wenn es Gesprächsstoff gegeben hätte. Durch den Regen hindurch konnten wir uns kaum erkennen, obwohl nur zwei Meter zwischen uns lagen. Als wir das Lager am Strand erreichten, brach gerade die Sonne durch die düsteren Wolken und badete uns in ihren goldenen Strahlen.

Die anderen waren genau wie wir völlig durchnässt und hatten ausgesprochen schlechte Laune. »Wir *müssen* eine Hütte oder so was bauen«, sagte Miranda, noch bevor sie Seb begrüßte. Sie sah nicht mehr ganz so blendend aus wie sonst, als hätte der Regenschauer einen Teil ihrer Schönheit weggespült. Unter dem Wasserfall war sie eine Göttin gewesen, doch jetzt wirkte sie ungepflegt, mit krausen, halb getrockneten Haaren und grauen Schatten unter den Augen.

»Das hatte ich für heute sowieso geplant«, log ich, ohne zu zögern. Genau genommen hatte ich eine Hütte nicht für notwendig gehalten, da ich ja jetzt wusste, wie man Feuer macht und für Wärme in der Nacht sorgt. Aber der Regen war eine Warnung gewesen – es konnte gut sein, dass dies der Beginn einer Regenzeit war, die weitere Unwetter bringen würde. »Siedler haben in ihren Kolonien immer gebaut«, sagte ich. »Ihr Briten solltet das doch wissen.«

»Und ihr Amerikaner auch«, gab Flora zurück.

Sie wurde ein bisschen zu frech. Es war Zeit, sie mit wissenschaftlichen Fakten zu beeindrucken, so, wie ich das bei Seb gemacht hatte. »Flora, wo ist die Evian-Flasche?«

»Ich habe ein bisschen Regenwasser damit aufgefangen.« Sie bückte sich und hob die halb volle Flasche vom Boden auf. Ein weiterer Beweis dafür, wie stark es geregnet hatte, denn das Loch am oberen Ende war ziemlich klein. Trotzdem hatte sich das Ding gefüllt.

»Eine gute Idee«, sagte ich, denn man musste seine Untertanen auch mal loben. »Das trinken wir jetzt aus.«

»Sollen wir es nicht für später aufbewahren?«, fragte sie zögernd. »Falls wir heute nicht zum See gehen?«

Es hatte nicht lange gedauert, bis alle die Einsame-Insel-Denkart angenommen hatten und darauf achteten, Nützliches zu sammeln.

»Nein«, erwiderte ich. »Wir brauchen die Flasche, um unser SOS abzuschicken, daher muss das Wasser jetzt raus.«

Kaum hatte ich das gesagt, tat Flora etwas Merkwürdiges. Sie kam auf mich zu und brachte mir die Flasche, damit ich als Erster daraus trank. Zufrieden nahm ich einen großen Zug daraus, dann gab ich sie an Miranda weiter. Danach ging sie an Jun und wieder zurück zu Flora, bevor die Jungs an der Reihe waren: zuerst Seb, dann Ralph. Für den armen Gil blieb nur noch ein kümmerlicher Rest übrig.

»Okay«, verkündete ich, während ich die letzten Tropfen aus der Flasche schüttelte. Die enorme Hitze der hoch stehenden Sonne sorgte dafür, dass sie bereits anfing zu beschlagen. »Gil, ich brauche deinen Kugelschreiber. Und jemand soll mir eine von den Speisekarten holen.« Zum Glück war einer von ihnen so geistesgegenwärtig gewesen, unsere Schätze aus dem Flugzeug und den Vorrat an Brennholz unter die Krone eines Baums zu bringen, als es zu regnen begonnen hatte. Jun brachte mir die Speisekarte, aus der sie am Morgen wie aus einem Gedichtband vorgelesen hatte.

Ich setzte mich auf den warmen Sand und schrieb, während ich die Speisekarte auf meinem Knie balancierte. Sorgfältig malte ich zwei Ziffernfolgen auf das Papier. Zuerst den Breitengrad: 20 Grad Süd. Dann den Längengrad: 60 Grad West.

Und unter meine Berechnungen schrieb ich:

SOS

Die Ziffern und Buchstaben zog ich zweimal mit dem Kugelschreiber nach, damit sie vom Meerwasser nicht weggewaschen wurden.

Der Frühstücksclub stand um mich herum und warf lange Morgenschatten wie eine Sonnenuhr. Die Zeit blieb stehen, während die anderen mir dabei zusahen, wie ich um ihre Rettung bat. Ich konnte geradezu spüren, dass sie all ihre Hoffnung auf mich setzten, aber ich hatte keine Angst. Ich *wollte*, dass sie von mir abhängig waren, obwohl ich vorhatte, sie in diesem Fall zu enttäuschen.

Ich rollte das Papier so klein wie eine Zigarette zusammen und steckte es in die Flasche. Dann schraubte ich den hellblauen Plastikverschluss fest und stand auf. »Kommt mit«, befahl ich.

Wir gingen bis zur Spitze der Landzunge, alle mit ernstem Gesicht, ohne zu reden, als wäre es eine Art Zeremonie. Als meine Zehen den Rand der Klippe erreicht hatten, holte ich mit dem Arm aus, in dem ich die Flasche hielt, und wollte sie ins Meer werfen.

Jemand packte mein Handgelenk und hielt es fest.

»Warte«, sagte dieser Jemand. Es war Gil. »Sollte das nicht Seb machen?«

Es war, als hätte er mir in den Bauch geboxt. Als ich begriff, was Gils Frage zu bedeuten hatte, krampfte sich mein Magen zusammen. Ich starrte die übrigen Mitglieder des Frühstücksclubs an. Alle wichen meinem Blick aus, bis auf Flora, die kaum merklich nickte.

Seb streckte seine Pranke aus und ich gab ihm widerwillig die Flasche wie einen Staffelstab. Als sich seine Finger darum schlossen, sah er mich an. Seine dunklen Augen forderten mich heraus. Plötzlich schien die Flasche ungeheuer wichtig zu sein und ich legte ebenfalls die Finger darum. Es war meine Idee gewesen, den Längen- und Breitengrad herauszufinden, es waren meine Berechnungen gewesen. Es war meine Insel. Verflucht noch mal, Seb hatte nicht einmal gewusst, was SOS *bedeutete.* Der Moment zog sich in die Länge und ich hielt ein kurzes Zwiegespräch mit mir selbst. Große Männer delegierten Aufgaben. Wenn Napoleon je etwas hätte werfen müssen und jemanden dabeigehabt hätte, der weiter werfen konnte als er, hätte er das dem Muskelpaket überlassen.

Aber als ich die Flasche losließ und Seb sie packte, hatte ich trotzdem das Gefühl, etwas verloren zu haben. Er holte weit mit dem Arm aus.

Und dann schleuderte Seb, der beste Werfer und Schläger der Schule, der Spitzenmann, die Flasche ins Meer, so weit, dass sie praktisch außer Sichtweite flog. Wir hörten nicht einmal, wie sie im Wasser landete.

Er drehte sich um und sah mich wieder an. »Was sagst du dazu?«, fragte er.

24
BIKINI BOTTOM

Als wir ins Lager zurückmarschierten, war mir richtig schlecht. Seb ging voran und ich bildete das Schlusslicht.

Ich musste die in mir aufsteigende Panik unterdrücken. Gils Frage hatte ein Loch in mich gesprengt, sie hatte meine Herrschaft ins Wanken gebracht. Der Frühstücksclub hatte immer noch vor, eine Hütte zu bauen, doch jetzt fragten die anderen *Seb,* wie sie es anstellen sollten.

Zum Glück schien er keine Ahnung zu haben. »Vielleicht ein paar Äste oder so sammeln?«, erwiderte er achselzuckend. »Woher soll *ich* das wissen?«

Erleichtert stellte ich fest, dass sie dann wieder anfingen, mich als den Anführer zu sehen. Allerdings dauerte es den ganzen Vormittag, bis ich abermals das Sagen hatte. Wir holten die Werkzeuge, die wir aus dem Flugzeugwrack im Dschungel mitgenommen hatten, und fingen an, Baumstämme und Äste zu bearbeiten, bis wir einen Stapel am Strand aufgeschichtet hatten, der so groß war wie ein Freudenfeuer am 4. Juli. Auf meinen Rat hin sammelten wir auch dünne und noch grüne Bambusrohre, die so biegsam waren, dass wir damit die größeren Holzstücke zusammenbinden konnten.

Mir fiel auf, dass Seb immer mehr das Interesse verlor und sich irgendwann von der Gruppe entfernte. Rohe Gewalt hätte ich jetzt ganz gut gebrauchen können, um einige der größeren Äste von den Bäumen zu reißen und sie zum Strand zu tragen.

Doch er – und Gil – blieben fast den ganzen Vormittag über verschwunden.

Gegen Mittag, als die Hitze uns dazu zwang, eine Pause einzulegen und den kühlen Schatten der Blauen Lagune aufzusuchen, hatten wir es geschafft, ein ziemlich beeindruckend aussehendes Grundgerüst für eine Hütte zu bauen. Als wir am späten Nachmittag vom See zurückkamen, mit einer Ziege fürs Abendessen, war Seb immer noch verschwunden. »Miranda, wo könnte er sein?«

Sie zuckte mit den Schultern. »Woher soll ich das wissen?«, meinte sie auf eine Art, die mich sowohl überraschte als auch zufriedenstellte. Es war eindeutig, dass die beiden nicht mehr mit den Lippen aneinanderklebten wie bisher. Allerdings fand ich es sehr beunruhigend, dass sich gleich zwei Mitglieder des Frühstücksclubs abgesetzt hatten. »Ralph?«

»Keine Ahnung, Digga.«

»Er könnte sich jetzt wirklich nützlich machen. Wir brauchen ein bisschen rohe Gewalt«, sagte ich. Ich versuchte, ihn in den Augen der anderen als beschränkten Muskelprotz dastehen zu lassen. Aber meine Bemerkung war ernst gemeint – als Nächstes mussten wir das Dach auf das Gerüst setzen und dafür brauchten wir ihn. Ich zog los, um ihn zu suchen.

Als ich die Landzunge umrundete, sah ich die beiden am Strand, weit hinter dem immer noch vorhandenen SOS, das ich am ersten Tag in den Sand geschrieben hatte.

Seb stand vornübergebeugt wie ein Crocket-Drahtbügel da und hatte mit beiden Händen das obere Ende meines Stabs gepackt. Das untere Ende berührte den Strand. Hinter ihm ragten drei Stöcke aus dem Sand, die in etwa genauso lang waren. Gil entdeckte ich etwa zwanzig Meter von ihm entfernt. Er rannte in Sebs Richtung und warf ihm mit einer weit ausholenden Armbewegung etwas zu. Der Gegenstand – es schien ein Kiefernzapfen zu sein – flog zu Seb. Seb richtete sich auf und schlug den Zapfen so perfekt weg, dass er weit über Gils Kopf hinausschoss.

Sie spielten Cricket.

Cricket.

Einen Moment lang blieb ich wie versteinert stehen. Seb war ein Naturtalent und es war ein Vergnügen, ihm zuzusehen. Ich hatte den Eindruck, als wäre etwas in ihm entzündet worden, nachdem er die Evian-Flasche ins Meer geworfen hatte, und der Funke hatte sich ausgebreitet und war zur Flamme geworden. Seb hatte sich daran erinnert, dass es etwas gab, in dem er besser war als jeder andere.

Er hatte sich daran erinnert, dass er Sportler war.

Plötzlich überkam mich eine unbändige Wut, die mir Angst machte. »Hey!« Ich begann zu laufen. »Hey!« Ich rannte den Strand hinunter, so schnell, wie ich noch nie gerannt war, viel schneller als damals beim Osney-Sprint. Die Möwen, die über den Sand stolzierten, ergriffen erschrocken die Flucht. Ich rannte mitten durch meine riesigen SOS-Buchstaben hindurch, wobei ich den Sand aufwühlte und das Notsignal unleserlich machte. Die beiden Spieler hielten inne und sahen mir entgegen, als ich näher kam. Gil hörte auf, wie ein junger Hund dem Ball nachzujagen, und Seb hob den Kopf. Den Stab hielt er noch in der Hand. Ich deutete auf den Stab. »Das ist Lincolns Stab!«

Ich habe keine Ahnung, warum ich das sagte. Ich meine, ich habe keine Ahnung, warum ich von mir in der dritten Person sprach. »Er gehört *mir.*«

Gil merkte es und ging sofort auf mich los, so wie früher. »Großer Gott, das ist doch keine Reliquie. Für wen hältst du dich? Thomas Becket?«

Ich ignorierte ihn. »Kein Sport auf der Insel!«, brüllte ich, während ich vor Wut fast zu weinen begann. Ich spürte, wie sich meine Stirn in WLAN-Falten legte. Mir war klar, dass sich das ziemlich verrückt anhörte, und ich suchte verzweifelt nach einer Rechtfertigung für mein Verbot. »Wir haben keine *Zeit* für Spiele. Wir reißen uns gerade den Arsch auf, um eine Hütte zu bauen. *Alle.*« Ich drehte mich um und deutete auf den Rest des Frühstücksclubs, der sich in einiger Entfernung versammelt hatte und uns beobachtete. »Ihr solltet uns helfen. Denn ihr werdet garantiert die Ersten sein, die darin Schutz suchen, wenn es wieder zu regnen beginnt. Seb, wir müssen das Dach aufsetzen. Komm mit.«

Er sah mich herausfordernd an. »Zwing mich doch dazu.«

Ich hatte das Gefühl, schon jetzt erheblich muskulöser zu sein als in Osney, aber Seb war immer noch ein gutes Stück breiter als ich. Ich würde es unmöglich schaffen, ihn zur Hütte zu schleppen, und das wussten wir beide. Aber ich hatte keine Angst mehr vor ihm. Und ich hatte alle Trümpfe in der Hand.

»Es ist ganz einfach. Wenn du nicht mithilfst, wirst du heute Abend nichts essen.«

Gil mischte sich ein. »Ich glaube, du hast vergessen, dass Loam der Spitzenmann ist. Du bist nur eine Zwölf.« Er verteidigte Seb, als wäre er sein Anwalt, aber hier, auf der Insel, war seine Verteidigung sinnlos. Ich sah Gil nicht an, sondern drehte mich um und ging. Ich hatte mein Ultimatum gestellt, es gab nichts mehr zu sagen.

»Mit dem Scheiß wirst du nicht durchkommen!«, brüllte Gil mir nach.

»Da bin ich anderer Meinung«, erwiderte ich, während ich zur Hütte zurücklief.

Immer noch vor Wut zitternd ging ich zu den anderen, die ein paar Meter entfernt in einem Halbkreis zusammenstanden.

»Und?«, fragte Miranda.

Ich zuckte mit den Schultern. »Seb will nicht mithelfen. Ich glaube, er ist einfach kein *Teamplayer.*«

Der Rest von uns schuftete den ganzen Nachmittag an unserer neuen Behausung. Hin und wieder richtete ich mich auf und sah zum Strand hinüber, wo Seb und Gil immer noch Cricket miteinander spielten.

Einmal erwischte Flora mich dabei. Sie kam zu mir, starrte ebenfalls zu den beiden hinüber und stemmte die Hände in die Hüften. »Was wirst du mit ihm machen?«, fragte sie trocken. »Willst du ihn über die Planke gehen lassen?«

Ich wandte mich schnell wieder den Ästen zu, die ich gerade zusammenband. »Genau genommen ist das nie passiert.«

»Was ist nie passiert?«

»Dass jemand über die Planke geht.«

»Willst du mich auf den Arm nehmen?«, meinte sie. »Das habe ich in ungefähr fünfzig Filmen gesehen.«

»Eben«, erwiderte ich. »Filme. Das ist ein Märchen, das in Hollywood erfunden wurde. Auf Piratenschiffen ist das nie passiert.«

»Du bist ein wahres Lexikon auf zwei Beinen, oder?«, sagte sie kopfschüttelnd und machte sich wieder an die Arbeit.

Als die Sonne unterging, war unser kleines Haus fertig und ich musste zugeben, dass es ganz erstaunlich war, was man zusammen alles schaffen konnte. Ich war noch nie ein Fan von Teamwork und immer ein Einzelgänger gewesen, obwohl einem in Osney das Konzept von Teamwork ständig unter die Nase gerieben wurde. Die Schule legte unglaublich viel Wert auf individuelle Leistungen, aber wenn es um einen dieser bescheuerten Silberpokale ging, gab es nur noch Teams, Teams und noch mal Teams.

Im Licht der schwindenden Sonne traten wir einen Schritt

zurück und bewunderten unser Werk. Jeder Muskel in unserem Körper tat weh, aber wir platzten fast vor Stolz. Wir hatten eine ziemlich große Hütte gebaut, mit einem stabilen Holzgerüst, aus dünnen Bambusrohren geflochtenen Wänden und einem Dach aus Palmwedeln. Das Heckteil des Flugzeugs mit der Aufschrift *ED-34,* das wir aus dem Wrack mitgenommen hatten, hatte einen Ehrenplatz bekommen und diente als Vordach über dem Eingang.

»Wir sollten der Hütte einen Namen geben«, meinte Jun.

»Hundert Prozent, Bro«, stimmte Ralph zu.

Ich machte den Mund auf und wollte etwas Angemessenes aus der Literatur vorschlagen, vielleicht etwas wie »Granithaus« in *Die Geheimnisvolle Insel* oder »die Festung« in *Robinson Crusoe.*

Plötzlich meldete sich Flora zu Wort. »Da wir eindeutig auf der Insel von SpongeBob sind«, sagte sie, »wie wäre es mit Bikini Bottom 1?«

Die anderen begannen zu grinsen. Ich lernte langsam, dass es Teil eines guten Führungsstils war, für gute Stimmung zu sorgen. Ich hatte bereits eine aufkommende Revolution ersticken müssen und wollte nicht noch einmal erleben, dass der Frühstücksclub sich gegen mich stellte. Daher gab ich meine literarischen Ambitionen auf und war einverstanden. »Warum nicht?«, sagte ich. »Dann also Bikini Bottom 1.«

Mit unserem Sitzlehnen-Meißel schlug ich eine große *1* in einen der Türpfosten und Flora ritzte mit einem der Angelhaken, die wir gebastelt hatten, eine ziemlich gute Zeichnung von SpongeBob, Thaddäus und Patrick darunter. Sie hatte sich über den Türrahmen gebeugt und arbeitete voll konzentriert. Irgendwie hatte ich den Eindruck, dass sie später einmal Tätowiererin werden würde.

Während sie ihr Bild vollendete, ging ich in die Dünen, um das

Feuer zu entzünden. Ich war schon fast etwas zu spät dran, denn die Sonne stand ziemlich tief und das Gras war noch leicht feucht vom Unwetter. Aber es dauerte nicht lange, bis es zu rauchen begann. Die Ziege, die wir gefangen hatten, wurde ausgenommen und auf einen Spieß gesteckt und bald schwebte ein herrlicher Duft über dem Strand.

Die Erbauer der Hütte – Jun, Miranda, Flora, Ralph und ich – versammelten sich zum Abendessen. Von den beiden Cricketspielern war nichts zu sehen, doch nach einer Weile kamen Seb und Gil zum Feuer. Ich starrte sie über mein Ziegensteak hinweg an. Plötzlich war mir der Appetit vergangen. Seb türmte sich wie ein Berg vor uns auf und ich konnte fast hören, wie sein Magen knurrte. »Gebt uns Fleisch«, stieß er hervor, als wäre er ein Neandertaler.

»So ein Cricketnachmittag macht ganz schön müde, nicht wahr?«, erwiderte ich. »Ist richtig anstrengend.« Mein Herz hämmerte wie verrückt, aber ich richtete meinen Blick auf das Essen. »Aber ein Haus zu bauen, ist noch viel anstrengender, das kann ich dir aus eigener Erfahrung sagen. Und *sie* auch.« Ich nickte in Richtung der anderen. Das war der Moment der Wahrheit. Niemand hob den Kopf. Sie waren alle stocksauer, weil Seb nicht mitgeholfen hatte. In Osney hatte er für sie gesorgt, doch hier, auf der Insel, hatte er das nicht getan. Und das kam ihn jetzt teuer zu stehen.

»Miranda?«, sagte er. »Komm schon, Baby.« Eine letzte erbärmliche Bitte. Ich sah sie an. Wenn sie jetzt einknickte und ihm etwas zu essen gab, war es mit meiner Überlegenheit vorbei. Mein Verbot würde bedeutungslos sein, meine Regel nichtig. Dann konnte er den ganzen Tag Cricket spielen; verdammt, wenn er wollte, konnte er *Flohhüpfen* spielen, solange seine Freundin ihm jeden Abend etwas zu essen beschaffte. Aber Miranda schirmte ihr Essen mit den Armen ab, als wäre sie in der Schule und wollte nicht, dass jemand bei einem Test von ihr abschrieb. »Vielleicht hilfst du ja morgen mit, *Baby?*«, sagte sie.

Seb starrte uns wutentbrannt an und jetzt hoben alle den Kopf und schauten ihn mit dem gleichen ausdruckslosen Blick an. Mir wurde ganz warm ums Herz. Sie standen alle auf meiner Seite.

»Ihr könnt mich mal«, sagte Seb viel zu laut wie ein trotziges Kleinkind. Er hatte absolut keine Macht mehr. »Ihr könnt mich *alle* mal.« Dann stürmte er davon und verschwand im Gestrüpp, wo er mit meinem Stab auf die Blätter einschlug.

Gil zögerte und schien zu überlegen, doch dann drehte er sich um und folgte Seb.

Nur Flora schien leise Zweifel zu haben, als sie Seb und Gil hinterhersah. »Aber was werden sie denn essen?«, fragte sie, als die beiden in der Dunkelheit verschwunden waren.

»Sie sollen Kuchen essen«, erwiderte ich.

25
MEUTEREI AUF DER INSEL

Seb und Gil kamen nicht zurück. Am nächsten Morgen waren sie immer noch verschwunden. Ich wusste nicht, wo sie ihr Lager aufgeschlagen hatten, aber bei uns in der Nähe war es jedenfalls nicht.

Ich hatte keine Ahnung, was sie vorhatten. Ich wusste nur, dass ihnen nichts anderes übrig bleiben würde, als Schokoladenbeeren zu essen – es war das Einzige auf der Insel, was man gefahrlos roh essen konnte. Und der Hüter der Flamme war ich. Schokoladenbeeren schmeckten nach Erde, und wenn man zu viele von ihnen aß, bekam man fürchterliche Magenkrämpfe, aber mehr passierte nicht. Ich war sicher, dass die beiden nach ein oder zwei Tagen, in denen sie sich ausschließlich von den Beeren ernährt hatten, zurückkommen würden. Es sei denn, sie schafften es irgendwie, eines der grünen Eier von den Palmen herunterzuholen. Bei dem Gedanken daran wurde mir richtiggehend schlecht.

Obwohl ich fest damit rechnete, dass die Aufständischen zurückkehren würden, stellte die Tatsache, dass sie es gewagt hatten, eine Meuterei anzuzetteln, einen schleichenden Kontrollverlust dar. Als der gute Fletcher Cristian die Meuterei auf der *Bounty* angeführt und Captain Bligh das Kommando entrissen hatte, war das nicht seine Schuld gewesen. Eine Meuterei war *immer* die Schuld des Kapitäns. Eine Meuterei bedeutete, dass der Kapitän das Vertrauen seiner Männer verloren hatte. Meiner

Meinung nach war der ganze Schlamassel ausschließlich Captain Bligh anzukreiden.

Um Gil machte ich mir mehr Sorgen als um Seb. Ich war ziemlich sicher, dass Gil gerade dabei war, Seb gegen mich aufzuhetzen. Gil besaß Führungsqualitäten und schaffte es vielleicht, den Kerl mit dem kleinen Gehirn und den großen Muskeln für sich arbeiten zu lassen. Gil war fast so unsportlich wie ich, aber inzwischen hatte ich die Vermutung, dass er gar nicht so dumm war, wie er immer tat. Ich musste an den Kommentar über Thomas Becket denken. Die meisten Leute wussten überhaupt nicht, wer Thomas Becket war. Die meisten Leute würden an Gandalf denken, wenn sie jemanden mit einem Stab sehen. Nicht so Gil. Gil erwähnte einen Heiligen aus dem 12. Jahrhundert, auf den eine Vielzahl heiliger Attribute zurückgeht, unter anderem Wanderstäbe für Pilger. In Osney hatte ich – wie alle anderen auch – Gil zu den Losern gezählt, weil er kein Sportler war; ich wäre gar nicht auf die Idee gekommen, dass er vielleicht intelligent sein könnte. *Mich* hatten ja auch alle zu den Losern gezählt, weil *ich* kein Sportler war. Dabei war ich ziemlich sicher, dass *ich* intelligent war. Und wenn nun Gil *Seb* manipulierte? Und *Gil* so etwas wie ein zweiter Fletcher Christian war?

Das Frühstück war ziemlich deprimierend. Die verbliebenen Mitglieder des Frühstücksclubs verzehrten das in Blätter gewickelte Fleisch schweigend. Die Atmosphäre war angespannt und die Ziegensteaks schmeckten nicht mehr ganz so gut wie sonst. Als wir fertig waren, wischte ich mir die Finger im Sand sauber und verkündete: »Wir gehen jetzt auf die Jagd.«

Die anderen ließen die Schultern hängen. *»Schon wieder?«*

»Ich habe es sooooooo satt«, stöhnte Jun.

»Wir *müssen* jeden Tag jagen«, erklärte ich. »Wir haben keinen

Kühlschrank. Wir sind hier nicht in einem Supermarkt, sondern auf einer einsamen Insel.«

»Schon klar, Bro«, warf Ralph ein. »Aber dazu habe ich jetzt wirklich keinen Bock.«

Sie lachten, aber über seinen Witz, nicht über meinen. »LOL«, sagte Miranda. Ich konnte geradezu spüren, wie die Stimmung sich verändert hatte. Sie waren mutlos und niedergeschlagen. Ich fragte mich, wie viele von ihnen an Seb und Gil dachten. Da die beiden nicht hier waren, konnte man sich problemlos vorstellen, dass sie sich bei Subway oder KFC den Bauch vollschlugen und es ihnen irgendwo anders besser ging als hier.

Ich musste mir etwas einfallen lassen, um meine Truppe bei Laune zu halten. »Also gut«, meinte ich, »dann machen wir eben etwas anderes. Wir gehen angeln.«

Wir brachen zur Blauen Lagune auf. Ohne meinen Stab fühlte ich mich nackt, aber ich machte mir nicht die Mühe, einen anderen zu suchen. Entweder dieser Stab oder keiner. Er war zu einem Symbol geworden – Gil hatte recht gehabt, als er den guten Thomas Becket erwähnt hatte. Der Stab war nur ein Stück Holz, aber er war irgendwie heilig geworden, ein Symbol für die Autorität auf der Insel. Ohne ihn fehlte mir etwas. Seb spielte heute vermutlich Hockey oder vielleicht benutzte er das verdammte Ding zum Fechten und das brachte mich zur Weißglut.

Wie immer sorgte die Blaue Lagune dafür, dass meine Laune sich besserte, und den anderen ging es ebenso. Es war genau das Richtige gewesen. Ich erlaubte allen eine Auszeit, damit wir schwimmen, unseren Durst stillen und unsere Kleidung waschen konnten, die nach den anstrengenden Bauarbeiten gestern ziemlich verschwitzt war. Miranda planschte nicht faul herum wie wir, sondern zog Längen über den See und ihre Muskeln erinnerten sich an ihr jahrelanges Training. Es war toll, dabei zuzusehen, wie ihre langen gebräunten Arme durch das Wasser pflügten. Sie war in ihrem Element und erinnerte mich wieder einmal an eine Meerjungfrau. Als sie mit glitzernden Wassertropfen bedeckt aus dem See kam, wünschte ich, ich hätte ein Handtuch oder sonst irgendetwas, das ich ihr geben könnte.

Sie ließ sich auf den Kieselstrand fallen und drückte mit beiden Händen das Wasser aus ihren silbernen Meerjungfrauhaaren. Ich setzte mich neben sie. In Osney hätte ich nicht den Mut dazu gehabt.

»Fehlt es dir?« Ich meinte das Schwimmen. Es war eine ziemlich naheliegende Frage, die sie aber schon beantwortet hatte, indem sie eine Viertelstunde durch den See gekrault war.

»Ja«, meinte sie. Dann schlug sie erschrocken die Hand vor den Mund. »Aber ... eigentlich wollte ich sagen ... OMG ... ich habe es vergessen. Es tut mir *so* leid, Lincoln.« Nervös starrte sie mich durch ihre nassen Seesternwimpern an.

Ich fragte mich, für was zum Henker sie sich entschuldigte. »Warum tut es dir leid?«

»Du weißt schon. Die Kein-Sport-auf-der-Insel-Regel. Die Wir-haben-keine-Zeit-für-Spiele-Sache.« Ich hatte ganz vergessen, dass der Frühstücksclub dabei gewesen war, als ich Seb angebrüllt hatte. Jetzt kam mir das Verbot wie die Maßnahme eines verrückten Diktators vor.

»Ich weiß, dass wir hergekommen sind, um zu angeln, und ich will auch gern dabei helfen.«

Jetzt fielen mir ihr unterwürfiges Verhalten und der unruhig wirkende Blick ihrer blauen Augen auf und ich begriff: Sie hatte ein kleines bisschen Angst vor mir. Miranda Pencroft, die mich drei Jahre lang online mit abfälligen Bemerkungen gequält hatte, hatte Angst davor, was ich, Lincoln Selkirk, mit ihr machen würde, nachdem sie die Gesetze meines Königreichs gebrochen hatte. Ich fand das merkwürdig, aber es fühlte sich auch irgendwie gut an. Ich musste sie beruhigen, musste ihr versichern, dass ich nicht der Böse war. Dafür sorgen, dass sie es nicht zu ernst nahm.

Ich starrte auf den See hinaus, der so blau wie ihre Augen war. Die anderen planschten herum, keiner von ihnen konnte so gut schwimmen wie Miranda. Wir saßen nebeneinander am Strand, so nah, dass unsere Knie sich fast berührten und ich die Wärme spüren konnte, die von ihrer inzwischen trockenen Haut aufstieg. Die Aussicht, die Gelegenheit – es war *der* Moment und ich verbrachte ihn damit, mir krampfhaft zu überlegen, wie man sich mit einem Mädchen wie Miranda Pencroft unterhielt. Mir fiel absolut nichts ein. Aber ich musste jetzt *irgendetwas* sagen.

»Was für Musik magst du?«

»Wie bitte?« Sie sah mich an und war plötzlich wieder so wie früher, abweisend und kurz angebunden.

»Was sind deine Lieblingstracks? Wenn du auf einer einsamen Insel gestrandet wärst ...«

»Ich *bin* auf einer einsamen Insel gestrandet.«

»... welche würdest du dann mitnehmen?«

»Oh ...« Sie starrte den See an. »Ariana Grande. Justin Bieber. Zara Larsson. Du weißt schon.«

Genau das, was ich erwartet hatte. »Ja«, sagte ich, während ich sie lächelnd ansah, »ich weiß.«

Miranda erwiderte das Lächeln, als wäre so etwas wie eine Beziehung zwischen uns entstanden, und natürlich beschlossen die anderen genau in dem Moment, aus dem Wasser zu kommen.

Bevor wir mit dem Angeln anfingen, wollte ich mich noch ein bisschen bei der Lagune umsehen. Falls es uns gelang, Fische zu fangen, würden wir sie sofort zum Strand bringen müssen. Die

Sonne brannte und es bestand die Gefahr, dass sie verdarben, bevor sie auf unserem Feuer landeten. Aber vielleicht hatte der See noch etwas zu bieten, das ein guter Siedler gebrauchen konnte, daher war es sicher keine schlechte Idee, die Umgebung abzusuchen.

Die Bäume am Rand des Ufers sahen etwas anders aus als die im Wald; sie waren niedriger und die Blätter breiteten sich wie Regenschirme aus. An ihrem Stamm wuchs eine sich wölbende, biegsame Rinde, die wie eine viel zu große Jacke aussah und sich wie Segeltuch anfühlte. »Wir sollten ein bisschen was von der Rinde hier abschälen«, sagte ich. »Dann können wir Decken oder Vorhänge für Bikini Bottom daraus machen.« Es war nicht ganz einfach, die Rinde in einem großen Stück vom Stamm herunterzubekommen, aber nach einer Weile hatten wir den Dreh heraus und schälten sie wie bei einer Orange herunter. Jeder von uns besorgte sich so viel, dass es für eine Decke reichte. Dann drehten sich die anderen um und wollten gehen, aber ich hielt sie auf: »Moment. Wir brauchen noch zwei.« Einer Erklärung bedurfte es nicht. Wir brauchten sie für Seb und Gil. Niemand sagte etwas, aber sie machten sich mit ausdruckslosen Gesichtern daran, noch mehr Rinde abzuschälen. Ich konnte ihnen ansehen, dass sie nicht an Sebs und Gils Rückkehr glaubten. Ich schon. Mir blieb nichts anderes übrig.

Wir gingen zwischen den Bäumen hindurch zum See zurück und kamen am Rand des Wasserfalls heraus, an der Stelle, wo Miranda am ersten Tag gebadet hatte. Unmengen von Wasser donnerten von oben herab und in dem hellen Fels hinter dem glitzernden Vorhang konnten wir mehrere Höhlen erkennen.

»Künstlich oder natürlich?«, fragte Flora. Sie musste schreien, um den Lärm des Wasserfalls zu übertönen.

Daran hatte ich überhaupt nicht gedacht. Ich hatte einfach

angenommen, dass die Höhlen schon immer da gewesen waren. Ich war skeptisch. »Du meinst, sie könnten von irgendeiner uralten Zivilisation aus dem Fels gehauen worden sein?«

»Ja«, erwiderte sie mit finsterem Gesicht, »oder einer *nicht ganz so uralten.* Damit meine ich, sie könnten bewohnt sein.«

Ich war derart damit beschäftigt gewesen, Lincoln Island zu besiedeln, dass mir so etwas gar nicht in den Sinn gekommen war. Ich hatte einfach nicht damit gerechnet, dass außer uns noch andere Menschen auf der Insel sein könnten. Jetzt überschlugen sich meine Gedanken, denn es würden bestimmt keine zivilisierten, Tee trinkenden britischen Kolonialisten sein. Sie würden so sein wie in sämtlichen Robinsonaden: Wilde.

»Es gibt nur eine Möglichkeit, das herauszufinden«, sagte ich erheblich lässiger, als ich mich fühlte. Und wie jeder gute Anführer ging ich voraus.

Es war ziemlich schwierig, im Innern der Höhlen etwas zu erkennen, aber von irgendwoher drang Licht herein. Ich vermutete, dass das Wasser im Laufe der Jahrtausende kleine Öffnungen in den Fels gewaschen hatte, durch die Sonnenstrahlen hereinfielen. Wir verbrachten etwa eine Stunde damit, das Höhlensystem zu erkunden. Einige Löcher bildeten lange Gänge, manche Sackgassen, andere weiteten sich zu kleinen Kammern, aber wir fanden weder Höhlenmalereien noch einheimische Wilde. Die Höhlen waren unbewohnt. Die letzte, die wir entdeckten, war ein ziemlich großer weißer Raum, der direkt hinter dem Fall lag. Das Wasser hing vor dem Eingang wie ein Perlenvorhang. Die Höhle war trocken, hatte einen ebenen Boden und von irgendwo über uns strömte grünliches, von Blättern gedämpftes Licht herein. Ralph fasste zusammen, was wir dachten: *»Cool.«*

»Wir könnten doch *hier* wohnen«, meinte Jun, während sie

sich um die eigene Achse drehte, als stünde sie auf einer Spieluhr.

»Und Möbel bauen!«, rief Flora begeistert. »Stühle und einen Tisch und solche Sachen.«

»Und richtige Betten!«, ergänzte Miranda, die die Arme um sich schlang.

Alle machten Vorschläge und wurden immer aufgeregter.

»Keine schlechte Idee«, meinte ich. »Vor allem, wenn es hier einen kalten Winter geben sollte. In der Höhle ist es wesentlich geschützter als in Bikini Bottom.« Mir fiel auf, dass sie plötzlich alle ziemlich geknickt aussahen. »Aber *so* lange werden wir mit Sicherheit nicht hier sein. Wir haben den Flugschreiber, schon vergessen?«

Wir verließen die Wasserfall-Höhle, mit mir als Schlusslicht. Einen Moment lang stellte ich mir vor, wie es wäre, in den Höhlen zu leben, ich ganz allein, während Miranda jeden Tag vor meiner Tür badete und wie eine Meerjungfrau sang. Die weiße Höhle konnte mein Palast sein, mit Miranda an meiner Seite. Napoleon hatte seine Josephine, Cäsar seine Kleopatra. Alle großen Männer der Geschichte hatten eine Gefährtin – Miranda konnte meine sein.

26
VIELE FISCHE

Draußen vor den Höhlen stand die Sonne schon hoch am Himmel, und wenn wir rechtzeitig zum Feuermachen wieder am Strand sein wollten, mussten wir uns mit der Hauptaufgabe des heutigen Tages beeilen – Angeln.

Ich hatte das als einen weiteren Triumph geplant, als eine weitere Lincoln-ist-toll-Erfahrung. Ich wusste, dass es in der Blauen Lagune Fische gab, da ich ihre silbern glänzenden Umrisse unter der Oberfläche gesehen hatte, als wir am ersten Tag ins Wasser gesprungen waren. Allerdings hatte ich keine Ahnung, ob wir es tatsächlich schaffen würden, ein paar davon zu fangen. Plötzlich schien es sehr wichtig zu sein, dass es gelang, um das bisschen Autorität zu sichern, das ich noch hatte.

Meine Ausrüstung hatte ich dabei: Aus den Mini-Coladosen hatte ich ein paar ziemlich scharfe Haken gebastelt, mit denen man sich durchaus den Finger aufschneiden konnte, wenn man nicht aufpasste. Als wir uns am Ufer des Sees versammelten, holte ich vorsichtig die Haken aus meiner Hosentasche, zusammen mit den vier Geigensaiten, die Jun mir gegeben hatte.

»Du nimmst am besten die E-Saite«, sagte sie.

»Warum?«

»Das ist die dünnste.« Sie lächelte, ein Anblick, an den ich mich immer noch nicht gewöhnt hatte. »Dann sehen die Fische nur den Köder.«

Anschließend suchten wir nach Maden oder Würmern und

fanden unter einem Stein in der Nähe ein paar besonders fette Exemplare. Mit diesem Teil des Angelprozesses schien Ralph das größte Problem zu haben, denn er sprang auf und verzog angewidert das Gesicht. »Die Scheiße ist ja voll *eklig*, Bro.«

Deshalb steckte ich die sich windenden Würmer selbst auf die Haken und dann setzten wir uns alle auf einen überhängenden Felsen, wo ich die Geigensaite ins Wasser baumeln ließ.

Es stellte sich heraus, dass angeln genauso einfach war wie jagen. Die Fische schienen ganz wild darauf zu sein, am Köder zu knabbern, und nach wenigen Minuten lag ein dicker silberner Brummer am Ufer. Er zuckte noch eine Weile und hörte dann damit auf, als hätte er keine Lust mehr. Es war so einfach, dass die anderen es auch versuchen durften, und am Ende benutzten wir alle Geigensaiten als Angelschnur. Selbst die dickste – das G – war offenbar so schlecht zu sehen, dass die Fische darauf hereinfielen. Anscheinend waren sie genauso arglos und vertrauensselig wie die Ziegen.

Flora sprach aus, was ich dachte. »Ich glaube, die Fische auf Lincoln Island sind fürchterlich dumm«, meinte sie. »Sie stürzen sich geradezu auf die Köder und vor uns scheinen sie überhaupt keine Angst zu haben.«

Ich freute mich, dass sie den richtigen Namen der Insel benutzt hatte. »Vermutlich liegt es daran, dass die Insel unbewohnt ist und noch nie jemand versucht hat, sie zu fangen«, erklärte ich. »Sie sind nicht sehr misstrauisch. Wenn ein leckerer Happen vor ihnen im Wasser baumelt, denken sie einfach, es ist Weihnachten, und schnappen danach.« Je dümmer die Fische waren, desto klüger sah ich aus. Um die Mittagszeit herum hatten wir unglaublich viele Fische gefangen, die ich an einer der Angelschnüre aufreihte.

»Sobald wir zurück sind, werde ich das Feuer entzünden. Dann können wir sie braten«, sagte ich. Flora, Miranda und Jun jubelten mir etwas verhalten zu. Nur Ralph rümpfte beim Anblick der silbernen Kadaver die Nase.

»Die stinken wie die Hölle, Bro«, beschwerte er sich. »Ohne mich.«

Ich lächelte. »Du wirst schon sehen. Du kannst ja ein paar Kräuter suchen, mit denen wir sie füllen. Dann schmecken sie auf jeden Fall super.« Das schien Ralphs Laune zu verbessern, jedenfalls lief er im Zickzack vor uns her und suchte wie ein Spürhund nach Wildkräutern. Ich sah ihm nachdenklich dabei zu.

Als wir uns dem Lager näherten, bekam ich plötzlich Angst. Ich rechnete fest damit, dass wir von Bikini Bottom nur noch einen Haufen Äste finden würden wie bei der Windmühle in *Farm der Tiere,* weil ein rachsüchtiger Seb die Wände eingetreten hatte. Aber die Hütte stand noch.

Während die anderen zum Strand gingen, entzündete ich mit der inzwischen tief am Himmel stehenden Sonne das Feuer und bald brutzelten die Fische in einer Kruste aus Meersalz und wildem Knoblauch, den Ralph im Wald gefunden hatte. Es duftete köstlich und nach einer Weile versammelten sich die Mitglieder des Frühstücksclubs wie hungrige Katzen um mich. Ich verteilte die Fische – jeder bekam einen – auf den großen Blättern, die wir als Teller benutzten.

Während wir aßen, wanderten unsere Blicke zu Ralph, der Anti-Fisch-Fraktion. Es war wie bei einer dieser Kochshows im Fernsehen, wo ein Gast testen muss, was der Profi zubereitet hat.

Ralph sagte erst einmal gar nichts, er kaute nur. Dann schloss er die Augen. »Definitiv, Bro«, verkündete er. »Voll der *Hammer.*«

Es war so ziemlich das Lustigste, was wir je von ihm gehört hatten. Wir lachten alle. Und dann aßen wir uns satt, während wir im Kreis um das wärmende Feuer saßen. Die übrig gebliebenen Fische wickelten wir für das Frühstück in Blätter und dann legten wir uns hin und deckten uns mit unseren neuen Rindendecken zu.

Ich wäre wunschlos glücklich gewesen, wenn da nicht eine Lücke in unserem Kreis gewesen wäre, an der Stelle, an der Seb und Gil hätten sein sollen. Es war so offensichtlich wie ein fehlender Zahn.

27
DIE HAND DES KÖNIGS

Ich schlief nicht gut, weil ich Zahnschmerzen hatte. Daher hatte ich bereits schlechte Laune, als ich am nächsten Morgen den Frühstücksclub zusammenrief.

»Kein Seb. Kein Gil.« Es war keine Frage, sondern eine Feststellung.

Niemand sagte etwas, aber ich hatte meine Antwort schon. Sie kamen nicht mehr zurück.

Ich verteilte die Aufgaben für den Tag, war aber mit meinen Gedanken ganz woanders. Ich musste der Tatsache ins Auge sehen, dass die Gruppe sich in zwei Lager gespalten hatte.

Es war zu erwarten gewesen. Es war in *Herr der Fliegen* passiert, als zwei der Jungs dachten, sie wären der Boss. Es war in *Der Kampf um die Insel* passiert. Ich starrte die verbliebenen Mitglieder des Frühstücksclubs an. Ich musste meine Leute bei der Stange halten. Um die Mädchen brauchte ich mir vermutlich keine Sorgen zu machen – Miranda schien nach unserer Unterhaltung beim Schwimmen gestern fest zum Team Lincoln zu gehören und Jun hatte seit der ersten Nacht, in der sie ihre Geige verbrannt und sich mir anvertraut hatte, stets zu mir gehalten. Flora, die immer ein kleines bisschen sarkastisch war und keine Angst davor hatte, meine Herrschaft infrage zu stellen, war ein Problem, mit dem ich mich später beschäftigen wollte. Das konnte warten, denn sie hatte noch nie zu Sebs Clique gehört und hasste ihn fast genauso wie ich. Sie würde sich auf keinen

Fall seinem Team anschließen. Aber Ralph? Bei Ralph hatte ich Bedenken.

Er wich meinem Blick aus und mir fiel auf, dass er immer wieder sehnsüchtig zu dem Gestrüpp starrte, in dem Seb und Gil verschwunden waren. Ich musste wieder daran denken, wie einfach es ist, davon auszugehen, dass sich jemand großartig amüsiert und grüneres Gras gefunden hat, wenn man ihn nicht mehr sieht. Mir ging es ja genauso: Ich stellte mir vor, dass Seb und Gil auf der anderen Seite der Bucht einen McDonald's gefunden hatten, während Ralph mit einem Mega-Nerd und ein paar Mädchen hier festsaß.

Abgesehen von Ralphs Angst, etwas zu verpassen, gab es noch einen anderen Feind zu bekämpfen – seine Loyalität. Alte Gewohnheiten lassen sich schwer ablegen und er war so lange die Hand des Königs gewesen, dass es bestimmt ein schwerer Schlag für ihn gewesen war, als *Gil* mit Seb zusammen abgehauen war. Ich musste Ralph auf meine Seite ziehen. Ralphs Unterstützung, so glaubte ich, war das Zünglein an der Waage wie der Baum eines Segels, dessen Richtung den Kurs des ganzen Schiffes bestimmte. Inzwischen war ich fest davon überzeugt, dass Ralphs Straßenjargon und seine demonstrativ zur Schau gestellte Coolness eine Menge mit Sebs Autorität in der Schule zu tun hatten. Spitzensportler zu sein, war eine Sache – an einem Ort wie Osney löste so etwas automatisch Bewunderung und Gehorsam aus –, aber Ralph war derjenige gewesen, der für den Angstfaktor gesorgt hatte. Auch wenn sein Gangsta-Image nur vorgetäuscht war, es hatte alle eingeschüchtert. Alle hatten geglaubt, dass die coolen Kids in Sebs Clique waren. Ralph war der Königsmacher, und wenn er sich jetzt Seb und Gil anschloss, würde das die Machtverhältnisse gewaltig verschieben. Wenn diese Insel ein Open-World-Spiel gewesen wäre – was sie im Grunde genommen auch war –, hatte ich immer noch die Macht des Feuers und das bedeutete, dass ich bestimmte, wer etwas zu essen bekam. Aber diesen Vorteil konnten mir die drei Jungs mit Leichtigkeit nehmen. Sie konnten mich an eine Palme binden. Mich foltern. Mich zwingen, das Feuer für sie zu entzünden. Ich musste Ralph für mich gewinnen. Ich musste ihn zu *meiner* rechten Hand machen und ich wusste auch schon genau, wie ich das anstellen würde.

Ich beschloss, etwas zu tun, was vermutlich noch nie jemand bei Ralph versucht hatte. Ich wollte ihn dazu bringen, dass er sein Gehirn anstrengte. Und um das zu erreichen, musste ich erst einmal meines anstrengen. Meine Mutter sagte immer: *Füttere deinen Kopf.* Es war eine Zeile aus irgendeinem Lied, das ihr gefiel.

Zusätzlich zu meinen Hausaufgaben hatte ich immer alles Mögliche gelesen, denn wenn ich etwas nicht wusste, musste ich es selbst herausfinden. In den drei Jahren, in denen ich eine Insel gewesen war – also die drei verlorenen Jahre in Osney –, war ich geradezu besessen gewesen von Robinsonaden, das heißt Büchern (und Fernsehserien und Kinofilmen) über einsame Inseln. In *Die geheimnisvolle Insel* gab es einen Jungen, der sich für Pflanzen und solche Sachen begeisterte, so eine Art Naturforscher, und irgendwann anfing, alle anderen medizinisch zu behandeln.

Die besten Ideen haben mehr als nur einen Nutzen. Ein ziemlich wichtiger Nebeneffekt meiner Idee würde hoffentlich noch ein anderes großes Problem von mir lösen. Das Problem mit dem Zahn.

Der Zahn, der abgebrochen war, als mir der gute alte Seb seine Faust ins Gesicht geschlagen hatte, plagte mich schon seit meiner Ankunft auf der Insel. Die Kante war ziemlich scharf und mit meiner Zunge tastete ich immer wieder über die Stelle und drückte dagegen. Als der Zahn abgebrochen war, hatte es eigentlich gar nicht wehgetan – das heißt, der Schlag schon, aber der Zahn nicht, und deshalb war ich auch nicht zum Zahnarzt gegangen, obwohl meine Mutter mir ständig damit in den Ohren gelegen hatte. Aber kaum war ich auf der Insel, hatte der Zahn angefangen wehzutun und jetzt, nach einer Woche, tat er *richtig* weh.

Tagsüber konnte ich es noch ignorieren; die Schmerzen machten mich nur manchmal ein bisschen reizbar. Aber nachts wurde es unerträglich. Ich lag wach und starrte in den südlichen Sternenhimmel, während mein Zahn pochte und die Schmerzen mein Bewusstsein beherrschten. Und wenn ich schlief – ziemlich unruhig, um ehrlich zu sein –, hatte ich total abgefahrene Träume, in denen mein Kopf auf die dreifache Größe anschwoll und sich wie eine riesige Kugel auf meinem Körper anfühlte wie bei diesen Funko-Pop-Figuren. Im Liegen war alles noch viel schlimmer und mein Schädel drohte vor Schmerzen zu platzen. Daher hatte ich einen kleinen Steinhaufen zusammengetragen und mit etwas Reisig bedeckt, auf dem ich die Nacht halb sitzend, halb liegend verbrachte. Ich brauche wohl nicht zu sagen, dass es alles andere als bequem war. An Schlaf war nicht zu denken und die Müdigkeit machte mich noch gereizter und sorgte dafür, dass ich noch weniger in der Lage war, das zu tun, was ich jeden Tag für die anderen tun musste, wie zum Beispiel jagen, angeln oder Feuer machen.

Zwei Anmerkungen dazu. Erstens: Ein schlecht gelaunter Herrscher ist kein zufriedener Herrscher. Ich würde meinen Arsch darauf verwetten, dass Hitler die ganze Zeit Zahnschmerzen hatte. Jedenfalls verhielt er sich so, als hätte er Zahnschmerzen. Jeder von uns kennt Lehrer, die ständig schlechte Laune haben. Wenn sie einen anbrüllen, hat man überhaupt keine Lust mehr, das zu tun, was sie von einem wollen. Einem knuffigen, lächelnden Lehrer gehorcht man viel eher.

Zweitens – und zweitens war erheblich ernster – war mein Zahn vermutlich entzündet und das war gefährlich. Ich musste an einen Besuch beim Kieferorthopäden denken, in dessen Praxis ich ein Modell von einem Zahn gesehen hatte. Es war ein Querschnitt gewesen, der das Innere eines Zahns zeigte, das Zahnbein und die Nerven und so. Als Seb mir seine Faust ins Gesicht geschlagen hatte, war vermutlich ein Stück vom Zahnschmelz abgesplittert, sodass das Innere des Zahns nur noch von einer dünnen äußeren Schicht geschützt wurde. Und nach einer Weile (schließlich gab es ja keine Zahnbürsten auf der Insel) hatte sich diese äußere Schicht zersetzt und jetzt arbeitete sich die Fäulnis zu meinen Nervenenden vor.

Wenn ich mit meiner Vermutung recht hatte und der Zahn tatsächlich entzündet war, konnte ich schwer krank werden oder sogar sterben. (Randbemerkung: Wenn ich starb, starben alle anderen auch, denn unsere Retter schienen sich ganz schön viel Zeit zu lassen. Eigentlich war mir das sogar egal, aber ich wollte es gesagt haben. Der Frühstücksclub würde vermutlich noch eine Weile mit Schokoladenbeeren und Wasser überleben können, aber es war durchaus möglich, dass es auf der Insel Jahreszeiten gab, von denen wir noch nichts wussten. Falls es kälter und nasser wurde, hätten die anderen kein Feuer. Es sei denn, ich legte eine Beichte auf dem Sterbebett ab. Ich stellte mir vor, wie ich – ganz grün im Gesicht und völlig aufgedunsen wegen der Infektion – mit schwacher, krächzender Stimme erklärte, wie man das Feuer entzündete und Flora mit meinen schwarzen, schrecklich angeschwollenen Fingern die Brillengläser in die Hand drückte. Warum es Flora sein würde, war mir nicht so ganz klar – sie schien einfach die Kompetenteste von allen zu sein. Außerdem hatte sie mir damals in der Schule meine Brille zurückgegeben, daher wäre es fast ein wenig poetisch. Aber ich würde nicht zulassen, dass so etwas passierte, nicht ausgerechnet jetzt, wo eine ganze Insel mir gehörte. Auf keinen Fall.)

Daher musste ich eine Art Heilmittel finden, andernfalls war mein Kampf um die Vorherrschaft umsonst gewesen. Ich wäre nicht mehr der König der Insel; ich wäre wieder ganz unten in der Hackordnung, so wie in Osney. Ich wäre der Schwächste in der Herde, der Schwerkranke, der, den die anderen Büffel zurücklassen, wenn die Löwen hungrig durch das hohe Gras schleichen. Aber ich wollte noch nicht aufgeben. Ich starrte auf den Smaragdwald, das grüne, dicht bewachsene Tal zu Füßen des Monte Christo. Die Insel war eine Apotheke. Irgendwo in ihrem grünen Herzen gab es ein Heilmittel und Ralph war derjenige, der es finden konnte.

28
SCHIFFSARZT

Ralph. Komm mal her.«

Ralph schlenderte lässig in seinem Rapper-Trainingsanzug über den Strand. »Was ist, Bro?«

»Es heißt Lincoln.«

Er zuckte mit den Schultern. »Sorry, Großer.«

»Ich habe Zahnschmerzen.«

»Und?«

»Besorg mir etwas dagegen.« Ich beschloss, die Ängste herunterzuspielen, die mich regelmäßig um drei Uhr morgens plagten. Ich wollte nicht, dass er mich für schwach hielt. »Ein Schmerzmittel, es tut nämlich höllisch weh. Und dann noch etwas, das ...«, fügte ich wie beiläufig hinzu, als wäre es gar nicht so wichtig, »... antibiotisch wirkt, für den Fall, dass der Zahn sich entzündet hat.«

Ralph kniff die Augen zusammen und blinzelte in die Sonne. »An was hast du denn gedacht?«

»Das weiß *ich* doch nicht. Du bist der Walter White von uns. Baumrinde oder so. Aspirin steckt doch in der Rinde von Kiefern, oder nicht?«

»Silberweiden.«

»Wie bitte?«

»Aspirin«, erklärte er. »Aspirin wird aus der Rinde von Silberweiden gewonnen.«

»Na also. Dann such eine Silberweide.«

Er rieb sich den Hinterkopf und scharrte mit den Füßen durch den Sand. »Ähm, ja. Ja, okay.« Er machte nicht den Eindruck, als würde er gleich losziehen wollen.

»Ralph«, sagte ich, »meiner Meinung nach haben wir hier auf der Insel die Gelegenheit dazu, das zu sein, was wir *sein könnten.* Eine bessere Version von uns selbst. Zu Hause warst du doch so etwas wie ein Chemiker, stimmt's?«

Er zuckte wieder mit den Schultern, aber ich konnte ihm ansehen, dass er sich geschmeichelt fühlte. »Ich hab ein paar Leuten was besorgt. Ein bisschen was zusammengekocht. Du weißt schon.«

»Hier auf der Insel könntest du ...« Ich überlegte kurz. »... Stephen Maturin sein.«

»Wer ist das denn?«

»Hast du nie was von Patrick O'Brian gelesen?«

Ralph sog mal wieder die Luft durch die Zähne. »Nein, Bro«, erwiderte er. »Ich sag das jetzt mal ganz direkt. Ich lese *überhaupt keine* Bücher.«

Das erklärte eine ganze Menge. »Stephen Maturin war Naturforscher und Arzt. Er war der beste Freund des Kapitäns, und als sie eine Insel entdeckten, dokumentierte er die neuen Tier- und Pflanzenarten und erfand neue Medikamente und so. Ralph, das könntest *du* sein. Du hast doch den Mörser und den Stößel. Das sind die Werkzeuge deines Berufsstandes.«

»Wie jetzt, Bro?«

»*Du* könntest der Schiffsarzt sein.«

»Schiffsarzt.« Er begann zu lächeln. »Klingt cool, Gangsta.«

»Und, Ralph – lass das mit dem Proll-Gelaber. Das nimmt dir sowieso keiner ab.«

Er stutzte und starrte mich eine Weile an. Dann richtete er sich auf. »Wenn du meinst.«

»Ab mit dir.«

»In Ordnung, Lincoln.«

»Was sagen wir? Ralph?«

Es dauerte einen Moment. »Okay.«

Ralph blieb den ganzen Nachmittag weg. Ich beschäftigte mich damit, unnötige kleine Verbesserungen an Bikini Bottom vorzunehmen, aber wegen der Zahnschmerzen konnte ich mich kaum konzentrieren. Ich wollte nur, dass Ralph zurückkam und etwas gegen meine Qualen mitbrachte. Als ich bei Sonnenuntergang das Feuer entzündete und immer noch nichts von ihm zu sehen war, musste ich mir eingestehen, dass ich es vermasselt hatte. Ich hatte ihm erlaubt, allein loszuziehen, ich hatte ihn in diesen verdammten Wald geschickt. Und dort hatte er dann Seb und Gil getroffen und sich ihnen angeschlossen.

Das Feuer brannte, der Fisch fürs Abendessen war fertig, aber Ralph war immer noch nicht da. Ich war schwer frustriert und mein Zahn pochte heftig. Ich konnte kaum etwas essen, nicht nur wegen der Schmerzen, auch vor Enttäuschung. Was jetzt? Ich blieb länger auf und warf immer wieder Äste in die Flammen, während ein Mädchen nach dem anderen unter den Rindendecken einschlief. Wir hatten fast kein Brennholz mehr und morgen würden wir neues sammeln müssen. Ohne die Jungs würde es erheblich mühsamer sein – nicht, weil Mädchen schwach waren oder irgend so eine Scheiße, sondern einfach, weil wir jetzt nur noch halb so viele waren. Während meine Laune auf einen Tiefpunkt sank, begannen die Sterne in all ihrer mitleidslosen Schönheit zu funkeln.

»Lincoln?«

Eine Gestalt schälte sich aus der Dunkelheit heraus. »Bist du wach?«

Ralph. Gott sei Dank.

Müde und erschöpft ließ er sich neben mich auf den Sand fallen. »Streck die Hand aus.«

Aus dem Mörser, den er bei sich hatte, schüttete er ein wenig Pulver auf meine Handfläche.

Im Schein des Feuers starrte ich das Pulver an. Es hätte jede Farbe haben können. Es hätte alles Mögliche sein können. Plötzlich musste ich daran denken, dass er mich vielleicht vergiften wollte, weil Seb und Gil ihm das befohlen hatten. Dann konnte er warten, bis ich tot war, und mir die Brillengläser und die Angelschnüre abnehmen.

»Das ist doch kein Gift, oder?« Als würde er mir das sagen.

Ich konnte ein Lächeln in seiner Stimme hören. »Das Risiko musst du eingehen, Lincoln. ›Vor allem: Schade nicht‹, richtig? Das sagen Ärzte doch immer, oder?«

Ich hatte solche Schmerzen, dass es mir fast egal gewesen wäre, wenn es sich tatsächlich um Gift gehandelt hätte. Dann hätten meine Qualen wenigstens ein Ende gehabt. Ich führte die Hand zum Mund und schluckte das Pulver hinunter, was immer es auch sein mochte. Ich leckte sogar den Rest von meiner Handfläche. Es schmeckte bitter und körnig und ein bisschen nach Holz. »Was ist es?«

»Silberweide«, erklärte er. »Bei der Blauen Lagune steht eine. Ich habe die Rinde abgeschabt, gewaschen, auf einem Felsen in der Sonne getrocknet und dann zu Pulver zerrieben. Das Trocknen hat am längsten gedauert.« Er streckte seine Hände dem Feuer entgegen. »Warte ein bisschen. Lass uns reden, das wird dich ablenken.« Er sagte es ruhig und gelassen wie ein guter Arzt im Gespräch mit seinem Patienten.

Ich war ziemlich schlecht in Small Talk, einfach deshalb, weil mir jegliche Übung fehlte. Aber als wir nebeneinander im Sand saßen und in die Flammen starrten, so wie vor ein paar Tagen mit Jun, fiel es mir plötzlich leichter. Ich habe keine Ahnung, warum ein offenes Feuer Leuten dabei hilft, sich zu öffnen, aber es ist tatsächlich so. Vielleicht weil man das Gefühl hat, mit den Flammen zu reden, nicht mit seinem Gesprächspartner. Und nur deshalb war ich in der Lage, Ralph eine ganz bestimmte Frage zu stellen.

»Wie hast du es damals in Osney geschafft, mir das Abführmittel zu verabreichen?«

Ich rechnete fast damit, dass Ralph es leugnen würde.

Doch auch er spürte die Macht des Feuers und redete nicht mit mir, sondern mit den Flammen. »Mir war aufgefallen, dass du jeden Tag diesen blauen Energydrink trinkst. Also habe ich einfach auch einen gekauft und mit dem Abführmittel versetzt. Dann habe ich mich neben dich auf die Bank gesetzt, dabei deine Flasche heruntergestoßen und einfach meine auf den Tisch gestellt.«

Ich nickte. »Ziemlich clever.«

»Danke.«

Meinerseits gab es keine Vorwürfe, seinerseits keine Schuldgefühle. Es war, als würden wir über etwas ganz anderes reden. Die Schmerzen in meinem Kiefer ließen allmählich nach und das bedeutete, dass ich ihm alles verzeihen würde.

»Ralph?«

»Ja?«

»Wenn du auf einer einsamen Insel gestrandet wärst ...«

»Ich *bin* auf einer einsamen Insel gestrandet.«

»... welche Musik würdest du dann mitnehmen? Ich meine, wenn du könntest. Wenn du ein Handy hättest.«

»Wretch 32«, sagte er, ohne zu zögern. »Dizzee Rascal. Skepta. Onyx Stone.«

Mit der Antwort hatte ich gerechnet, aber es schien irgendwie nicht zu dem neuen Schiffsarzt Ralph zu passen. »Du magst so etwas wirklich? Es ist nicht nur ... Teil deiner Rolle?«

Er lachte, aber nicht so wie sonst immer. Es war kein dreckiges Lachen von der Straße, sondern richtig angenehm. »Nein. Ich mag Grime wirklich. Es hat so viele ... Schichten.« Er war es nicht gewohnt, sich auszudrücken, aber es war immerhin ein Anfang. »Du solltest es dir mal anhören.«

»Vielleicht«, sagte ich. Jetzt sah ich nicht mehr das Feuer an, sondern ihn. »Vielleicht.«

29
23B

In der Nacht der Silberweide schlief ich zum ersten Mal seit Tagen tief und fest. Genau genommen verpennte ich – mein Körper holte wohl den Schlaf nach, den ich verpasst hatte.

Als ich aufwachte, stand die Sonne schon hoch am Himmel. Den Zahn nahm ich als dumpfen Schmerz im Kiefer wahr und ich fühlte mich ein bisschen benommen. In dem grellen Licht konnte ich meine Umgebung nur schlecht erkennen, daher übersah ich den Stapel Brennholz an der Feuerstelle und stolperte darüber, als ich zum Meer ging, um zu pinkeln.

»Wa…?« Ich rappelte mich auf und starrte den Stapel an. Es war eine ganze Menge, alles gutes Hartholz. Heute Abend würden wir drei Feuer gleichzeitig entzünden können.

Ich sah mich um. Jun und Miranda planschten in der Brandung. Ralph stand vornübergebeugt am Strand, vermutlich hob er gerade irgendwelche interessanten Meeresalgen auf. Wer also hatte das Holz gesammelt?

Die Antwort kam gerade aus dem Wald gelaufen, mit einem weiteren Stapel Brennholz auf den Armen. Es war Seb. Vor lauter Ästen konnte ich kaum sein Gesicht sehen. Gil folgte ihm, allerdings trug er erheblich weniger Holz. Die beiden gingen zu dem großen Holzstapel und damit zu mir und ließen ihre Last fallen. Wie auf Kommando kamen die anderen angerannt und begrüßten die Heimkehrer etwas verhalten.

Miranda nickte Seb lediglich kühl zu. Seb dagegen schien nur

Augen für mich zu haben. Er sah mich leicht verlegen an und zeigte mit dem Stab, den er immer noch bei sich hatte, auf den Holzstapel. »Können wir jetzt etwas zu essen haben?«

Nach einer Nacht, in der ich endlich wieder geschlafen hatte, und dem, was einer Entschuldigung von Sebastian Loam am nächsten kam, spürte ich, wie mir vor lauter Siegesfreude ganz warm wurde. Ich musste mich anstrengen, damit man es mir nicht ansehen konnte. »Aber sicher«, erwiderte ich. »Wir haben ein paar Fische von gestern Abend in Blätter gewickelt. Ich gehe sie holen.«

Ich wollte zu unserer Hütte, wo wir uns einen primitiven Kühlschrank gebastelt hatten, blieb dann aber stehen und drehte mich um. »Ich brauche nur noch ein Stück Holz.« Ich wusste, dass ich ein Arsch war und vielleicht zu weit ging, aber ich wollte absolut keinen Zweifel daran lassen, wer das Sagen hatte. »Den Stab.«

Ich streckte die Hand aus. Seb gab mir den Stab und plötzlich war die Welt wieder in Ordnung.

»Danke. Schön, dass ihr wieder da seid. Und damit eins klar ist – alle jagen, alle bauen, alle sammeln Brennholz. In Ordnung?«

Schweigen. Gil und Seb standen da wie zwei schmollende Schuljungen.

»Seb? Gil? Was sagen wir?«

Sie hatten es verstanden. »Okay«, erwiderten beide gleichzeitig.

Danach war alles cool. Ralph stellte noch mehr Aspirinpulver für mich her, damit ich meine Zahnschmerzen aushalten konnte, und versuchte jetzt voller Enthusiasmus, etwas zu finden, das gegen die Entzündung half. Ich glaube nicht, dass er es nur für mich tat, obwohl wir jetzt besser miteinander auskamen als vorher. Ich glaube, er tat es, weil es intellektuell befriedigend für ihn war. Er tat es aus wissenschaftlichen Gründen. Er war stundenlang weg. Aus einem der Sitzüberzüge im Flugzeug bastelte er sich eine Schultertasche, die er anstelle seiner alten Adidas-Gürteltasche benutzte, um Pflanzen, Kräuter und Wurzeln zu sammeln, die er dann in seinem Mörser zerrieb. Er fing sogar an, die kleinen mausartigen Nagetiere zu fangen, die überall herumliefen, damit er Experimente durchführen konnte. Die Viecher waren viel zu klein, um fürs Abendessen zu taugen, aber als Versuchskaninchen für Ralph eigneten sie sich hervorragend. Und er begann, sich halbwegs normal zu benehmen und auszusehen. Sein bescheuerter Haarschnitt mit den ausrasierten Seiten und den langen Deckhaaren wuchs allmählich heraus und inzwischen trug er einen kleinen Männer-Dutt. Außerdem redete er nicht mehr so, als würde er in einer Sozialsiedlung wohnen. Er sah ungefähr tausend Prozent besser aus als vorher. Und er hörte sich auch definitiv erträglicher an.

Alle schienen sich auf der Insel einzugewöhnen, sogar Seb und Gil. Seb trug immer noch voller Stolz seine Fitbit-Smartwatch, obwohl der Akku schon lange leer war, aber er unternahm keinen Versuch mehr, noch einmal Cricket oder eine andere Sportart zu spielen.

Wir arbeiteten weiter an Bikini Bottom. Die Hütte war inzwischen mit einem Tisch möbliert und ich hatte herausgefunden, wie man aus großen Muschelhörnern Fischtran-Lampen herstellen konnte, die wir jeden Abend mit brennenden Zweigen vom Feuer anzündeten. Sie rochen zwar nicht gut, spendeten aber für ziemlich viele Stunden Licht. Ich baute noch einige andere Dinge, zum Beispiel ein Wasserfass, mit dem wir den Regen auffangen konnten, und eine Toilette mit einem Sitz, der über die Klippen hinausragte. Wir gingen jeden Tag in der Blauen Lagune schwimmen und jeden zweiten Tag jagten oder angelten wir. Es lief alles ziemlich gut.

Bis zu der Nacht, in der meine Zahnschmerzen schlimmer wurden.

Ich wachte mitten in der Nacht auf, weil ich Höllenqualen litt. Mein Schädel explodierte fast. Jetzt wusste ich, dass der Zahn tatsächlich entzündet war. Wenn ich einen Spiegel gehabt hätte, hätte ich vermutlich meinen riesigen grünen Kopf darin gesehen, vor Schweiß glänzend wie eines der grünen Eier. Die anderen schliefen, während ich mich vor Schmerzen hin und her wälzte. Wenn ich mich hinlegte, pochte der Zahn so stark, dass ich es nicht aushalten konnte. Aber im Sitzen würde ich es nie schaffen, Schlaf zu finden. Ich hatte ein Problem. Die Entzündung konnte sich in meinem ganzen Körper ausbreiten und mich töten, wenn ich nichts dagegen unternahm. Ich versuchte, den letzten Rest von Ralphs Silberweidenpulver zu schlucken, aber selbst das wollte mir nicht gelingen, weil es so wehtat. Ich musste an den Film *Cast Away* denken, an die Szene, in der sich Tom Hanks einen faulen Zahn mit einer Schlittschuhkufe ausschlägt. In meiner Robinsonaden-Phase hatte ich den Film bestimmt an die hundertmal angeschaut, aber bei der Stelle, an der die Metallkufe den Zahn trifft, immer den Kopf weggedreht. Jetzt allerdings hätte ich mir meinen Zahn sofort aus dem Kiefer gebrochen, wenn ich eine Schlittschuhkufe gehabt hätte.

Ich wanderte ruhelos auf der Insel umher, starrte auf das silbern glänzende Meer hinaus und sah im blauen Schein des Mondlichts den wild wehenden Palmen zu. Doch nichts konnte die Panik unterdrücken, die in mir aufstieg. Ich würde hier sterben und dann hatte Seb doch gewonnen. Früher hatte ich gern Mikado gespielt, aber es war nichts gegen das hier gewesen. Das hier war das richtige Spiel und es ging um Leben oder Tod. Und es war ein langes Spiel – Seb hatte mich schon vor einigen Wochen geschlagen, aber erst jetzt ging die Entzündung in meine Blutbahn über und arbeitete sich zu meinen Organen vor, um sie zu zerfressen. Ich hasste Seb mit jedem Schlag meines Herzens.

Es gab niemanden, der mir helfen konnte. Außer Ralph hatte ich niemandem von den Zahnschmerzen erzählt, weil ich keine Schwäche zeigen wollte. Irgendwann legte ich mich wieder hin, vermutlich zum letzten Mal in meinem Leben, wie ich dachte. Ich musste in eine Art Delirium gefallen sein, denn auf einmal versperrte mir eine geisterhafte, weiß gekleidete Gestalt die Sicht auf die Sterne. Der geheimnisvolle Bewohner der Insel zeigte endlich sein Gesicht. Ich dachte an *Herz der Dunkelheit* und daran, dass ich bei der Besteigung des Monte Christo die Augen seltsamer Kreaturen wie Sterne in der Nacht hatte funkeln sehen und groteske Laute aus dem finsteren Dschungel zu mir gedrungen waren. Hatten diese Geschöpfe einen Herrn, gab es hier bereits einen Siedler, der uns beobachtete und uns feindlich gesinnt war? »Mr Kurtz?«, sagte ich. Aber ich konnte sein Gesicht nicht erkennen – er schien maskiert zu sein und ich konnte nur zwei Augen ausmachen.

Hände in Handschuhen zwangen meine Kiefer auseinander, ich spürte den Geschmack von Gummi auf der Zunge. Grelles Licht schien in meine Augen, heller als jeder Stern. Und dann wurde alles schwarz.

Als ich aufwachte, war es Morgen und die Sonne stand bereits hoch am Himmel. Flora saß neben mir, die Arme um die Knie geschlungen. »Wir haben dich schlafen lassen«, sagte sie. »Du hast ziemlich komische Geräusche gemacht.«

Mein Mund war staubtrocken, so trocken wie beim Zahnarzt, wenn er einem den Speichel heraussaugt. »Albtraum«, murmelte ich. Das Bild des weiß gekleideten Mr Kurtz mit Mundschutz, der sich über mich beugte, verblasste im Tageslicht, wie alle Träume. Ich konnte kaum sprechen. Eine Seite meines Gesichts schien taub zu sein, ich konnte sie nicht richtig bewegen. Großer Gott, hatte ich wegen des Zahns etwa einen Schlaganfall erlitten? Er tat gar nicht mehr weh. Ich musste jedes Gefühl im Gesicht verloren haben. Vor Angst begann mein Herz, wie wild zu hämmern. Als ich schluckte, schmeckte es in meiner Kehle irgendwie chemisch. Und dann fiel ich mir noch etwas auf. Mein Zahn war nicht mehr da.

Meine Zunge suchte hektisch nach der Stelle, an der der Zahn hätte sein sollen. Das Zahnfleisch war glatt und leer; ich ertastete ein scharf abgegrenztes Loch, das einen leicht metallischen Geschmack nach Blut hatte. Ich steckte meinen Finger hinein – vermutlich ein Fehler, da er nicht sehr sauber war, aber ich musste es wissen.

Kein Zahn.

Nur eine Lücke, die so groß wie ein Zahn war.

Langsam kehrte das Gefühl in mein Gesicht zurück und ich spürte ein Kribbeln, das aber nicht unangenehm war. Ich bewegte den Unterkiefer hin und her, was half, das Blut zurückkehren zu lassen.

Flora hatte mir die ganze Zeit bei dieser Pantomime zugesehen. »Stimmt was nicht? Du siehst aus, als wärst du einem Geist begegnet.«

Der Geist, die weiß gekleidete Gestalt aus meinem Fiebertraum – sollte ich es Flora sagen? Vermutlich hörte ich mich dann an wie ein Verrückter und das war das Letzte, was ich wollte. Wie ich vom Gründer Osneys, dem guten alten König George III., wusste, war *verrückt* nicht wirklich eine gute Eigenschaft für einen Anführer. Daher spielte ich die Sache herunter, so gut ich konnte. »Ich hatte einen faulen Zahn. Aber ich glaube, er ist in der Nacht herausgefallen.«

»Ist doch super«, sagte sie. »Du hattest ein Problem. Jetzt hast du keins mehr.«

»Da hast du vermutlich recht.«

Sie bemerkte den Unterton in meiner Stimme. »Was ist dein neues Problem? Ist die Zahnfee nicht gekommen?«

»Nein.« Ich schüttelte den Kopf, was überhaupt nicht wehtat. Ich musste mich erst daran gewöhnen, wieder normal zu sein, wieder gesund. »Alles in Ordnung. Mehr als in Ordnung.«

Sie warf mir einen seltsamen Blick zu. »Dann ist ja gut.«

Flora behielt mich für den Rest des Tages im Auge, aber es war mir egal. Ich war der König der Insel. Was auch immer in der Nacht passiert war und wie auch immer mein Zahn herausgefallen war, es war mir egal. Ich war ... na ja ... unbesiegbar. Ich hatte eine zweite Chance bekommen und ich war fest entschlossen, sämtliche Vorzüge meiner Führungsposition zu genießen. Und deshalb wollte ich etwas Symbolisches tun.

Nach der Jagd am Morgen und der obligatorischen Runde Schwimmen in der Blauen Lagune ging ich zu Sebs Holzstapel und suchte mir ein paar gerade gewachsene, stabile Äste aus. Ich trug sie in das Innere von Bikini Bottom. Die Hütte wurde immer wohnlicher, aber wir schliefen immer noch jede Nacht beim Feuer, weil es dort wärmer war. Bikini Bottom bot uns Schutz vor schlechtem Wetter und wir waren mächtig stolz darauf.

Jun war gerade dabei, ein Regal für den Flugschreiber zu zimmern, damit er einen Ehrenplatz an der Wand bekam, fast wie eine sonderbar geformte Gottheit, die uns alle retten würde. Flora baute eine Tür, damit wir vor Wind und Regen geschützt waren, falls es noch einmal ein Unwetter geben sollte.

»Sind die für mich?«, fragte sie, während sie auf die Äste deutete.

»Nein«, erwiderte ich. »Ich baue mir einen Stuhl.«

»Wozu brauchen wir einen Stuhl?«

»Wir brauchen keinen Stuhl«, sagte ich. »Und genau das ist der springende Punkt.«

»Wie meinst du das?«

»Ein Stuhl ist ein Symbol für Zivilisation«, erklärte ich.

»Warum *das* denn?«

»Weil wir keinen brauchen. Wir können auf dem Boden sitzen. Er ist ein Luxusgegenstand. Und wenn wir einen Punkt erreicht haben, an dem wir Luxusgegenstände herstellen, werden wir eine Zivilisation.«

Sie zuckte mit den Schultern. »Es ist deine Zeit, die du verschwendest.«

Ich hasste es, wie sie meine Autorität missachtete. Das musste ein Ende haben. Aber ich hatte nicht vor, mir von ihr den Tag verderben zu lassen. »Na ja, das ist das Einzige, was wir im Überfluss haben.«

Die nächsten Stunden verbrachte ich damit, kleine Hocker zu basteln. Ich band die Äste mit Bambusstreifen zusammen und flocht eine Sitzfläche aus Zweigen. Dann packte mich der Ehrgeiz und ich baute einen größeren Stuhl mit einer Rückenlehne. Als ich fertig war, trat ich einen Schritt zurück und begutachtete mein Werk. Ich war sehr zufrieden damit. Vier stabile Beine und vier dünne Äste, die ich als Lehne zurechtgebogen und zusammengebunden hatte.

Flora stellte sich neben mich. »Das ist kein Stuhl«, bemerkte sie trocken. »Das ist ein Thron. Für einen König.«

Erwischt. »Das habe ich nie gesagt.«

»Stimmt, das hast du nie *gesagt.*«

Plötzlich hatte ich eine Idee. »Kannst du eine Zahl hineinschlagen?«

»Na klar«, meinte sie, während sie ihren Sitzlehnen-Meißel nahm. »Lass mich raten – Nummer eins?«

»Nein«, erwiderte ich. So offensichtlich sollte es dann doch nicht sein. »Ich glaube, ich werde ihn 23b nennen.«

»Also nur irgendeine einfallslose Zahl?«, spottete Flora.

»Überhaupt nicht.« Ich war ein bisschen beleidigt. Es gefiel mir nicht, wenn meine Entscheidungen hinterfragt wurden. »Die Zahl hat eine große Bedeutung für mich.«

»Und welche?«

»Das war meine Sitznummer im Flugzeug.«

»London nach Los Angeles?«

»Nein«, widersprach ich ihr. »In dem kleinen Flugzeug. Das Flugzeug, das abgestürzt ist. *Oceanic Airlines.*«

Sie lachte. »Das kann nicht sein.«

»Und warum nicht?«

»Das Flugzeug hatte nur zehn Sitze.«

Ich stutzte. »Das kann nicht sein«, wiederholte ich ihre Worte.

»Stimmt aber.« Sie zählte an den Fingern ab. »Seb. Gil. Jun. Juns Geige. Miranda. Ralph. Ich. Du. Plus zwei Sitze für Smith und Fry, die es nicht nach Los Angeles geschafft haben. Zehn.« Sie lächelte, aber es war kein boshaftes Lächeln. »Ich glaube, du hast dir den Kopf gestoßen.«

Ich wollte nicht noch mehr Autorität vor ihr verlieren – sie hatte sowieso schon zu wenig Respekt vor mir. »Mach einfach«, befahl ich.

Während Flora anfing, *23b* in die Rückseite meines Throns – Stuhls – zu schnitzen, verließ ich Bikini Bottom. Es war inzwischen später Nachmittag und ich musste die niedrig stehende Sonne für das Anfachen des Feuers nutzen. Ich ging zum Meer und watete in die Brandung hinaus, um die Brillengläser anzufeuchten. Ich achtete darauf, dass ich dabei immer allein war, denn ich wollte nicht, dass einer von den anderen etwas über meine Feuermachtricks herausfand. Aber heute wollte ich auch nachdenken. Die warmen Wellen schlugen an den Strand, der weiße Schaum umspielte meine Beine und ich dachte über das nach, was Flora gesagt hatte. *Ein Flugzeug mit zehn Sitzen.* Ich war *sicher,* dass meine Sitznummer 23b gewesen war. Es hatte auf meinem Flugticket gestanden und auf der Bordkarte, die ich in LAX bekommen hatte. *Oceanic Airlines,* Flug ED-34, Sitz 23b. Außerdem war das cremeweiße Leder des Sitzes mit der Nummer markiert gewesen, auf einem kleinen, kreisförmigen Plättchen aus Messing in der Rückenlehne. Ich hatte die Nummer gesehen, als ich an Bord gegangen war. Und ein zweites Mal hatte ich sie gesehen, als wir am ersten Tag auf der Insel das Wrack des Flugzeugs mit den zerfetzten Sitzen gefunden hatten.

Ich ging zur Feuerstelle, brachte die Brillengläser in die richtige Position und sah zu, wie der gebündelte Sonnenstrahl das Seegras entzündete, so wie fast jeden Tag in den letzten sechs Wochen. Doch dieses Mal – und nur dieses Mal – blieb das zufriedene Gefühl aus, das ich sonst immer in meinem Bauch gespürt hatte. Hatte ich mich geirrt? An dem, was Flora gesagt hatte, gab es nichts zu rütteln. Sieben Leute, zwei leere Sitze, ein Sitz mit Juns Geige. Wurde ich etwa verrückt, wie der gute alte George III.?

Ich steckte die Ziege an den Spieß über dem Feuer und rief Jun, damit sie auf unser Abendessen aufpasste – sie war inzwischen eine ziemlich gute Köchin und kümmerte sich gern um die anderen. Vermutlich hatte ihr Mutterinstinkt, von dem sie in jener ersten Nacht gesprochen hatte, das Kommando übernommen. Dann brach ich auf. Ich musste zum Flugzeug zurück.

30
SELIG DIE TRAUERNDEN

Nachts war es an der Absturzstelle ziemlich gruselig. Es war zwar nicht richtig dunkel, eher dämmrig, und der Himmel hatte noch diese tolle rosa Farbe, aber eigentlich wäre ich lieber ganz woanders gewesen.

Als ich auf den Rumpf zuging, sah das Flugzeug wie ein großes, schlafendes Tier aus. Die weiße Wölbung der Kabine hätte durchaus der Eisbär aus *Lost* sein können. Ich näherte mich dem Wrack so, als hätte ich einen schlafenden Bären vor mir, vorsichtig, leise, und versuchte, nicht auf Zweige am Boden zu treten. Es gab noch etwas, das mir im Kopf herumspukte: der Gedanke, dass es ein Friedhof sein könnte, obwohl wir das letzte Mal keine Leichen gefunden hatten. Aber bevor das Licht völlig verschwunden war, wollte ich herausfinden, ob Flora recht hatte: Hatte ich tatsächlich die Sitznummer verwechselt?

Direkt vor dem Flugzeug stehend fiel mir auf, dass es ziemlich mitgenommen aussah. Sechs Wochen unter freiem Himmel hatten nichts mehr von dem früheren Air-Force-One-Luxus übrig gelassen. Durch die Risse im Rumpf wuchsen Pflanzen in das Innere der Kabine hinein und kleine Triebe und Blätter rankten sich über die Sitzlehnen, als würde die Natur versuchen, diesen Eindringling zu fesseln wie einen riesigen High-Tech-Gulliver, der von den Liliputanern der Natur am Boden gehalten wurde.

Ich sah mich in der Kabine um und fand meinen Sitz und den Vierertisch, den ich mit Miranda und Seb geteilt hatte. Ich hatte meinen Blick von Mirandas Minirock losreißen müssen und mich stattdessen auf meinen E-Book-Reader und die Abenteuer des Grafen von Monte Christo konzentriert. Über dem Tisch befand sich praktischerweise ein Loch im Rumpf, durch das das letzte bisschen Tageslicht hereindrang. Es fiel auf das kleine Messingplättchen, das ins Leder der Sitzlehne eingelassen war, und ließ es wie eine Münze aufleuchten.

Die auf dem Plättchen eingravierte Sitznummer war deutlich zu erkennen.

23b.

»Ich hatte recht«, sagte ich, als wäre es nicht genug, es zu denken.

»Ich weiß«, sagte eine Stimme aus der Dunkelheit.

Ich hätte fast einen Herzschlag bekommen. Flora war eine schemenhafte Silhouette im Halbdunkel. Sie saß im hinteren Teil der Kabine in einem der zerfetzten Ledersitze. Ihr fehlte nur noch eine weiße Katze auf der Schulter.

»Ich wusste, dass du herkommen würdest.« Sie stand auf und kam zu mir. »Du hast gern recht, stimmt's?« Dann streckte sie die Hand aus und fuhr mit dem Finger über die Nummer auf der Rückenlehne meines Sitzes, als wäre sie in Braille geschrieben.

»Was machst du hier?«

»Das Gleiche wie du«, antwortete sie. »Vermutlich haben wir *beide* gern recht.«

»Na ja, *einer* von uns hatte recht.« Ich musste es ihr einfach unter die Nase reiben.

»Genau genommen hatten wir *beide* recht.«

Ich starrte sie an. Widerrede war ich inzwischen nicht mehr gewohnt.

»Du wegen der Sitznummer. Ich wegen des Flugzeugs. Es war – *ist* – ein Zehnsitzer.«

»Interessant, nicht wahr?«, erwiderte ich. Es war die Untertreibung des Jahres.

»Ich sag dir, was *noch* interessanter ist: Alle anderen Sitze haben ganz normale Nummern. Schau es dir an.« Sie zeigte auf den Sitz, in dem sie gesessen hatte, und auf seinen Nachbarn. »Drei und vier. Sie sind ganz normal nummeriert, von eins bis zehn.«

Ich sah hin. »Eine Nummer muss fehlen.«

»Wie meinst du das?«

»Na ja, eine muss ausgetauscht worden sein, damit es die Nummer 23b geben konnte.«

»Spielt das eine Rolle?«

»Vielleicht.«

Wir sahen uns die übrigen Sitze an und riefen uns gegenseitig die Nummern zu. »Sieben«, sagte sie. »Sieben fehlt. Die Nummerierung springt von sechs auf acht.«

»Das ist merkwürdig. Ich habe schon davon gehört, dass die Sitznummer dreizehn in Flugzeugen weggelassen wird, in größeren Maschinen manchmal sogar die gesamte *Reihe* dreizehn. Aus Aberglaube – sonst befürchten manche Leute, dass die Maschine abstürzt. In China ist die Vier eine Unglückszahl, weil das Wort für ›vier‹ genauso klingt wie das Wort für ›Tod‹. In einigen Hochhäusern in Hongkong gibt es keinen vierten Stock.« Flora sah mich prüfend an. »Allerdings habe ich noch nie gehört, dass die Sieben eine Unglückszahl ist. Siebzehn dagegen schon. Freitag, der 17., gilt in Italien als Unglückstag. Das liegt daran, dass ein Anagramm der römischen Zahlen für siebzehn, VIXI, im Lateinischen *ich habe gelebt* bedeutet, also *ich bin tot.*«

Flora hörte sich meinen Monolog an und sagte: »Du machst das oft, nicht wahr?«

»Was?«

»Leuten Fakten an den Kopf werfen, nach denen sie nicht gefragt haben. Bei ›über die Planke gehen‹ hast du das auch gemacht.«

»Oh.« Ich wusste nicht so genau, was ich mit dieser Information anfangen sollte.

»Es kann ein *bisschen* nerven. Wenn ich so darüber nachdenke, ist das vielleicht auch der Grund dafür, warum ...«

»Warum was?«

Sie schwieg.

»Warum was, Flora? Ist das vielleicht der Grund dafür, warum sie mich *gemobbt* haben? Weil *ich* genervt habe?«

Sie sah ein bisschen verlegen aus. »Nein, das habe ich damit nicht sagen wollen. Ich habe nur gemeint ...« Sie holte tief Luft. »Leute, die gemobbt werden, müssen nicht zwangsläufig nett sein, nur weil sie die Opfer sind. Das habe ich gemeint. Okay?«

»Okay«, erwiderte ich. Das Wort, das ich nie mehr benutzen wollte, rutschte mir einfach so heraus. Hatte sie gerade gesagt, dass ich kein netter Mensch sei? Als ausgesprochen sympathisch würde ich mich jetzt nicht gerade bezeichnen, aber *un*sympathisch? Plötzlich war ich zurück in Osney. Ich hatte wieder das Gefühl, eingeschüchtert und schikaniert zu werden.

Ich ging den Gang hinunter. Das musste ich mir nicht anhören. Dann erreichte ich die Stelle, an der das Cockpit vom Rumpf abgebrochen war und nur noch ein Knäuel aus Kabeln und Metall ins Leere ragte. Das Schicksal unseres Piloten und unserer Flugbegleiterin relativierte alles. Die Tatsache, dass ich gemobbt wurde, verglichen damit, bei einem Flugzeugabsturz zu sterben. *Ich habe gelebt. Und jetzt lebe ich nicht mehr.*

Und dann rief Flora plötzlich: »Hey, was ist das denn?«

Ich drehte mich um. Sie hielt ein Rechteck aus ochsenblutfarbigem Leder in der Hand. Einen Moment lang dachte ich, es wäre mein E-Book-Reader – er hatte eine rote Hülle gehabt. Aber es war keiner. Es war tatsächlich ein Buch. Das war besser als eine bis oben hin gefüllte Schatztruhe. Bis zu diesem Augenblick war mir nicht bewusst gewesen, wie sehr ich Bücher vermisst hatte.

»Großartig. Lass mich mal sehen.«

Flora gab es mir. »Es ist nicht deins?«

»Nein. Ich hatte einen E-Book-Reader dabei.«

»Verquerer und verquerer.«

Es war ein Zitat aus *Alice im Wunderland.* »Du *liest?«*

»Aber natürlich. Wissen ist Macht. Weißt du noch, was die Haselmaus gesagt hat? Füttere deinen Kopf.«

Genau das hatte meine Mutter immer zu mir gesagt. »Dann ist es also deins?«

»Nein«, erwiderte sie. »Das muss jemand anders mitgebracht haben.«

»Einer von denen?« Ich dachte an den Frühstücksclub. »Willst du mich auf den Arm nehmen? Keiner von denen liest. Ich habe sämtliche Lernunterlagen für die Prüfungen für sie geschrieben und deshalb war ich derjenige, der sämtliche Texte aus dem Lehrplan gelesen hat. Das war damals, als ich alles für sie gemacht habe.«

»Du machst *immer* noch alles für sie.«

»Wie bitte?«

»Du glaubst, dass es hier anders ist als in Osney. Aber das stimmt nicht. Du machst immer noch alles für sie, jede *Kleinigkeit.* Du wischst ihnen doch praktisch den Hintern ab«, sagte sie. »Sie lassen dich für sich arbeiten, genau wie in der Schule. Sie *mögen* dich immer noch nicht. Sie *brauchen* dich nur.« Ich dachte darüber nach und plötzlich kam mir das so wahr und so unangenehm vor, dass ich das Thema wechseln musste.

»Tja, *das hier* sollten sie wirklich mal lesen.« Ich starrte auf den Einband. »Es ist die Bibel.«

»Oh«, meinte sie enttäuscht. »Wer zum Teufel hat *die* denn mitgebracht?«

»Vielleicht niemand. Vielleicht war sie ja schon immer hier.«

»Was meinst du damit?«

»Vielleicht gibt es in Flugzeugen immer Bibeln, so wie in Hotelzimmern. Du weißt schon, diese Leute von den Gideons, die Bibeln in die Schubladen von Hotelnachttischen legen. Vielleicht machen sie das auch für Flugzeuge. Ich habe keine Ahnung.«

»Ich dachte, du wüsstest alles.«

»Das weiß ich nicht.«

Ich blätterte mit dem Daumen durch die Seiten. Der Luftzug, der mein Gesicht traf, ließ mich an den vertrauten Geruch von Bibliotheken denken.

»Sollen wir sie mitnehmen?«

»Aber natürlich.«

Wir kletterten aus dem Flugzeug und gingen auf die Lichtung hinaus, die in das blaue Licht der Dämmerung getaucht war. Mit einem Mal wurde mir das Gewicht der Bibel in meiner Hand bewusst. »Flora«, platzte es einfach so aus mir heraus. »Jetzt, wo wir die Bibel haben, sollten wir da nicht etwas sagen?«

»Zu den anderen, meinst du? Wegen der Sache mit der Sitznummer?«

»Nein. Nein. Ich meine, *hier* etwas sagen.«

»Was denn?«

»Na, so etwas wie ... ein Gebet.«

»Ein *Gebet?«*

»Ich weiß nicht. Ich habe einfach das Gefühl, wir sollten etwas sagen, weil hier jemand gestorben ist. Als wir das letzte Mal hier waren, haben wir das Flugzeug praktisch geplündert. Es war ein bisschen so wie in *Herr der Fliegen,* um ehrlich zu sein. Ich finde einfach, wir sollten den Toten Respekt erweisen.«

Flora zuckte mit den Schultern. »Okay. Weißt du etwas Passendes?«

»Zufällig ja.« Ich hielt das Buch in das schwindende Licht und blätterte durch die Seiten, bis ich es gefunden hatte. Ich kannte genau eine Bibelstelle und das war die Zeile, die meine Mutter an meinem ersten Tag in Osney zu mir gesagt hatte, über die Nerds, die die Erde besitzen werden. Ich hatte herausgefunden, dass es in dem Teil stand, der Bergpredigt genannt wird und schildert, wie Jesus eine Predigt vor einer riesigen Menschenmenge hält. Ich dachte, es würde jetzt ganz gut passen. Wir drehten uns mit dem Gesicht zu dem weißen Buckel des abgestürzten Flugzeugs. Flora stellte sich neben mich, senkte den Kopf und faltete die Hände. Ich begann zu lesen:

»Selig die Trauernden, denn sie werden getröstet werden.
Selig die Sanftmütigen, denn sie werden die Erde besitzen.
Selig, die hungern und dürsten nach Gerechtigkeit, denn sie werden gesättigt werden.
Selig die Barmherzigen, denn sie werden Barmherzigkeit erfahren.
Selig, die rein im Herzen sind, denn sie werden Gott schauen.
Selig die Friedfertigen, denn sie werden Gottes Söhne heißen.
Selig die um Gerechtigkeit Verfolgten, denn ihrer ist das Reich der Himmel.
Selig seid ihr, wenn sie euch schmähen und verfolgen und euch alles Schlechte andichten um meinetwillen. Freut euch und frohlocket, denn euer Lohn ist groß in den Himmeln; denn so haben sie die Propheten vor euch verfolgt.«

Am Anfang dachte ich an den Piloten, der mir, wenn auch nur kurz, den besten Flug meines Lebens ermöglicht hatte. Dann dachte ich an die Flugbegleiterin, eine der wenigen Frauen – abgesehen von meiner Mutter –, die sich die Mühe gemacht hatten, mich anzulächeln. Aber am Ende dachte ich an mich selbst. Die Stelle, an der es darum ging, dass man geschmäht wird und dafür Lohn im Himmel erhält, schien genau auf mich zu passen. Als ich zu Ende gelesen hatte, wurde ich ein bisschen verlegen und sagte einfach nur *Amen.* Flora, die mit gesenktem Kopf neben mir stand, sagte es ebenfalls, wodurch ich mich ein bisschen besser fühlte. Wir sahen uns an.

»Jetzt du.«

»Ich kann nichts sagen«, erwiderte sie. »Aber ich kann etwas singen.«

»Dann sing.«

In Erwartung von etwas Hartem, Brüllendem aus der Metal-Ecke fingen meine Zehennägel schon mal damit an, sich aufzurollen, in etwa so, als käme bei *X Factor* jemand auf die Bühne, der die Sache sehr ernst nahm, aber grottenschlecht war. Meine Zehennägel hätten sich keine Sorgen machen müssen. Flora begann zu singen und ihre klare, volle Stimme schallte über die Lichtung. Der Song klang ein bisschen nach Country und hatte einen richtig tollen Text. Irgendetwas darüber, dass man nicht auf dem Boden bleiben konnte, wenn man zum Fliegen geboren worden war. Es war genau das richtige Lied für ein abgestürztes Flugzeug. Mir musste die Kinnlade heruntergefallen sein, denn am Ende sagte sie nicht *Amen,* sondern: »Was?«

Ich machte den Mund zu. »Ich weiß nicht ... nur ... na ja, damit hatte ich jetzt nicht gerechnet. Ich dachte nicht, dass dir diese Art von Musik gefällt.«

»Was für eine Art von Musik gefällt mir denn *deiner Meinung nach?*«, fragte sie spitz.

»Na ja, ich meine ...« Ich suchte nach Worten. »Wenn du auf einer einsamen Insel gestrandet wärst ...«

Und dann sagte Flora etwas Interessantes. Sie war die Einzige aus dem Frühstücksclub, die nicht mit *Ich bin auf einer einsamen Insel gestrandet* antwortete. Stattdessen sagte sie: »Du meinst, wie bei *Desert Island Discs?*«

»Ja!« Ich freute mich total. »Meine Eltern sind geradezu besessen davon.«

»Dann haben wir, glaube ich, dieselben Eltern.«

»Hast du gewusst, dass sie 1963 einen Schiffbrüchigen erfunden haben? Sie haben eine komplette Sendung mit einem Typ namens Sir Harry Whitlohn gemacht. Angeblich war er ein berühmter Bergsteiger, aber er wurde von einem Schauspieler gespielt und die Auswahl der Musiktitel haben sie sich auch ausgedacht«

»Sehr britisch.«

»Wie meinst du das?«

»Du magst doch Präsidenten, oder? Ausgerechnet in dem Jahr, in dem in den Vereinigten Staaten JFK erschossen wird und jede Menge Fälschungen und Verschwörungstheorien die Runde machen, fälscht die BBC eine komplette Radiosendung.«

»Hm.« So hatte ich das noch nie gesehen. »Und? Was für Musik würdest du dir aussuchen?«

Es war inzwischen ziemlich dunkel geworden, aber ich konnte spüren, wie Flora sich im Gehen umdrehte und mich ansah. »Was würde ich mir denn *deiner Meinung* nach aussuchen?«

Ich überlegte eine Weile. »Twenty One Pilots. The Cure. Green Day. Fall Out Boy. My Chemical Romance. The Damned. Oh ...« Ich deutete auf ihr T-Shirt. »... und Motörhead.«

»Also Metal und Emo.«

»Ich glaube schon. Du bist einfach ... na ja, du bist der *Typ* dafür, stimmt's?«

»Stimmt.« Sie schlug sich wütend durch das Unterholz. »Und

an den Wochenenden hänge ich auf Friedhöfen rum und dressiere Raben, und wenn ich mit der Schule fertig bin, werde ich wahrscheinlich Tätowiererin oder so was Ähnliches.«

Ich sagte nichts. Denn genau das *hatte* ich gedacht.

»Du kennst mich in- und auswendig, stimmt's, Lincoln?«

Ich zuckte mit den Schultern, was in der Dunkelheit schlecht zu erkennen war. Eigentlich hielt ich mich ja *tatsächlich* für einen guten Menschenkenner, was daran lag, dass ich eine Menge Erfahrung im Warten und Beobachten hatte und bei Gesprächen und Freundschaften immer der Außenseiter gewesen war. Aber ich war kein Arsch, weshalb ich den Mund hielt und nichts sagte. Jedenfalls noch nicht. Mein Arschsein auf der Insel kam erst später. Obwohl ich mich schwer zurückhielt, marschierte Flora den ganzen Weg zum Strand vor mir her. Ich war mir nicht ganz sicher, worüber sie sich so aufregte, aber ich hatte das Gefühl, dass irgendetwas nicht stimmte. Da ich der Anführer war, hätte ich eigentlich vorausgehen sollen, aber aus irgendeinem Grund schien sie wütend auf mich zu sein. Dieses eine Mal ließ ich ihr das durchgehen und folgte ihr schweigend.

31
DIE GRÜNEN EIER

Auf der Insel begann eine sonderbare Phase, die sich anfühlte, als wäre alles in der Schwebe. Ich führte einen Kalender, indem ich die Tage auf einem flachen Felsen der Landzunge einritzte, der nach kurzer Zeit nur noch der »Uhrfelsen« genannt wurde. Jeden Tag machte ich einen Strich – wie Edmond Dantès (der Graf von Monte Christo) auf seiner Gefängnisinsel und wie ich in meinem Zimmer, als ich die Tage gezählt hatte, bis ich die Schule verlassen konnte. Nach vierzehn Strichen hatte Jun gesagt: »Heute wären wir alle wieder nach Hause geflogen.« Und das hatte uns an zu Hause denken lassen. Der orangefarbene Flugschreiber stand auf dem Regal in Bikini Bottom und verrichtete seine Aufgabe, was heißen soll, er strahlte seine unsichtbaren Signale aus. Aber in den vierzehn Tagen hatten wir kein einziges Schiff oder Flugzeug gesehen und nichts deutete darauf hin, dass es in dieser Ecke des Ozeans noch andere Menschen gab. Das SOS in der Evian-Flasche trieb vermutlich ziellos und nutzlos irgendwo im Meer und es gab niemanden, der unsere Nachricht aus dem Wasser holen würde.

Als weitere Wochen verstrichen, redeten die Mitglieder des Frühstücksclubs nicht mehr so oft über Essen, dafür aber immer öfter über ihre Eltern und ihr Leben in Oxford. Und ich musste zum ersten Mal an meine Eltern denken. Ich wusste, dass sie Himmel und Hölle in Bewegung setzen würden, um mich zu finden. Ich war so sicher, dass ich bald wieder bei ihnen sein würde, dass ich mir keine Sorgen um sie gemacht und sie eigentlich überhaupt nicht vermisst hatte. Ich war so damit beschäftigt gewesen, alles hier am Laufen zu halten, meine neue Rolle als Anführer auszufüllen und – wie Flora gesagt hatte – immer noch alles für alle zu tun. Klar musste ich an die Umarmungen meiner Mom und an die schlechten Witze meines Dads denken, aber mein Heimweh ging immer schnell vorbei, weil ich Wichtigeres zu tun hatte.

Ich musste die Mitglieder des Frühstücksclubs aus ihrer Depression holen. Das Leben auf der Insel war inzwischen zur Routine geworden und jetzt fehlte das Adrenalin, das uns die ersten Tage angetrieben hatte, der Kampf ums Überleben. Wir hatten die heilige Dreifaltigkeit des Schiffbrüchigen erlangt: Nahrung, ein Dach über dem Kopf, Feuer. Ich spürte, dass ich unter Beobachtung stand, dass Hoffnungen auf mich gesetzt wurden. *Was nun?*

Die grünen Eier beobachteten mich ebenfalls. Die großen glänzenden Kokosnüsse, die immer paarweise an jeder Palme hingen, starrten wie Augen auf mich herunter und spornten mich an. Am unteren Teil hatten sie sogar drei kleine Löcher in der Schale – wie bei Flaschenkürbissen –, die Augen sehr ähnlich sahen. Augen über Augen. Die grünen Eier entwickelten sich zu einer Art fixen Idee von mir. Ich *musste* eines von ihnen herunterholen. Ich dachte, sie wären genau das, was der Frühstücksclub jetzt brauchte. Wir hatten alles, um zu überleben; jetzt brauchten die anderen eine Belohnung, einen Luxusgegenstand. Wir aßen abwechselnd Fisch und Ziege, Fisch und Ziege, Fisch und Ziege und alle hatten den Geschmack gründlich satt, egal, was für Kräuter Ralph zum Würzen anschleppte. Alles, was wir in den letzten sieben Wochen gegessen hatten, war herzhaft und würzig gewesen.

Wir brauchten etwas Süßes und ich war fest davon überzeugt, dass die grünen Eier in ihrem geheimen Innern genau das waren: süß. Ich bildete mir ein, dass ihr Saft genauso cremig wie ein Fünf-Dollar-Milchshake sein würde und ihr Fruchtfleisch genauso kokosnussig und schokoladig wie ein Bounty-Riegel.

Ich war nicht der Einzige, der ein grünes Ei haben wollte. Einmal erwischte ich Seb dabei, wie er an einer der Palmen am Strand hochkletterte.

»Komm sofort da runter!«, brüllte ich. Meine hemmungslose Wut, die in keinem Verhältnis zum Anlass stand, machte mir Angst und brachte mein Herz zum Rasen. »Was soll das?«

Seb musste das Ausmaß meiner Wut gespürt haben, obwohl er schon bis zur Hälfte der Palme gekommen war. Er rutschte am Stamm herunter, stand stramm und starrte auf seine Füße. »Tut mir leid, Lincoln.«

»Was hast du da gerade gemacht?«

»Ich wollte eines der grünen Eier herunterholen.«

»Warum?«

Er zuckte mit den Schultern. »Ich weiß nicht. Sie nerven mich.«

Ich wusste genau, was er meinte. Mich nervten die grünen Dinger auch. In meinen Träumen hingen sie vor mir wie Smaragde, doch erreichen konnte ich sie nie. In meinen wachen Momenten starrten sie mich an wie grüne Augen. Sie waren überall auf der Insel, sie säumten den Weg zum Gipfel des Berges, sie bildeten einen Ring um den See, doch bis jetzt hatte ich noch kein einziges auf dem Boden gefunden. Dem Anblick der Eier konnte man nicht entkommen. Sie waren ein Siegespreis, das, was einer Trophäe auf der Insel am nächsten kam, und ich würde verdammt noch mal nicht zulassen, dass Seb diese Trophäe gewann.

»Warum soll er sich denn *kein* Ei holen?«, fragte Flora später. »Ich habe gesehen, wie er die Palme hochgeklettert ist. Dieses Mal hat er es nicht geschafft, aber wenn du ihn lässt, wird es nicht lange dauern, bis er oben ist. Er ist ziemlich stark. Lass doch einmal zur Abwechslung jemanden etwas für *dich* tun.«

Sie musste mein Gesicht gesehen haben. »Oh, Lincoln. Es ist doch egal, Hauptsache, *irgendjemand* holt eines von diesen Eiern herunter.«

Ich konnte nicht erklären, warum es nicht egal war. Ich konnte nicht zugeben, dass ich jahrelang gedemütigt worden war, weil ich nie etwas gewonnen hatte, weil mein Name auf keinem der Silberpokale in Osney eingraviert war, weil ich nicht ein Mal eine Rosette bekommen hatte. Weil Seb drei Jahre hintereinander zum Spitzenmann gekrönt worden war. Wir würden eines der grünen Eier von einer Palme herunterholen. Aber *ich* würde derjenige sein, dem das gelang.

Ich hatte nicht viel Zeit. Wenn es etwas gab, von dem Seb Ahnung hatte, war das Training. Und laut Flora hatte Seb das Training für die Inseltrophäe schon vor einer ganzen Weile begonnen. Ich musste mich auf das Spiel konzentrieren, und zwar schnell. Sebs Qualifikation – wenn man es denn so nennen konnte – war simples, knallhartes Muskelgedächtnis. Wenn er den rutschigen Stamm oft genug hinaufkletterte, würde er sein Ziel irgendwann durch bloße Wiederholung erreichen. Meine Qualifikation war Intelligenz. Der Bau der Möbel für Bikini Bottom hatte mein Selbstvertrauen gestärkt. Ich hatte schon als kleines Kind immer Dinge gebastelt, verrückte Daniel Düsentrieb-Erfindungen, mit denen man Murmeln schießen oder Spielzeugautos parken konnte. Jetzt war es Zeit, wieder etwas zu konstruieren.

Es wäre natürlich am einfachsten gewesen, eine der Palmen

zu fällen, aber das hatten wir schon versucht, als wir Holz für das Feuer gesammelt hatten. Die Stämme waren einfach zu hart für unsere behelfsmäßigen Äxte. Außerdem kam es mir falsch vor, einfach eine Palme zu Fall zu bringen; es war ein bisschen zu brutal, ein bisschen zu *Seb.* Ich brauchte etwas Kultivierteres, etwas Elegantes.

Ich überlegte, ob ich eines der Eier mit einem Lasso herunterholen könnte, aber bis jetzt hatten wir auf unseren zahlreichen Erkundungstouren über die Insel keine Schlingpflanzen oder Lianen gefunden. Die Fasern im Innern der Bambusrohre eigneten sich zwar sehr gut für den Bau von Möbeln, waren aber zu klebrig und zu kurz für ein solches Unterfangen. Genau genommen waren Juns Geigensaiten das einzig Fadenähnliche auf der Insel, und selbst wenn ich sie irgendwie zusammenknüpfte, würden sie bei Weitem nicht lang genug sein.

Wie so oft bekam ich meine Antwort aus der Literatur. Nach dem Fund der Bibel im Flugzeug hatte ich beschlossen, das ganze Buch zu lesen. Schließlich haben weltweit mehr Leute die Bibel als *Harry Potter* gelesen, daher dachte ich, ich sollte zu diesen Leuten gehören. Der erste Teil war ziemlich langweilig, Seite um Seite ging es nur um Familienstammbäume, wer wen gezeugt hatte und so. Aber dann wurde es immer besser und einige der Geschichten waren richtig toll. Auf meinen Plan für die grünen Eier kam ich, als ich eine Geschichte las, in der es um David und Goliath ging. David war ja bekanntlich ein schmächtiger Junge, der einen Riesen namens Goliath tötete, mit einem einzigen Stein aus einer Schleuder. Und da es bei mir auch darum ging, etwas Großes zu Fall zu bringen, kam ich auf die Idee, so etwas Ähnliches wie eine Schleuder basteln.

Ich erzählte niemandem, was ich vorhatte. Seb unternahm seine eigenen Versuche, an der Palme, die Bikini Bottom am nächsten war. Die Mitglieder des Frühstücksclubs konnten ihm problemlos dabei zusehen und seine Popularität stieg mit jedem Tag. Selbst Miranda schien Sebs Anblick zu faszinieren, wenn er mit nacktem Oberkörper und hervortretenden Muskeln wie ein großer Affe an der Palme hochkletterte. Ich wusste, dass alle sich wünschten, er würde es schaffen. Judasse. Nein, Moment mal: Judi.

Ich beschloss, mich davonzuschleichen und mein Ziel im Geheimen zu erreichen. Das machen wir Nerds immer so. Unser Königreich ist in der Regel unser Zimmer. Sämtliche FANGs – die Chefs von Facebook, Amazon, Netflix und Google (allesamt Nerds) – haben ihre Imperien in ihren Zimmern gegründet. Ich suchte mir also das, was meinem Zimmer am nächsten kam: eine kleine Lichtung mitten im Smaragdwald, mit einer hohen Palme in der Mitte, an der zwei große grüne Eier hingen. Keiner der Bäume ringsherum war groß genug, um von dort aus an die Kokosnüsse zu kommen, was aber keine Rolle spielte. Ich wollte das verdammte Ding nämlich vom Boden aus abschießen.

Ich machte mich daran, meine Kriegsmaschine zu bauen, und hoffte inständig, dass sie fertig wurde, bevor Seb einen erfolgreichen Versuch unternahm. Das erste grüne Ei in unseren Händen würde alles verändern und ich konnte einfach nicht zulassen, dass Seb die ganzen Lorbeeren dafür kassierte. Wenn die Kokosnüsse so gut schmeckten, wie sie aussahen, würde Seb den Frühstücksclub mit einer Nahrungsquelle versorgen, die auch ohne Feuer genießbar war, und das würde meine Position ernsthaft infrage stellen. Ich arbeitete tagelang und machte nur eine Pause, um zu jagen und das Feuer zu entfachen. Ich hatte keine Ahnung, ob die anderen miteinander auskamen und in welche Richtung sich die diversen Feind- und Freundschaften entwickelten. Ich konnte mir keine Gedanken darüber machen. Ich hatte genug mit dem Bau meines Apparats zu tun. Es war Mensch gegen Natur, Nerd gegen Nuss.

Mein Plan bestand darin, eine Armbrust mit einer Schleuder zu kombinieren. Ich fand zwei gerade gewachsene Bambusrohre, die ich als Schaft verwenden konnte, und ein biegsames Stück Hartholz für den Bogenteil. Mit den starken Fasern aus dem Innern des Bambusrohrs band ich die einzelnen Teile zusammen, so, wie ich es auch bei den Hockern gemacht hatte: Die kurzen Fasern wurden vorher angefeuchtet, damit sie in der gewünschten Form trockneten. Ich vermutete, dass das Ganze mehr Reichweite haben und ich weniger Rückstoß von einem Schuss abbekommen würde, wenn die Konstruktion fest mit dem Boden verbunden war. Daher beschwerte ich sie mit einem kleinen Steinhaufen, mit dem ich auch den Abschusswinkel verändern konnte. Ich führte mathematische Berechnungen durch und verwendete dazu das Prinzip der Triangulation, mit dem ich auch den Längengrad der Insel bestimmt hatte. Den Ergebnissen nach musste der Winkel ziemlich steil sein, wenn ich die grünen Eier treffen wollte, und das bedeutete, dass ich mir Gedanken über mein Wurfgeschoss machen musste – ich wollte nicht, dass meine Projektile den Scheitelpunkt ihrer Parabel erreichten und sich dann wieder nach unten bewegten, bevor sie die Krone der Palme getroffen hatten. Zudem würde die Bogensehne eine große Belastung aushalten müssen.

Ich wollte nicht auf die Kokosnüsse selbst zielen, denn wenn diese tatsächlich mit der süßen, nach Bounty schmeckenden Limonade aus meinen Wunschträumen gefüllt waren, durften sie nicht zerplatzen. Meine Projektile sollten die zähen, faserigen Stängel treffen, mit denen die Eier an der Palme festgewachsen waren. Ich ging davon aus, dass sie irgendwann reißen würden, wenn ich sie lange genug unter Beschuss nahm. Und ich wollte auch nicht, dass die Kokosnuss auseinanderbrach, wenn sie auf dem Boden aufkam, daher sammelte ich Baumrinde und stapelte sie zu einer weichen Unterlage, auf der das Ei landen sollte. Wenigstens eines der Dinger musste ganz bleiben, wenn ich es von der Palme herunterholte.

Was die Bogensehne anging, so hatte ich genau vier Möglichkeiten – die vier Geigensaiten von Jun. Die Saiten verschafften mir die Kontrolle über die Fischrechte, so wie meine Brillengläser mich zum König des Feuers machten. Ich holte sie aus der Tasche und untersuchte sie. Die Schleuder würde das genaue Gegenteil von einer Angel sein, denn für sie brauchte ich die kräftigste, die dicke G-Saite. Ich befestigte sie am »Bogen« und zog sie so stramm wie möglich. Den gesamten Vormittag verbrachte ich damit, die flachsten Steine, die ich finden konnte, mit einem etwas größeren Felsbrocken als Wetzstein zu bearbeiten, damit sie eine scharfe Kante hatten.

Und dann begann ich mit meiner Belagerung.

Wie erwartet kam ich mit meinen ersten Versuchen nicht einmal in die Nähe des Ziels. Gegen Mittag war ich verzweifelt und gelangte zu dem Schluss, dass ich eine bessere Chance hatte, rein zufällig einen Sittich zu töten, als eine dieser verdammten Kokosnüsse herunterzuholen. Aber ich wollte nicht aufgeben. Ich setzte mich hin und wiederholte meine mathematischen Berechnungen, wofür ich alles über Winkel und Flugbahnen benutzte, was ich für die Prüfungen gepaukt und eigentlich schon längst wieder vergessen hatte. Am Ende meiner zweiten Testreihe wurde es tatsächlich besser – einige meiner Steingeschosse trafen die Kokosnusse und hinterließen Kratzer, allerdings war ich noch weit davon entfernt, einen Stängel zu durchtrennen.

Wenn ich zu unserem Lager ging, drückte ich mich noch eine Weile zwischen den Bäumen herum und beobachtete die anderen, bevor ich mich bemerkbar machte. Die Mitglieder des Frühstücksclubs bastelten meistens an Bikini Bottom herum oder relaxten in den Dünen, bis auf Seb, der immer an seiner Lieblingspalme hing, und Gil, der unten stand und ihn anfeuerte. Die beiden missachteten meine Befehle. Offenbar gefiel es Seb, dass er eine Möglichkeit gefunden hatte, seine sportlichen Fähigkeiten auf der Insel zu nutzen. Seine Muskeln, die er so lange nicht hatte einsetzen können, bekamen wieder etwas zu tun und erinnerten sich daran, wofür sie geschaffen waren. Ich konnte mitverfolgen, wie sie arbeiteten, wie sie sich anstrengten, wie Sebs gebräunte Arme und Beine und sein Oberkörper mit jedem Tag definierter wurden. Er schien noch größer zu werden, ein richtiger Riese. Gil sah bewundernd zu, wenn Seb an der Palme hochkletterte. Er war seinem Ziel schon sehr nah und kam bei jedem Versuch höher. Wenn ich durch das Unterholz brach und mit möglichst viel Lärm das letzte Stück des Weges zurücklegte, rutschte Seb schuldbewusst am Stamm herunter und tat so, als würde er nur mit Gil zusammen abhängen.

Das ging tagelang so. Ich verbrachte viele Stunden damit, auf die zähen, faserigen Stängel zu schießen, in der Hoffnung, dass wenigstens einer davon riss. Es war mir durchaus bewusst, dass Jun und der Rest des Frühstücksclubs vermutlich über eine bessere Auge-Hand-Koordination verfügten als ich, immerhin waren sie ja zukünftige Wimbledon-Sieger, Spitzen-Cricketspieler und so weiter. Aber im Gegensatz zu meinen Mitschülern hatte ich mir unzählige Nächte mit Ballerspielen in meinem Zimmer um die Ohren geschlagen. Wenn Bogen- oder Scharfschießen zu den Sportarten in Osney gehört hätte, hätte ich vielleicht sogar ein kleines bisschen Respekt bekommen. Inzwischen hatte ich die Schleuder perfekt eingestellt, aber jeder Stein, den ich abschoss, war natürlich anders geformt. Daher beschloss ich, nur noch einen Stein zu verwenden und diesen nach jedem Abschuss wieder einzusammeln. Das nahm natürlich erheblich mehr Zeit in Anspruch, denn manchmal fiel mein Wurfgeschoss ins Unterholz, wo ich dann fünf oder zehn Minuten danach suchen musste.

Vermutlich hätte ich bis in alle Ewigkeit so weitergemacht; ich hätte es immer wieder versucht und wäre gescheitert, während ich dabei zusah, wie der Stängel an der Kokosnuss dünner und dünner wurde. Doch eines Tages beobachtete ich Seb dabei, wie er so weit an seiner Lieblingspalme nach oben kletterte, dass er die glänzende grüne Kokosnuss schon fast mit den Fingerspitzen berühren konnte, bevor er von der Schwerkraft besiegt wurde und schwer atmend und mit knallrotem Gesicht am Stamm nach unten rutschte.

Da wusste ich, dass ich es an diesem Tag schaffen musste. Es war ein Wettlauf gegen die Zeit geworden. Dieses Mal ging ich zur Lichtung zurück, nachdem ich das Feuer entzündet hatte, und ließ den Frühstücksclub allein um die Flammen sitzen. Ich arbeitete bis in den späten Abend, obwohl es bereits dämmerte. Ich fing an, mit mir selbst zu reden. *Ich bin David, ich bin David,* murmelte ich wie ein Mantra vor mich hin. Aus dem Lager drang der Geruch nach gebratenem Fisch zu mir und ließ meinen Magen knurren, deshalb wurde ich immer lauter. *Ich bin David, ich bin David.* Es war inzwischen so dunkel geworden, dass ich kaum die Hand vor Augen sehen konnte, und das Stück Himmel, das ich durch die Palmen hindurch erkennen konnte, färbte sich rotgold. Aber ich gab nicht auf. Irgendein Instinkt ließ mich wieder und wieder zu dem heruntergefallenen Stein gehen. Der Stängel des grünen Eis wurde immer dünner und die glänzende Kokosnuss schaukelte bei jedem Treffer hin und her. Die nachtaktiven Kreaturen, die ich schon aus den Schatten des Monte Christo kannte, wachten auf und beobachteten mich mit ihren funkelnden Augen aus der Dunkelheit heraus, aber sie machten mir keine Angst. Sie würden einfach nur Zeugen meines Triumphes sein, Zuschauer auf der Tribüne, die mich anfeuerten, während ich zu olympischem Gold lief.

Und dann kam der Moment, in dem mir klar wurde, dass ich aufhören musste. Ich konnte kaum noch die Hand vor Augen erkennen. Fast ohne hinzusehen, feuerte ich noch einen letzten Schuss ab.

Ein lauter, dumpfer Schlag im Unterholz hinter mir ließ mich wie angewurzelt stehen bleiben. Ich erschrak zu Tode, weil ich dachte, gleich würde mich der verdammte Eisbär anspringen. Am liebsten wäre ich weggerannt, aber stattdessen drehte ich mich um, und da lag es, auf dem Bett aus Rinde, das ich ihm bereitet hatte, und funkelte in den letzten Sonnenstrahlen wie Long John Silvers Schatz: das grüne Ei.

Ich hatte es geschafft. Ich kniete mich neben das Ei, als wäre es ein Schrein, und strich mit der Hand darüber. Es war so glatt und kalt, dass es fast künstlich wirkte. Ich hätte mein Wurfgeschoss nehmen und die Schale an Ort und Stelle zertrümmern können, aber ich hatte andere Pläne. Vorsichtig hob ich die Kokosnuss auf.

Als ich mit dem grünen Ei, das so schwer wie ein kleines Kind war, ins Lager kam, bot sich mir ein erschreckender Anblick. Die anderen standen im Schein des Feuers um Sebs Palme herum und brüllten »Loam, Loam, Loam!«, während sie in die Hände klatschten. Es war genau wie damals, an meinem ersten Tag in der Schule, als ich mit ihm beim Osney-Sprint um die Wette gelaufen war. Sie brüllten nicht »Seb!«. Sie brüllten »Loam!«.

Seb hing ganz oben im Baum und war gerade dabei, nach dem

haarigen Stängel der Kokosnuss zu greifen. Er hatte es geschafft. Gleich würde er das Ei in der Hand haben.

In meiner Verzweiflung begann ich zu brüllen. Es hätte alles Mögliche sein können, aber ich rief: »Seht her!«

Alle drehten sich um. Seb auch und deshalb verlor er das Gleichgewicht. Seine Hand streifte die Kokosnuss, die wie eine Glocke zu schwingen begann und ihn zu verhöhnen schien, als er am Stamm nach unten rutschte und wie ein nasser Sack auf den Boden plumpste. Nur Gil blieb stehen, um ihm auf die Füße zu helfen, aber gleich darauf schlossen sie sich den anderen an, die zu mir rannten. Jetzt stand ich wieder im Mittelpunkt des Kreises. Feierlich trug ich die Kokosnuss zum Feuer.

Der Frühstücksclub folgte meinem Beispiel und kniete sich ehrfürchtig hin.

»Wie zum Teufel hast du das Ding runtergekriegt?«

»Heilige Scheiße!«

»Ist sie sehr schwer?«

»Bist du hochgeklettert?«

»Können wir sie aufmachen?«

»Noch nicht«, beantwortete ich die letzte Frage. Die anderen starrten mich erwartungsvoll an. Man konnte ihnen ansehen, wie sehr sie sich auf den süßen Bounty-Riegel-Saft freuten.

Jeder von uns kennt das Gefühl, wenn man sich ein neues Spiel kauft, das man schon seit einer Ewigkeit haben wollte und für das man vielleicht sein gesamtes Weihnachts- und Geburtstagsgeld gespart hat. Endlich wird es geliefert und dann liegt es vor einem, in glänzendes Zellophan verpackt, und man packt es nicht sofort aus. Der Fachausdruck dafür ist, glaube ich, »Belohnungsaufschub«. Ich hatte vor, diese Belohnung so lange wie möglich aufzuschieben.

»Ab jetzt wird sich hier einiges ändern«, verkündete ich. »Ich werde in Bikini Bottom wohnen und das grüne Ei nehme ich mit.«

Ich sah die Mitglieder des Frühstücksclubs an, in deren Gesichtern das blanke Entsetzen geschrieben stand. Daddy wollte sie allein lassen. Ich war froh, dass sie schockiert waren. Ich wollte, dass sie Angst hatten. Ich nahm mir ein brennendes Holzscheit aus dem Feuer und ging damit durch die Dünen zu der Hütte, die wir gebaut hatten. Als ich drinnen war, holte ich den Flugschreiber aus dem Regal und stellte ihn einfach irgendwo auf den Boden. Dann legte ich das grüne Ei an seine Stelle und entzündete eine Fischtran-Lampe direkt daneben. Sie brannte wie eine dieser Kerzen, die man in Tempeln immer sieht. Das Licht fiel auf die grün schimmernde Schale der Kokosnuss. Es hätte nicht viel gefehlt und ich hätte mein Spiegelbild auf der Oberfläche sehen können, zwar verzerrt, aber unverkennbar ich. Die Kokosnuss war zum Heulen schön.

Warum sollte ich sie öffnen und mit den anderen teilen?

Sie gehörte mir.

Sechste Platte

Rocket Man – Elton John

Elton John, Bernie Taupin (1972)

32
DER MINIROCK

Am nächsten Morgen wachte ich in einer neuen Welt auf. Flora hatte recht gehabt. Ich war ein Idiot gewesen. Die ganze Zeit war ich den Mitgliedern des Frühstücksclubs hinterhergerannt und hatte alles für sie getan, genau wie in Osney.

Aber das hatte jetzt ein Ende. Das Zeitalter von Lincoln war angebrochen, das Zeitalter der Zivilisation. Warum sollte ich wie ein Wilder neben einem Feuer schlafen, wenn ich die Nacht in einem Haus verbringen konnte? Warum sollte ich ihr Sklave sein, wo sie doch meine Sklaven sein konnten? In Zukunft wollte ich lediglich das tun, was nur ich konnte – das Feuer anzünden. Den Rest wollte ich delegieren. Dad sagte früher immer, man hält sich keinen Hund und bellt dann selbst, und er hatte recht. Ich war das Alpha-Männchen, das höhere Wesen, der Rudelführer. Im Grunde genommen war es mir egal, ob die anderen lernten, ohne mich zu jagen und zu angeln. Ohne mein Feuer konnten sie nicht kochen und mussten nachts frieren.

Was das Ei anging, das wie ein Silberpokal auf dem kleinen Regal thronte – ich wollte es nicht öffnen. Jetzt noch nicht und vielleicht nie. Es ließ meine Macht wachsen. Wenn ich es gleich knackte und sich herausstellte, dass der Inhalt grauenhaft schmeckte, war sein Zauber für immer verloren.

Nach einer Nacht in der Hütte, in der ich hervorragend geschlafen hatte, ging ich wieder in die Dünen und rief die anderen zu einer Besprechung zusammen. Das grüne Ei nahm ich mit.

Warum, wusste ich selbst nicht so richtig. Ich trug es in der einen Hand und meinen Stab in der anderen. Vermutlich dachte ich, es würde mir dabei helfen, das zu sagen, was ich sagen wollte.

»Ich erkläre euch jetzt, wie das hier in Zukunft ablaufen wird«, begann ich. »Ich möchte, dass ihr euch über die Hierarchie auf dieser Insel im Klaren seid. Wir werden das Osney-System auf den Kopf stellen. Ich bin jetzt ein Viertelmann. Flora und Gil sind Zweier.«

Ich hatte nicht viel für Flora und Gil übrig, hielt die beiden aber für die klügsten Leute auf der Insel, nach mir natürlich. Ich hatte es durch je einen kleinen, verräterischen Kommentar der beiden herausgefunden. Am Tag des Cricketspiels hatte Gil Thomas Becket erwähnt und an der Absturzstelle hatte Flora aus *Alice im Wunderland* zitiert. Weder das eine noch das andere war Bestandteil von Osneys Lehrplan gewesen, und das sagte mir, dass die beiden Bücher lasen, und zwar in ihrer Freizeit. Leute, die Bücher lesen, sind klug und kluge Leute sind potenzielle Unruhestifter. Eine Beförderung war so eine Art Versicherung gegen weitere Meutereien.

»Der Rest von euch sind Zwölfer.« Ich redete weiter, bevor sich Widerstand regen konnte. »Ich habe eine Menge für euch getan. Aber jetzt werdet ihr auch etwas für mich tun. Ihr werdet heute folgende Aufgaben erledigen.« Ich deutete auf einen nach dem anderen. »Gil – du gehst mit Jun zusammen angeln.« Ich gab Jun zwei ihrer Geigensaiten zurück. Es fühlte sich irgendwie merkwürdig an, aber ich hatte keine Angst. Sofern sie kein Sashimi essen wollten, würde ihnen der Fisch ohne mein Feuer nicht viel nützen. »Flora – du ziehst mit Seb los und fängst eine Ziege, so, wie ich es dir gezeigt habe.« Dann hatte ich eine Eingebung. »Du solltest versuchen, ein Weibchen zu finden. Dann können wir es hier irgendwo anbinden und melken. Ich habe das

Wasser aus dem See langsam satt.« Ich gab ihnen die dritte Saite, die dickste von allen, die sie als Halsband benutzen konnten. Die vierte hatte ich mir mitsamt meiner kostbaren Brillengläser um den Hals geschlungen und dort würde sie auch bleiben. Ich hatte nicht vor, alle meine Schätze wegzugeben.

Ich war zufrieden mit der Paarbildung. Flora und Gil waren voneinander getrennt und Gil und Seb ebenfalls. Das war mein bester Schutz. »Ralph – du bist ab jetzt mein Kräuterkundler, mein Apotheker und mein Arzt.« Er war der Einzige, der sich über seine Aufgabe zu freuen schien. »Ich werde auch in Zukunft jeden Tag das Feuer entzünden und für euch alle kochen. Außerdem werde ich weiterhin Dinge bauen und erfinden, solange wir hier sind. Was noch eine ganze Weile so sein könnte.« Der Gedanke daran machte mir keine Angst mehr.

»Und was soll ich tun?«, erkundigte sich Miranda.

»Du wirst mir in Bikini Bottom helfen«, sagte ich. Ich war noch nicht ganz so weit, laut auszusprechen, was genau sie für mich tun würde. Sie sollte die Art von Haushaltshilfe für mich sein, die vor einem Jahrhundert üblich gewesen war. Ich hatte »helfen« gesagt, aber »dienen« gemeint.

Die anderen zogen los, um sich ihren Aufgaben zu widmen. Keiner von ihnen machte einen zufriedenen Eindruck, aber fürs Erste hatte ich sie ausgeschaltet. Im Grunde genommen konnten sie sich nicht wehren.

»Ralph.« Ich rief ihn zurück.

Er kam zu mir. Seinen Rapper-Gang hatte er abgelegt, er ging jetzt ganz normal, aufrecht, mit geradem Rücken.

»Ich habe mich gefragt, ob du mir nicht ein bisschen was aus dem Wald holen könntest«, sagte ich.

»Hast du immer noch Schmerzen?«, fragte er, als wäre er Arzt.

»Nein«, erwiderte ich. Ich hatte vergessen, dass Flora die Einzige war, die wusste, dass mein Zahn herausgefallen war. »Nein. Nur was zum ... Aufputschen. Etwas, das ein bisschen für Stimmung sorgt.«

Ralph ging einen Schritt zurück und sah mich prüfend an. Ich erwiderte seinen Blick, ohne mit der Wimper zu zucken.

»Ich werde sehen, was ich tun kann«, meinte er. Dann drehte er sich um und folgte den anderen in den Smaragdwald.

Der Abend dieses Tages war der beste, den ich auf Lincoln Island erlebt hatte. Ich hatte den ganzen Tag gefaulenzt, geschlafen und gebadet. Ich hatte nicht schweißüberströmt durch den Wald rennen oder mir beim Angeln im See einen Sonnenbrand im Nacken holen müssen. Ich schlenderte langsam zu dem kleinen Teich am Wasserfall, wo ich meine Sachen und meine Haare wusch und mein neues Ich im spiegelnden Wasser bewunderte. Muskeln. Bräune. Zerzauste, von der Sonne gebleichte Haare, die mir in mein braun gebranntes Gesicht fielen. Strahlend grüne Augen. Die funkelnden Brillengläser an der Geigensaite hingen wie eine Erkennungsmarke im Ausschnitt meines offenen Hemds. Der einfache, unbedeutende Edmond Dantès war zum Grafen von Monte Christo geworden. Meine Verwandlung war abgeschlossen.

Als ich wieder im Lager war und die Sonne zu sinken begann, entzündete ich das Feuer und weidete die Gaben aus, die meine Untertanen mir brachten. Und dann, als die anderen mit Kochen beschäftigt waren, machte ich mich auf die Suche nach Miranda.

Sie stand in der Brandung. Die untergehende Sonne ließ das Meer golden und pfirsichfarben aufleuchten und ihre Silhouette war atemberaubend. Fast hätte mein Herz für einen Schlag ausgesetzt.

»Miranda.«

Sie drehte sich wie in Zeitlupe um. Das Ganze sah aus wie eine Parfüm-Werbung. Ich fragte mich, wie ich das, was ich ihr zu sagen hatte, formulieren sollte. »Du hast heute Abend Dienst.«

»Was soll das denn bedeuten?«

»Du holst mein Essen vom Feuer, legst es auf ein Blatt und bringst es mir in die Hütte. Und dann bedienst du mich am Tisch.«

»Und dann?« Sie starrte mich mit ihren blauen Augen an.

»Dann wirst du essen.«

Sie zuckte mit den Schultern. »Okay.«

Das Wort – mein Sklavenwort – war Musik in meinen Ohren. »Oh, da wäre noch etwas.«

»Ja?«

»Zieh den Rock an.«

»Wie bitte?«

»Du weißt schon. Den Minirock. Den ... von Missoni. Du hast ihn am ersten Tag getragen.«

»Bist du verrückt geworden?«

»Willst du essen oder nicht?« Ich konnte ihr ansehen, dass sie voll und ganz verstand, was ich damit meinte.

Ich habe keine Ahnung, wo sie den Rock die ganze Zeit aufbewahrt hatte, aber als sie durch die Tür von Bikini Bottom kam, trug sie ihn. Sie sah unglaublich aus mit dem ärmellosen Oberteil und den offenen blonden Haaren. In den Händen hielt sie ein Blatt mit meiner Fisch-Vorspeise. Ich saß auf meinem Thron am oberen Ende des Tisches. Miranda legte den Fisch vor mich hin und trat einen Schritt zurück.

»Und jetzt?«

»Warte.«

Sie stellte sich vor die Wand, während ich aß, neben den Altar mit dem grünen Ei, das im Licht der Fischtran-Lampen schimmerte. Eigentlich hätte es mir unangenehm sein müssen, aber stattdessen fühlte ich mich wahnsinnig mächtig. Noch nie in meinem Leben hatte mir eine Mahlzeit so gut geschmeckt. Nach der Vorspeise schickte ich sie wieder zum Feuer, um mir ein Stück von der Ziege zu holen. Auch das Fleisch verzehrte ich, während sie an der Tür strammstand, die Hände in die Hüften gestemmt und einen gelangweilten Ausdruck im Gesicht. Sie seufzte und stöhnte ein bisschen, aber für eine Anfängerin machte sie ihre Sache gar nicht mal so schlecht. Ihr Engagement ließ allerdings schwer zu wünschen übrig. »Und jetzt?«, fragte sie, als ich fertig war.

»*Jetzt* kannst du dich hinsetzen und essen.«

»Hier?«

»Na klar.«

Miranda ging zum Feuer und holte sich ein Blatt mit Essen. Sie setzte sich ein Stück von mir weg an den Tisch, auf einen der kleineren Stühle. Ich war fertig, daher beobachtete ich jetzt *sie.*

Ich aß mit einem Mädchen zu Abend, ich aß tatsächlich mit einem Mädchen zu Abend. Und nicht mit irgendeinem Mädchen, sondern mit Miranda Pencroft. Irgendwie fiel mir nichts ein, was ich sagen konnte, und nach einer Weile wurde mir klar, dass das nicht nur an mir lag. Miranda war keine großartige Gesprächspartnerin. Sie drückte sich mit Emojis und Abkürzungen wie OMG und LOL aus. Wenn sie nicht so hinreißend ausgesehen hätte, wäre es mir auf die Nerven gegangen. Aber ich lernte. Und ich hatte bereits gelernt, dass man sich mit Leuten darüber unterhalten musste, was *sie* interessierte, wenn man sie zum Reden bringen wollte. »Glaubst du, dass du Schwimmerin wirst? Ich meine, wenn du mit der Schule fertig bist.«

Sie sah mich zum ersten Mal richtig an. »Ja. Wie Rebecca Adlington.«

»Wer?«

»Sie hat 2008 an den Olympischen Spielen teilgenommen, da war ich noch ein Kind. Dieses unglaublich tolle britische Mädchen, das zwei Goldmedaillen gewonnen hat.«

Jetzt fiel es mir wieder ein.

»Da habe ich gewusst, dass ich Schwimmerin werden will, genau wie sie.«

»Nicht *genau* wie sie.«

»Warum nicht?« Sie warf mir einen feindseligen Blick zu.

»Na ja, du siehst nicht gerade aus wie ... ist sie denn nicht ... sie ist nicht gerade ...«

»Sie ist großartig.«

»Ja. Aber im Internet hat sie doch einen richtigen Shit-Storm abbekommen, weil sie ... weil sie ...«

»Weil sie hässlich ist?«

Ich war froh, dass sie es gesagt hatte und nicht ich.

»Was spielt das für eine Rolle, wie sie aussieht? Sie war eine tolle Schwimmerin.«

»Hey.« Ich hob abwehrend die Hände. »Ich bin ganz deiner Meinung. Ich finde es ...«

»Was?«

»Ich finde es ganz schrecklich, wenn man im Internet gemobbt wird. Wenn man beschimpft wird. Wenn einem gesagt wird, man sei so hässlich, dass man sich umbringen soll.«

Sie sah mich durch ihre dichten Wimpern hindurch an. Ich erwiderte ihren Blick.

»Es tut mir leid«, sagte sie. »Ich hätte das nicht sagen sollen. Du bist nicht hässlich. Genau genommen siehst du sehr gut aus.«

Natürlich fiel mir das Kompliment auf – mein erstes von einem weiblichen Wesen, das nicht mit mir verwandt war. Aber ich wollte mehr erfahren.

»Warum hast du es dann getan?«

Sie starrte auf ihre Hände und antwortete nicht. Das musste ich für sie übernehmen.

»Du hast es getan, weil du nicht wolltest, dass jemand das Gleiche mit *dir* macht.« Ich schaffte es nicht, den überraschten Ton aus meiner Stimme zu nehmen. »Du siehst zwar aus wie ein Engel, aber in Wirklichkeit hast du einen Minderwertigkeitskomplex.«

Miranda zuckte kaum merklich mit den Schultern. »Du hast vermutlich recht.«

Ich hätte weitermachen können. Ich hätte sie für das, was sie mir angetan hatte, in der Luft zerreißen können. Aber trotz allem wollte ich mit ihr zusammen sein, daher mied ich das gefährliche Thema der realen Welt und machte mit etwas Hypothetischem weiter. »Was wärst du lieber: Olympiasiegerin im Schwimmen oder wahnsinnig schön?«

Ich sah ihr an, dass sie es nicht gewohnt war, mit philosophischen Fragen konfrontiert zu werden. Sie überlegte. »Ich weiß es nicht.«

»Na ja, *du* musst dich ja nicht entscheiden.«

Sie lächelte mich an und legte ihre Hand auf meine. »Danke.«

Ich hatte noch etwas gelernt. Miranda gefielen Komplimente genauso wie mir. Ich versuchte es mit noch einem. »Ich bin mir sicher, dass du es schaffen wirst.«

»Vielleicht.« Sie zog ihre Hand weg. »Ich bin ein bisschen aus der Übung.«

Ich setzte mich aufrecht hin. »Wenn du möchtest, kannst du jetzt schwimmen gehen.«

Sie sah mich überrascht an. »Wirklich?«

Miranda strahlte über das ganze Gesicht und rannte dann nach draußen auf den im Mondlicht silbern glänzenden Sand. Bevor ich sie einholen konnte, hatte sie sich auch schon aus dem

Minirock geschält und ihn wie eine Schlangenhaut am Strand zurückgelassen. Sie zog auch ihr Oberteil aus und stürzte sich dann in Unterwäsche in die Wellen. Eine Weile schwamm sie entlang der Küste auf und ab, unglaublich stark und schnell, und zog im Mondlicht ihre Bahnen. Ich hob die Hand und winkte ihr zu.

»Hey!«, rief ich. »Nicht nur Kraul.«

Sie schwamm ins Flache und stand auf, sodass sie halb im und halb aus dem Wasser war. Ihr Körper schimmerte wie der einer Robbe. »Wie bitte?«

Ich wollte ihr nicht dabei zusehen, wie sie hin- und herschwamm. Ich wollte eher eine ... Show. »Mach mal das, was sie bei den Olympischen Spielen tun, wenn sie Arme und Beine aus dem Wasser herausstrecken.«

Sie steckte sich einen Finger ins Ohr und wackelte damit herum, als hätte sie mich nicht richtig hören können. »Das ist Synchronschwimmen. Das kann ich nicht. Meine Disziplin ist Freistil.«

»Versuch's.« Ich sagte es freundlich, aber in meiner Stimme lag ein scharfer Unterton. Es war ein Befehl.

Miranda zögerte einen Moment, aber dann ließ sie sich nach hinten fallen und auf dem Rücken im Wasser treiben. Sie drehte sich um die eigene Achse wie eine Meerjungfrau, überschlug sich, tauchte unter und wieder auf. Im Mondlicht konnte ich einen starken, graziösen Arm oder ein langes, schlankes Bein mit gestreckten Zehen aus dem Wasser ragen sehen – eine Show, die nur für mich bestimmt war.

»OMG. Ich komm mir so blöd vor.«

»Mach weiter!«, rief ich. »Das sieht gut aus.«

Ich spürte, wie jemand sich neben mich stellte.

»Lincoln.«

»Jetzt nicht, Ralph.«

Aber er drückte mir etwas in die Hand. Ich senkte den Blick und sah ein großes Blatt auf meiner Handfläche liegen. Welche Farbe es hatte, konnte ich beim besten Willen nicht erkennen, aber die Ränder waren irgendwie gezackt wie bei Rucola.

»Ich glaube, sie enthalten so etwas Ähnliches wie Koffein. Das dürfte die gewünschte Wirkung haben.«

Ich zerdrückte das Blatt in meiner Hand, als wäre es etwas Verbotenes. »Danke«, sagte ich. »Und jetzt holst du dir etwas zu essen.«

»Okay, Lincoln.«

Als Ralph zum Feuer ging, öffnete ich die Hand und starrte das Blatt an, das sich langsam wieder entkräuselte. *Iss mich!*, schien es mir zuzurufen. Ich zögerte nur einen Moment, in dem ich mich fragte, ob – und wie – es mich verändern würde. Dann biss ich kleine Stückchen von dem Blatt ab und wartete. Es löste ein angenehm summendes Gefühl in meinem Kopf aus, so ähnlich, als würde man zu schnell aufstehen. Ich schluckte den Rest hinunter, während ich Miranda beobachtete. Es sah so aus, als würde sie in einem hellen, schimmernden Nebelschleier schwimmen. Und plötzlich taten mir Robinson Crusoe, Tom Hanks in *Cast Away* und die Typen aus *Die Geheimnisvolle Insel, Die Schatzinsel* und *Die Koralleninsel* unendlich leid. Genau wie die Jungs aus *Herr der Fliegen* und sogar der arme Edmond Dantès. Ich hatte etwas auf meiner Insel, das es bei keinem dieser armen Schweine gegeben hatte.

Mädchen.

33
DER MINIROCK (II)

Das Zeitalter von Lincoln war angebrochen und es fühlte sich verdammt gut an.

Bei der Besprechung des Frühstücksclubs am nächsten Morgen verteilte ich die Aufgaben. »Flora – du und Seb geht wieder jagen.« Das hatten sie gestern schon getan. Es war ihnen zwar nicht gelungen, eine weibliche Ziege zu fangen – Flora hatte gesagt, es seien alles Böcke gewesen, was natürlich völlig unmöglich war –, aber ich sah keinen Grund dafür, etwas an ihrer Paarbildung zu ändern.

Ich musterte die anderen. »Miranda.« Ihr engelsgleiches Gesicht schaute mich erwartungsvoll an. »Du wirst mit Gil zusammen angeln gehen.« Sie sah enttäuscht aus.

»Jun – heute wirst *du* mir helfen.«

Es schien sie nicht gerade zu deprimieren. Ich fragte mich, ob sie und Miranda miteinander geredet hatten. »Ja, Lincoln.«

»Das ist alles.«

Ich holte sie ein, als sie zum Strand ging. »Jun?«

»Ja, Lincoln?«

»Ich möchte, dass du heute Abend Mirandas Rock trägst.«

»Wie bitte?«

»Den Wildlederrock. Den, den sie im Flugzeug getragen hat.«

»Echt jetzt?« Einen Moment lang sah sie fast wieder so feindselig aus wie in Osney.

»Es ist so eine Art ... Uniform«, versuchte ich, mich zu rechtfertigen. »In der Schule mussten wir Uniform tragen. Und du musst eben den Rock tragen, wenn du mir mein Essen bringst.«

»Aber ... er gehört *ihr.*«

»Miranda wird ihn dir bestimmt leihen. Sie ist doch deine beste Freundin, oder?«

»Ja, schon ... aber ...«

»Gut. Dann sehen wir uns bei Sonnenuntergang. Den Rest des Tages hast du frei.«

Dann ging ich Ralph suchen. »Ralph, alter Kumpel, bring mir noch ein paar von diesen Rucolablättern«, sagte ich.

Er sah mich lange an. »Okay«, meinte er schließlich. »Sie sind aber ziemlich schwer zu finden.«

»Das ist schon in Ordnung«, antwortete ich. »Du hast den ganzen Tag Zeit. Ich brauche sie erst heute Abend.«

»Und was ist mit den Kräutern für das Essen?«

»Oh, die Kräuter für das Essen ... ja klar, nach denen kannst du auch suchen«, erwiderte ich lässig. »Aber der Rucola hat Vorrang.« Ralph starrte mich wieder an, als wollte er etwas sagen. Dann nickte er einmal kurz und zog in Richtung Wald los.

Ich wusste nicht so genau, was ich mir von dem Abend mit Jun erwartete. Die Vorfreude darauf war nicht ganz so groß wie bei dem Abend mit Miranda, aber ich spielte ein Spiel. Ich ging davon aus, dass ich noch eine Menge Zeit auf dieser Insel haben würde, um mich an weiblicher Gesellschaft zu erfreuen, und wollte das Angebot ausgiebig prüfen. Schließlich war ich sozusagen mein Leben lang in der Wüste gewesen. Mädchen hatten mich nie beachtet, deshalb wollte ich das jetzt verdammt noch mal genießen. Jedes kleine bisschen davon.

Auch an diesem Tag bereitete ich mich gründlich auf mein Rendezvous vor. Ich wusch meine Kleidung und meine Haare im See, dann ging ich wieder ins Lager und räumte Bikini Bottom auf. Als ich das grüne Ei auf dem Regal zurechtrückte, stieß ich mit dem Fuß an einen Gegenstand auf dem Boden, von dem ich völlig vergessen hatte, dass er dort lag. Ich fluchte kräftig und hüpfte auf einem Bein herum, während ich mir meinen schmerzenden Zeh rieb. Dann ging ich auf die Knie und zog den Stein des Anstoßes unter dem Regal hervor. Es war der Flugschreiber.

Ich setzte mich auf den sandigen Boden und starrte das Ding nachdenklich an. Wahrscheinlich schickte sein mechanisches Herz jetzt gerade unhörbare Signale ins All hinaus und sagte den Suchtrupps, wo wir waren. Mit einem Mal überkam mich ein Gefühl, das an Angst grenzte. Der Flugschreiber war ein Spitzel, ein Verräter. Er sah so harmlos aus mit seiner orangefarbenen Lackierung und den weißen Buchstaben: *FLIGHT RECORDER DO NOT OPEN*. Plötzlich machte die Aufschrift mich wütend. Niemand hatte mir zu sagen, was ich auf meiner Insel tun und lassen sollte. Ich nahm meinen Stab und schlug den Flugschreiber tot.

Der Kasten ließ sich erstaunlich leicht zertrümmern. Ich hämmerte so lange mit meinem Stab darauf herum, bis er nur noch aus kleinen Stücken bestand. Als die rote Welle meiner Wut abebbte, sah ich mir den Schaden an. Ich wühlte im Blut und den Eingeweiden herum, in der Erwartung, auf Mikrochips, Transponder und Sensoren zu stoßen. Aber ich fand überhaupt nichts Technisches. Ich fand nur gesplittertes Sperrholz, einige Gewichte aus Zink und orangefarbene Lacksplitter.

Der Flugschreiber war eine Attrappe.

Lange saß ich da und starrte auf die Trümmerteile. Niemand suchte nach uns und ich war froh darüber. Das zertrümmerte Gehäuse und die falschen Innereien warf ich ins Meer. Schließlich sollte Bikini Bottom ordentlich aussehen, wenn Jun kam.

Als Jun die Hütte betrat, trug sie den Minirock.

Ihr olivfarbenes T-Shirt hatte sie in der Taille zusammengeknotet und die glänzenden blauschwarzen Haare fielen offen bis zur Taille. Während ich aß, stand sie ehrerbietig da, den Kopf gesenkt, die Hände gefaltet, den Blick auf den Boden gerichtet. Im Gegensatz zu Miranda hatte sie anscheinend mehr Ahnung davon, was von ihr erwartet wurde. Das gefiel mir, was ich ihr auch sagte.

Als ich fertig war, erlaubte ich ihr, sich hinzusetzen und zu essen. Und natürlich begann ich ein Gespräch über ein Thema, von dem ich wusste, dass es sie interessieren würde: Musik.

»Wann wäre denn das Vorspielen gewesen? Für das Royal College of Music?«

»Am vierten September«, erwiderte sie. Wegen des Uhrfelsens wussten wir, dass wir jetzt Mitte August hatten. »In drei Wochen.«

»Wow«, sagte ich. »Na ja, darüber brauchst du dir jetzt keine Gedanken mehr zu machen.«

»Nein«, sagte sie entschieden. »Man kann nicht nur mit einem Bogen spielen, und das ist alles, was ich noch habe. Selbst wenn wir gerettet werden, würde ich nicht mehr Zeit genug haben, die versäumten Übungsstunden aufzuholen. Und wenn ich diese Chance verpasst habe, werde ich hoffentlich nie, nie wieder spielen müssen. Ich bin jetzt erwachsen.« Sie klang wild entschlossen, aber dass sie so sehr betonte, erwachsen zu sein, ließ sie wie ein kleines Mädchen klingen. »Sie können mich nicht dazu zwingen«, meinte sie nicht sehr überzeugend. »Es gibt nichts, was mich dazu bringen könnte, wieder zu spielen.«

»*Ich* schon.«

»Wie bitte?«

»Ich könnte dich dazu bringen, wieder zu spielen.«

Sie warf mir einen unergründlichen Blick aus ihren dunklen Augen zu. »Wie denn?«

»Du hast doch noch den Bogen.«

»Ja, aber ...«

»Geh ihn holen.«

»Aber ...«

»Jun. Willst du morgen essen?«

Das genügte.

Während sie weg war, kam wie vereinbart Ralph herein und gab mir ein Rucolablatt. Ich sagte ihm, er könne sich etwas zu essen holen. Als er ging, wäre er fast mit Jun zusammengestoßen. Ich weiß nicht, wo sie den Bogen versteckt hatte, aber sie hielt ihn in der Hand. Sie fuhr mit dem Daumen über das elfenbeinfarbene Pferdehaar und spannte es durch eine geübte Bewegung mit der Schraube am Ende.

»Und jetzt?«, fragte sie.

Langsam, als wäre er eine Stradivari, reichte ich Jun meinen Stab.

Mit zwei Fingern hob ich ihr Kinn an, schob den Stab auf ihr hervorstehendes Schlüsselbein und legte ihre langen Finger an das Holz. Dann nahm ich die Hand mit dem Bogen und führte sie zum Stab, bis das Pferdehaar mit einem leisen Quietschen auf das Holz traf.

Ich setzte mich auf meinen Thron zurück. »Was wirst du spielen?«

Sie sah mich wieder mit ihren dunklen Augen an. Im Licht der Fischöl-Lampen ließ sich nicht erkennen, wo ihre Pupillen aufhörten und die Iris begann. Und dann, als wäre sie beim Vorspielen, sagte sie: »Bach, Konzert für zwei Violinen in d-Moll. BWV 1043.«

Ich nickte gönnerhaft. Dann lehnte ich mich zurück und genoss die Vorführung. Jun war wunderschön, wenn sie spielte. Ihre Augen waren geschlossen, ihre Hände wiegten das Instrument im Takt der Musik hin und her. Ich kaute das Rucolablatt und hörte aufmerksam zu. Ich kannte das Stück nicht, aber durch irgendeinen Zauber von Jun konnte ich es geradezu hören. Musik erfüllte Bikini Bottom und die Töne flatterten um meinen Kopf wie eine Wolke schillernder Schmetterlinge.

Jun musste insgesamt acht Stücke auf meinem Stab spielen. Nach dem Konzert durfte sie gehen. Ich blies die Lampen aus und legte mich zufrieden zum Schlafen hin. *Fast* zufrieden. Der Abend war schön gewesen, aber das reichte mir nicht. Ich wollte die Schönheit *hören.* Morgen, wenn Flora an der Reihe war, den Minirock zu tragen, würde ich ihr befehlen zu singen.

34
DER MINIROCK (III) … FAST

Nein.«

»Flora.«

»Lincoln, frag mich nicht noch mal.«

»Doch. Du wirst mich heute Abend am Tisch bedienen.«

»Keine Chance.«

»Und du musst den Minirock dabei tragen.«

Sie war weggelaufen, hatte die Morgenbesprechung verlassen, bevor ich ihr die Erlaubnis dazu gegeben hatte, und marschierte am Strand entlang. Jetzt blieb sie stehen. »Welchen *Minirock?«*

»Mirandas Minirock. Sie wird ihn dir bestimmt leihen. Jun hat ihn auch bekommen.« Ich musterte sie. Sie war schlanker als in Osney und Arme und Beine waren inzwischen so braun wie Kaffee. Ihre Augen waren irgendwie orange-bernsteingelb, genau wie die Farbe des Himmels über Lincoln Island bei Sonnenuntergang, und bildeten einen irren Kontrast zu dem gebräunten Gesicht. Ihre Haare waren länger und die pinke und violette Farbe war beinahe völlig daraus verschwunden. Sie war jetzt fast so blond wie Miranda. Zum ersten Mal fiel mir auf, wie hübsch sie war. In dem Minirock würde sie bestimmt sensationell aussehen. Mit dem ausgebleichten schwarzen Motörhead-Oberteil, das sie gerade trug, machte sie allerdings einen eher gefährlichen Eindruck auf mich. Ich glaubte nicht, dass sie sich so leicht überreden ließ wie die beiden anderen. Und ich hatte recht.

»Das ist so ziemlich das *Lächerlichste,* was ich je gehört habe.«

»Möchtest du ein gutes Abendessen? Dann zieh den Rock an.«

»Du willst mich verarschen, stimmt's?«

»Will ich nicht.«

Ich starrte sie so lange an, bis sie wusste, dass ich es ernst meinte.

Sie hielt meinem Blick stand. »Lincoln, kann ich dich mal was fragen?«

»Aber sicher«, meinte ich, ganz der großmütige Herrscher.

»Wer hat dich eigentlich zum König der Insel gemacht?«

Wut rauschte in meinen Ohren. Ich war so angepisst, weil sie es wagte, meine Autorität anzuzweifeln, dass ich nicht wusste, was ich sagen sollte. Und dann machte sie auf dem Absatz kehrt und ging weg. Ich konnte es nicht fassen.

Als ich mich wieder einigermaßen beruhigt hatte, musste ich mir eingestehen, dass sie recht hatte. Ich war der rechtmäßige König. Aber ich war nicht gekrönt worden. Ich brauchte eine Krönung.

An dem Abend aß ich nicht in Bikini Bottom. Es wäre sinnlos gewesen, herumzusitzen und darauf zu warten, dass Flora *nicht* kam. Zuerst musste ich meine Autorität geltend machen. Ich holte meinen Thron vom oberen Ende des Tisches, legte das grüne Ei und den Stab auf die Sitzfläche und trug alles in die Dünen. Dann stellte ich den Stuhl neben die Flammen und setzte mich hinein, den Stab in der einen Hand, das grüne Ei – das so schwer wie eine Bowlingkugel war – in der anderen. Die Mitglieder des Frühstücksclubs versammelten sich in einem Kreis um mich und das Feuer. Sie platzten fast vor Neugier. Mit Reichsapfel und Zepter in den Händen und den funkelnden Sternen über mir hatte ich das Gefühl, zum ersten Mal dort zu sein, wo ich hingehörte. Ich richtete das Wort an meine Untertanen.

»Heute Abend werden wir die Krönung wiederaufleben lassen«, sagte ich.

Ausnahmsweise einmal wollte *ich* im Mittelpunkt irgendeiner bescheuerten Zeremonie stehen. Der Frühstücksclub sollte mich endlich dafür feiern, dass es mir gelungen war, ein grünes Ei herunterzuholen. Ich hatte vor, die Kokosnuss zu spalten und den Inhalt mit den anderen zu teilen. Und dann wollte ich mich mit der oberen Hälfte, dem Teil mit dem Stängel, selbst krönen. Ich weiß, dass ich es für ziemlich dämlich gehalten hatte, als Seb in Osney mit dem Silberdeckel des Sportpokals gekrönt worden war, aber das hier war etwas ganz anderes. Dieser Krönungshut würde nicht ganz so bescheuert aussehen – ich ging davon aus, dass ich mit meinen von der Sonne gebleichten braunen Haaren und dem grünen Hut meinem Namensvetter Link aus *Zelda* ähnlich sehen würde.

Ich saß also auf meinem Thron, das grüne Ei in der einen Hand, den Stab in der anderen, und begann, das Krönungslied zu singen:

Lauf los, lauf los, Osney-Mann,
schlägst uns alle in den Bann.
Ruhm und Reichtum sind dein Ziel,
stürz dich mit Elan ins Spiel!
Nur der Beste ist gut genug,
es vergeht die Zeit im Flug.
Ruhm und Reichtum sind dein Ziel,
stürz dich mit Elan ins Spiel!

Einer nach dem anderen sang mit. Zuerst Ralph, mein Vize. Dann Seb, der mit durchgedrücktem Rücken dastand, als würde er die Nationalhymne singen, natürlich mit Gil zusammen, der wie immer alles nachmachte, was der Muskelprotz ihm vormachte. Bald stimmten auch Jun und Miranda mit ein. Es gab keinen Widerstand. Sie sangen fröhlich und aus vollem Hals und das vertraute Lied schien ein Trost für sie zu sein, ein Hauch von Heimat, ein kleines Fleckchen England auf dieser abgelegenen Insel. Es war genau wie in einem dieser alten Filme, in denen tropenbehelmte britische Entdecker Weihnachtslieder singen, während sie in einem großen Kessel sitzen und von Kannibalen gekocht werden.

Flora war die Einzige, die nicht mitsang, was ich verstohlen beobachtete. Um sie würde ich mich später kümmern. Sie würde schon noch für ihr Abendessen singen. Ich war so damit beschäftigt, den Moment meines Triumphs zu genießen, dass ich keine Zeit hatte, meine Rache zu planen. Und der Text des Krönungslieds ging mir runter wie Öl.

Denn mit einem Mal kam mir das Krönungslied vollkommen plausibel vor. Bis jetzt hatte ich es immer nur aus der Perspektive des Verlierers gehört – ein Außenseiter, der nicht dazugehört. Aber wenn man der Gewinner war, klang es unglaublich gut. Ich war jetzt im Club. Ich war nicht nur Mitglied der Gang, ich war der Anführer. Zum ersten Mal in meinem ganzen verdammten Leben wurde ich von allen bewundert.

Ich legte das grüne Ei vor das Feuer, als wäre der Sand ein Altar, und meinen Stab daneben, als wäre es ein Zeremonienmesser. Auf den entscheidenden Moment hatte ich mich natürlich vorbereitet. Ich hatte die Kokosnuss mit einem unserer selbst gebastelten Messer rundherum angeritzt, damit die obere Hälfte mit dem Stängel sauber abgetrennt wurde, wenn ich mit meinem Stab auf das grüne Ei einschlug. Aber das war für später geplant. Zuerst würden wir feiern. Ralph ging herum und verteilte Rucolablätter – eines für jeden. Heute Abend sollte jeder Spaß haben.

»Gibt es einen Viertelmann?«, brüllte Ralph.

»Lincoln ist der Viertelmann!«, brüllten alle (bis auf Flora).

»Wer ist der Spitzenmann?«, rief Ralph.

»Lincoln ist der Spitzenmann!«, kam die Antwort.

Plötzlich hoben mich die anderen hoch und trugen mich um das Feuer. Über mir funkelten die Sterne, unter mir schlugen die Flammen empor. Ich hatte es mir verdient. Ich hatte mehr getan, als nur um ein beschissenes Viereck herumzurennen. Ich hatte ihnen das Leben gerettet, ihnen allen, mit meiner Intelligenz und meinem Einfallsreichtum. Ihr Leben gehörte mir, und das im wahrsten Sinne des Wortes. Es war der perfekteste Moment, den ich je erlebt hatte, und ich ließ mich hemmungslos von den anderen feiern.

Nachdem sie mich wieder abgesetzt hatten, wurde das Ganze ziemlich schräg. Jeder umarmte jeden; irgendwann drückte mich sogar Seb an sich. Und dann fingen alle an, wie die Wilden zu tanzen und die Sau rauszulassen. Sie brüllten meinen Namen und hüpften auf und ab. Vermutlich war das etwas, um Dampf abzulassen oder so, aber ich fand es großartig, weil ich im Mittelpunkt stand und die anderen die ganze Zeit meinen Namen riefen – meinen Vornamen –, auf eine Art, wie ich es noch nie gehört hatte: als würden sie mich beim Sport anfeuern. *Lin-coln, klatsch, klatsch, klatsch. Lin-coln – klatsch, klatsch, klatsch.* Es war toll. Der Sprechgesang wurde lauter und lauter und lauter und irgendwann fingen die Jungs an, über das Feuer zu springen, und die Mädchen tanzten, was ziemlich sexy aussah. Flora bewegte mit geschlossenen Augen die Hüften hin und her und ließ ihre Haare im Rhythmus mitschwingen. Sie sah sensationell aus und ich war fest entschlossen, mich beim Abendessen von ihr genauso bedienen zu lassen wie von den beiden anderen Mädchen. Miranda und Jun tanzten miteinander und ich schwöre, dass sie sich einmal fast geküsst hätten. Und da kam mir der Gedanke, dass sie es tun würden, wenn ich es ihnen befahl.

Ich hätte die Tanzerei ewig so weitergehen lassen können, aber ich wollte das Ganze zum Höhepunkt bringen, ich wollte meinen Moment des Triumphs. Daher hielt ich den Stab in die Höhe wie eine Art Häuptling. Das grüne Ei lag neben mir, regungslos, besiegt, wie ein Opfer.

Jetzt würde ich es spalten, wir würden den süßen Inhalt trinken und die anderen würden mich für großartig halten. Ich würde den grünen Krönungshut aufsetzen und der Frühstücksclub würde mir zujubeln. Dann würde ich das verkünden, was ich seit meiner Ankunft auf der Insel insgeheim geplant hatte: Alle sollten mich *Präsident* Lincoln nennen. Als ich die glühende Bewunderung in ihren vom Feuer geröteten Gesichtern sah, wusste ich, dass sie einverstanden sein würden. Mitten im lautesten Begeisterungstaumel, während mein Name besonders süß in meinen Ohren klang, hob ich den Stab und ließ ihn auf das grüne Ei niedersausen. Es platzte genau an der Stelle auf, an der ich es eingeritzt hatte. Und dann kullerte etwas heraus.

Etwas, mit dem ich absolut nicht gerechnet hatte.

Eine Videokamera.

35
LOVE ISLAND

Wir saßen in einem Kreis ums Feuer, völlig nüchtern jetzt, das grüne Ei zwischen uns, als wäre es ein Mitglied des Frühstücksclubs. Da ich der Spitzenmann war, hielt ich die Videokamera in der Hand. Sie war schwer, schwarz und klein. In einer Ecke leuchtete ein winziges, bedrohlich aussehendes Lämpchen wie ein einzelnes rotes Auge. Die Kamera war komplett kabellos und steckte in einer Art wetterfestem Gehäuse.

Alle starrten mich an, als wäre die Kamera das Muschelhorn aus *Herr der Fliegen*, als würde die Kamera mir das Recht geben, zu sprechen. Aber ich konnte nicht. Der Gedanke daran, dass alles, was ich sagte, aufgezeichnet wurde, sorgte dafür, dass ich keinen einzigen Ton mehr herausbrachte.

»OMG«, stöhnte Miranda leise. »Wir sind in einer Fernsehshow.«

»Einer *Reality*-Fernsehshow«, ergänzte Jun.

»Das kann nicht sein«, sagte ich, als ich endlich meine Stimme wiedergefunden hatte. »Dafür müssten sie jede Menge Einverständniserklärungen haben, Genehmigungen der Erziehungsberechtigten und so Zeug. Außerdem haben wir nichts unterschrieben.«

»Oh doch«, widersprach mir Flora. »Das Sommercamp. Wir haben jede Menge Formulare unterschrieben. Und unsere Eltern auch. Auf vielen Formularen der Schule braucht man einfach nur irgendwo ein Kreuzchen zu machen, wenn man damit einverstanden ist, dass man fotografiert oder gefilmt wird. Das da ...« – sie zeigte auf die Kamera – »... stand vermutlich im Kleingedruckten.«

»Dann muss das aber sehr klein gedruckt gewesen sein«, meinte ich. »Das Camp sollte doch so etwas wie ›Vorbereitung aufs Leben‹ sein.«

»Wenn das hier so eine Art Dschungelcamp ist, gibt es doch gar keine bessere Vorbereitung aufs Leben, oder?«, sagte Gil.

»Es ist aber kein Dschungelcamp.« Alle drehten sich um und starrten Miranda an, die sich völlig sicher zu sein schien. »Seht euch doch mal um«, fuhr sie fort. »Sieben braun gebrannte Siebzehnjährige. Wir sind in *Love Island.*«

»Was zur Hölle ist *Love Island?*«, wollte Flora wissen.

»Ein Haufen Teenager auf einer Insel. Jeder sucht sich einen Partner oder eine Partnerin und das beliebteste Paar gewinnt fünfzigtausend Pfund.«

»Igitt«, meinte Flora. »Das ist ja ekelhaft. Ich habe noch nie von einem derart bescheuerten und seichten Konzept für eine Fernsehshow gehört.«

Miranda warf ihre Haare zurück. »Ich liege also nicht falsch, oder?«

Wir sahen uns an und waren plötzlich alle verlegen. Ich bekam schlagartig schlechte Laune. Falls sie recht hatte, falls das hier tatsächlich so eine Art Dating-Show war, war ich ab jetzt aus dem Spiel. Jeder würde sich einen Partner suchen und ich würde übrig bleiben. Ich würde wieder einmal das fünfte Rad am Wagen sein. Miranda würde einfach zu Seb zurückgehen, Jun würde sich vermutlich für Ralph entscheiden, und Gil und Flora, die jetzt schon einigermaßen nett zueinander waren, da sie inzwischen beide Zweier waren, würden eine Art Pakt schließen, um die Show zu gewinnen.

»Wenigstens wissen wir jetzt, dass wir sicher sind«, meldete sich Gil.

»Und *woher* wissen wir das?«, fragte Seb.

»Wir werden die ganze Zeit beobachtet. Sie werden nicht zulassen, dass uns etwas zustößt.«

Das stimmte zwar, aber der Gedanke daran war kein Trost für mich. Genau genommen entstand dadurch für mich ein Problem. Ich wollte nämlich kein Präsident sein, der ständig unter Beobachtung war. Ich hatte drei Tage, *drei lausige Tage* gehabt, um das Zeitalter von Lincoln zu genießen. Und in dieser Zeit hatte ich den Kameras Zugang zu allen Bereichen verschafft. Da ich das grüne Ei *in* die Hütte mitgenommen hatte, hatte es alles gesehen und aufgezeichnet, was in Bikini Bottom vorgefallen war. Miranda im Minirock, Jun im Minirock, Jun, die »Geige spielte«. Ich zuckte innerlich zusammen, als ich daran dachte. Es war jetzt nicht so, dass ich mich dafür *schämte* oder so. Schließlich hatte ich ja nichts *Falsches* getan. Aber ...

»Das bedeutet, dass wir irgendwann gerettet werden«, sagte Jun entschieden. »Realityshows laufen nicht ewig.«

Als ich das hörte, ging es mir noch schlechter. Meine neu gewonnene Macht aufgeben zu müssen, war das Letzte, was ich wollte. Präsidenten bekommen in der Regel mindestens vier Jahre. Ich hatte nicht einmal vier Tage gehabt. Okay. Wenn ich nur noch eine eingeschränkte Amtszeit hatte, wollte ich so viel *carpe* wie möglich aus diesem *diem* herausholen. Ich stand auf und ging zum Feuer.

»Was machst du da?«, wollte Flora wissen, während sie sich zwischen mich und die Flammen stellte.

»Ich verbrenne die Kamera«, sagte ich. Unter Beobachtung zu stehen, rund um die Uhr überwacht zu werden, kam mir plötzlich unerträglich vor. Ich liebte meine Macht, aber ich wollte nicht, dass man mir dabei zusah, wie ich sie ausübte. Das Auge der Kamera schien mich zu betrachten; es wollte wohl wissen, was ich jetzt tun würde. Ich stellte mir vor, wie sie im Feuer knisterte und knackte, bis das rote Auge tot war. Ich hielt mein Opfer über die Flammen.

»Das bringt doch nichts!«, rief Flora.

»Und warum nicht?«

»Weil sie überall sind. Verstehst du denn nicht? Es gibt nicht nur *eine* Videokamera. Du müsstest sie *alle* verbrennen.« Sie breitete die Arme aus und drehte sich einmal um sich selbst. Wir waren von Palmen umgeben, von denen jede zwei Kokosnüsse hatte. Mir fiel ein, dass sogar an den Stellen, an denen normalerweise keine Palmen wuchsen – wie auf dem Gipfel des Monte Christo oder direkt auf dem Kiesufer des Sees – immer zwei grüne Eier hingen, die uns beobachteten. Wenn in jedem von ihnen eine Kamera installiert war, hatte Flora recht. Sie waren überall. Ich zog meine Hand zurück.

»Warum immer zwei Kokosnüsse?«, wunderte sich Jun. »Was für eine Funktion hat die andere?«

»Technische Unterstützung«, erklärte ich resigniert. »Eine WLAN-Verbindung. Eine Reservekamera. Ich weiß es nicht.«

Es war zu viel für mich. Ich gab die Kamera an Ralph weiter, die Hand des Königs, nahm meinen Stab und zog mich mühsam daran hoch. Jetzt musste ich nur noch eins tun. »Was auch immer das hier ist, ich kann nicht bleiben und weiterhin für euch alle sorgen.«

Sie sahen verängstigt aus, wie schon einmal, als Daddy sie allein gelassen hatte.

»Wo willst du hin?«, fragte Seb.

»In die Höhlen«, antwortete ich. »Ich werde die größte davon als meine Wohnung benutzen.«

Bevor ich von der Existenz der Kamera gewusst hatte, hatte ich die Höhle das »Weiße Haus« getauft. Was mir jetzt allerdings zu großspurig vorkam, um es laut auszusprechen. Es war etwas, das ich für mich behielt. Es gab jetzt so vieles, das ich für mich behalten musste.

»Was ist mit dem Feuer? Und dem Essen?«, erkundigte sich Jun, in deren Stimme ein Hauch von Panik lag.

»Daran wird sich nichts ändern. Ich werde einfach nur in den Höhlen sein anstatt in Bikini Bottom. Ihr werdet versorgt sein. Ich werde jeden Tag kommen, um das Essen zuzubereiten und das Feuer für euch zu entzünden. Ich will mich nur nicht *beobachten* lassen.« Ich war sicher, dass es die richtige Entscheidung war. Ich wollte verschwinden, dann konnte die Paarbildung ohne mich ablaufen. Ich wollte mich einfach heraushalten. Sie würden mich immer noch brauchen, für das Essen und das Feuer, aber ich wollte mich nicht dadurch demütigen lassen, dass meine Avancen zurückgewiesen wurden. Und auf gar keinen Fall wollte ich, dass mein jämmerliches Versagen auf diesem Gebiet für alle Ewigkeit aufgezeichnet wurde. Als ich an die Kamera dachte und daran, was sie gesehen hatte, wurde mir einiges klar. Ich wusste, dass ich mir die Rendezvous mit den beiden Mädchen im Austausch für Essen erkauft hatte. *Meinetwegen* waren sie bestimmt nicht gekommen. Ich wollte mich zurückziehen, meine Wunden lecken und mich an das letzte bisschen Macht klammern, das ich, wer weiß, wie lange noch, besaß. Ich wusste jetzt, dass meine Herrschaft sich dem Ende zuneigte. Jun hatte recht – die Kameras bedeuteten, dass wir nicht für immer hierbleiben würden. Fernsehshows haben eine feste Laufzeit, und sobald jemand gewonnen hat, war's das.

Nerds sind keine extrovertierten Menschen. Wir schneiden in Realityshows nicht gut ab. Ich rettete mich gerade in klassisches

Nerd-Verhalten, was ich immer tat, wenn mir etwas zu viel wurde: Ich flüchtete in mein Zimmer. Die Höhle – das Weiße Haus – sollte ab jetzt mein Zimmer sein. Ich sah mich um. Mein Zimmer würde eine Einrichtung brauchen. Das grüne Ei lag wie ein abgetrennter Kopf auf dem Boden und die Flammen spiegelten sich darin. Es gehörte immer noch mir, die einzige Trophäe, die ich je gewonnen hatte. Ich hob es auf und klemmte es mir unter den Arm, wo es wie ein Basketball auf meiner Hüfte lag. »Ihr könnt mich ja in den Höhlen besuchen. Ralph ...« – er spitzte die Ohren wie ein Hund, dem gesagt wird, dass er jetzt Gassi geführt wird – »... du kommst mit.« Er rappelte sich auf.

»Und nimm das da mit.« Ich zeigte auf den einzigen anderen Gegenstand, den ich nicht zurücklassen wollte.

Meinen Thron.

36
GESAMMELTE WERKE

In Realityshows wird ständig behauptet, die Leute würden irgendwann vergessen, dass sie gefilmt werden. Ich vergaß es nicht, keine einzige Sekunde lang.

In meiner Höhle, nur mit dem grünen Ei als Gesellschaft, war ich sicher. Ich nannte es Wilson, nach dem Volleyball, der in dem Film *Cast Away* Tom Hanks' einziger Freund war. Ich gab ihm sogar ein Gesicht, mit einem Handabdruck aus Holzkohle. Dann stellte ich es in eine kleine Nische im Fels, aus der es neugierig hervorlugte. Wilson beobachtete mich mit seiner Holzkohle-Miene, aber jetzt waren mir seine prüfenden Blicke egal. Sein Bauch war hohl, die Videokamera verschwunden, daher konnte er mich so lange anstarren, wie er wollte.

Ralph half mir dabei, ein paar Möbel aus Bikini Bottom herzubringen. Den Tisch und die kleinen Stühle wollte ich nicht haben, aber das Bett, einen Teppich und die Bibel aus dem Flugzeug nahm ich mit. Außerdem das Heckteil des Wracks, das mit der Nummer, ED-34. Wenn das Weiße Haus mein Nerd-Zimmer sein sollte, brauchte ich meine Nerd-Trophäen. Ich machte es mir ziemlich gemütlich. Und beim Einzug stellte ich fest, dass ich nicht der Erste war, der diese Höhle für ein gutes Zuhause gehalten hatte.

Vor mir hatte schon einmal jemand hier gewohnt.

Ganz hinten in der Höhle gab es eine Art Vorraum mit dem Loch als Oberlicht, das uns aufgefallen war, als wir uns am See umgesehen hatten. Grün schimmerndes, gedämpftes Tageslicht strömte in eine kleine Kammer, die sich perfekt als Schlafzimmer eignete. Als ich Blätter und Steine entfernte und den Boden sauber machte, fand ich etwas, das in eine Nische gezwängt war – etwas Dickes, Rechteckiges, das die Farbe von Blut hatte.

Es war ein Buch mit einem weinroten Ledereinband und Goldschnitt. Eine Sekunde lang dachte ich, es wäre noch eine Bibel, aber dann schlug ich die Titelseite auf und las:

SHAKESPEARES GESAMMELTE WERKE

Ich blätterte durch die Seiten und suchte nach einem Namen, einem Exlibris oder irgendwelchen Anmerkungen am Rand, irgendetwas, das mir einen Hinweis auf den Besitzer geben könnte, aber da war nichts. Noch vor einem Tag wäre dieser Fund eine Riesensache gewesen. Er hätte bedeutet, dass es einen Siedler auf der Insel gab, einen Mr Kurtz, einen Kapitän Nemo. Doch jetzt hätte das Buch einfach nur einem der Techniker gehören können, die die Videokameras installiert und vor unserer Ankunft die Insel verlassen hatten. Aus irgendeinem Grund fühlte es sich trotzdem wichtig an, als hätte es von einem schon vor langer Zeit verstorbenen Schiffbrüchigen stammen können. Es sah ziemlich alt aus und vielleicht war es auch wertvoll, aber ehrlich gesagt war ich einfach nur froh, noch anderen Lesestoff außer der Bibel zu haben. Ich ging davon aus, in nächster Zeit ziemlich oft allein zu sein, so lange, bis das Fernsehteam beschloss, uns hier rauszuholen.

Wegen unserer vielen Ausflüge nach Stratford-upon-Avon wusste ich eine Menge über Shakespeares Theaterstücke, aber *Der Sturm* war das einzige, das ich in- und auswendig kannte. Es war das Standardstück für die Abschlussprüfung in Englischer Literatur und ich hatte ungefähr acht Lernhilfen für die faulen Schüler in Osney geschrieben. Nur weil ich es so gut kannte, fing ich eines Abends damit an, es zu lesen, manchmal auch laut für Wilson, der mein einziger Zuhörer war. Die Stellen, an denen Prospero vorkam, gefielen mir am besten. Wir hatten eine Menge gemein, ich und der gute alte Prospero. Er war ebenfalls ein Anführer auf einer einsamen Insel. Er besaß eine Höhle, einen Stab und Bücher. Er hatte Diener, die seine Befehle ausführten. Und er wollte Rache. Genau wie Edmond Dantès. Genau wie ich.

In der Höhle, bei Wilson, konnte ich ich selbst sein. Doch jedes Mal, wenn ich den Fuß vor die nicht vorhandene Tür setzte und auf der anderen Seite des Wasserfalls herauskam, stand ich unter Beobachtung. Ich versuchte, tote Winkel auf der Insel zu finden, aber die Leute von der Fernsehproduktion hatten ganze Arbeit geleistet, bevor sie die Insel verlassen hatten – ich konnte mich nirgends verstecken. Flora hatte recht gehabt. Egal, wo man war, es hingen mindestens zwei grüne Eier über einem wie zwei Augen.

Trotz der Überwachung ging ich immer noch jeden Tag zu Bikini Bottom. Ich schaffte es einfach nicht wegzubleiben. Ich musste unbedingt wissen, was passierte. Selbst wenn die Mitglieder des Frühstücksclubs kräftig an der Paarbildung arbeiteten, konnte ich den Gedanken daran nicht ertragen, dass sie eine kleine Gesellschaft ohne mich aufbauten. Ich hatte wieder einmal Angst, etwas zu verpassen, und das nicht zu knapp.

Ich beobachtete sie vom Waldrand aus, gut versteckt und unsichtbar. Dabei stellte ich fest, dass sie sich alle ziemlich verkrampft bemühten, »Verbesserungen« an Bikini Bottom durchzuführen. Was aber alles nur Show war, denn an der Hütte musste gar nichts verändert werden, bis auf die Reparatur des Lochs im Vordach, das entstanden war, als ich das Heckteil des Flugzeugwracks heruntergenommen hatte. Niemand gab sich wirklich Mühe; es war alles für die Kameras. Richtig gearbeitet wurde nur, wenn es jemanden gut aussehen ließ. Bikini Bottom war zu einer Kulisse geworden. Ich fand es ziemlich interessant, wie der Frühstücksclub sich für die Kameras verändert hatte. Die Jungs übernahmen Männersachen wie große Äste ins Lager schleppen oder Feuerholz hacken. Die Mädchen achteten darauf, dass Haare, Zähne und Fingernägel gut aussahen. Seb hatte sein Hemd ausgezogen, Miranda den Minirock angezogen. Nur Flora war noch genau dieselbe. Vom gesamten Frühstücksclub war sie die Einzige, die entweder vergessen hatte, dass sie gefilmt wurde, oder sich nicht darum scherte.

Richtig interessant war aber, dass es anscheinend nicht zur Paarbildung kam. Ich hatte fest damit gerechnet, dass Miranda zu Seb zurückkehren und ihre ehemalige Beziehung als schnulziges TV-Drama aufbereiten würde. Aber die beiden hielten sich nicht einmal in der Nähe des anderen auf; Gil verbrachte mehr Zeit mit Seb als sie. Die demonstrative Gleichgültigkeit in Sachen Romantik schien allerdings nicht von den Jungs zu kommen. Insbesondere Seb stolzierte herum wie ein Pfau und sandte alle üblichen Signale aus. Er war tief gebräunt, muskulös und sah so blendend aus wie immer. Aber die Mädchen hatten einfach kein Interesse an ihm. Was war hier los?

An dem Nachmittag ging ich ins Weiße Haus zurück, um nachzudenken. Ich lag auf dem Bett, hatte die Arme hinter dem Kopf verschränkt, während Wilson mich aus seiner Nische beobachtete, und kaute auf meinem letzten Rucolablatt herum. Rucolablätter hatten mir immer beim Denken geholfen. Ich musste Ralph dazu bringen, noch ein paar für mich zu suchen.

Warum glaubst du, dass du nicht gewinnen kannst?, sagte eine Stimme.

Ich setzte mich mit einem Ruck auf und sah mich um. Stand jemand am Eingang? Oder rief etwas durch das Oberlicht zu mir herunter? Aber da war niemand außer Wilson. »Was hast du gerade gesagt?«, fragte ich.

Warum glaubst du, dass du nicht gewinnen kannst?, wiederholte er.

»Warum glaubst du, ich könnte es?«, fragte ich, während ich in sein teilnahmsloses Holzkohle-Gesicht starrte.

Die Insel gehört dir doch schon, erwiderte er. *Geh zurück,* verlangte er. *Geh zurück, aber dieses Mal versteckst du dich* nicht.

Das Holzkohle-Gesicht bekam plötzlich eine urtümliche, primitive Bedeutung. Es sah aus wie ein Totem, ein Symbol der Macht.

Wie unter Zwang verließ ich die Höhle, duckte mich unter dem Wasserfall hindurch und watete in den See hinaus. Ich musste etwas herausfinden. Zum vierten Mal, seit ich auf der Insel war, sah ich mein Spiegelbild an. Jedes Mal war es anders gewesen. Ich starrte die zerzausten Haare an, die grünen Augen, das gebräunte Gesicht. Ich starrte dieses Gesicht lange, sehr lange an, auf die gleiche Art, wie ich die Holzkohle-Fratze des guten alten Wilson angestarrt hatte.

Dann ging ich zu Bikini Bottom und wurde wieder zum stillen Beobachter im Wald. Ich musste nur noch etwas überprüfen. Die Jungs brachten sich immer noch vor den Mädchen in Positur wie Pfaue, die ihre Schwanzfedern aufstellten; sie spielten den starken Mann bei den Bauarbeiten an der Hütte und machten Liegestütze und Sit-ups am Strand. Die Mädchen chillten auf dem Uhrfelsen und ignorierten die Jungs völlig; Jun und Miranda sonnten sich, Flora, die etwas abseits von ihnen saß, warf Kieselsteine ins Meer.

Ich verließ mein Versteck und ging zur Hütte hinüber, wo ich alle laut grüßte, mit hoch erhobenem Kopf, lächelnd und winkend.

Und dann passierte etwas Merkwürdiges. Miranda und Jun hüpften sofort vom Felsen herunter wie Haie, die Blut gerochen hatten. Sie kamen zu mir und sagten Hallo, während sie ihre Kleidung zurechtzupften und die Haare nach hinten warfen.

Es war ein Moment der Offenbarung.

Die Jungs zogen eine Show für die Mädchen ab.

Die Mädchen machten das Gleiche, aber ihre Show war nicht für die Kameras gedacht.

Sie war für *mich* gedacht.

Als ich wieder im Weißen Haus war, setzte ich mich auf meinen Thron und versuchte, Ordnung in meine Gedanken zu bringen, während draußen vor der Höhle der Wasserfall donnerte und brüllte.

Ich hatte den Stuhl mit dem Rücken zum Eingang hingestellt wie in meinem Zimmer zu Hause und saß vor dem grünen Ei, als wäre es der Bildschirm meines Computers. »Wilson, es sieht folgendermaßen aus«, begann ich. »Anscheinend sind wir in einer Art Reality-Dating-Show. Miranda glaubt, dass es *Love Island* ist, wofür auch das Casting spricht, denn es ist tatsächlich ein Casting. Drei Mädchen, vier Jungs. Drei Paare und ein Junge, der sozusagen das fünfte Rad am Wagen ist. Offenbar hoffen sie, dass sich Paare bilden und es dann zu einem Partnerwechsel kommt – es sind zu viele Jungs, daher werden sich mindestens zwei von ihnen um ein Mädchen schlagen. Aber ein Junge wird definitiv übrig bleiben. Der Loser.«

Wilsons Holzkohlen-Gesicht beobachtete mich regungslos. Er war ein guter Zuhörer. »Normalerweise, also im richtigen Leben, wäre *ich* der Loser. Mit Sicherheit. Aber hier scheint das nicht der Fall zu sein.« Mir wurde einiges klar, als ich weitersprach. »Es liegt nicht so sehr daran, wie ich jetzt aussehe – obwohl es natürlich eine gigantische Verbesserung im Vergleich zu meinem Äußeren in England ist –, ich glaube, es geht eher um das, was ich *kann.*« Er sah verwirrt aus. »Du weißt schon – Feuer machen, jagen, angeln, Hütten bauen. Der Längen- und Breitengrad und die Mathematik, mit der ich das herausgefunden habe. Und das SOS, das ich geschickt habe.« Ich musste an das SOS denken. Und an das Geheimnis, das ich nicht einmal Wilson gegenüber zugeben würde, daher umging ich dieses Thema und redete schnell weiter. »Solche Sachen. Inzwischen bin ich der Meinung, dass ich – zum ersten Mal in meinem Leben – das Alphamännchen bin. Die Mädchen wollen keinen von den anderen Jungs. Und das bedeutet«, fuhr ich langsam fort, »dass ich der einzige Junge bin, der gewinnen kann. Ich bin bereits der Dschungelkönig. Ich habe sogar einen Reichsapfel.« Ich nickte Wilson zu. »Nimm's mir nicht übel. Und das Zepter.« Ich wirbelte meinen Stab wie einen Tambourstock herum. »Aber die Position der *Königin* ist noch zu haben. Wer das sein wird, ist meine Entscheidung. Zeit, nachzudenken.« Ich stand auf. »Wilson«, sagte ich, während ich ihm die schwarze Wange tätschelte, »du bist ein ganz schön cleveres Kerlchen.«

Danke, erwiderte er. *Gute Nacht, Lincoln.*

»Gute Nacht, Wilson.«

Ich legte mich mit einem breiten Grinsen im Gesicht auf mein Bett und starrte durch das Oberlicht in der Decke die Sterne an, mit denen ich mit laut unterhielt: »Frei sollst du sein. Wie Wind' auf Bergen: tu' nur Wort für Wort, was ich dir aufgetragen!« Ich hatte es Wilson nicht gesagt, aber ich hatte bereits entschieden, wer meine Königin sein sollte.

Jetzt musste ich sie nur noch dazu bringen, damit einverstanden zu sein.

37
VERSAILLES

Ich befahl Ralph, Flora zu einer Audienz ins Weiße Haus zu bringen. Sie folgte der Aufforderung nur widerstrebend und blieb am Eingang stehen, bis ich zu ihr sagte, sie solle hereinkommen. In der Höhle gab es keine Kameras und ich war mir ziemlich sicher, dass man hier keine Tonaufnahmen machen konnte, dazu war der Wasserfall viel zu laut. Zwei Dinge, die mir an meiner neuen Residenz ganz besonders gut gefielen. Was im Weißen Haus passierte, blieb im Weißen Haus.

Ich setzte mich auf den Thron und Flora stellte sich vor mich hin.

»Was willst du?«

»Flora. Ich will, dass du mich heute Abend am Tisch bedienst. Hier, in der Höhle.«

»Hatten wir dieses Gespräch nicht schon mal?«

»Ja. Aber dieses Mal wirst du dich nicht mit den beiden anderen abwechseln. Ich möchte, dass *du* das tust. Verstehst du?«

Sie rang nach Luft und schlug die Hände vor den Mund. »Ich? Wirklich? Oh, Lincoln, das ist ... das ist ...« Ihr Gesichtsausdruck veränderte sich. »... ekelhaft.«

»Ich glaube, du verstehst nicht. Ich habe mich für *dich* entschieden.«

»Du kannst dich nicht für Frauen *entscheiden.* Wir sind keine Schokoriegel.«

»Aber ich *will,* dass du kommst.«

»Oh, das ist natürlich etwas ganz anderes«, sagte sie spöttisch. »Dann sehen wir uns so gegen halb acht.«

Die junge Dame war frech. Aber es war mir egal. Es gefiel mir sogar. Es war einer der Gründe dafür, warum ich sie als meine Königin haben wollte. Ich machte mir keine allzu großen Sorgen. Es würde mir schon gelingen, ihr meinen Willen aufzuzwingen, so oder so. Aber die harte Tour hätte ich lieber vermieden. Schließlich war ich ja kein *Monster.* »Willst du diese Sache hier denn nicht gewinnen?«

»Mal gewinnt man, mal verliert man, mir ist das egal«, erwiderte sie kryptisch.

Ich versuchte es anders. »Ich habe dich immer gut behandelt.« Das stimmte. »Ich habe dir Wärme gegeben. Ich habe dir Essen gegeben.«

»Der Herr gibt es, der Herr nimmt es«, meinte sie.

»Was soll das denn bedeuten?«

»Lies deine Bibel.«

»Ich habe sogar eine Zwei aus dir gemacht«, sagte ich. »In Osney wärst du eine Elf.«

Sie verschränkte die Arme vor der Brust, sodass ich das Wort *Motörhead* auf ihrem Oberteil nicht mehr sehen konnte. »Völlig irrelevant«, erwiderte sie. »Hier ist das genauso irrelevant wie in Osney.«

»Aber du brauchst es doch nicht einmal *ernst* zu meinen. Komm einfach und ... spiel mit.«

»Wobei soll ich denn mitspielen?« Sie kniff die bernsteinfarbenen Augen zusammen. »Was genau mussten die anderen Mädchen für dich *tun?*«

»Nicht das, was du denkst«, erwiderte ich. »Sie haben mir nur das Essen serviert. Und ... eine Vorstellung gegeben.«

»Eine Vorstellung gegeben?«

»Ja?«

»Was für eine Vorstellung?«

»Na ja, Miranda ist für mich geschwommen und Jun ... hat so getan, als würde sie Geige spielen.« Es hörte sich erheblich bescheuerter an, als es tatsächlich gewesen war.

»Und was genau soll *ich* zu deinem kleinen Varietétheater beitragen?«

»Du sollst singen«, sagte ich einfach.

»Singen?«, rief sie ungläubig. »Vergiss es.«

»Flora«, sagte ich mit, wie ich dachte, bestechender Logik, »du kommst her, servierst mir das Essen, während du Mirandas Minirock trägst, und du singst. Oder du isst nicht.«

Sie sah mich mit abgrundtiefer Verachtung an. »Also gut«, meinte sie. Und einen Moment lang dachte ich, sie wäre einverstanden. Dann sagte sie: »Ich werde nicht essen.«

Ralph kam herein, als Flora ging.

»Sonst noch etwas, Lincoln?«

»Ja«, sagte ich schärfer als beabsichtigt. Ich war auf Flora wütend, nicht auf ihn. »Rucolablätter. Ich habe keine mehr.«

»Ah, ja«, meinte er. Dann kratzte er sich im Nacken. »Rucola. Die anderen fragen auch danach. Sieht ganz so aus, als hätten sich bei der Krönung alle ganz großartig amüsiert.«

Ich war hin- und hergerissen. Natürlich war ich froh, dass meine Untertanen bei meiner Krönung Spaß gehabt hatten. Aber ich hatte nicht vor, meine kostbare Pflanze mit ihnen zu teilen.

»Sie bekommen aber nichts mehr. Alles, was da ist, gehört mir. Ich erhebe hiermit den alleinigen Anspruch darauf.«

Für mich hörte sich das völlig plausibel an. Siedler machten das genauso – sie beschlagnahmten die gesamte Ernte aus ihren Territorien.

Ralph warf mir mal wieder einen seiner prüfenden Blicke zu. »Okay.«

Nachdem Flora mir einen Korb gegeben hatte, hätte ich die beiden anderen Mädchen dazu auffordern können, mich zu bedienen. Aber ich tat es nicht. Ich aß allein. Vor allem Miranda schien mir das irgendwie übel zu nehmen. Aber es war mir egal. Ich musste ununterbrochen an Flora denken, daran, wie ich ihren Willen brechen und sie zum Gehorsam zwingen würde. Jetzt, da zum ersten Mal in meinem Leben Mädchen mit mir zusammen sein wollten, hatte ich mich für die Einzige entschieden, die das nicht wollte.

Ich gewöhnte mich schnell an mein Einsiedlerleben. Ich verließ die Höhle so selten, dass ich die Videokameras praktisch surren hörte, wenn ich mich doch einmal hinauswagte. Ihr schwarzer Blick folgte mir überallhin. Aber ich hatte nicht das Gefühl, dass ich ihnen Material liefern musste. Sie sollten ruhig die anderen dabei beobachten, wie sie zum zehnten, zum hundertsten Mal jagten. Da ich ein Nerd war, kannte ich mich gut genug mit Filmschnitt aus, um zu wissen, dass sie die Szenen senden würden, in denen ich darüber nachdachte, wie ich es anstellen konnte, die erste Ziege, den ersten Fisch zu fangen. Meine größten Hits waren bereits im Kasten: Jun, die ihre Geige mit mir zusammen verbrannte. Ralph, der es nicht schaffte, eine Ziege auszuweiden, und ich, der diese Aufgabe schließlich erledigte. Der Wettkampf mit Seb, um ein grünes Ei von einer Palme herunterzubekommen. Flora und ich im Flugzeugwrack. Ich hatte schon eine Menge Sendezeit. Ich brauchte nicht mit den Kameras zu flirten.

Und jetzt – ungefähr nach der Hälfte der ausgestrahlten Folgen – hatte ich das Beste getan, was ein Promi tun konnte: Ich war verschwunden. Ich war schwer zu fassen und wusste, dass Szenen mit mir Gold wert waren. Aus mir war ein zweiter Howard Hughes geworden.

Jetzt musste ich nur noch das Feuer aus dem Lager in meine neue Behausung bringen. Dann brauchte ich mich überhaupt nicht mehr den Blicken der Kameras auszusetzen. In dieser Beziehung spielte Mutter Natur mit und half mir, meine Macht zu sichern. Zu einer bestimmten Zeit am Nachmittag drang ein Sonnenstrahl durch das Oberlicht der Höhle und ich konnte ohne Probleme ein Feuer entfachen. Zuerst hatte ich Angst, dass zu viel Rauch durch das Weiße Haus ziehen würde, aber das Oberlicht wirkte wie ein Abzug und sorgte dafür, dass der Qualm aus der Höhle herausgesogen wurde. Dazu kam noch, dass ich es nachts immer schön warm hatte. Der einzige Nachteil war, dass ein Teil des Weißen Hauses zum Schwarzen Haus wurde, weil eine Menge Ruß entstand.

Meine Wahrnehmung des Weißen Hauses veränderte sich. Es war nicht mehr länger das Zimmer eines Nerds; es war ein Palast. Ich war kein zurückgezogen lebender Geek; ich war Ludwig XIV., der beschloss, dass Paris etwas für Loser war, und einen riesigen Palast in Versailles bauen ließ, wo ihn alle besuchen mussten. Ich musste nicht jagen. Ich musste nicht angeln. Das war jetzt Aufgabe der anderen. Sie mussten die Nahrung für uns besorgen. Ich benutzte eine der kleinen Kammern des Höhlensystems dafür, die erlegten Ziegen und gefangenen Fische kühl zu halten. Ich blieb in meiner Höhle, machte Feuer und wusch mich im Wasserfall. Ich kehrte nicht mehr zu Bikini Bottom zurück. Und da ich die Kontrolle über unsere Vorräte hatte, konnte ich dafür sorgen, dass Flora nichts zu essen bekam. Ich zwang die anderen, dort zu essen, wo ich sie sehen konnte, um sicher zu sein, dass sie ihr nicht heimlich etwas zusteckten.

Außer den Ziegen und Fischen, die ich von den anderen bekam, brachte Ralph mir natürlich Rucolablätter, von denen ich nachts immer mehr kaute. Wenn ich nur ein Blatt nahm, schien das keine Wirkung mehr zu haben, aber zwei oder sogar drei lösten einen leichten Rausch aus. Sie sorgten dafür, dass ich großartige Gespräche mit Wilson führte, und peppten die Vorstellungen auf, mit denen ich ihn unterhielt. Ich stolzierte mit dem Stab in der einen Hand und *Shakespeares Gesammelten Werken* in der anderen in der Höhle auf und ab, deklamierte aus *Der Sturm* und tat so, als wäre ich Prospero. Es war nur schade, dass ich keinen Umhang hatte, den ich mir über die Schulter werfen konnte.

Jetzt fehlte nur noch meine Gemahlin, eine Königin, die über Versailles herrschte, eine First Lady für das Weiße Haus. Ich musste Floras Willen brechen. Sie würde erst wieder etwas zu essen bekommen, wenn sie mir gehorchte. Was nicht ganz so dramatisch war, wie es sich anhörte, schließlich hatte sie ja Schokoladenbeeren und Wasser aus dem See, so viel sie wollte – ich wusste, dass sie nicht verhungern würde. Ich wusste auch, dass sie es nicht lange durchhalten würde. Seb hatte es nur drei Tage geschafft, als er und Gil versucht hatten, sich gegen mich zu stellen. Aber Tag für Tag verging und Flora kam immer noch nicht hinter dem Wasserfall hervor.

Ich war nicht stolz darauf. Warum auch. Aber es war zu ihrem eigenen Besten. Sie musste lernen zu gehorchen, wenn wir eine glückliche Gemeinschaft entwickeln wollten. Es war so, wie Wilson gesagt hatte: Es war ihre eigene Schuld. *Wenn sie getan hätte, worum du sie gebeten hast, hättest du sie nicht dazu zwingen müssen, Lincoln.*

Wenn ich es mir genau überlegte, war das Ganze ziemlich unfair mir gegenüber.

38

ES GIBT DOCH NOCH GENTLEMEN

An dem Tag, an dem wir die Ergebnisse der Prüfungen bekommen hätten, schaffte ich es, mit Miranda Pencroft zu schlafen. Für einen Nerd ist das besser, als die Krönung zu gewinnen. Aber ganz so, wie es sich anhört, war es dann doch nicht.

Jun – die gekommen war, um meine Befehle für die Jagd entgegenzunehmen – hatte mir mitgeteilt, dass wir laut der Markierungen auf dem Uhrfelsen den 24. August hatten, den Tag, an dem unsere Prüfungsergebnisse bekannt gegeben wurden.

Ich dachte darüber nach, wie ich abgeschnitten hatte. Jetzt, wo ich wusste, dass wir gefilmt wurden, hatte ich keinen Zweifel daran, dass wir gegen Ende des Sommers wieder zu Hause sein würden. Nicht mal das Fernsehen konnte Jugendliche einfach so von der Schule fernhalten. Und daher waren die Prüfungen, die vor zwei Monaten, als wir noch ums nackte Überleben gekämpft hatten, so unwichtig gewesen waren, jetzt wieder ein großes Thema. Aber meine Ergebnisse waren Nebensache, als der zweite Besucher des Tages durch den Wasserfall trat.

Es war Flora.

Ich hatte sie seit Tagen nicht mehr zu Gesicht bekommen. Sie sah viel dünner aus – schlanker als Miranda. Ihre Wangenknochen stachen hervor und die Augen wirkten riesig. Mit dem schwarzen Motörhead-Oberteil und den abgeschnittenen Jeans-Shorts hätte sie als Calvin-Klein-Model durchgehen können.

Sie wich meinem Blick aus. »Ich werde kommen«, murmelte sie.

»Was hast du gesagt?« Ich legte den Finger ans Ohr.

Sie seufzte. »Ich werde kommen und dich bedienen.«

»Flora, das ist großartig«, erwiderte ich.

Aber nicht heute Abend, sagte eine andere Stimme.

Es war Wilson. Manchmal redete er einfach dazwischen.

Nicht heute Abend, morgen. Lincoln, du kannst doch nicht zulassen, dass sie selbst bestimmt, wann ihre Strafe endet. Lass sie noch einen Tag hungern.

»Morgen«, meinte ich. »Komm bei Sonnenuntergang.« Dann würde ich ihr zu essen geben, sie wissen lassen, dass ich ihr verziehen hatte, ihr erlauben, Dankbarkeit zu zeigen.

Flora sah ziemlich frustriert aus, als sie das hörte, aber sie hatte keine andere Wahl.

»Was sagen wir?«

»Okay, Lincoln.«

Sie sah mich immer noch nicht an. Plötzlich wusste ich, warum. Sie schämte sich. Sie hatte nachgegeben. Sie hatte verloren, ich hatte gewonnen. Aber ich war erleichtert. Schließlich *wollte* ich nicht, dass sie hungerte. Morgen würde ich ihr zu essen geben und alles würde wieder in Ordnung sein.

Als Ralph mit dem Fang des Tages kam, hatte ich einen Spezialauftrag für ihn. »Ralphie, ich brauche für morgen noch ein paar Rucolablätter extra. Das wird ein verdammt guter Abend werden.«

Ich stellte mir vor, wie ich Flora nach dem Essen beim Singen zuhörte, durch die in allen Regenbogenfarben schimmernde Wohlfühlwolke hindurch, in der ich nach ein paar Rucola-Blättern immer versank.

Ralph trat von einem Fuß auf den anderen. »Lincoln, das kann ich nicht.«

»Was meinst du damit? Sie sind doch nicht plötzlich alle weg! Das ist ein Dschungel, randvoll mit wilden Pflanzen, verdammt noch mal.«

Er sah mich mit dem Arztblick an, den er sich angewöhnt hatte, seitdem ich ihm von Stephen Maturin erzählt hatte. »Lincoln. Das *könnte* ich zu dir sagen. Es würde *meine* Situation mit Sicherheit einfacher machen, wenn ich dich anlügen würde und dir erzählen würde, dass ich keine Blätter mehr finden kann. Aber in Wirklichkeit – bekommst *du* nichts mehr.«

»Wie bitte?«

Er drückte den Rücken durch. »Du bekommst nichts mehr. Ich werde dir keine Rucolablätter mehr bringen.«

Das war ungeheuerlich. »Ich kann aufhören, wenn ich will!«, brüllte ich.

»Dann hör auf.«

»Ich will aber nicht«, erwiderte ich. »Noch nicht.«

»Solltest du aber«, meinte er. »Ich weiß nicht genau, was diese Pflanze enthält, aber du willst immer mehr Blätter haben. Lincoln, es wird Zeit, damit aufzuhören. Das ist meine fachliche Einschätzung.«

»Deine *fachliche Einschätzung?«*, schrie ich ihn mit überschlagender Stimme an.

»Als Schiffsarzt.«

»Zu dem *ich* dich gemacht habe.«

»Stimmt«, sagte er gelassen. »Du hast mich zum Schiffsarzt gemacht. Und jetzt bin ich einer. ›Vor allem: Schade nicht‹, Selkirk.« Dann drehte er sich um und ging.

Ich hatte wieder das Gefühl, als würde eine rote Welle der Wut über mich hereinbrechen, und schrie ihm durch den Wasserfall hindurch nach: »Glaub bloß nicht, dass du in nächster Zeit etwas zu essen bekommst! Und es heißt *Lincoln.*«

Es dauerte den ganzen Tag, bis ich mich wieder beruhigt hatte. Ich war *stinksauer* auf Ralph, stinksauer. Wie konnte er es *wagen,* mir zu sagen, was ich auf *meiner* Insel essen konnte und was nicht? Ich würde mich rächen. Ich hatte Flora so lange hungern lassen, bis sie nachgegeben hatte. Und mit Ralph würde ich es genauso machen.

Ich überlegte, ob ich mich selbst auf die Suche nach den Blättern machen sollte, aber ich wollte mich nicht von den Videokameras dabei beobachten lassen. Obwohl ich immer noch wütend war, gab ich mir besondere Mühe mit dem Kochen – je besser es roch, desto mehr würde Ralph leiden. Während ich das Essen zubereitete, lief ich wie ein gefangener Tiger im Weißen Haus hin und her.

Ich blieb erst stehen, als bei Einbruch der Dämmerung eine schlanke Gestalt mit blonden Haaren meine Höhle betrat.

Flora war einen Tag zu früh dran – der Essensgeruch war sicher zu viel für sie gewesen und sie war gekommen, um mich um Fleisch zu bitten. Doch als sich meine Augen auf die Lichtverhältnisse eingestellt hatten, sah ich, dass es gar nicht Flora war. Es war Miranda. Und sie trug den Minirock.

»Miranda! Was willst du?«

»Kann ich heute Nacht hierbleiben?«

Das war ziemlich deutlich. Ich nahm ihre Hand und führte sie zum Bett. Dann setzte ich mich neben sie. »Was ist denn?«

Sie drehte sich zu mir und umklammerte meine Hände. Unsere vier Hände lagen in ihrem Schoß, auf dem mäusefellweichen Veloursleder des Minirocks. »*Bitte* lass mich hierbleiben. Es muss ja gar nichts passieren.«

Und dann, bevor ich noch etwas sagen konnte, küsste sie mich.

Miranda interessierte mich eigentlich nicht mehr, aber sie bot sich mir quasi auf dem Silbertablett an, daher wollte ich nicht Nein sagen. Ich konnte sie ja als Vorspeise nehmen und ein bisschen üben, bevor Flora als Hauptgang an der Reihe war. Ich hatte noch nie zuvor ein Mädchen geküsst, geschweige denn eines, das so scharf war wie Miranda, aber es war alles andere als der märchenhafte Moment, den ich erwartet hatte. Über den Türmen des Disney-Schlosses explodierten keine Feuerwerkskörper wie an dem Abend, an dem ich ihr beim Schwimmen zugesehen hatte. Es war ein etwas unbeholfenes, von Speichelfäden begleitetes Aufeinandertreffen weicher Lippen und harter Zähne. Irgendetwas stimmte nicht. Es fühlte sich einfach falsch an. Und deshalb tat ich etwas, was ich eigentlich für unmöglich gehalten hatte.

Wenn man mich vor einem Jahr gefragt hätte, wie ich reagieren würde, wenn ein Mädchen mich küssen würde, hätte ich gesagt: »Bist du verrückt? Ich würde *gar nichts* tun. Damit es nie aufhört.« Aber ich war nicht mehr der, der ich gewesen war. Und deshalb wich ich zurück.

»Was ist los?«

»Ich glaube, das sollte ich *dich* fragen.« Sie zog einen Schmollmund.

»Du bist gar nicht meinetwegen hier, stimmt's?«

Miranda starrte auf ihre Hände – unsere Hände. »Es sind die Prüfungen«, sagte sie schließlich. »Ich weiß, dass ich nicht gut abgeschnitten habe. Genau genommen habe ich das fürchterliche Gefühl, dass ich durchgefallen bin.«

»Aber ... ich habe doch so viele Lernhilfen für dich geschrieben.« Jetzt kam es mir unglaublich vor, dass ich so etwas wie ihr Sklave gewesen war.

»Ich weiß«, meinte sie verlegen. »Aber ich habe nicht gelernt. Ich dachte nicht, dass ich die Prüfungen brauche.«

»Du brauchst sie ja auch nicht, oder? Du wirst ja schwimmen. Ich meine, als Profi.«

Sie senkte wieder den Blick und plötzlich fiel etwas Heißes, Nasses auf das Händeknäuel. Miranda Pencroft *weinte.* Sie weinte tatsächlich. Vermutlich hätte ich mich darüber freuen sollen. Sie hatte mich so oft zum Weinen gebracht und jetzt war sie an einem Tiefpunkt. Ich hätte triumphierend die Faust in die Luft stoßen sollen. Aber ich fand es ganz furchtbar.

»Ich werde nicht schwimmen. Ich bin nicht gut genug.«

»Was meinst du damit? Du bist großartig!«

»Nein.« Sie schniefte und sah mich an. Ihre blauen Augen schwammen in Tränen. »Kurz vor den Ferien habe ich an der Qualifikation für die Olympischen Spiele 2020 in Tokyo teilgenommen. Ich habe es nicht geschafft. Ich war zu langsam.«

Ich legte den Arm um sie, nicht so, als würde ich mehr wollen, sondern tröstend. »Scheiße. Das tut mir leid.« Ich schwieg einen Moment und ließ sie weinen. »Aber ich verstehe nicht, was das damit zu tun hat, dass du hergekommen bist«, sagte ich dann.

Sie stieß einen tiefen Seufzer aus. »Lincoln, ich brauche Alternativen. Wenn ich heute Nacht hierbleiben kann und es so aussieht, als hätten wir ... na ja, als wäre etwas passiert, dann kann ich vielleicht die Show mit dir gewinnen. Dann würden wir das Preisgeld bekommen. Ich würde ein paar TV-Auftritte haben, jede Menge Follower auf Instagram und Twitter bekommen und das könnte vielleicht zu einer Karriere im Fernsehen führen. Lincoln, ich *muss* etwas tun.«

Ich dachte darüber nach. »Und warum nicht Seb?«

Sie starrte durch den Höhleneingang hinter den Wasserfall, als würde sie in ihre Zukunft blicken. »Nach der Schule hat das mit uns keine Chance mehr. Theoretisch sind wir das perfekte Paar, aber Seb funktioniert nur in Osney. Du hast doch gesehen, wie er sich hier verhält. Ich dachte einfach, dass er der Beste in der Schule ist.«

»Und auf der Insel bin ich das.«

»Ja. Ich glaube – und das war vermutlich schon immer so –, ich muss mit dem *Anführer* zusammen sein, *wer auch immer* das ist. Manchmal denke ich …« Sie hielt inne. »Manchmal denke ich, dass ich als Mensch nicht gut genug bin, um allein durchs Leben zu kommen. Und inzwischen weiß ich, dass ich auch als Schwimmerin nicht gut genug bin.«

Wieder fühlte ich nicht das, was ich hätte fühlen sollen. Ich hätte gekränkt sein oder sie vielleicht auch verachten sollen, weil sie so furchtbar oberflächlich und dumm war. Aber ich bedauerte sie nur. Ich, Lincoln Selkirk, hatte Mitleid mit Miranda Pencroft.

Ich ließ sie in meinem Bett schlafen. Ich hatte nicht vor, sie anzurühren. Sie war noch nie in ihrem Leben so sicher gewesen. Miranda schlief sofort ein, als hätte ihr Geständnis sie todmüde gemacht. Ich starrte Miranda an, wie ich das so oft getan hatte, doch dieses Mal verzehrte ich mich nicht nach ihr. Genau genommen fühlte ich mich irgendwie *väterlich.* Sie war immer noch hübsch, aber nicht schön, jedenfalls nicht jetzt, nicht für mich. Sie sah wie ein kleines Mädchen aus. Ihre langen, dichten Wimpern flatterten wie die Flügel eines Schmetterlings, während sie träumte. Ihr Mund war wie zum Kuss gespitzt, die Hände unter dem Kinn gefaltet, als würde sie beten. Und ich fragte mich, warum dieser Engel mir so viele boshafte Nachrichten geschickt hatte. Ich fragte mich, was Miranda dazu getrieben hatte, und jetzt glaubte ich, es zu wissen.

Angst.

»Du sagst ja gar nichts«, meinte ich zu Wilson, der sich das Ganze wortlos angesehen hatte. Ich hatte erwartet, wenigstens von ihm ein Lob dafür zu bekommen, dass ich mich wie ein Gentleman verhalten hatte, aber er antwortete nicht.

39
NIRGENDWOHIN

Ich hatte mich in den Teppich auf dem Boden gerollt. Als bei Tagesanbruch ein Besucher hereinkam, stolperte er über mich und weckte mich auf. Ich hob den Kopf und sah im grauen Licht der Morgendämmerung, wie sich jemand in meine Höhle schlich.

Sicherheitstechnisch gesehen hatte das Weiße Haus den Vorteil, dass direkt vor dem Eingang ein riesiger Wasserfall rauschte, sodass es ziemlich schwierig war, unbemerkt in die Höhle zu kommen. Das Weiße Haus hatte allerdings den Nachteil, dass direkt vor dem Eingang ein riesiger Wasserfall rauschte, bei dessen Lärm man nicht einmal seine eigenen Gedanken hören konnte. Der Umstand, der Tonaufnahmen unmöglich machte, machte es auch unmöglich, einen Eindringling zu hören, der in meine Behausung kam.

Und diesen Eindringling hatte ich nicht bemerkt. Der dunkle Schatten schlich durch die Höhle. Vor dem Bett blieb er stehen und starrte lange nach unten, dann ging er zu meinem Thron. Mein Stab lehnte an der Sitzfläche. Die Gestalt nahm ihn an sich. Dann ging sie zu der Nische, in der Wilson schlief. Der Eindringling streckte die andere Hand aus und packte ihn.

Das war zu viel. Ich sprang auf, packte den Rindenteppich und ließ ihn wie ein Fischernetz auf meinen ungebetenen Besucher fallen. Wilson rollte in Sicherheit und ich entriss dem Eindringling meinen Stab und warf ihn zu Boden. Keiner von uns gab einen Laut von sich – es war ein merkwürdiger, stummer Kampf, als gäbe es ein gegenseitiges Abkommen, dass Miranda auf keinen Fall wach werden durfte. Ich riss den Teppich von der Gestalt herunter und tastete im Halbdunkel nach einem Gesicht und einem Mund, auf dessen Lippen ich meine Hand presste. Erst jetzt sah ich, dass es Gil war. Ich legte mich mit meinem vollen Gewicht auf ihn und drückte beide Hände auf seinen Mund. Mit weit aufgerissenen Augen und zuckenden Nasenflügeln rang er nach Luft.

»Ich werde loslassen, wenn du aufhörst, dich zu wehren. Einverstanden?«, sagte ich leise.

Er nickte unter meinen Händen.

Als ich ihn freigab, richtete er sich auf. Ich setzte mich ihm gegenüber im Schneidersitz auf den Boden und beobachtete ihn argwöhnisch. Es war, als würden wir gleich anfangen, Schach zu spielen, aber zwischen uns stand kein Brett.

»Was wolltest du mit Wilson?«, fragte ich.

»Wer zur Hölle ist *Wilson?«,* wollte er wissen.

»Das grüne Ei«, erklärte ich. »Du wolltest ihn stehlen und den Stab auch.« Er sagte nichts und starrte in sich zusammengesunken auf den Wasserfall. Ich wusste, dass ich recht hatte.

»Du weißt, dass es nur Symbole sind«, antwortete ich langsam. Ich suchte nach den richtigen Worten. »Sie *machen* dich nicht zum König der Insel.«

»Da warst du aber anderer Meinung.«

Ich atmete heftig aus. »Seb hat dich geschickt, damit du sie ihm bringst, stimmt's? Oder hat er dich geschickt, um Miranda zurückzubekommen?« Ich musste an das denken, was Miranda gesagt hatte, dass ihre Beziehung nach der Schule keine Chance mehr hätte. Seb war da vielleicht anderer Meinung.

Gil zuckte zusammen, als ich Miranda erwähnte. »Ich habe keine Ahnung, ob er sie zurückhaben will oder nicht«, meinte er naserümpfend. Mir fiel auf, dass er ihren Namen nicht aussprechen wollte. »Aber eins weiß ich: Er hat mich nicht geschickt.«

»Er war es nicht?«

»Nein. Er weiß gar nicht, dass ich hier bin.«

»Aber du tust das für ihn, habe ich recht?«

»Ja.«

»Aber warum ...?«

Er sah mich an, mit einem flüchtigen, wütenden Blick. Sein Gesichtsausdruck war eine sonderbare Mischung aus Schmerz und Hass.

Plötzlich fiel es mir wie Schuppen von den Augen. *»Großer Gott«*, keuchte ich. »Du bist in ihn *verliebt.*«

Er gab mir keine Antwort, aber ich hatte eine für ihn. »Er hat dich ein ganzes Jahr lang wie ein Stück *Scheiße* behandelt! Bevor ich kam, warst du sein Sklave.«

»Ich weiß«, sagte er. »Ich vermute mal, das ist so ähnlich wie bei den Leuten, die sich in ihre Kidnapper verlieben. Stockholm-Syndrom.«

»Meine Fresse.« Ich ließ den Kopf hängen, fuhr mir mit den Händen durch die Haare und sah dann wieder hoch. »Und das nach diesem ganzen homofeindlichen Scheiß, mit dem du mir drei Jahre lang das Leben zur Hölle gemacht hast. Du hast das total verdrängt. Das ganze dumme Zeug, das du *mir* an den Kopf geworfen hast – du hattest Angst, dass die anderen das zu *dir* sagen.« Miranda und ihre anti-sozialen Medien hätten sich wie die Hyänen darauf gestürzt. »Warum hast du dich nicht einfach geoutet? Dann hätten die anderen keine Munition mehr gehabt.«

»Das ist jetzt nicht dein Ernst, oder?«, meinte Gil. »In einer Schule, in der Sport die Nummer eins ist? Weißt du, wie viele Profifußballer in der Premier League offen schwul sind?« Er schüttelte resigniert den Kopf. »Keiner. Kannst du dir vorstellen, wie es sein würde?«

»Ja«, erwiderte ich, während ich spürte, wie die rote Welle der Wut wieder über mich hereinbrach. »Ja, das *kann* ich, du verdammtes Arschloch, weil du mich nämlich in diese Situation gebracht hast und alle anderen kräftig mitgemacht haben.«

»Es tut mir *leid,* okay? Es tut mir leid. Ich hatte Angst.«

Er sah so unglücklich aus, dass ich ein bisschen zurückruderte. »Weiß es Seb?«

»Natürlich weiß er es *nicht.«* Und dann: »Du wirst es ihm doch nicht sagen, oder?«

Ich zögerte. Gil hatte mir wirklich übel mitgespielt, dank ihm hatte mich praktisch die ganze Schule Schwuchtel genannt. Ich würde niemandem erzählen, dass er schwul war, aber das kleine Teufelchen, das auf meiner Schulter saß, sorgte dafür, dass ich Gil glauben ließ, ich würde es tun. Schnurstracks zu Seb laufen und die Bombe platzen lassen.

Der Moment, in dem ich zögerte, reichte. Ich sagte ein paar Sekunden nichts und plötzlich sprang Gil auf und rannte los.

Ich flitzte ihm nach, umging den Wasserfall und schlug den steilen Weg ein, der am See entlangführte. Im rosa angehauchten Licht der Morgendämmerung konnte ich schlecht erkennen, wo Gil hinwollte. Er lief zum Strand. Ich folgte ihm, so schnell ich konnte. Ich war viel schneller als früher, trotzdem hatte ich keine Chance, Gil einzuholen. Wenn das hier der Osney-Sprint gewesen wäre, wäre er ein Viertelmann gewesen. Er warf sich ins Meer und blieb nicht stehen, als würde er sogar im Wasser noch weiterrennen. Meter um Meter entfernte er sich von der Küste.

»Gil!«, brüllte ich. »Komm zurück! Es ist okay!« Ich meinte damit, dass ich es niemandem erzählen würde, aber ich war mir nicht sicher, ob er mich hören konnte. »Gil, wo willst du hin?«, rief ich. Es war nirgendwo Land zu sehen. Das wusste ich deshalb so genau, weil ich lange danach gesucht hatte. Selbst vom Gipfel des Monte Christo aus hatte ich keine Küstenlinie am Horizont erkennen können, nicht einmal ein kleines Inselchen, das wir hätten erreichen können. Wenn ich etwas Derartiges entdeckt hätte, hätten wir in Bikini Bottom keine Möbel, sondern ein Boot gebaut. Noch während ich die Frage hinausschrie, wusste ich die Antwort. Plötzlich überkam mich eine düstere Vorahnung, die mich frösteln ließ, als würden die Wellen auch mir entgegenschlagen.

Gil wollte nirgendwohin.

Ich verschwendete kostbare Sekunden damit, unschlüssig auf dem Sand herumzuhüpfen. Ich wusste, dass es nichts bringen würde, wenn ich mich ins Meer warf. Ich war eine Niete im Sport und konnte kaum einen Meter weit schwimmen – wir würden beide ertrinken. Und dann gestand ich mir etwas ein, das ich seit meiner Ankunft auf der Insel einfach verdrängt hatte.

Ich brauchte Hilfe.

Miranda wachte sofort auf, wie diese Leute in den Kinofilmen, die mit einer Pistole unter dem Kopfkissen schlafen. Ich erzählte keuchend, was passiert war. »Gil?«, sagte sie. »Er würde es nicht einmal ins Schwimmteam der Elfer schaffen.« Sie schlug die Decke zurück, ganz Wonder Woman, und rannte vor mir her zum Strand.

Ich war sicher, dass wir zu spät kamen. Gils Kopf war nur noch ein kleiner Punkt auf der schimmernden Linie zwischen uns und der aufgehenden Sonne. Er schlug um sich und bewegte sich auf den Wellen auf und ab. Miranda konnte ihn unmöglich rechtzeitig erreichen. Doch sie zögerte keine Sekunde. Sie schälte sich aus dem Minirock und stürzte sich in ihrer Unterwäsche ins

Meer, wie an dem Abend, an dem sie für mich geschwommen war. Doch dieses Mal war sie kein Nebenprogramm. Sie war die Heldin. Ich konnte einfach nicht glauben, dass ich sie dazu gezwungen hatte, all diese Verrenkungen im Wasser zu machen. Sie war schneller als ein Pfeil, ich sah, wie sie Gil nach unglaublich kurzer Zeit erreichte, sah, wie zwei Köpfe miteinander verschmolzen und zu einem wurden. Und dann schleppte sie ihn zurück. Als sie näher kamen, konnte ich erkennen, dass Gil auf dem Rücken trieb und Miranda ihre Hände unter sein Kinn gelegt hatte wie eine Rettungsschwimmerin.

Sie warf ihn geradezu auf den Strand und gemeinsam zerrten wir ihn über die Gezeitenmarke hinaus und drehten ihn auf den Bauch. Miranda schnappte nach Luft und krümmte sich vor Anstrengung. »Was zum Teufel ...?«, keuchte sie. Gil lag wie ein gestrandeter Wal auf dem Sand und spuckte Meerwasser aus. »Was zum Teufel sollte das werden?«, sagte sie an ihn gerichtet. Ihre kräftigen Beine gaben nach, dann fiel sie neben ihm auf die Knie. Sie hob den Kopf und sah mich an. »Weißt *du* es?«

Ich starrte Gil an, der sich langsam auf den Rücken drehte. Das Atmen fiel ihm jetzt schon leichter, doch in seinen blutunterlaufenen Augen stand eine stumme Bitte. Ich nickte ihm kaum merklich zu. Meine Wut war verschwunden, sie hatte sich in den Minuten aufgelöst, in denen ich gedacht hatte, er wollte sich umbringen. Ich konnte ihn jetzt unmöglich outen. Das sollte er selbst tun, wenn er so weit war.

Ich drehte mich zu Miranda. Ich hatte sie jahrelang geliebt, doch jetzt *mochte* ich sie zum ersten Mal. »Ich weiß nur, dass du dich geirrt hast«, sagte ich. »Du bist eine *großartige* Schwimmerin.«

40

SCHLUSS MIT DEM ARSCHLOCHSEIN

Hinterher wusste ich nicht, wie ich reagieren sollte. Ich war so schockiert über das, was Gil getan hatte – was er *fast* getan hatte –, dass es mich aus meinem Arschlochsein riss. In all den Jahren, in denen ich gemobbt worden war, hatte ich kein einziges Mal daran gedacht, Schluss zu machen. Die Ungeheuerlichkeit einer solchen Entscheidung erschütterte mich dermaßen, dass ich wieder Durchblick bekam. Ich hatte es satt, ein Arschloch zu sein. Ich hatte es satt, Präsident Lincoln zu sein. Ich war wieder Link.

Ich wollte ins Lager zurückgehen, das Feuer an seiner angestammten Stelle in den Dünen entzünden und allen sagen, dass es vorbei war – die Opfergaben, die Einteilung nach Zahlen, die Konkubinen.

Aber irgendwie konnte ich das alles nicht richtig verarbeiten. Mir war schlecht, ich zitterte und fühlte mich benommen. Ich brauchte eine Pause und musste eine Weile für mich sein. Miranda brachte Gil ins Lager, doch ich folgte ihnen nicht. Plötzlich war ich todmüde. Ich hatte die Nacht davor nicht geschlafen, da ich die eine Hälfte davon damit verbracht hatte, Miranda anzustarren und damit fertigzuwerden, dass ich mich entliebt hatte, und die andere Hälfte damit, eine einigermaßen bequeme Stellung auf dem harten Boden des Weißen Hauses zu finden. Ich ging wieder in meine Höhle, entzündete das Feuer unter dem Abzugsloch, da es bereits fertig aufgeschichtet war, und legte ein paar Fische auf den Rost. Trotz des Sturms, der in meinem Gehirn tobte, trotz des plötzlichen Wandels in mir vergaß ich meine Aufgaben nicht. Als die Fische gar waren, legte ich sie in die Speisekammer. Plötzlich war es ungeheuer wichtig, dass alle etwas zu essen bekamen. Alle, einschließlich Flora und Ralph. Danach wurde ich mit einem Mal todmüde. Der emotionsgeladene Morgen hatte mich ausgewrungen wie einen Putzlappen. Ich ließ mich auf das Bett fallen wie ein umgestürzter Baum. Ich musste eingeschlafen sein.

Als ich wieder aufwachte, ging gerade die Sonne unter und Wilson wachte über mich. Sein ausdrucksloses Holzkohle-Gesicht betrachtete mich, aber er sagte nichts, kein Wort. Wir saßen da, gefangen in einem bizarren Wettstarren, während sich der Himmel draußen rosa färbte. Plötzlich wurde es dunkel in der Höhle, was aber nicht daran lag, dass es Nacht geworden war. Ein Schatten blockierte den Eingang.

Es war Flora.

Ich hatte sie völlig vergessen. Ich hatte völlig verdrängt, dass sie gestern zugestimmt hatte, mich am Abend zu bedienen, und ich sie dann weggeschickt hatte.

Sie kam in die Höhle und stellte sich vor das Bett.

Flora hatte ihr Motörhead-Oberteil an und unterhalb der Taille trug sie nichts außer einem schmutzig weißen Slip. Sie sah schrecklich dünn aus und hatte eine dreieckige Lücke zwischen den Oberschenkeln, die zu dünne Mädchen immer haben. Ich war entsetzt. Was hatte ich getan? Was für eine Art von Monster lässt ein Mädchen hungern, nur weil es nicht das tut, was man will? Ich wollte ihr sofort das Essen anbieten, das ich gekocht hatte, aber bevor ich etwas sagen konnte, kam sie mir zuvor: »Ich habe eine Nachricht für dich.«

Sie drehte sich um und ich dachte erst, sie wollte mir ihren nackten Hintern zeigen, aber auf die Rückseite ihres Slips hatte sie mit Gils Kugelschreiber vier Worte geschrieben: LECK MICH AM ARSCH.

Dann drehte sie sich wieder um. »Weißt du, was? Du hast dich in Seb verwandelt, in Seb, wie er früher in Osney war. Und du bist noch *schlimmer,* weil du nämlich wissen solltest, wie es ist, *du* zu sein. Ich esse lieber bis in alle Ewigkeit Schokoladenbeeren, als mit *dir* in das teuerste Restaurant der Welt zu gehen. Und außerdem ...« Flora holte tief Luft. »BorntoFlyYourSongBeyond-theSeaNightswimmingSaveItforaRainyDayWhiteRabbitNullain-MundoPaxSincera.«

Ich war immer noch ein bisschen groggy und wusste echt nicht, was sie meinte. »Wie bitte?«

»Meine acht Lieblingssongs. Meine Desert-Island-Platten. Du dachtest, du würdest es wissen, aber du hattest keine Ahnung. Kein einziger Metal-Song, kein einziger Emo-Song.« Sie stemmte die Hände in die schmalen Hüften. »Du dachtest, du hättest mich durchschaut. Aber du kennst mich gar nicht. Du hast mich nach meinem Aussehen beurteilt: die pinken Haare, das Tattoo, der Nasenstecker. Du dachtest, du kennst mich, aber das stimmt nicht. Du hast dich getäuscht und jetzt hast du dich noch mehr getäuscht, du hast dich so getäuscht wie noch nie in deinem Leben. Du interessierst dich doch nur für mich, weil ich plötzlich schlank und blond bin und irgendeinem bescheuerten Miranda-Pencroft-Klon-Bild von dem entspreche, was du attraktiv findest. Und anstatt mit Frauen zu *reden,* damit sie dich mögen, fällt dir nichts Besseres ein, als sie zu versklaven und ihnen nur etwas zu essen zu geben, wenn sie dir gehorchen. Du bist ein Höhlenmensch und deshalb solltest du in dieser Höhle bleiben. Da gehörst du nämlich hin.«

Sie wirbelte herum und stürmte hinaus, doch am Eingang der Höhle drehte sie sich noch einmal um. Die Sonne war schon so weit untergegangen, dass ich Flora nur noch als Silhouette erkennen konnte. Der Himmel hinter ihr schimmerte genauso pink und violett wie ihre Haare früher. »Weißt du, was? Abraham Lincoln würde sich für dich *schämen.«*

Es war ein Schlag für mich, der genauso wehtat wie der von Seb, mit dem er die Kante meines Zahns abgebrochen hatte. Als Flora weg war, fing meine Stirn an, sich in Falten zu legen, was sich merkwürdig, aber sehr vertraut anfühlte. Meine WLAN-Stirn, das sichere Zeichen dafür, dass ich gleich in Tränen ausbrechen würde. Ich hatte sie nicht mehr gehabt, seit ich die Kontrolle über die Insel an mich gerissen hatte.

Ich saß lange da und starrte Wilson an. Er starrte mit vorwurfsvollem Gesichtsausdruck zurück. Draußen wurde es immer dunkler. Flora hatte genau das in Worte gefasst, was ich den ganzen Nachmittag gefühlt hatte. Sie hatte recht. Ich war zu Seb geworden. Und zum ersten Mal in meinem Leben konnte ich ihn verstehen. Macht war berauschend, verführerisch. Sie war mir zu Kopf gestiegen. Das Schlimmste war das gewesen, was sie über Lincoln gesagt hatte, meinen Helden und Namensvetter. Flora hatte recht. Er hätte sich geschämt für die Art von Macht, die ich ausgeübt hatte. Er hatte Sklaven befreit, ich hatte die anderen zu Sklaven gemacht. Irgendwann sagte ich zu Wilson: »Okay, okay.« Ich ging in die Speisekammer, nahm alle Fische, die ich gegrillt hatte, und wickelte sie in Blätter.

Dann ging ich Flora suchen.

41
DIE AUSSICHT VON MITTEN IM NIRGENDWO

Flora saß hinter dem Wasserfall auf dem Felsen über dem See und starrte in die Gischt, als könnte sie die Fische so dazu bringen, aus den Stromschnellen heraus in ihren Mund zu springen. Sie trug wieder ihre zerrissenen Jeans-Shorts. Unter dem ausgebleichten schwarzen Motörhead-Oberteil konnte ich die Knubbel ihrer Wirbelsäule erkennen. Ihre Haare waren ziemlich lang und aschblond geworden und die Sonne hatte dafür gesorgt, dass selbst der letzte Rest von Pink und Violett verschwunden war.

Sie hatte recht gehabt. Von hinten hätte sie jetzt Miranda sein können.

Ich ging zu Flora und setzte mich neben sie. Sie sah mich nicht an. Ich legte die Blätter mit den Fischen auf ihre jeansblauen Oberschenkel. Die Fische starrten mit toten Augen ins Leere und dufteten nach Ralphs wildem Thymian. Sie waren ein Friedensangebot, eine Entschuldigung und vermutlich die seltsamste Opfergabe aller Zeiten.

Flora schlug die Zähne in die knusprige Haut der Fische und schlang jedes bisschen davon gierig hinunter, wie Gollum in *Herr der Ringe*, Schwanz, Augen, alles. Sie musste am Verhungern sein. Ich hatte mich noch nie in meinem Leben so schlecht gefühlt.

»Können wir reden?«, sagte ich.

Flora starrte mich an, das Gesicht voller Fisch. Sie kaute mit vollen Wangen. An ihren Lippen klebten Schuppen und an ihrem Kinn rann Saft hinunter. Sie hörte nur so lange mit Essen auf, wie sie brauchte, um mir den Stinkefinger zu zeigen.

Ich hatte es verdient – das und noch mehr. Ich versuchte, es ihr zu erklären. »Ich war so lange am unteren Ende der Pyramide, und als ich mich dann plötzlich an der Spitze wiederfand, bin ich irgendwie ... na ja, da bin ich durchgeknallt.«

Sie aß weiter, als wäre ich gar nicht da.

»Das soll jetzt keine Entschuldigung sein«, sagte ich, während ich nach einer Entschuldigung suchte, »aber ich bin drei Jahre lang in Osney gemobbt worden. Von allen.« Ich konnte mich jammern hören – es war erbärmlich. »Ich hasse mich gerade selbst mehr, als du mich je hassen könntest. Und ich verspreche dir ... nein, ich schwöre dir auf ...« Ich überlegte. »... auf diese Bibel, die wir gefunden haben, dass ich nie, nie *wieder* jemanden so behandeln werde, egal, was ich in meinem Leben machen werde, egal, was für einen Job ich haben werde.«

Flora aß langsamer und hörte dann damit auf. Sie sah mich von der Seite her an. »Schwörst du es?«, fragte sie mit halb vollem Mund. Zwischen ihren Zähnen hingen alle möglichen Fischreste, aber sie sah einfach umwerfend aus.

»Ich schwöre es.«

Sie streckte die Hand aus, an der Fischschuppen und Fett klebten. »Schlag ein.«

Als ich ihre Hand nahm, rieb sie mir das ganze eklige Zeug in die Handfläche. Ich hatte es verdient. Und dann begann ich zu lächeln. »Es tut mir *wirklich* leid.«

»Weil du mich hast hungern lassen?«

»Natürlich. Das werde ich mir *nie im Leben* verzeihen.« Es stimmte. Ich hatte sie dafür bestrafen wollen, dass sie meine Autorität infrage gestellt und sich gegen mich aufgelehnt hatte. Dafür, dass sie ihre Stimme erhoben hatte. »Und weil ich dich falsch eingeschätzt habe. Aber du musst zugeben, dass alles darauf hingedeutet hat. Das Tattoo, das Motörhead-T-Shirt.«

»Bei dir doch auch. Die Brille und so weiter. Sieh dich jetzt mal an – du siehst aus wie Harry Styles. Ich schätze mal, niemand von uns ist das, wonach es aussieht.«

Ich starrte auf den Boden, weil mich das, was wohl ein Kompliment war, verlegen machte. Dabei fiel mein Blick auf ihr Handgelenk und das Tattoo. Ich drehte ihre Hand um, damit ich es besser sehen konnte. »Warum das Pik-Ass?«

»Ich habe es nach dem Osney-Sprint machen lassen, als die Schule beschloss, dass ich eine Elf bin. Die Elfer waren ganz unten – bis du gekommen bist.«

»War mir ein Vergnügen.«

Sie grinste. »Ich fand es nicht gut, dass die Schule glaubte, sie könnte mir eine Nummer verpassen, daher habe ich mir selbst eine gegeben. Das Pik-Ass ist die höchste Karte in einem Spiel. Sie schlägt sogar alle anderen Asse.«

Ich nickte. »Und deine Eltern haben dir das erlaubt?«

»Nein. Sie wussten nichts davon, und als sie es gemerkt haben, sind sie ausgeflippt. Sie sind ziemlich konservativ. Was vermutlich erklärt, warum ich so bin, wie ich bin.«

»Was machen sie beruflich?«

»Beide Uni-Dozenten. Historische Fakultät. Ich wäre nicht einmal in Rufweite von Osney, wenn es keine kostenlosen Plätze für die Kinder von Dozenten der Uni gäbe.«

»Ich auch nicht. Meine sind Verhaltensforscher.«

Sie nickte. »Findest du es nicht merkwürdig, dass Osney die Kinder von Uni-Dozenten aufnimmt, obwohl es alles andere als eine akademisch geprägte Schule ist?«

»Voll merkwürdig. Aber ich schätze, Osney ist auch historisch, exklusiv und renommiert.«

»Hmmm. Ich vermute, wir sollen diese berühmten Ehemaligen-Netzwerke bilden, von denen immer alle reden. Aber ich kann mir beim besten Willen nicht vorstellen, in zehn Jahren mit Seb zusammen in irgendeinem Londoner Club eine Zigarre zu rauchen. Du etwa?«

»*Großer Gott,* nein.«

»Ich würde viel lieber auf eine der staatlichen Schulen in Oxford gehen. Dann könnte ich einfach nur Flora sein.«

»Ich auch.«

»Dann könntest du Lincoln sein.«

Ich traf eine Entscheidung. »Eigentlich heiße ich ja Link«, sagte ich.

»Wie in *Zelda?*«

»Ja. Meine Eltern nennen mich so.«

»Und deine Freunde?«

»Ich habe keine. Nur meine Eltern sagen Link zu mir. Sie sind die Einzigen, die den Namen kennen.« Ich sah sie an. Flora erwiderte meinen Blick mit einem schiefen Grinsen und zusammengekniffenen Augen, der Sonne wegen. »Und du jetzt natürlich.«

»Sind wir gerade dabei, Freunde zu werden?«

»Das hängt von dir ab. Eine Woche Hungern ist nicht unbedingt der beste Anfang einer Freundschaft. Es kommt darauf an, ob du mir das verzeihen kannst.«

Sie sah ernst aus. »Es war ganz schön beschissen von dir. Aber jeder hat eine zweite Chance verdient.«

»Gut«, meinte ich. »Aber du wirst Geduld mit mir haben müssen. Ich weiß nicht so richtig, wie man mit Leuten redet. Was heißen soll, dass ich es nicht gewohnt war, mit Leuten zu reden, weil meine Eltern mich zu Hause unterrichtet hatten. Deshalb habe ich dir auch diese vielen Fakten an den Kopf geworfen. Ich sammle so was, aber im Grunde genommen weiß ich nicht, wie ich dieses ganze Wissen verarbeiten soll. Und wie du gesagt hast, kann es ziemlich nerven.«

»Ein *bisschen* nerven«, korrigierte sie. »Ich habe nur gesagt, dass Leute, die gemobbt werden, nicht zwangsläufig nett sind, nur weil sie die Opfer sind.« Mir fiel wieder ein, wo sie das zum ersten Mal gesagt hatte – im Wrack des Flugzeugs, in der Abenddämmerung – und dass ich es für ungerecht gehalten hatte. Jetzt konnte ich ihr keinen Vorwurf mehr machen. Ich brauchte mir nur anzusehen, wie ich mich auf der Insel verhalten hatte.

»Aber ich wollte damit nicht andeuten, es sei *deine Schuld* gewesen, dass du gemobbt wurdest«, fuhr Flora fort. »Es war dumm, dass ich das gesagt habe. Totale Opferbeschuldigung. In Osney hatten sie sich schon auf dich eingeschossen, bevor du überhaupt den Mund aufgemacht hattest. Einfach weil du anders bist. Aber ich hätte zu dir halten sollen. Weil ich auch anders bin.«

Sie drückte meine Hand und erst in dem Moment fiel mir etwas auf. Ich hatte die ganze Zeit über ihre Hand gehalten. Es fühlte sich gut und richtig an, als könnte ich meine Hand bis in alle Ewigkeit in ihrer nach Fisch stinkenden Hand liegen lassen. Und es war etwas völlig anderes als der ungeschickte, peinliche Kuss mit Miranda. Trotzdem dachte ich, es könnte Flora vielleicht so langsam unangenehm werden, und deshalb rückte ich ein Stück von ihr weg. Ich machte einen Witz darüber. »Wir sollten lieber aufpassen«, sagte ich, während ich ihre Hand losließ. Dann wies ich mit dem Kopf zu der am nächsten stehenden Palme, an der die beiden unvermeidlichen grünen Eier mit den Kameras hingen. »Sonst denken sie, wir sind ein Paar.«

Sie sah ebenfalls hin und zog eine Grimasse. »Ach, die Kameras.« Ihr Blick ging wieder zu mir. »Was das angeht, irrst du dich, glaube ich.«

Das hatte schon so lange niemand mehr zu mir gesagt, dass ich fassungslos war. Präsident Lincoln hätte sich jetzt irgendeine Strafe ausgedacht. Link verkraftete es erheblich besser. »Wie meinst du das?«

»Ich glaube nicht, dass es *Love Island* ist. Ich glaube, es ist *Die Schatzinsel.*«

»*Die Schatzinsel?*«

»Ja. Du hast doch jedes Buch über einsame Inseln gelesen. Das musst du doch kennen.«

Sie machte sich über mich lustig, was mich aber überhaupt nicht störte. »Natürlich kenne ich es.«

»Also …« Sie machte diese kreisende Bewegung mit ihrer Hand, die Leute immer machen, wenn man ihnen nicht ganz folgen kann. »Eine geheimnisvolle Insel, ein vergrabener Schatz, das Kreuz markiert die Stelle …«

»Die Kameras …«, fing ich an.

»Oh, es wird natürlich alles gefilmt«, meinte sie. »Und vermutlich auch gesendet. Aber ich glaube, die Gewinner sind nicht diejenigen, die das beste Paar bilden. Die Gewinner sind diejenigen, die den Schatz finden.«

Mir war ganz ehrlich nie der Gedanke gekommen, dass es auf der Insel darum gehen könnte, und ich kam mir so dumm vor wie noch nie in meinem Leben. Ich war so sehr damit beschäftigt gewesen, Präsident zu spielen, dass ich nicht an das gedacht hatte, was man normalerweise sofort mit einer geheimnisvollen Insel in Verbindung bringt. »Wieso glaubst du das?«

»Hinweise«, erklärte sie. »Merkwürdige Vorfälle. Das Ganze ist nicht nur eine Realityshow, also ein Dokumentarfilm, bei dem sich quasi alles von allein ergibt. Wir werden manipuliert. Zum einen bin ich mir sicher, dass wir … irgendwie … *ausgesucht* wurden.«

»Wie meinst du das?«

»Schau uns doch an. Mein Vergleich mit dem Frühstücksclub war nicht nur als Witz gemeint. Wir *sind* der Frühstücksclub.«

Ich kannte den Film nicht gut genug. »Tut mir leid, aber das musst du mir erklären.«

»In *Der Frühstücksclub* muss eine Gruppe von Schülern nachsitzen. Aber das Besondere daran ist, dass es von jedem Typ *einen* Vertreter gibt: eine Cheerleaderin, einen Muskelprotz, einen Rebell, eine Außenseiterin und …« Sie sah mich demonstrativ an. »… einen Nerd. Du willst mir doch nicht erzählen, dass wir die einzigen Schüler von Osney sind, die sich für das Sommercamp beworben haben.«

»Vermutlich nicht.«

»Ich *weiß*, dass es nicht so ist.«

»Woher?«

»Smith und Fry«, sagte sie nur.

Einen Moment lang wusste ich nicht, was sie meinte. Dann fiel es mir wieder ein. Floras Freunde von der Schule. Altounyan, Smith und Fry, die Folkband aus den Siebzigern. Sie hingen wie die Kletten aneinander und waren als Elfer-Trio unterwegs, immer, überall. Die drei Amigos.

»Wollten die beiden nicht mitkommen?

»Das ist es ja. Sie *wollten* mitkommen. Sie haben sich schon vor einem Jahr angemeldet, als wir die Infos über das Camp in der Schule bekommen haben. Sie haben die Anzahlung gemacht und den noch ausstehenden Betrag beglichen. Aber als der Rest von uns in L.A. am Flughafen ankam, waren sie nicht da.«

Ich überlegte. »Hast du ihnen keine Nachricht geschickt?«

»Doch. Wir sind in einer WhatsApp-Gruppe.« Natürlich. Was

sonst. »Und ein paar E-Mails habe ich auch geschickt. Ich habe sie sogar angerufen, obwohl das ganz schön viele Inklusivminuten kostet, weil ich dachte, sie hätten den Flug verpasst.«

»Und?«

»Keine Antwort. Nichts. Nada. Nur die Mailbox.«

Das war seltsam. »Sie können doch nicht *beide* den Flug verpasst haben.«

»Nein. Ich bin mir sicher, dass sie ihn nicht verpasst haben. Ich habe darüber nachgedacht. Und ich glaube, sie wurden in letzter Minute von der Teilnehmerliste gestrichen.«

»›Gestrichen‹?«

»Ja. Sie sollten gar nicht mitkommen.«

»Aber ... warum?«

»Zum einen brauchten sie uns nicht alle drei. Wir haben den gleichen Geschmack, die gleichen Ansichten und so weiter. Noch eine Version von mir wurde für dieses kleine Spiel hier nicht gebraucht.«

Ich wusste nicht, wie ich es sagen sollte, ohne dass sie sich angegriffen fühlte. »Aber warum ...«

»Warum ich und nicht sie?« Sie lächelte, daher glaubte ich nicht, dass sie wütend auf mich war.

»Ja.«

»Darüber habe ich auch schon nachgedacht. Ich glaube, das hat gesundheitliche Gründe. Smith hat Asthma, und zwar ziemlich schlimm. Ohne ihren Inhalator geht sie nirgendwohin. Das Ding ist für sie so was wie Crack.«

Ich hatte mehr als einmal gesehen, wie Smith in den heiligen Hallen von Osney stand und wie verrückt an dem Ding saugte. »Und Fry?«

»Diabetiker«, erklärte sie. »Und kein Typ zwei. Die Hardcore-Version. Fry hat eine Insulinpumpe am Bauch. Er hängt sozusagen ständig an der Nadel.« Sie zuckte mit den Schultern. »Den beiden geht es natürlich gut. Aber hier hätten sie Probleme. Schließlich wäre es ziemlich schwierig, Nachschub an Medikamenten zu bekommen, da könnte selbst Ralph als Apotheker nicht helfen.«

Sie hatte recht. Wenn das hier ein Videospiel wäre, hätte Flora einen vollen grünen Balken in der Sparte Gesundheitszustand gehabt. Oder besser gesagt, sie hatte einen vollen Balken gehabt, bis ich ihn mit meinem bescheuerten Hungerprogramm bis zum Anschlag geleert hatte. Aber für Selbstvorwürfe war jetzt keine Zeit. Ich hatte das Gefühl, dass wir endlich Fortschritte machten.

»Wir wurden ausgesucht, wie ich schon sagte. Ganz gezielt. Damit wir an dieser Schatzsuche teilnehmen. Außerdem gibt es noch ein paar andere Ungereimtheiten.«

»Zum Beispiel?«

»Die Ziegen«, meinte sie. »Wir sind jeden Tag auf die Jagd gegangen, haben aber immer nur männliche Ziegen gefangen. Weibchen habe ich nicht einmal *gesehen.* Ich glaube, es sind gar keine auf der Insel. Und das ist schlicht unmöglich, denn wie sollen sich die Ziegen dann fortpflanzen? Vielleicht ist es so geplant, dass es nach einer bestimmten Zeit keine mehr gibt.«

Das musste ich erst einmal verdauen.

»Und das ist noch nicht alles. Deine Sitznummer, erinnerst du dich? Sie war zu hoch. Deshalb bin ich noch einmal zum Flugzeug gegangen. Und du auch.«

»Warum hast du mir das alles nicht an dem Abend gesagt?«

Sie sah mich im Licht der untergehenden Sonne an. »Damals waren wir keine Freunde. Ich weiß nicht, was es bedeuten soll, aber es hat etwas zu bedeuten. Und ich glaube nicht, dass wir noch viel Zeit haben. Ich glaube, dass wir zu Beginn des neuen Schuljahrs nicht mehr auf dieser Insel sein werden. Aber ich glaube auch, dass wir den Schatz als Erste finden können, wenn wir alle Hinweise richtig deuten.«

Ich starrte auf den See hinaus. Die Sonne war eine gigantische Goldmünze, die in einem See aus geschmolzenem Gold versank. Ein Schatz. Vor meinen Augen blinkten Dollarzeichen. Geld war gleichbedeutend mit Freiheit. Wenn ich Geld hatte, würde ich nicht arbeiten müssen. Ich konnte schreiben, Dinge erfinden, Codes für Computerspiele entwickeln. Ich würde nie wieder mit einem anderen Menschen reden müssen, wenn ich es nicht wollte. Ich konnte in meinem Zimmer bleiben wie Howard Hughes. Na ja, nicht ganz wie Howard Hughes; ich wollte nicht unbedingt damit anfangen, Flaschen mit Urin in meinen Schrank zu stellen, aber ich konnte so isoliert leben, wie ich wollte, so isoliert wie damals, als ich zu Hause unterrichtet wurde, und brauchte nur mit meinen Eltern zu reden.

Aber als die Sonne immer tiefer sank und die goldene Scheibe am Horizont schmolz, hatte ich eine Offenbarung. Ich wollte das gar nicht. Ich wollte *das hier.* Ich wollte einfach nur dasitzen und mich mit einer Freundin unterhalten. Ich würde Flora helfen zu gewinnen, wenn sie das wollte, was vielleicht die erste selbstlose Tat meines Lebens war. Ich dachte über das nach, was sie gesagt hatte, dass man nicht zwangsläufig nett war, nur weil man gemobbt wurde. Ich war egoistisch gewesen, vermutlich mein ganzes Leben lang. Ich atmete hörbar aus.

»Okay«, sagte ich, ein Wort, das ich auf der Insel nur selten benutzt hatte. »Und was machen wir jetzt?«

»Kleines Einmaleins der Schatzsuche«, erwiderte sie. »Wir zeichnen eine Landkarte.«

»Und wie sollen wir das anstellen?«

»Ich dachte, wir besteigen den Berg und sehen runter.« Sie grinste wieder. »Tut mir leid. Ich meinte, den *Monte Christo.*«

Sie machte sich schon wieder über mich lustig und auch diesmal störte es mich nicht im Geringsten. »Sollen wir das morgen früh machen?«

Sie stand auf. »Nein. Lass uns jetzt gleich gehen.«

Ich rappelte mich auf und folgte ihr. Ich wollte ihr nicht sagen, dass wir so spät am Abend vom Gipfel aus nicht viel sehen würden. Schließlich hatte sie das Kommando.

Eine, vielleicht auch zwei Stunden später standen wir auf dem Gipfel des Monte Christo, neben dem kleinen Steinhaufen, den ich an meinem allerersten Tag hier errichtet hatte, an der Stelle, an der ich den Längen- und Breitengrad der Insel berechnet hatte, um Seb zu beeindrucken. Wie ich befürchtet hatte, war es viel zu dunkel, um unter uns etwas erkennen zu können. Dafür gab es über uns jede Menge zu sehen.

Wir lagen nebeneinander mit dem Rücken auf dem Boden. Eine Weile sagten wir gar nichts. Wir spürten den Boden unter uns, die Wärme unserer Hände, die sich fast – *fast* – berührten, die kühle Brise der Nacht in unseren Gesichtern. Ich wollte unbedingt wieder Floras Hand nehmen, aber hatte einfach nicht den Mut dazu. Es kam mir wie ein gigantischer Schritt vor, wie etwas, das ich nie mehr zurücknehmen konnte.

Die Sterne waren superhell und supernah und inzwischen schon vertrauter.

»Die Aussicht von mitten im Nirgendwo«, murmelte Flora.

»Hast du gewusst, dass es die Mitte von Nirgendwo tatsächlich gibt?«, sagte ich. »Der Pol der Unzugänglichkeit, auch Point Nemo genannt.«

»Ach ja?« Ihre Stimme klang schläfrig.

»Das ist die Stelle, an der man am weitesten von anderen Menschen auf der Welt entfernt ist. Zu bestimmten Zeiten ist man am

Point Nemo den Astronauten der Internationalen Raumstation näher als sonst jemandem auf der Erde.«

Sie schwieg eine Weile und meinte dann: »Du kannst es einfach nicht lassen, wie ein Lexikon auf zwei Beinen zu klingen, stimmt's?« Aber sie sagte es leicht amüsiert, mit einem Lächeln in der Stimme.

Jetzt wurde ich damit fertig. Jetzt wusste ich, dass solche Sticheleien unter Freunden ganz normal waren. »Ach, komm schon. Du musst doch zugeben, dass es eine ziemlich gute Information ist. Die Astronauten dort oben in den unendlichen Weiten des Weltraums sind vielleicht unsere nächsten Nachbarn.«

»Okay. Du hast recht. Aber das soll jetzt nicht heißen, dass ...«

Ich setzte mich mit einem Ruck auf.

»Was ist denn?«, fragte sie.

»Nemo!«, rief ich. »Das ist es!«

»Der Fisch? Aus dem Kinofilm?«

»Nein«, korrigierte ich sie. »Davor. Kapitän Nemo. Von Jules Verne. *Die Geheimnisvolle Insel.«* Ich schlug mir mit der Hand auf die Stirn. »Ich bin ein Idiot.« Ich hatte das Gefühl, als würden die Sterne vom Himmel fallen und in meinem Kopf aufeinandertreffen. »Der Eisbär aus *Lost.* Freitags Fußabdruck im Sand. Mr Kurtz aus *Herz der Finsternis.* Ich war die ganze Zeit in den falschen Büchern. Es war die ganze Zeit Kapitän Nemo.«

Jetzt setzte sich auch Flora auf. »Wovon zur Hölle redest du? Noch mal von vorn. *Was* ist mit diesem Kapitän Nemo?«

»Nemo bedeutet auf Lateinisch ›niemand‹. Auf der geheimnisvollen Insel sollte niemand sein, niemand außer den Schiffsbrüchigen. Aber Kapitän Nemo war die ganze Zeit dort und gab sich erst ganz zum Schluss zu erkennen. Wer hat meinen Zahn gezogen?«

Ich musste an die schattenhafte weiße Gestalt denken, an den

Geschmack von Gummi in meinem Mund, an mein taubes Gesicht am nächsten Morgen.

»Du machst mir Angst.«

»Ich mache mir selbst Angst.« Ich presste die Hand auf mein wild klopfendes Herz. »Sie haben nicht einfach die Videokameras installiert und sind gegangen. Außer uns ist noch jemand auf der Insel.«

42
DAS KREUZ MARKIERT DIE STELLE

Ich wachte zuerst auf, bei Tagesanbruch. Flora schlief noch und sah wunderschön aus. Im Licht des Sonnenaufgangs schimmerten ihre Haare wieder pink. Ich fragte mich, was zur Hölle ich jemals in Miranda gesehen hatte.

Da wir nachts noch ziemlich lange geredet hatten, ließ ich Flora schlafen, dachte aber, es wäre nicht schlecht, wenn ich schon mal ohne sie mit der Landkarte anfing. Ich zog die zusammengefaltete Speisekarte unter ihrer Hand hervor und nahm Gils Kugelschreiber, den ich immer noch in der Tasche hatte. Dann sah ich nach unten auf die Insel, Lincoln Island, die im sanften Licht des Sonnenaufgangs vor mir lag. Auch sie war wunderschön.

Es erinnerte mich an meinen allerersten Tag hier, als ich an den Strand gespült worden war und gedacht hatte, ich wäre allein. Damals war es meine Insel gewesen. Jetzt gehörte sie uns allen. Bunte Sittiche flatterten durch den Morgennebel und in dem jadegrünen Blätterdach der Bäume unter uns schnatterten unsichtbare Kreaturen. Aus der Vegetation ragten die hohen Palmen heraus, an denen die grünen Eier baumelten. Jetzt, da ich wusste, was sie waren, fiel mir sofort auf, wie unnatürlich sie aussahen: wie Bäume in einer Filmkulisse. Was war noch alles für unseren Aufenthalt hier gebaut worden? Beim Zeichnen der Landkarte würde ich es vielleicht herausfinden.

Ich strich die Speisekarte glatt und starrte den Text darauf an. *Oceanic Airlines* in Goldbuchstaben und darunter eine Liste der Gerichte, die wir nie bekommen und nicht einmal im Wrack des Flugzeugs gefunden hatten. Ich drehte die Speisekarte um, sodass ich eine unbedruckte Fläche vor mir hatte, und begann zu zeichnen.

Ich zeichnete den schon vertrauten Pac-Man-Umriss, rund, mit einer großen, dreieckigen Bucht, die wie ein offener Mund aussah, und der Blauen Lagune als Auge. Ich zeichnete den Monte Christo, auf dem ich gerade stand, dann ließ ich meinen Blick zum Wald unterhalb der Berghänge wandern. Ich hatte die Insel noch nie bei Sonnenaufgang von so hoch oben gesehen. An dem Morgen nach der Nacht, die ich mit Seb auf dem Gipfel verbracht hatte, waren wir in das Gewitter geraten und so schnell wie möglich nach unten gerannt, um dem Regen zu entkommen. Ich hatte nie Gelegenheit gehabt, einfach hier zu stehen und die Umgebung zu betrachten, was vermutlich auch der Grund dafür war, warum es mir nicht aufgefallen war.

Die aufgehende Sonne kroch hinter dem Blätterdach hervor, und als sie eine bestimmte Höhe erreicht hatte, sah ich es. Es war die ganze Zeit da gewesen, direkt vor unserer Nase. Zwei goldschimmernde Wege leuchteten auf, zogen sich durch Bäume und trafen an einer Kreuzung aufeinander. »Das ist jetzt NICHT euer Ernst!«, rief ich.

Flora hörte mich und wachte auf. »Was ist denn?«, fragte sie heiser.

Ich ging zu ihr, hielt ihr die Hand hin und zog sie auf die Füße. Gähnend taumelte sie mit mir zusammen zum Aussichtspunkt. »Da! Schau mal!«

Sie legte die freie Hand an ihre noch halb geschlossenen Augen und ihr Blick folgte meinem ausgestreckten Finger. Er zeigte auf die beiden sandigen Wege, die durch den Wald führten und sich in dessen Mitte als riesiges goldenes X kreuzten.

Flora riss die Augen auf. »Das Kreuz markiert die Stelle«, keuchte sie.

»Genau«, sagte ich. »Komm mit.«

Den Berg hinunter schafften wir es vielleicht sogar noch schneller als an dem Tag, an dem ich mit Seb auf dem Gipfel gewesen war. Wir stürmten einfach los, ohne uns viel um unsere Sicherheit zu kümmern, weil wir so schnell wie möglich den Dschungel erreichen wollten. Nach kurzer Zeit standen wir auf einem der Wege. Er sah jetzt nicht unbedingt so aus, als wäre er von Menschen gemacht worden, was heißen soll, er war nicht asphaltiert oder so. Aus der Nähe betrachtet war er sandig und übersät mit Kieseln und kleinen Grasbüscheln. Aber er führte schnurstracks in den Wald hinein und wir gingen so lange zwischen den Bäumen hindurch, bis wir auf den anderen Weg trafen, der aus der entgegengesetzten Richtung kam. Das Blätterdach war hier so dicht, dass wir das X nicht einmal in einer Million Jahren gesehen hätten, wenn wir nicht auf den Berg gestiegen wären – vom Boden aus war es nicht zu erkennen. An einigen Stellen drangen Sonnenstrahlen durch die Blätter wie Messerstiche.

Auf der Lichtung – genau in der Mitte des X – blieben wir stehen. Keuchend drehte ich mich einmal um mich selbst. An einer Stelle ragten zwei Palmen aus dem Blätterdach heraus und unterhalb ihrer glänzenden, viel zu grünen Wedel hing ein einzelnes grünes Ei. Nicht zwei. Eines. »Das gibt's doch nicht.«

»Was ist denn?«

»Das ist die Stelle, an der ich das grüne Ei heruntergeholt habe«, erklärte ich. »Da, schau.« An einem Ende der Lichtung fand ich die selbst gebastelte Armbrust/Schleuder, die inzwischen schon etwas mitgenommen aussah und von Pflanzen überwuchert war.

»Du hast also eine ganze Menge Zeit hier verbracht? Direkt in der Mitte des Kreuzes?«, fragte Flora ungläubig.

»Ja. Hier ist nichts, das kann ich dir jetzt schon sagen.« Ich dachte an die vielen Stunden, in denen ich auf Wilson geschossen und Steine vom Boden aufgesammelt hatte. Ich kannte die Lichtung ziemlich gut. Es gab hier absolut nichts, was von Interesse gewesen wäre.

»Er wird natürlich nicht *über* der Erde sein«, sagte Flora. »Oder hast du schon einmal etwas von einer Schatztruhe gehört, die einfach so irgendwo rumsteht? Wir müssen graben.«

Sie hatte recht. »Wo sollen wir anfangen?«

Flora deutete auf das Zentrum der Lichtung. »In der Mitte des Kreuzes natürlich.«

Wir rannten hin, gingen in die Hocke und schoben den Sand mit den Händen weg. Der Boden schien ziemlich hart zu sein. »Wir haben nichts zum Graben«, meinte ich. »Wir könnten ins Lager laufen und die Äxte holen.« Ich schlug es nur widerwillig vor.

»Nein«, widersprach Flora. »Das hier ist *unser* Ding.«

Es fühlte sich gut an. Zum ersten Mal in meinem Leben fühlte es sich gut für mich an, Teil einer gemeinsamen Unternehmung zu sein.

»Warum nehmen wir nicht das da?« Sie zeigte auf meinen Stab. Ich hatte nicht einmal bemerkt, dass ich ihn mitgenommen hatte – ich war inzwischen so daran gewöhnt, ihn bei mir zu haben, dass er ein Teil von mir geworden war. Mein Blick wanderte von dem Stab zu Flora und wieder zurück. Er war das Zeichen meines Amtes, das Zepter der Insel. Aber wir brauchten etwas, mit dem wir den Boden lockern konnten. »Okay«, sagte ich.

Den Rest des Vormittags gruben wir immer abwechselnd. Einer von uns brach den zusammengepressten Sand mit dem Stab auf, der andere schaffte den losen Sand weg, bis mehrere Hügel um das tiefer werdende Loch entstanden. Wir wechselten uns ab. Wir redeten nicht viel. Zum einen war es ganz schön mühsam, weil der Sand ziemlich fest war, und zum anderen wurde es im Laufe des Vormittags ziemlich heiß, obwohl wir dank der Bäume eine Menge Schatten hatten. Der, der den Sand wegtrug, sagte von Zeit zu Zeit: »Hast du etwas gefunden?« Und der, der grub, sagte dann immer: »Noch nicht.«

Wir hatten etwa dreißig Zentimeter tief gegraben, als mir der Gedanke kam, dass das hier eine Riesenzeitverschwendung sein könnte. Nur weil zwei Wege durch einen Wald sich überschnitten und ein Kreuz bildeten, bedeutete das noch lange nicht, dass hier etwas war. Was bei Sonnenaufgang, als die goldenen Wege plötzlich im Blätterwald aufgetaucht waren, so magisch ausgesehen hatte, schien jetzt etwas völlig Normales zu sein. Ich fing an, mir ziemlich dumm vorzukommen, und fragte mich, ob es Flora genauso ging und ob ich vielleicht vorschlagen sollte, dass wir aufhören, als das Schlimmste passierte. Mein Stab zerbrach.

Da ich mich in dem Moment gerade daran abgestützt hatte, landete ich mit dem Gesicht nach unten im Sand. Ich kroch aus dem Loch, in jeder Hand eine Hälfte des Stabs, und war fassungsloser, als ich zugeben wollte.

Flora sah mich an, den Mund zu einem runden O aufgerissen. Mir wurde plötzlich klar, was für ein Diktator ich gewesen war – wenn vor zwei Tagen einer der anderen meinen Stab zerbrochen hätte, hätte ich ihm oder ihr den Arsch aufgerissen. Ihre Reaktion war eine Realitätsprüfung. Ich zwang mich zu einem Lächeln. »So brech ich meinen Stab. Begrab' ihn manche Klafter in der Erde.«

»Wenn du meinst, Prospero.« Ich war wohl doch nicht der Einzige, der für die Prüfungen gelernt hatte.

»Ja. Hier.« Ich warf ihr eine Hälfte des Stabs zu und übertrug ihr so die Hälfte meiner Macht, ohne auch nur eine Sekunde darüber nachzudenken. Für jemanden, der so unsportlich war wie sie, fing sie ihn ziemlich geschickt auf. Dann gruben wir beide weiter, nebeneinander. Dass der Stab zerstört war, spornte mich an. Jetzt wollte ich nicht mehr aufgeben. Sonst wäre er für nichts und wieder nichts zerbrochen.

Die Sonne stieg immer höher in den Himmel, wir gruben immer langsamer und irgendwann sah es so aus, als würden wir aufgeben müssen. Flora wurde müde und wieder einmal dachte ich mit heftigen Gewissensbissen, wie schwach sie sein musste, nachdem sie meinetwegen fast verhungert wäre. Ich wollte unsere Grabung gerade für beendet erklären, als ich etwas traf, das nicht Sand war.

Es war ein metallisches Klirren, gefolgt von einem hohlen Echo.

Wir sahen uns mit weit aufgerissenen Augen an. Müdigkeit, Hunger und Hitze waren auf einen Schlag vergessen. Ich ließ meine Stabhälfte wieder nach unten sausen, als wäre ich Gandalf.

Bumm.

Wie auf Kommando warfen wir unsere Ministäbe weg und fielen auf die Knie. Jetzt gruben wir wie Kaninchen, wir benutzten die Finger und warfen den ausgehobenen Sand hinter uns. Nach einer Weile konnten wir eine matte Metalloberfläche erkennen. Ich fuhr mit den Fingerspitzen an einer langen Furche entlang, bis ich eine Ecke und eine zweite Furche fand. Dann noch eine. Und schließlich eine vierte. »Das ist eine Falltür«, sagte ich, während ich versuchte, möglichst gleichgültig zu klingen.

43
ZAHLEN UND BUCHSTABEN

»*Cool*«, sagte Flora. »Zieh sie hoch. Können wir die Stäbe darunterklemmen?«

Ich versuchte, mit den Fingerspitzen unter den Rand zu kommen, schaffte es aber nicht. »Nein. Aber vielleicht gibt es einen Griff. Einen Eisenring oder so.«

»Wir sollten den Sand komplett wegräumen, dann sehen wir, womit wir es hier zu tun haben.«

Wir gingen auf die Knie und wischten den Sand von der Falltür, während wir uns langsam in dem Loch nach hinten bewegten. Das Metall der Falltür sah aus wie Bronze, matt und gebürstet, nicht glänzend, aber ziemlich neu. Als ich noch ein Stück von der Tür herunterrutschen wollte, schürfte ich mir an irgendetwas das Bein auf. Ich setzte mich hin und umklammerte mit beiden Händen mein verletztes Knie, während ein kleiner dunkelroter Blutstropfen aus der Haut drang.

Plötzlich musste ich an Ralph denken, die Hand des Königs, den ich verstoßen hatte, als er sich geweigert hatte, mir Rucolablätter zu bringen. Er hätte mit Sicherheit etwas gehabt, das man auf mein Knie legen konnte. Ich erinnerte mich an den Ausdruck auf seinem Gesicht, als er die Höhle verlassen hatte, und aus irgendeinem Grund drehte es mir fast den Magen um. Er würde mir jetzt vermutlich nicht helfen – er würde wohl nur dastehen und zusehen, wie die Wunde sich entzündete und mein Bein abfiel. Und das beunruhigte mich dermaßen, dass ich mir gar nicht die Mühe machte, herauszufinden, an was ich mich verletzt hatte. Doch Flora tat es.

»Link«, sagte sie, während sie darauf deutete. Und ich vergaß Ralph sofort wieder.

In der Mitte der Falltür befand sich ein Tastenfeld, das so ähnlich aussah wie das auf einem Münztelefon – zwölf quadratische Tasten aus Metall, die folgendermaßen angeordnet waren:

123

456

789

*0#

Flora und ich legten uns auf den Bauch und starrten das Tastenfeld an. Unsere Gesichter berührten sich fast. »Keine Buchstaben«, stellte ich fest.

»Doch, es *gibt* ein paar Buchstaben«, widersprach sie. Sie blies auf das Tastenfeld und wirbelte eine kleine Sandwolke auf.

In eine Ecke des Tastenfelds war ein winziges Monogramm eingraviert, so etwas wie ein Logo. Es war wirklich sehr klein, daher rutschte ich ein Stück zur Seite, damit Flora besser sehen konnte. Ich brauchte meine Brille zwar nicht oft, aber Flora hatte mit Sicherheit die besseren Augen von uns beiden.

»Kannst du die Buchstaben erkennen?«

»Es sieht aus wie ein W und ein R. Nein ... das ist ein P.«

»WP. Wofür könnte das stehen?«

Auf Anhieb fiel mir nichts ein. Ich musste raten. »Vielleicht Wasserpumpe oder so ...«

»Wow. Großartig. Das bringt uns schon mal ein ganzes Stück weiter.« Sie machte sich schon wieder über mich lustig, aber so langsam gewöhnte ich mich daran.

»Ist ja gut. Vergiss es. Wir werden es nie erraten. Lass uns anfangen.«

»Womit?«

»Den Code zu knacken«, erklärte ich. »Es gibt offensichtlich einen numerischen Zugangscode. Und wenn wir wissen wollen, was sich hinter dieser Falltür befindet, müssen wir herausfinden, was für ein Code das ist.«

Flora stützte das Kinn auf die Hand. »Dann solltest du besser mal anfangen zu tippen«, meinte sie. »Es könnte nämlich eine Weile dauern.«

»Das hätte keinen Sinn«, widersprach ich. »Bei einer vierstelligen PIN, wie man sie zum Beispiel bei einem Bankautomaten verwendet, gibt es zehntausend mögliche Kombinationen. Wir würden einen ganzen Monat brauchen, um alle einzugeben.«

»So viel Zeit werden wir vielleicht haben«, sagte sie finster.

»Nein.« Ich war plötzlich sehr optimistisch. »Diese Sache hier wird bald zu Ende sein. Ich glaube, wir *sollen* es herausfinden. Auf dieser Insel ist nichts Zufall, daher ist der Code mit Sicherheit nicht zufällig gewählt worden. Er muss eine Bedeutung haben. Siehst du das da?« Ich nickte in Richtung der Palme, von der uns das verbliebene grüne Ei – Wilsons Zwilling – mit seinem schwarzen Auge anstarrte. »Wir werden gerade beobachtet. Das gehört alles zur Unterhaltung dazu.«

»Nur keinen Stress«, stieß Flora zwischen zusammengebissenen Zähnen hervor, während sie mit einem breiten Grinsen im Gesicht dem grünen Ei zuwinkte.

»Also gut. Wo fangen wir an?«, murmelte ich. »Simon aus *Alvin und die Chipmunks* hat immer gesagt, dass die erste Ziffer eines numerischen Codes in der Regel eine Primzahl ist.«

»*Wer* hat *was* gesagt?«

»Simon. Aus *Alvin und die Chipmunks.*«

»War das der Mensch?«

»Nein. Simon war ... ähm ... er war eines der Streifenhörnchen.

Er trug eine Brille. Ich konnte mich als Kind mit ihm identifizieren. Und er hatte recht«, fügte ich hinzu. »Hast du PIN-Codes?

»Ja, ein paar.«

»Fangen sie mit Primzahlen an?«

»Ja. Ich möchte *Simon* nicht zu nahe treten, aber ich glaube, wir sollten besser mit einem anderen Nerd anfangen.«

»Mit wem?«

»Mit dir«, meinte sie nur.

»Mit mir?«

»Ja. Was auch immer mit diesem Ort hier nicht stimmt, es hat etwas mit *dir* zu tun.«

Das hatte ich nicht erwartet. »Wie meinst du das?«

Flora überlegte einen Moment. Sie wusste anscheinend nicht so recht, wie sie es mir erklären sollte. »Wenn das hier ein Traum wäre, wäre es *dein* Traum«, sagte sie schließlich. »23b war deine Sitznummer im Flugzeug. Unsere waren alle ganz normal. Deshalb muss die Zahl etwas mit dir zu tun haben. Versuch es mal mit 23. Das wäre das Nächstliegende.«

Meine Finger kribbelten vor Aufregung, als ich die Taste mit der 2 und dann die Taste mit der 3 drückte. Wir lehnten uns erwartungsvoll zurück. Ich weiß nicht, was ich erwartet hatte, vielleicht einen Tusch oder blendendes Licht an den Rändern der Falltür, während sie nach oben schwebte. Aber es passierte genau nichts.

»Hmm«, meinte Flora. »Vielleicht muss man noch eine andere Taste drücken. Wie beim Bankautomaten, wenn man *Bestätigen* antippen muss.«

Ich starrte das Tastenfeld an. »Was wäre hier *Bestätigen?* Es gibt eine Taste mit einem Stern und eine mit einer Raute.«

»Die Raute«, erwiderte sie. »Das ist meistens die Funktionstaste, zum Beispiel, wenn man sein Telefon auflädt.«

Wir beugten uns vor, als ich 23# eingab. Nichts.

»Denken wir logisch«, sagte ich. »Es war 23*b.* Vielleicht müssen wir noch den Buchstaben dazunehmen.«

»Aber wie?«

Ich erinnerte mich an das, was Mr Errington über Pi gesagt hatte. Dass Zahlen Buchstaben entsprechen. »Münztelefone haben drei Buchstaben auf jeder Taste – ABC, DEF und so weiter. Vielleicht müssen wir 23 eingeben und dann 1, auf der Taste wäre nämlich das b.«

»Du meinst 2«, korrigierte sie mich.

»Wie bitte?«

»2. 1 ist leer. Die Buchstaben fangen bei der Taste mit der 2 an.«

Dieses Mal versuchte sie es. Nichts.

»Oh«, rief ich. »Du müsstest die 2 aber zweimal drücken, um quasi durch die Buchstaben zu blättern.«

Sie tippte auf die entsprechenden Tasten. Dieses Mal hatte ich erheblich weniger Hoffnung. Ich wusste, dass es ein Schuss ins Blaue war, dass es nicht funktionieren würde. Ich hatte recht.

Wir richteten uns auf und sahen uns an, enttäuscht, aber unbesiegt. »Gibt es sonst noch Zahlen, die eine Bedeutung für dich haben?«, fragte Flora. »Nur für dich?«

Ich dachte weit zurück, sehr weit. Zahlen hatte ich schon immer geliebt. Aber ich glaubte nicht, dass es um mein Kleinkind-Ich oder mein Grundschul-Ich ging. Es musste etwas mit Osney zu tun haben. Und an meinem allerersten Tag dort hatte ich tatsächlich ein paar Zahlen von meiner Mutter bekommen. Sie hatte zu mir gesagt, ich solle in der Bibel nachsehen. *Selig die Sanftmütigen, denn sie werden die Erde besitzen.* Matthäus, Kapitel 5, Vers 5.

»Versuch es mit 55«, sagte ich.

Sie tippte die Zahlen ein. »Nein.«

Wir gaben 12 ein, meine Nummer nach dem Osney-Sprint. »Fehlanzeige.«

»An deinem ersten Tag in der Schule hast du mit mir über Lincoln gesprochen«, fiel Flora ein.

Wir versuchten es mit Lincolns Geburtstag, wir gaben 16 für den sechzehnten Präsidenten der Vereinigten Staaten ein, wir gaben 15/04/1865 ein, den Tag, an dem er im Ford's Theatre erschossen wurde, während alle Zuschauer nach der lustigen Szene auf der Bühne applaudierten und er sich im wahrsten Sinne des Wortes totlachte. Schließlich gaben wir Pi ein, mit so vielen Stellen wie möglich, wofür ich den Trick benutzte, den Mr Errington mir beigebracht hatte.

»Hmmmm«, meinte Flora, nachdem alle Versuche fehlgeschlagen waren. »Vielleicht geht es ja *nicht* um die Schule. Vielleicht geht es um die Insel. Die Blaue Lagune. Bikini Bottom. Monte Christo.«

Monte Christo. Mein Lieblingsbuch. Die Geschichte von Edmond Dantès, einem Strafgefangenen aus einfachen Verhältnissen, der einen riesigen Schatz auf der Insel Monte Christo fand und ein Graf wurde. Edmond Dantès, ein Häftling, der während seiner ganzen Zeit im Château d'If nicht mit seinem Namen, sondern einer einfachen zweistelligen Nummer angesprochen wurde. »Ich hab's«, sagte ich unvermittelt. »Es ist 34.«

Flora klatschte in die Hände. »Die Kennung des Flugzeugs!«, rief sie. »Gute Idee.«

»Moment mal. Was hast du gerade gesagt?«

»Die Flugzeugkennung. Sie war auf dem Heckteil, das wir aus dem Wrack mitgenommen haben.«

»Du hast recht.« Ein kalter Schauer lief mir über den Rücken. »Warum ist mir das nicht schon vorher aufgefallen?«

»Was denn?«

»Das Flugzeug. Die Kennung besteht aus den Initialen und der Nummer meines literarischen Lieblingshelden. ED-34. Edmond Dantès, Gefangener 34, der Held von *Der Graf von Monte Christo.* Ein Typ, der auf einer Insel festsaß. Was zum Teufel geht hier vor?«, fragte ich, während es mir wieder kalt den Rücken hinunterlief. »Ich hatte das verdammte Buch sogar im Flugzeug dabei.«

»Das kann kein Zufall sein«, meinte Flora. »Gib die Zahl ein.«

Mit zitternden Fingern und fest davon überzeugt, dass es dieses Mal funktionieren würde, drückte ich die 3 und die 4 auf dem Tastenfeld. Ich war wirklich überrascht, als nichts passierte.

Flora richtete sich auf. »Also gut. Wenn wir davon ausgehen, dass es etwas mit Monte Christo zu tun hat: Gibt es noch andere Zahlen in dem Buch?«

»Ja«, antwortete ich langsam. »Edmond Dantès hat nur noch einen einzigen Freund auf der Welt, nachdem sich alle anderen von ihm abgewandt und ihn verraten haben, einen Freund, der wie er im Gefängnis sitzt. Der Freund gibt ihm Unterricht in Wissenschaften und Sprachen und hilft ihm dann bei der Flucht und der Suche nach dem Schatz.« Während ich Flora das alles erzählte, fielen mir die Parallelen zu unserer Situation auf.

»Hat der Freund eine Nummer?«

»Der Freund ist ein alter Priester, ein Abbé. Und seine Zelle hat die Nummer 27.«

»Versuch es. Nimm beide Zahlen.«

Ich gab 3427 und dann 2734 ein. Wieder nichts.

Ich ließ mich auf den Boden sinken. Ich war so sicher gewesen, dass der Graf von Monte Christo die Antwort war. Dass Edmond Dantès' Häftlingsnummer und die Kennung des Flugzeugs übereinstimmten, schien so eindeutig zu sein. Mein Scheitern nahm mir völlig den Wind aus den Segeln. Von meiner Stärke und meinen Führungsqualitäten war nichts mehr übrig. Mir fiel nichts mehr ein. Wir hatten alles versucht. Die Sonne ging unter und der Dschungel hüllte uns ein wie eine schwarze Decke, was sich diesmal aber nicht tröstlich anfühlte, sondern ziemlich bedrohlich. »Meine Mom hat früher, in den Vereinigten Staaten, als sie noch ein Kind war, immer eine Fernsehserie angeschaut«, sagte ich. »Sie hieß *Gilligans Insel.* Schon mal davon gehört?«

Flora schüttelte den Kopf.

»In der Serie ging es um ein Boot, das in einen Sturm geriet und dann mit der Besatzung und den Passagieren auf einer einsamen Insel strandet. Die Hauptfigur ist ein etwas einfältiger Mann namens Gilligan, der Maat auf dem Schiff war. Die Serie war ziemlich lustig, in Schwarz-Weiß und hatte drei Staffeln. Als ich klein war, wurden immer noch Wiederholungen davon gezeigt.«

Flora schlang die Arme um die Knie. »Wie geht es aus?«

»Die Serie wurde abgesetzt. Es wurde also nie gezeigt, wie die Schiffbrüchigen die Insel verließen. Sie sind vermutlich immer noch dort, gefangen im TV-Limbus.«

Plötzlich hatte ich Sehnsucht nach meiner Mutter und meinem Vater. Nachdem ich meine Eltern in unserem *Herr-der-Fliegen-Universum* ohne Erwachsene fast völlig vergessen hatte, traf mich der Gedanke daran, dass ich sie vielleicht nie wiedersehen würde, wie ein Schlag in den Magen. Es war zu viel. Ich spürte, wie sich meine Stirn in WLAN-Falten legte. »Und wenn es kein normaler Fernsehsender ist? Wenn das hier irgendein grausames Spiel im Darknet ist, bei dem Millionen Leute uns beim Sterben zusehen?« Die Vorstellung, dass Millionen Nerds in ihren Zimmern saßen und gebannt verfolgten, wie sieben Jugendliche langsam ihr Leben aushauchten, war ein Albtraum, den sich auch die Macher von *Fortnite* nicht besser hätten ausdenken können. Wir würden nie erwachsen werden, genau wie in Neverland. »Und wenn wir nie von hier wegkommen? Wenn der echte Schatz darin besteht, der Letzte zu sein, der das hier überlebt?«

Es war ein Test meiner Führungsstärke. Aber die Reaktion darauf kam von Flora. Sie stand auf und drückte den Rücken durch. Und dann stellte sie sich so hin, dass sie direkt im Blickfeld des grünen Eis war, hob die Hand und zeigte der Kamera den Mittelfinger. Schließlich drehte sie sich zu mir um, stemmte die Hände in die Hüften und sagte seelenruhig: »Wenn das der Fall ist, brauchen wir nur das Gegenteil von dem zu tun, was sie von uns erwarten. Wir müssen daran glauben, dass wir von hier wegkommen. Und ich glaube daran. Allerdings bin ich der Meinung, dass wir Hilfe brauchen.«

Ich hob den Kopf und blinzelte in die untergehende Sonne. »Was für eine Art von Hilfe?«

44
DIE MISSION

Die Überreste des Frühstücksclubs saßen um die leere Feuergrube, als würden die Flammen immer noch lodern, was vermutlich reine Gewohnheit war. Mit den verfilzten Haaren und den braun gebrannten Armen und Beinen sahen sie ein bisschen so aus wie Steinzeitmenschen. Sie hatten eindeutig versucht, ein Feuer zu entfachen, denn in der Mitte der Grube konnte ich ein Holzscheit, einen angespitzten Stock und eine Handvoll Seegras erkennen. Sie hatten es mit Stöckereiben probiert. Alle machten einen ziemlich deprimierten Eindruck und waren über und über mit Asche bedeckt. An den Stellen, an denen sie sich den Schweiß von Stirn und Wangen gewischt hatten, prangten helle Streifen. Es sah aus wie eine Kriegsbemalung. Plötzlich hegte ich so etwas wie väterliche Gefühle für sie. Das Essen von gestern hatte Flora bekommen und die anderen mussten annehmen, dass sie und ich einfach verschwunden waren. Ohne mich waren sie weder jagen noch angeln gegangen. Und Feuer hatte auch niemand gemacht. Ich war ein schöner Anführer.

Mit einem Mal war ich mir nicht sicher, wie man mich empfangen würde. Ich trat in die Mitte des Kreises und sagte: »Hallo. Ihr werdet es nicht glauben, aber …«

Weiter kam ich nicht. Irgendetwas kam auf mich zugeflogen und warf mich zu Boden. Seb lag auf mir und schlug mit beiden Fäusten auf mich ein. Ich schnappte nach Luft und brachte keinen Ton mehr heraus.

»Hör auf! Hör ihm zu, du musst ihm zuhören!«, hörte ich Flora schreien.

Aber ich war nicht mehr in Osney. Ich war stärker – seit meiner Ankunft auf der Insel hatte ich jede Menge Muskeln entwickelt und dieses Mal konnte ich mich wehren. Ich kämpfte verbissen und versuchte, Seb von mir herunterzustoßen. Wir landeten in der Asche und wälzten uns darin herum, bis wir von Kopf bis Fuß damit bedeckt waren. Ich weiß nicht, wie ich es anstellte, aber plötzlich lag er unter mir. Allerdings hatte ich nicht damit gerechnet, wie verdammt wütend er war. Er setzte mir sein Knie auf die Brust und stieß mich von sich – ich flog über die Feuergrube und fiel nach hinten. Seb stürzte sich ein zweites Mal auf mich. Dann ballte er die Finger zur Faust und holte weit aus, sodass seine Hand die tief stehende Sonne hinter ihm verdunkelte. Das kam mir sehr bekannt vor und ich wusste sofort, dass der Faustschlag dieses Mal mehr anrichten würde als nur einen angebrochenen Zahn.

Plötzlich lag eine Hand auf Sebs Arm.

»Nein.« Es war Gil.

Einen Moment lang sahen die beiden sich an, Seb heftig atmend, Gil völlig ruhig.

»Vergiss nicht, dass wir beobachtet werden«, sagte Gil. In seiner Stimme lag die Stärke von jemandem, dem so ziemlich alles am Arsch vorbeiging, von jemandem, der kurz davor gewesen war zu sterben und dann gerettet worden war und deshalb das Beste daraus machen wollte. Das animalische Licht in Sebs Augen erlosch. Sein Blick wanderte an Gil vorbei nach oben. Die grünen Eier hingen direkt über der Feuerstelle und registrierten jede Bewegung. Seb öffnete die Faust, Gil zog die Hand zurück und plötzlich passierte ziemlich viel auf einmal. Die anderen kamen zu uns gerannt und umringten uns.

»Wo ist unser Essen?«

»Wo ist das Feuer?«

»Warum seid ihr einfach verschwunden?«

Ich hatte unterschätzt, wie sehr sie mich brauchten, wie sehr sie sich gefürchtet hatten. Es gab keine Erwachsenen auf der Insel und ich war das, was einem Erwachsenen am nächsten kam. Ich hatte die Macht an mich gerissen, was aber auch hieß, Verantwortung für die anderen zu übernehmen, und diese Verantwortung hatte ich vernachlässigt.

»Wir dachten, ihr seid tot.«

Sie klammerten sich an mich, was sich anfühlte, als würden sie mich gleichzeitig umarmen und ersticken. Ralph und Jun hatten meine Arme gepackt und Miranda hielt Flora, meine einzige Verbündete, fest. In ihrem geschwächten Zustand hatte Flora keine Chance gegen Mirandas Schwimmerinnenkörper. Seb, der immer noch schwer atmete, ging vor mir auf und ab wie ein Tiger, während Gil ihn beobachtete.

»Ihr müsst mitkommen«, stieß ich hervor. »Wir haben etwas gefunden. Im Dschungel, im Zentrum des Kreuzes.« Ich redete wirres Zeug.

»Wir gehen nirgendwohin«, erwiderte Seb. »Es ist vorbei.« Ich brauchte nicht zu fragen, was er damit meinte.

»Ich muss wieder hin, auch wenn ihr nicht mitkommt«, sagte ich, während ich versuchte, möglichst ruhig zu klingen.

»Du gehst auch nirgendwohin. Damit ist jetzt Schluss. Du wirst hierbleiben, jagen und angeln, das Feuer anzünden und ... und ... meine Sporttasche tragen!«

Die Stimmung war so angespannt, so gefährlich und kurz davor zu kippen, dass niemand lachte. Niemand wies darauf hin, dass Seb gar keine Sporttasche mehr hatte.

Miranda sagte genau das, was Seb zu sagen versucht hatte, mit seinen Faustschlägen, seinen Fußtritten und seinen unbeholfenen Worten. »Wir *brauchen* dich.«

Mein Blick wanderte von einem aschebeschmierten Gesicht zum anderen. Lediglich Hunger hatte verhindert, dass sie völlig zu Wilden geworden waren.

Ich musste sie überzeugen. Und ich wusste auch schon, wie. Nicht mit Taten, sondern mit Worten. Worte, die ich kaum über die Lippen brachte, so schwer fiel es mir. Ich musste daran denken, wie sehr sie mich gedemütigt hatten, wie oft ich Sebs verdammte Sporttasche herumgetragen und seine Schuhe geputzt hatte. Wie oft ich ihm in den Arsch gekrochen war. Wie oft ich als Letzter in eine Mannschaft gewählt worden war. Wie oft ich »okay« hatte sagen müssen, jenes furchtbare, unterwürfige Wort, das wie ich aus den Vereinigten Staaten stammte und jetzt zu meinem Markenzeichen geworden war.

Ich holte tief Luft und sagte, was ich sagen musste: »Aber ich brauche *euch*.«

Sie starrten mich an, feindselig, wild, zweifelnd. Niemand glaubte mir.

»Das ist ein Trick«, stieß Seb hervor.

»Nein«, erwiderte ich. »Ich werde es euch beweisen.« Ich musste ihnen ein Zeichen meines guten Willens geben, wie die Missionare früher. Nach der Entdeckung Amerikas hatten sie den Eingeborenen Gold und Perlen geschenkt. Ziemlich nutzlose Gaben, denn die Eingeborenen konnten das Zeug weder essen noch pflanzen und sie hatten auch keine Ahnung, dass man damit handeln konnte. Trotzdem war es ein Zeichen guten Willens gewesen.

»Lasst ihn los«, sagte Seb zu Ralph und Jun. »Aber behaltet ihn im Auge.«

Langsam, sehr langsam, als würde ich nach einer Waffe greifen, griff ich nach der Geigensaite mit den Brillengläsern um meinen Hals und hob sie über meinen Kopf. Ich trat vor, sehr vorsichtig, als könnte das bloße Knacken eines Zweiges diesen zerbrechlichen Frieden gefährden. Dann legte ich die Saite um Sebs Stiernacken und rückte die Brillengläser zurecht, sodass sie auf seinem Herzen zu liegen kamen. Es fühlte sich ungeheuer symbolisch an. Seb, der in Osney meine Brille zerbrochen hatte, wurden die Brillengläser verliehen. Sie hingen um seinen Hals wie eine Bürgermeisterkette.

»Ich habe nichts mehr«, sagte ich. »Kommt ihr jetzt mit?«

Es war ein gewaltiges Risiko. Ich hatte meinen Stab weggegeben und jetzt auch noch meine Brillengläser. Das Zeichen meines Amtes und das Werkzeug, um Feuer zu machen.

»Seb?«

Ich dachte schon, er würde sich weigern. Ich dachte, er würde hierbleiben und die Herrschaft auf der Insel übernehmen, mithilfe der Brillengläser und der Geigensaite, die in seinen Händen so nutzlos waren wie die Perlen und Goldmünzen für die Wilden.

Aber dann sagte er etwas ganz Erstaunliches: »Okay.«

45
DER CODE

Wir saßen in der Mitte des X um das Tastenfeld herum, als wäre es das Feuer.

Als Flora und ich dem Frühstücksclub die Falltür gezeigt hatten, war die Aufregung groß gewesen. Alle waren auf die Knie gefallen, genau wie wir, hatten sich gegenseitig aus dem Weg geschubst und wahllos Tasten gedrückt. Ich hinderte sie nicht daran. Wenn sie den Code durch Zufall knackten, war das umso besser. Aber ich glaubte nicht, dass sie es schaffen würden. So langsam kam mir die Erkenntnis, dass nichts auf dieser Insel Zufall war.

Ich ließ sie gewähren, bis ihnen langweilig wurde, dann brachte ich sie dazu, sich hinzusetzen, damit wir zur Sache kommen konnten.

»Gibt es Zahlen, von denen ihr glaubt, dass sie eine Bedeutung haben, für euch, für uns als Frühstücksclub, für die Insel oder für Osney?«, fragte ich.

»Du könntest es mit unseren Nummern aus Osney versuchen«, schlug Miranda vor.

»Gute Idee«, sagte ich, während ich wie ein Lehrer auf sie zeigte. »In welcher Reihenfolge?«

»In beide Richtungen. Von oben nach unten und von unten nach oben.« Nach einer kurzen Diskussion darüber, wie man Sebs Status als Viertelmann ausdrücken sollte, kamen wir zu dem Schluss, dass es ¼ sein müsste, und gaben die Zahlen ein.

14 1 1 1 11 11 12 absteigend von Seb zu mir und 12 11 11 1 1 1 14 aufsteigend von mir zu Seb. Nichts.

»Was ist mit den Sitznummern aus dem Flugzeug?« Das kam von Jun.

»Haben wir schon versucht.«

»Nein, haben wir nicht«, protestierte Flora. »Wir haben es nur mit deiner probiert – 23b.«

Was dazu führte, dass ich erst einmal meine ungewöhnliche Sitznummer erklären und dann auch von Floras und meiner geheimen Expedition zum Flugzeugwrack berichten musste. »Wir sollten es mit *allen* Sitznummern versuchen«, meinte Gil.

»In Ordnung. Das wären dann 1 bis 6, 23, 8, 9, 10. Sollen wir den Piloten auch mitzählen? Und gab es einen Co-Piloten?«

»Nein«, sagte Jun. »Nur die Flugbegleiterin. Sie saß allerdings auf einem Jumpseat.«

»Den Jumpseat können wir vergessen. Aber brauchen wir die Sitznummer des Piloten? Flora, beim zweiten Mal sind wir nicht ins Cockpit gegangen, oder doch?« Das erste Mal, als wir das Flugzeug geplündert hatten, hatten wir den toten Piloten nicht gefunden. Aber ich weiß noch, dass Flora und ich in jener Nacht befürchteten, er sei irgendwie wieder aufgetaucht und würde als angefaulte Leiche in seinem Sitz hängen.

Flora schüttelte den Kopf. »Nein. Die Sitze im Cockpit haben nie Nummern, die brauchen wir nicht mitzuzählen.«

»Aber falls die Sitze der Nummerierung *meines* Sitzes gefolgt sind, ist er die Nummer 21.«

»Ha!«, rief Miranda. »Twenty One Pilots.«

Flora lächelte sie an. »Link war felsenfest davon überzeugt, dass Twenty One Pilots *meine* Lieblingsband ist«, scherzte sie.

Ich stutzte. Es lag nicht daran, dass sie meinen für Freunde und Familie reservierten Namen benutzt hatte. Mich hatte etwas anderes aufhorchen lassen. »*Was* hast du da gerade gesagt?«

»Ich sagte, du hast gedacht, Twenty One Pilots wäre *meine* Lieblingsband. Du weißt schon – als du mich gefragt hast, welche Tracks ich auf eine einsame Insel mitnehmen würde.«

»Das hast du mich auch gefragt!«, rief Miranda.

»Mich auch«, sagte Seb.

Meine Fingerspitzen begannen zu kribbeln.

»Und mich auch«, meldete sich Ralph.

»Mich auch, am ersten Abend, am Geigenfeuer.« Jun war die Letzte.

»Das ist es«, keuchte ich. »*Musik.*« Ich bekam eine Gänsehaut. »Es ist *Desert Island Discs.* Eure Musikauswahl – *unsere* Musikauswahl – wird uns die Zahlen geben.«

»Wie bekommen wir Zahlen aus *Musik?*«, wollte Seb wissen.

Die Frage war berechtigt. »Gehen wir die Sache systematisch an«, erwiderte ich. »Wir suchen nach Zahlen, die etwas mit unseren Tracks zu tun haben.«

Die Sonne ging unter. Bald würden wir das Tastenfeld nicht mehr erkennen können. Und da ich kein Feuer entfacht hatte, würden wir am Abend hungern und frieren. Aber das schien allen egal zu sein. Wir hörten uns gegenseitig zu und beim Reden kamen alle einmal an die Reihe. Es war Teamarbeit und genau das hatte uns bis jetzt gefehlt.

»Einer nach dem anderen. Jun – du bist von uns allen am musikalischsten, deshalb fängst du an. Haben deine Tracks etwas mit Zahlen zu tun?« Ich strich die Speisekarte mit der Pac-Man-Landkarte glatt, holte den Kugelschreiber hervor und wartete gespannt darauf, dass die anderen ihre Zahlen nannten.

»Bei mir könnte das Problem sein, dass es zu viele sind«, sagte Jun. »Meine Tracks haben alle etwas mit Klassik zu tun und klassische Musik ist häufig nummeriert. Bach, Beethoven, Haydn, für alle diese Komponisten gibt es etwas, das man Opusnummern nennt. Bei Mozart fängt alles mit einem K an, gefolgt von einer Zahl. Bach hat ein eigenes Nummerierungssystem namens BWV, bei Händel heißt es HWV und so weiter.«

»Jetzt mach einfach«, forderte Flora sie auf.

Jun verzog das Gesicht. »Es ist ziemlich schwierig, nur acht Tracks zu nennen«, meinte sie. »Ich werde versuchen, die Auswahl zu begrenzen ... Paganini. Caprice Nr. 1.«

»Das ist einfach«, sagte Flora.

Ich schrieb eine Eins auf die Speisekarte.

»Dann Tschaikowski, Violinkonzert in D-Dur. Das ist Opus 35. Konzert für zwei Violinen in d-Moll, Johann Sebastian Bach, BWV 1043. Konzert für Violine und Orchester in D-Dur, Beethoven, Opus 61. Violinkonzert Nr. 5 in A-Dur, Wolfgang Amadeus Mozart, KV 219. Mendelssohn, Violinkonzert in e-Moll, Opus 64. Bach, Chaconne in d-Moll, BWV 1004 ... Wie viele sind das?«

Ich warf einen Blick auf meine Liste. »Sieben«, erwiderte ich.

»Oh – und Vivaldi. ›Die vier Jahreszeiten‹.«

»Welches Konzert?«

Sie grinste und deutete auf die untergehende, aber immer noch heiße Sonne. »›Der Sommer‹ natürlich.«

»Hat das eine Nummer?«

»Opus 8.«

Ich kritzelte eine Acht und hielt dann inne. »Das sind alles Stücke für Violine«, sagte ich überrascht.

»Ich finde diese Musik fantastisch«, erklärte sie. »Ich wollte sie nur nicht mehr spielen.«

»Wollte?« Ich musste daran denken, wie sie in Bikini Bottom Bach für mich gespielt hatte, mit geschlossenen Augen, auf einem Stock, als wäre er eine Stradivari.

»Will. Ich meinte, ich *will* sie nicht mehr spielen.«

»Für eine Therapie haben wir jetzt keine Zeit«, warf Miranda ein. Sie wandte sich an ihre Freundin. »Welchen deiner Tracks sollen wir nehmen?«

»Moment mal«, meldete sich Flora zu Wort. »Wenn der Gast in *Desert Island Discs* seine acht Musikstücke genannt hat, fragt die Moderatorin immer, welches davon sein absoluter Liebling ist.«

»Das stimmt«, sagte ich. »Sie fragt immer, wenn eine Welle käme und die Gefahr bestünde, dass alle Platten weggespült würden, welche davon müsste unbedingt gerettet werden? Sie machen das in jeder Sendung, sogar Whitlohn haben sie das gefragt, den Typen, den sie erfunden haben.« Vermutlich wusste bis auf Flora niemand, dass Sir Harry Whitlohn der erfundene Schiffbrüchige in einer Sendung zum 1. April gewesen war, aber ich hatte keine Zeit für weitere Erklärungen.

»Was ist dein Lieblingsstück? Wenigstens wissen wir, dass es eine Nummer hat.«

»Wenn ich mich für ein Stück entscheiden müsste, wäre das Vivaldi – ›der Sommer‹. Es war eines der Stücke, die ich für mein Vorspielen am Royal College of Music geübt habe. Ich kenne jede einzelne Note in- und auswendig. Eigentlich dachte ich ja, ich würde es nie wieder hören wollen, aber jetzt würde ich alles dafür geben.«

Ihre Augen glänzten verdächtig, wie bei jemandem, der gleich weinen wird. Ihr Gesichtsausdruck war mir nur allzu gut vertraut, daher zog ich einen Kreis um die Zahl Acht in Juns Spalte und machte weiter.

»Miranda, was ist mit dir? Sag uns nur die Titel der Songs.«

Miranda musste nicht einmal überlegen. Sie hatte ihre Playlist im Kopf. »›Despacito‹, ›Look at What You've Done‹, ›Payphone‹.

›Shake it Off‹, ›There's Nothing Holdin' Me Back‹, ›Attention‹, ›Bang Bang‹, ›Titanium‹.«

»Keine Zahlen«, stellte ich fest.

Wir waren von einem Extrem ins andere gerutscht – von zu vielen Zahlen bei Jun zu gar keiner Zahl bei Miranda. Es war ein ziemlich kurzlebiger Triumph gewesen. Aber ich wollte noch nicht aufgeben. Ich musste daran denken, was Flora über die Twenty One Pilots gesagt hatte.

»Was ist mit den Bands?«

»Maroon 5«, sprudelte es geradezu aus Miranda heraus. »›Payphone‹.«

»Natürlich.« Ich schrieb eine Fünf auf.

»Seb, du bist dran.«

Er zuckte mürrisch mit den Schultern. »Keine Ahnung.«

Zuerst dachte ich, Seb wäre sauer, weil er es aus irgendeinem Grund für unmännlich hielt, Musik zu mögen – mir fiel wieder ein, wie merkwürdig er reagiert hatte, als ich ihn auf dem Gipfel des Monte Christo nach seinen Lieblingssongs gefragt hatte. Aber dann dämmerte es mir. Er wusste einfach nicht, wie das, was ihm gefiel, hieß, und die Angst davor, dass man ihn für dumm hielt, brachte ihn dazu, aggressiv zu werden. Es war die gleiche Angst, die ich ausgenutzt hatte, indem ich ihn mit Fachchinesisch vollgelabert hatte.

Und wieder einmal war es Gil, der die Situation rettete. Er brachte alle zum Schweigen und setzte sich seelenruhig neben Seb. Er wusste, was ich nicht gewusst hatte – dass es einfach nichts brachte, wenn man Seb zur Eile antrieb. Er kannte seinen Freund gut genug, um zu wissen, dass Seb wütend werden oder sich in sein Schneckenhaus zurückziehen würde, wenn man ihn zu etwas drängte. Während ich Gil ansah, dachte ich: *Das sind Führungsqualitäten.*

»Gehen wir doch einfach mal ein paar durch«, sagte Gil geduldig. »Fällt dir ein Lied ein, das dir gefallen hat? Denk mal an Kinofilme, Werbespots oder Fernsehshows.«

Seb räusperte sich. »Mir ... mir gefällt das, was bei Champions-League-Übertragungen immer gespielt wird. Es steigert sich irgendwie.«

»Wie meinst du das – es steigert sich?«, fragte Miranda, während sie ihm zärtlich die Schulter rieb, als hätten sie sich nie getrennt.

Und dann begann Sebastian Loam tatsächlich zu singen. Na ja, er versuchte es zumindest. »Es geht so: Da-da-da-da, da-da-da-da, da-da-da-da und dann ... Peng! Plötzlich singen eine Menge Leute und das klingt, als würden sie schreien.«

»Das kenn ich!«, rief Jun aufgeregt. »Das ist ›Zadok the Priest‹. Georg Friedrich Händel.«

»Hervorragend«, sagte ich. »Was für eine Nummer?« Ich sah sie erwartungsvoll an.

Sie zuckte mit den Schultern. »Das weiß ich nicht. Ich kenne nicht *alle* Opusnummern auswendig. Ich bin kein Genie. Die Nummern der Violinkonzerte kenne ich nur, weil ich sie ständig in meinen Noten sehe.«

Genauso ging es weiter. Wir hangelten uns von Das Lied von der Champions League zu Das Lied aus dem Boxfilm (»Eye of the Tiger«) über Das Lied von den Olympischen Spielen (»Chariots of Fire«) bis zu Das Lied aus der BBC-Sportschau (»Life of Riley«) zu Das Lied von Kate Perry über Basketball (»Swish Swish«) und Das Lied, das immer in Liverpool gesungen wird (»You'll Never Walk Alone«), bis wir schließlich bei Das Lied von den Rugby-Fans (»Swing Low, Sweet Chariot«) landeten. Keines enthielt eine Zahl.

»Noch was?«, fragte ich, während meine Zuversicht genauso sank wie die Sonne.

»Es gibt noch eins, das mir richtig gut gefällt ...«

Wir beugten uns erwartungsvoll vor.

»Aber ich weiß nicht, wie es heißt.«

Wir richteten uns wieder auf.

»Das von der FIFA.«

Es kostete mich ungeheure Anstrengung, aber ich blieb ganz ruhig. »Wir brauchen schon ein bisschen mehr als das«, sagte ich.

Seb starrte auf seine Hände. »Na ja, es geht so: Woohoo«, meinte er dann verlegen.

Ich konnte ihn kaum hören. »Wie bitte?«

Er legte die Hände wie einen Trichter an den Mund und brüllte durch den Dschungel wie Tarzan. »WOOHOO!« Es schallte wie ein triumphierender Schlachtruf durch den Wald und schreckte bunte Vögel in den Bäumen auf.

Wir wussten alle, was es war.

»Das kenn ich!«

»Ich auch!«

»Aber wie *heißt* es?«

»Ich weiß es«, sagte Gil leise.

Wir verstummten schlagartig.

»Das ist auch mein Lieblingslied«, sagte er ein bisschen zu laut, sodass es irgendwie trotzig klang. »Es ist von Blur.« Er sah die anderen an. »Es heißt ›Song 2‹«.

Wir stießen triumphierend die Fäuste in die Luft. »Ja!«, rief ich. »Großartig.« Ich schrieb eine Zwei auf die Rückseite der Speisekarte. »Gil?«

»Genau das Gleiche«, erwiderte er leise.

»Hm?« Ich hob den Kopf und ließ den Kugelschreiber sinken. Im Halbdunkel war es schwierig, seinen Gesichtsausdruck zu erkennen.

»Ich will genau das, was er hat«, sagte er. »Ich sagte doch schon, dass es mein Lieblingslied ist.«

Ich fragte nicht nach, weil ich ihn nicht in Verlegenheit bringen wollte. Plötzlich wurde mir bewusst, dass Gil der Einzige auf der Insel war, den ich nie nach seinen Lieblingstracks gefragt hatte. Und jetzt stellte sich heraus, dass das gar nicht notwendig gewesen war. Ihm gefiel einfach das, was Seb gefiel. Ich bewunderte Gils spezielle Art der Ergebenheit und hatte nicht die Absicht, mich darüber lustig zu machen. »Das beschleunigt die Sache natürlich erheblich«, meinte ich nur und schrieb noch eine Zwei auf, bevor einer der anderen anfing, Fragen zu stellen. »Bis jetzt haben wir 8, 5, 2, 2. Ralph?«

»›Traktor‹, ›Wot Do You Call It‹, ›I Luv U‹, ›P's & Q's‹, ›Street Fighter‹, ›Duppy‹, ›On a Mission‹, ›Man Don't Care‹.«

»Wieder keine Zahlen«, meinte Miranda.

»Moment mal«, warf Ralph ein. »Muss es denn unbedingt *eine* Zahl sein?«

»Wie meinst du das?«

»Können es auch zwei Ziffern sein?«

Ich sah Flora an. Wir zuckten beide mit den Schultern. »Ich glaube schon. Es gibt keine Regeln. Wir stochern hier im Nebel rum.«

»Na ja, ›Traktor‹ ist von Wretch 32.«

»Das passt«, meinte ich. »Wer ist jetzt dran?«

»Wie wär's mit dir?«, sagte Flora.

Meine Lieblingstracks kannte ich inzwischen sehr gut. Ich hatte sie im Unterbewusstsein gelebt, die ganze Zeit, seit ich auf der Insel war. Aber es gab noch einen anderen Song, der für unsere Situation erheblich mehr Relevanz hatte. Schließlich waren wir alle Schüler der Osney. »Das Krönungslied. Als ich hier aufgewacht bin, habe ich als Erstes unsere Hymne gesungen.«

Seb lachte kurz, aber es klang nicht unfreundlich. »Ich hätte dich jetzt nicht gerade für einen Fan davon gehalten«, meinte er. So deutlich hatte er sich noch nie dazu bekannt, dass er mir das Leben in Osney zur Hölle gemacht hatte.

»Die Melodie hat mir schon immer gefallen«, erwiderte ich. »Sie gefällt mir immer noch, trotz und nicht wegen des Textes.« Ich sah Jun an. »Es ist die ›Ode an die Freude‹ aus Beethovens 9. Symphonie, aber die Opusnummer weiß ich nicht.«

»Dann müssen wir eben die Neun nehmen.«

Ich schrieb eine Neun auf. »Flora, du bist die Letzte«, sagte ich dann. »Du hast mir deine Tracks schon einmal ins Gesicht gebrüllt, aber bitte wiederhol sie noch mal.«

Sie zählte sie an den Fingern ab, ohne auch nur eine Sekunde zu zögern. »›Your Song‹, ›Beyond the Sea‹, ›Born to Fly‹, ›Nightswimming‹, ›Save it for a Rainy Day‹, ›White Rabbit‹. Und dieses Stück von Vivaldi ...« Sie sah Jun an. »... ›Nulla in Mundo Pax Sincera‹.«

»Das sind nur sieben.«

»Stimmt.« Sie starrte ihren achten Finger an. »Es gibt noch einen Song, aber den habe ich ausgelassen, als ich dich angebrüllt habe. Damit du nicht behauptest, du hättest recht gehabt.« Sie lächelte etwas verlegen. »Nummer acht ist ›Ace of Spades‹ von Motörhead.«

»Hmm.« Ich las die Tracks vor. »Keine Zahlen.«

Sie schüttelte den Kopf. »Keine einzige.«

»Ist eins der lateinischen Wörter eine Zahl? Beim Titel des Vivaldi-Stücks?«

»Nein. Es bedeutet, dass es keinen ehrlichen Frieden auf der Welt gibt.«

Ich musste an unsere Zeit auf der Insel denken. »Das kannst du laut sagen. Was ist mit den Bands? Irgendwelche Zahlen?«

»Elton John. Bobby Darin. Sara Evans. R.E.M., Motörhead. The Jayhawks. Jefferson Airplane. Vivaldi.«

»Mist. Keine Zahl.« Wir starrten frustriert vor uns ins Leere.

Alle bis auf Seb.

»Das ist jetzt nicht euer Ernst, oder?«, sagte er. »Ihr habt sie doch genau vor der Nase.«

»Wo?«

»Da.« Er ging auf Flora zu, nahm ihre Hand und drehte sie um.

Und da war die Zahl. Selbst im Halbdunkel konnten wir sie alle erkennen. Eine Zahl, mit der sich Flora so stark identifizierte, dass sie sie als Tattoo auf ihrem Handgelenk verewigt hatte. Das Pik-Ass.

Eins.

Ich hätte ihn knutschen können. »Seb, du bist ein *Genie*«, sagte ich und meinte es auch so. Er lächelte, ein richtig nettes, schüchternes Lächeln. Es verriet mir, dass er noch nie so genannt worden war. »Jetzt kommen wir weiter.« Ich fügte meiner Liste eine Eins hinzu. »Lasst es uns mit diesen Zahlen versuchen.«

»Warte«, warf Flora ein. »In welcher Reihenfolge?«

Ich erstarrte.

»Du hast gesagt, bei einem vierstelligen Pin-Code gebe es zehntausend Kombinationen. Und wir haben hier sieben Zahlen. Das sind noch erheblich mehr.«

»Du hast recht. Das sind eine Menge Möglichkeiten.«

»Nein«, verbesserte Gil leise, »es sind nur zwei. Es gibt nur zwei Möglichkeiten, uns in eine bestimmte Reihenfolge zu bringen. Eine, die unser ehemaliger Anführer festgelegt hat. Eine, die unser neuer Anführer festgelegt hat.« Dann erklärte er es uns: »Mr Llewellyn hat mithilfe des Osney-Sprints eine Rangordnung aufgestellt. Auf der Insel hat Lincoln eine neue festgelegt. Unsere alte Insel Osney, unsere neue Insel Lincoln. Alte Welt oder Neue Welt?«

Das war eine Entscheidung, die ich nicht treffen konnte. »Das überlasse ich euch.«

»Na ja, wir sind jetzt auf der neuen Insel«, sagte Ralph. »Neue.«

Jun zuckte mit den Schultern. »Einverstanden.«

Miranda nickte. »Neue.«

»Seb?«

Er nickte kurz.

»Gil?«

»Bin auch dafür.«

Es war keine Zeit mehr. Wenn die Falltür sich jetzt nicht öffnete, hatten wir nichts mehr. Kein Feuer, kein Essen und ich würde das Vertrauen der anderen verlieren. Ich hatte meine Brillengläser und meine Angelschnüre weggegeben. Es würden sich mit Sicherheit verschiedene Gruppen bilden und mit unserer noch jungen Kameradschaft würde es nach einem Misserfolg gleich wieder vorbei sein.

Meine Hand zitterte, als ich die Zahlen auf dem Tastenfeld eingab, in der Reihenfolge, die ich auf der Insel für die anderen festgelegt hatte. Ich, Ralph, Miranda, Jun, Flora, Gil und ganz zuletzt Seb. 9 für mich, 32 für Ralph, 5 für Miranda, 8 für Jun, 1 für Flora, 2 für Gil und 2 für Seb.

93258122.

Nachdem ich die letzte Zahl eingegeben hatte, lehnten wir uns alle erwartungsvoll zurück. In diesem einen Moment waren wir ein perfektes Team. Wir starrten die Falltür an und hatten Angst davor, dass etwas geschehen würde. Und dann, als immer mehr Sekunden verstrichen, hatten wir Angst davor, dass nichts geschehen würde.

Aber dann passierte etwas.

Ein dünner Lichtstreifen erschien, der im Halbdunkel extrem hell wirkte, dann noch einer und noch einer, bis drei Seiten der Falltür beleuchtet waren. Die Klappe öffnete sich, ganz langsam, und der Lichtstreifen wurde immer breiter, bis aus ihm ein Rechteck und schließlich ein Quadrat geworden war, dessen Lichtstrahl geradewegs in den Himmel ragte.

46
DER BUNKER

Wir standen auf, einer nach dem anderen, und beugten uns vor. Zuerst war es fast unmöglich, etwas in der Öffnung zu erkennen, weil das Licht so hell war. Erst jetzt wurde mir bewusst, wie dunkel der Wald geworden war. Doch nach ein paar Sekunden konnte ich die obersten Stufen einer Feuertreppe aus Metall ausmachen.

Ich bekam Angst, und zwar richtig. Aber ich wusste, was ich tun musste. Ich hatte mich so lange als Anführer aufgespielt. Ich hatte den Lohn dafür geerntet, doch jetzt war der Moment gekommen, den Preis dafür zu zahlen. Ein wahrer Anführer musste immer der Erste beim Angriff und der Letzte beim Rückzug sein.

Na dann. Ich drehte mich um, sodass ich mit dem Rücken zur Falltür stand, und schwang mich auf die Leiter.

Unten war es dann gar nicht mehr so hell. Als meine Augen sich auf das Licht eingestellt hatten, sah ich, wo ich mich befand. Es war ein Kontrollraum mit einer Reihe Bildschirme. Er war leer. Keine emsigen Arbeitsbienen, die vor sich hin schufteten, kein Zauberer hinter dem Vorhang. Niemand. Hinter den Monitoren konnte ich eine Tür erkennen. Sie war geschlossen, doch an den Kanten drang nicht nur Licht hindurch, sondern auch ein leises, elektrisches Brummen wie von einer Art Klimaanlage. Auf der Tür prangte das WP-Logo, das uns schon an der Falltür aufgefallen war, doch dieses Mal wurde es durch Text ergänzt:

WHITLOHN-PROJEKT
ZUTRITT FÜR UNBEFUGTE VERBOTEN

In dem Moment wusste ich es.

»Heilige Scheiße«, keuchte ich.

Der Rest des Frühstücksclubs war mir gefolgt, einer nach dem anderen. Miranda warf einen Blick über meine Schulter. »›WP‹«, las sie vor. »›Whitlohn-Projekt‹. Was bedeutet das?«

»Es bedeutet«, sagte ich mit zusammengebissenen Zähnen, »dass das Ganze von vorne bis hinten erfunden ist.«

Flora pfiff leise vor sich hin. »Whitlohn«, sagte sie. »Darauf muss man erst mal kommen.«

»Wovon zum Teufel redet ihr da?«, fragte Miranda genervt.

Ich gab ihr keine Antwort. Stattdessen streckte ich die Hand aus, um die Tür zu öffnen. Ich wollte den Vorhang herunterreißen und den Zauberer zur Rede stellen. Plötzlich rief Seb hinter mir: »Seht euch das mal an!«

Nachdem er ganze drei Monate keinen Bildschirm zu Gesicht bekommen hatte, starrte er die Monitore an wie eine Motte eine Glühbirne und zeigte auf etwas.

Ich wandte mich von der Tür ab und kehrte dem gewaltigen Streich, den man uns gespielt hatte, den Rücken zu. Dann ging ich zu den Monitoren und sah mir an, wie die Kameras zwischen den einzelnen Standorten hin und her wechselten. Es gab sogar eine Kamera, die auf den Gipfel des Monte Christo gerichtet war. Plötzlich erschien auf allen Bildschirmen ein und dieselbe Szene. Einer nach dem anderen schaltete auf das Infrarot-Bild einer dunklen Lichtung an der Kreuzung zweier Wege. Die Kamera war auf die Mitte des X und die hell leuchtende Öffnung der Falltür gerichtet. In einer Digitalanzeige am oberen Rand stand: **Kamera X, Whitlohn-Zentrale.** Ich schaute die Bildschirme an, auf denen man uns beobachtet hatte. Und ich hatte ein ausgesprochen ungutes Gefühl dabei.

»Lincoln«, sagte Jun und zog mich am Arm. Sie war die Einzige, die nicht auf die Bildschirme, sondern auf das Schaltpult darunter starrte. Dort stand etwas völlig Harmloses, das uns aber allen einen Riesenschrecken einjagte.

Eine Tasse mit frisch gebrühtem, dunkelrot schimmerndem Tee, der noch dampfte.

»Sie kommen zurück«, flüsterte Jun.

Und dann geschah etwas Merkwürdiges. Wir rannten alle gleichzeitig los und versuchten, die Leiter zu erreichen. Und das ungeachtet der Tatsache, dass es keinen Ort auf dieser Insel gab, an dem wir uns vor den Kameras oder der Person, die den Tee gekocht hatte, verstecken konnten. Die Ich-muss-der-Letzte-bei-einem-Rückzug-sein-Sache hatte ich schlagartig vergessen, als ich mit den anderen zusammen vor der Tasse davonrannte.

»Wartet!«, rief Seb. Im Gegensatz zu mir hatte er nicht den Rückzug angetreten. »Sie haben alle *Namen.*«

Es war das Einzige, was mich davon abhielt, meinen Arsch hier rauszuschaffen. Ich blieb stehen und drehte mich um, einen Fuß bereits auf der Leiter. Und dann ging ich zu den Monitoren zurück. Seb hatte recht. Wir waren so damit beschäftigt gewesen, auf die Bildschirme zu starren, dass wir auf nichts anderes geachtet hatten. Jeder der sieben Monitore war mit einem Namen versehen, nicht auf einem gelben Klebezettel, sondern die Namen waren in den Metallrahmen des Monitors gestanzt, und zwar in derselben Schriftart wie das WP-Logo.

»Es sind nicht nur Namen«, sagte Gil, der wie immer bei Seb geblieben war. »Es sind *unsere* Namen.«

»Da ist meiner!« Aufgeregt wie ein Kleinkind deutete Seb auf die gestanzten Buchstaben, die SEBASTIAN ergaben.

»Und meiner.« Gil deutete auf den Monitor, der passenderweise direkt danebenstand. Seine Fingerspitzen tasteten über die Buchstaben: GILBERT.

Mein Blick wanderte über die Reihe von Monitoren und dieses Mal konzentrierte ich mich nicht auf die Bildschirme, sondern auf die Rahmen. Wenn man den eigenen Namen irgendwo gedruckt liest, fällt einem das auf. Immer. Jedes Mal. Hier passierte nichts dergleichen. MIRANDA, JUN, RALPH und FLORA. Mehr nicht.

Ich konnte meinen Namen nicht entdecken und einen Moment lang glaubte ich, dass ich der Einzige ohne Monitor war. Plötzlich war ich wieder in Osney, ausgeschlossen, ignoriert, zuletzt ins Team gewählt. Doch dann sprang er mir ins Auge.

Und da wusste ich, warum ich ihn übersehen hatte.

Ich hatte ihn übersehen, weil es nicht der Name war, nach dem ich gesucht hatte.

LINK

Nicht Lincoln.

Link.

Die Erkenntnis brach über mich herein wie eine kalte Welle und ließ mein Blut zu Eis erstarren.

Ich drehte mich um und dieses Mal kletterte ich tatsächlich die Leiter hoch nach oben. Die warme Nachtluft hüllte mich ein wie eine Decke und wärmte mich nach der kalten Luft im Bunker. Einen Moment lang konnte ich nichts sehen. Langsam ging ich in die Dunkelheit hinein und fand mit meinen tastenden Händen das glatte, künstliche Holz der Palme.

Vor vierzehn Tagen hatte ich eines der grünen Eier – Wilson – heruntergeholt, doch ich wusste, dass das zweite immer noch dort oben war. Die Kamera im Bauch der Kokosnuss summte mit verräterischem Insektenschwirren und irgendwo in ihrem Innern leuchtete eine rote Aufnahmelampe wie ein kleines brennendes Herz.

Laut und deutlich, damit sie mich nicht falsch verstehen konnten, sagte ich: »Mom. Dad. Ich will jetzt nach Hause.«

Siebte Platte

Message in a Bottle – The Police

Sting (1979)

47
NACHBESPRECHUNG

Das Institut für Verhaltenswissenschaften der Universität von Oxford ist in einem Gebäude untergebracht, das komplett aus Stahl und Glas besteht. Es war das genaue Gegenteil zur Insel und so etwas wie ein Kulturschock für mich, nachdem ich fast drei Monate lang nur von Natur umgeben gewesen war. Ich saß jetzt unter Leuchtstofflampen und nicht mehr unter der heißen Sonne und anstelle der hereinbrechenden Flut hörte ich das leise Brummen einer Klimaanlage. Es sah genauso aus wie eine dieser Area-51-Anlagen, in die sie in Kinofilmen immer Leute verschleppen, die Aliens begegnet sind. Und in dem Raum, in dem ich saß, gab es außer einem Tisch und zwei leeren Stühlen auch noch einen Typen in einem schwarzen Anzug mit Krawatte, der sich im Türrahmen in Stellung gebracht hatte und kein Wort sagte. Ich schwöre, er hatte einen dieser versteckten Ohrhörer, mit denen Leibwächter ausgerüstet sind.

Als meine Eltern hereinkamen, umarmten sie mich nicht. Sie weinten auch nicht – wie an dem Tag, an dem wir mit einem Hubschrauber von der Insel geholt worden waren. Sie sagten *Hallo, Link,* lächelten und setzten sich, alles superprofessionell. Sie trugen das, was sie immer trugen Mom hatte ein Batikkleid an, dessen Saum mit kleinen Spiegeln verziert war und über den Boden schleifte. Dads Hemd besaß einen riesigen Kragen und schien aus einem Material zu bestehen, das einer offenen

Flamme besser nicht zu nahe kam. Alle anderen, die mir im Institut über den Weg gelaufen waren, trugen entweder einen Anzug oder einen Laborkittel. Plötzlich kam mir der Gedanke, dass meine Eltern als Leiter des Whitlohn-Projekts anziehen konnten, was sie wollten. Sie sahen genauso aus wie immer. Ich war derjenige, der sich verändert hatte.

»Wann kann ich nach Hause?«

»Bald«, sagte Mom. »Wir müssen nur zuerst die Nachbesprechung hinter uns bringen. Gefällt es dir hier nicht?«

Es gab keinen Grund, mich zu beklagen. Ich kam mir vor wie in einem Fünf-Sterne-Hotel. Aber ich wollte nach Hause. »Es ist okay.«

»Du hast sicher ein paar Fragen«, begann Mom.

Ich hatte haufenweise Fragen. Es gab alles Mögliche, was ich wissen wollte – wie das Experiment aufgebaut war, die Rolle meiner Eltern dabei, das Ziel des Whitlohn-Projekts –, aber als Erstes fiel mir etwas völlig Absurdes ein.

»Wie war das mit meinem Zahn?«

»Dein Vater und ich haben uns lange darüber unterhalten«, sagte Mom. »Wir haben überlegt, ob wir dich aus dem Experiment herausnehmen sollen. Bis auf den Zahn warst du völlig gesund. Die ärztliche Untersuchung hattest du bestanden – du warst vor den Prüfungen bei einem medizinischen Check, falls du dich erinnerst.«

Natürlich erinnerte ich mich. Zu Beginn des Sommer-Trimesters hatten wir uns alle in eine lange Schlange vor das Zimmer der Schulkrankenschwester gestellt. Als ich an der Reihe war, stellte ich fest, dass nicht nur eine Krankenschwester im Raum war, sondern auch noch zwei Ärzte. Damals hatte ich es für eine ziemlich ausführliche Untersuchung gehalten – mit einem Herzfrequenzmonitor und jeder Menge anderer technischer Geräte –, aber angenommen, dass so etwas in Osney normal war. Schließlich war die Schule auf Sport fixiert und zudem noch superreich.

»Dein Zahn war das einzige Fragezeichen in Bezug auf deine Gesundheit. Falls du dich erinnerst – wir haben versucht, dich zu einem Besuch beim Zahnarzt zu überreden«, sagte sie mit einem Schmunzeln. Auch daran erinnerte ich mich. Mom hatte mich wochenlang damit genervt. »Aber du wolltest einfach nicht. Nachdem wir dann feststellen mussten, dass du ein paar Nächte schlecht geschlafen hattest, haben wir ihn gezogen.«

»*Ihr* habt den Zahn gezogen.«

»Na ja, nicht *wir selbst.* Unser Zahnarztteam. Sie haben die Operation durchgeführt und dir dann Novocain und ein Breitbandantibiotikum gegeben. Genau genommen hast du das Schmerzmittel sieben Tage lang bekommen, während du geschlafen hast. Was ziemlich riskant war, da du zu dem Zeitpunkt noch im Lager bei den anderen übernachtet hast. Es wäre erheblich einfacher gewesen, wenn du bereits im Weißen Haus gewohnt hättest.«

Es war mir ein bisschen unangenehm, dass sie wussten – *natürlich* wussten sie es –, wie ich meine Höhle genannt hatte. Ich wollte das Thema wechseln.

»Ihr hattet einen *Zahnarzt* da unten? Im Bunker?« Ich musste an das weiße Rauschen und an das weiße Licht denken, das durch die Tür mit der Aufschrift *Whitlohn-Projekt* zu uns in den Kontrollraum gedrungen war.

»Es gab ein komplettes Krankenhaus auf der Insel«, erklärte Mom. »Wir haben so viele Risiken eliminiert, wie wir nur konnten. Wir haben sogar Testpersonen ausgeschlossen, die zu gefährdet gewesen wären.«

»Smith und Fry«, stellte ich fest.

»Genau. Chronisch kranke Schüler kamen nicht infrage, da sie eine ständige ärztliche Versorgung benötigt hätten. Ruby Smith hat Asthma, Conrad Fry Diabetes Typ 1. Das Risiko konnten wir nicht eingehen.«

»Und Floras Nasenstecker?«

»Wir haben ihn im Flugzeug herausgenommen und die Wunde mit einem Desinfektionsmittel behandelt. Wir mussten das Loch wieder zuwachsen lassen – ein frisches Piercing muss lange Zeit nachbehandelt werden und auf der Insel wäre das nicht möglich gewesen. Ihre Eltern haben uns die Erlaubnis gegeben, den Stecker zu entfernen. Und dabei hat sich dann herausgestellt, dass sie ihr das Piercing verboten hatten. Aber was Krankheiten angeht, die ihr euch auf der Insel hättet zuziehen können, hatten wir, so gut es ging, vorgesorgt. Das gesamte Essen wurde speziell für euch gezüchtet. Die Fische, die Ziegen, die Beeren.«

»Echt jetzt? Alles?«

»Ja. Aber natürlich konnten wir nicht völlig ausschließen, dass sich jemand von euch verletzt. Deshalb wurdet ihr im Flugzeug alle geimpft. Was Sachen wie Knochenbrüche angeht, die man sich zuziehen könnte, wenn man wegen eines grünen Eis auf eine Palme klettert und dann herunterfällt – dafür hatten wir eine sehr gut ausgestattete Krankenstation.« Sie lächelte.

»Und wenn es richtig gefährlich wurde? Zum Beispiel, als Gil sich umbringen wollte?«

»Wir hatten einen Taucher im Meer, der ihn gerettet hätte«, sagte Dad, während er die Pilotenbrille auf seiner Nase zurechtrückte. So einfach war das.

»Aber wie habt ihr das mit dem Absturz hinbekommen?«, fragte ich. »Ihr könnt so viel medizinisches Personal auf der Insel haben, wie ihr wollt. Was wäre gewesen, wenn wir alle bei der Bruchlandung des Flugzeugs ums Leben gekommen wären? Was hättet ihr dann getan?«

Meine Eltern sahen zuerst einander an und dann mich.

Ich beantwortete meine eigene Frage. »Es gab gar keinen Flugzeugabsturz«, murmelte ich. »Das war alles nur inszeniert.«

Sie sagten kein Wort.

»Deshalb gab es auch keine Leichen. Der Pilot ist gar nicht gestorben. Und die Flugbegleiterin auch nicht.« Es war eine Riesenerleichterung für mich. »Wie habt ihr das angestellt?«

»Ihr wurdet alle im Flugzeug sediert«, erklärte Dad.

Ich erinnerte mich an die Getränke während des Fluges. »Ich hatte eine Cola. Sie schmeckte genauso wie sonst, aber das war wohl Absicht, nicht wahr?«

Er war so anständig, leicht verlegen auszusehen. »Stimmt.«

»Deshalb konnten wir uns an nichts erinnern.«

»Ja. Wir haben euch ein harmloses Sedativum verabreicht, so etwas Ähnliches wie eine Schlaftablette, die man bei Langstreckenflügen nimmt.«

»Dad, lass uns hier nicht die Geschichte umschreiben. Ihr habt mich unter Drogen gesetzt. Und nicht nur mich. Da ich minderjährig bin, durftet ihr das wohl für mich entscheiden, aber wie zum Henker habt ihr die Erlaubnis bekommen, den anderen Roofies unterzujubeln?«

»Du warst über sechzehn. Du hast dich für das Sommercamp ›Vorbereitung aufs Leben‹ angemeldet und genau das hast du auch bekommen. Wir hatten nicht nur deine Einverständniserklärung. Auch die Eltern der anderen Jugendlichen haben zugestimmt.«

»Alle?«

»Ja. Alle – die meisten von ihnen sind Dozenten an der Uni – hatten Bedenken hinsichtlich der Entwicklung ihrer Kinder und/oder ihrer Leistungen in der Schule.«

»Echt? Zum Beispiel?«

Mom zögerte. »Wir dürfen dir nicht viel von den Problemen der anderen erzählen. Nur die Kurzversion. Sebs Eltern machten sich Sorgen, dass er nicht genügend soziale Fähigkeiten haben könnte, wenn die relativ kurze Zeitspanne seiner Sportlerkarriere vorbei wäre, und Mirandas Eltern befürchteten, dass sie nicht einmal das haben würde. Bei Ralph gehen wir davon aus, dass seine Eltern ihn von einigen Jugendlichen in Blackbird Leys fernhalten wollten, die ihrer Meinung nach einen schlechten Einfluss auf ihn hatten.«

Ich sagte nichts dazu, wusste aber nur zu gut, dass Ralph auf der Insel einem weitaus schlechteren Einfluss ausgesetzt war. Meinem Einfluss.

»Er sollte mehr Zeit mit seinen Freunden von der Schule verbringen. Floras Eltern waren der Ansicht, dass sie ein bisschen zu wild wurde. Sie dachten, sie würde sich einfach so gegen ein ganz normales Mittelklasseleben auflehnen, ohne zu wissen, warum. Sie rebellierte gegen alles und jeden. Auf der Insel fand sie dann etwas, gegen das sie kämpfen konnte – Ungerechtigkeit.« Damit meinte sie mich. Ich war zum Schurken der Insel geworden, nicht zum Helden, wie ich gedacht hatte.

»Gils Familie wollte, dass er selbstständiger und stärker wird und sich nicht mehr so unterwürfig verhält. Sie hatten den Verdacht, dass er sich in einer co-abhängigen Beziehung zu einem Mitschüler befand.«

»Und was war mit Jun?« Ich konnte nicht glauben, dass Juns Eltern ihr Töchterlein auf eine einsame Insel verfrachten würden, und das nur wenige Wochen vor dem alles entscheidenden Vorspielen beim Royal College of Music.

»Mr und Mrs Li legten besonders großen Wert darauf, dass Jun mitkommt. Sie dachten, es bestehe die Gefahr eines Burn-outs, was dazu geführt hätte, dass sie sowohl beim Geige- als auch beim Tennisspielen nicht mehr die Leistung hätte bringen können, die sie sich so hart erarbeitet hat. Sie waren der Meinung, dass ihre Tochter eine Pause brauchte, und zwar irgendwo, wo weder Musik noch Sport eine Rolle spielt. Jun sollte selbst entscheiden, in welche Richtung ihr Leben geht, ohne dabei von ihren Eltern beeinflusst zu werden.« Juns Eltern waren wohl doch nicht so übel, auch wenn sie das Gegenteil behauptet hatte.

»Okay. Wir sind also in das Flugzeug ED-34 von *Oceanic Airlines* gestiegen. Als wir in der Luft waren, sind wir eingeschlafen. Und dann?«

»Das Flugzeug ist sicher gelandet, auf dem Strand. Unsere Mitarbeiter haben euch aus der Maschine geholt und auf der Insel verteilt. Dann ist das Flugzeug wieder gestartet. Anschließend haben wir den Sand geglättet, damit du dein SOS schreiben konntest.«

Ich war verwirrt. »Aber wir haben das Flugzeug doch *gefunden.* Es lag im Dschungel.«

»Eine Attrappe«, erklärte Mom. »Wenn ihr es auseinandergenommen hättet, hättet ihr alles Notwendige gefunden, sogar einen Motor, aber es hätte nicht fliegen können. Es ist nie geflogen. Im Grunde genommen war es so etwas wie ein Bühnenbild. Aber es war alles echt und auch so gut wie funktionsfähig.«

»Nicht alles«, widersprach ich. »Es gab kein Glas in dem Flugzeug. Nirgends.«

»Stimmt. Wir waren ziemlich beeindruckt, als dir das aufgefallen ist. Wir dachten, du würdest annehmen, das Glas wäre beim Absturz herausgefallen. Aber du hattest recht. Flugzeugscheiben verhalten sich anders.«

»Warum habt ihr es entfernt? Hattet ihr Angst, wir würden uns daran verletzen?«

»Nein, darum ging es nicht. Wir wollten, dass deine Brille das einzige Glas auf der Insel war. Deshalb gab es auch keine Trinkgläser im Flugzeug.«

Das war zu hoch für mich. »Aber warum?«

»Weil du der Einzige sein solltest, der ein Feuer machen konnte. Deine Brille war ein Brennglas, was du ja auch sehr schnell festgestellt hast. Wir wollten herausfinden, was passiert, wenn sich nur eine Person in einer Machtposition befindet. Wir wussten, dass du eine ungefähre Vorstellung davon haben würdest, wie man ein Feuer entfacht, weil du so viele Robinsonaden gelesen hattest. Allerdings hätte es auch ganz anders ausgehen können. Ihr hättet alle zusammenarbeiten können, um Feuer zu machen. Die anderen hätten dir deine Brille wegnehmen können. Aber wie sich herausstellte, hatte eine Person die notwendigen Kenntnisse, die Fähigkeiten und die Mittel dazu – und das warst du.«

»Nachdem du herausgefunden hattest, wie man Feuer macht«, sagte Dad und nahm den Faden auf, »wussten wir, dass ihr in der Lage sein würdet, warmes Essen zuzubereiten. Aber Feuer hat noch andere Vorteile.«

»Wärme?«

»Ja, stimmt. Aber ich denke da an etwas anderes.«

Ich runzelte die Stirn.

Mom beugte sich vor. Das Oberteil ihres Kleids hatte zwei Schnüre zum Binden, an denen kleine Glöckchen hingen, die bei jeder Bewegung klingelten. »Du hast sämtliche Robinsonaden gelesen, die es gibt. Was denkst *du?*«

Ich kannte die Antwort bereits. »Ein Signalfeuer.«

»Du hast es nicht einmal versucht.« Es war keine Frage, sondern eine Feststellung. »Du hast kein Signalfeuer entzündet und auch kein Floß oder Boot gebaut. Interessant.«

Meine Eltern musterten mich mit einem Gesichtsausdruck,

der bei beiden fast identisch war. Plötzlich fühlte ich mich nicht mehr wie ihr Sohn, sondern wie eine ihrer Versuchspersonen.

Jetzt war ich in der Defensive. »Wir hatten den Flugschreiber.«

»Du wusstest, dass er eine Attrappe war. Du hast ihn auseinandergenommen.«

Für einen Moment hatte ich vergessen, dass sie alles gesehen hatten. »Das war aber schon reichlich spät.«

»Trotzdem hast du auch dann kein Signalfeuer entzündet. Warum nicht?«

»Zu dem Zeitpunkt wussten wir doch schon, dass wir abgehört werden, und deshalb wussten wir auch, dass man uns retten würde.«

»Das hast du erst ein paar Wochen später herausgefunden. Warum hast du es in der Zwischenzeit nicht mit einem Signalfeuer versucht?«

Darauf fiel mir keine Antwort ein. »Warum war der Flugschreiber eine Attrappe?«, konterte ich. »Ihr hättet ihn doch echt aussehen lassen können. Ihr hättet einen Transponder und ein paar Drähte in das Gehäuse stecken können. Den Unterschied hätten wir nie bemerkt.«

»Ihr *solltet* herausfinden, dass es eine Attrappe ist. Wir wollten, dass ihr andere Mittel und Wege findet, um euch zu helfen. Ihr solltet euch nicht darauf verlassen, dass man euch retten würde. Darum ging es. Ihr solltet euch selbst retten. Was auch funktioniert hat«, meinte Dad. »Habe ich recht?«

»Außerdem wart ihr nie völlig hilflos«, warf Mom ein. »Ihr hattet alle etwas, das wir als ›Luxusgegenstand‹ bezeichneten.«

Jetzt machte es Klick bei mir. In *Desert Island Discs* durfte man außer seinen acht Songs noch einen Luxusgegenstand mitnehmen, der einem den Aufenthalt auf der Insel erträglicher machen sollte.

»Wir haben uns ausgiebig mit den Eltern unterhalten und ein psychologisches Profil aller Jugendlichen erstellt. Außer der Kleidung, die ihr getragen habt, hatte jeder von euch noch einen Gegenstand bei sich. Und soweit das möglich war, hatte dieser Gegenstand etwas mit der Persönlichkeit jedes Einzelnen zu tun.«

»Was waren das für Gegenstände?«

»Sag du es uns.«

Ich überlegte kurz. »Seb hatte seine Fitbit.« Standard-Accessoire für einen Sportler. »Jun hatte ihre Geige.«

»Stimmt.«

»Ralph hatte den Mörser. Für seine ... Medikamente.« Ich verdrängte die Erinnerung an Ralphs Kräutermischungen. »Und Miranda?«

»Ihren Rock.«

Der Minirock aus Wildleder. »Der hat uns auf der Insel nicht viel genützt.«

Mein Vater sah mich eindringlich an. »Ach ja?«

Ich spürte, wie mein Gesicht rot anlief, und redete weiter. »Gil?«

»Er hatte einen Kugelschreiber. Den Stift, mit dem ihr die Landkarte gezeichnet und die Lieblingssongs jedes Einzelnen aufgeschrieben habt.«

»Und Flora?«

»Die Wasserflasche.«

»Und mein Luxusgegenstand war meine Brille.«

»Genau«, bestätigte meine Mutter. »Eure Handys haben wir euch gelassen, weil wir wussten, dass die Akkus gleich am ersten Tag leer sein würden, außerdem gab es auf der Insel sowieso kein Netz. Ihr hättet allenfalls ein paar Apps benutzen können, die keine Daten brauchten, zum Beispiel eine Kompass-App, die euch aber lediglich gezeigt hätte, wo Norden liegt. Eine App zur Bestimmung des Längen- und Breitengrads oder ein Navigationssystem wäre ohne Datenverbindung ohnehin nutzlos gewesen.«

»Nachdem die Handys nicht mehr zu gebrauchen waren«, fuhr Dad fort, »musstet ihr die Luxusgegenstände einsetzen, was euch dann ja auch mit Erfolg gelungen ist.«

»Du hast Sebastians Fitbit benutzt, um den Längen- und Breitengrad zu ermitteln«, ergänzte Mom. »Und Juns Geigensaiten zum Angeln.«

»Die Flasche war interessant«, machte mein Vater weiter. »Wir dachten, ihr würdet damit Wasser aus dem See holen. Aber stattdessen hast du sie für eine Flaschenpost genommen.«

Ich fing an, auf meinem Stuhl herumzurutschen. »Da wir den See als Trinkwasservorrat hatten, dachte ich, es wäre besser, wenn wir mit der Flaschenpost Hilfe holen. Ich meine, wenn wir damit unsere Rettung organisieren.« Mein schlechtes Gewissen sorgte dafür, dass mir die Stimme versagte. Sie sollten aufhören, über die Flasche zu reden. Ich hatte den Verdacht, dass sie wussten, was ich getan hatte.

Die beiden sahen mich lange an. »Hmm.«

Zum Glück wechselte Mom das Thema. »Es ging um das, was ihr hattet, und um das, was ihr *nicht* hattet. Kein Glas im Flugzeug, was dir ja aufgefallen ist. Keine Schuhe, daher konntet ihr keine Schnürsenkel zum Fischen oder Bauen benutzen. Wir hatten das so geplant, um den Wert der Luxusgegenstände nicht herabzusetzen. Es sollte nur begrenzte Ressourcen geben, wie bei einem echten Schiffbruch. Deine Brille war das einzige Glas, Juns Saiten waren die einzigen Fäden. Aber wir wussten, dass ihr nicht verhungern würdet.«

»Und *woher* habt ihr das gewusst?«

»Weil wir die Insel auf dem Reißbrett entworfen haben. Ein Mensch kann drei Minuten ohne Luft überleben. Drei Tage ohne Wasser. Drei Wochen, ohne zu essen. Wir hatten euch genug Lebensmittel und Wasser für den ersten Tag gegeben – nur das, was im Servierwagen im Flugzeugwrack war. Die Coladosen und die Snacks. Außerdem hattet ihr die Überreste des Flugzeugs, um Werkzeuge und einen Unterschlupf zu bauen, was ihr auch getan habt.«

»Der Servierwagen mit den Snacks. Waren das die einzigen Lebensmittel an Bord?«, fragte ich.

Dad nickte. »Es gab keine Bordverpflegung, weil wir euch dazu zwingen wollten, so schnell wie möglich mit Jagen und Sammeln anzufangen.«

Das Menü, das Essen, von dem wir geträumt hatten und das Jun wie ein Morgengebet vor sich her gesagt hatte, hatte es also nie gegeben.

»Es gab einen See mit Süßwasser. Wir wussten, dass ihr ihn gleich am ersten Tag finden würdet. Die Schokoladenbeeren, wie ihr sie genannt habt, wurden von uns gepflanzt. Die Ziegen hatten wir gentechnisch verändert und auf der Insel gezüchtet, sie waren frei von Krankheiten und lieferten viel Fleisch. Der Fischbestand im See war auch von uns und ebenfalls gentechnisch verändert worden, damit sie nährstoffreich waren und sich leicht fangen ließen.«

»Sie haben sehr gut geschmeckt«, gab ich zu. »Was für eine Art war es?«

»*Alosa fallax.*«

»Was bedeutet das?«

»Finten«, erklärte meine Mutter. »Kleiner Witz.«

»Wissenschaftler können auch lustig sein«, ergänzte Dad.

»Ja, das finde ich auch«, meinte ich trocken. »Sie sind zum

Schreien komisch.« Plötzlich fiel mir etwas ein. »Mein Sitz im Flugzeug«, sagte ich. »23b – war das auch ein Witz?«

Meine Eltern sahen sich an. »Ja«, gab Mom zu. »Das stammt aus der Fernsehserie *Lost.* 23b, *Oceanic Airlines,* war die Sitznummer des Helden. Jack Shephard. Wir sind nicht davon ausgegangen, dass du dich daran erinnern würdest, schließlich warst du noch sehr klein, als die Serie lief. Aber wir dachten, du würdest die Flugnummer erkennen – ED-34, Edmond Dantès' Häftlingsnummer aus *Der Graf von Monte Christo.*«

»Wir haben überall auf der Insel Hinweise verteilt, die euch mit der Nase drauf stoßen sollten, dass etwas nicht stimmte, dass das Ganze nicht real war«, erläuterte Dad. »Sie sollten euch zum Nachdenken bringen. Ihr solltet euch fragen, was auf der Insel vor sich ging. Wir wollten euch signalisieren, dass es ein Rätsel gab, das ihr lösen müsst.«

»Das Experiment war zeitlich begrenzt«, sagte Mom. »Wir hatten nur drei Monate, bis zum Ende der Sommerferien. Wir wollten wissen, ob ihr es herausfinden würdet.«

»Dann waren das also Hinweise für uns *alle?* Nicht nur für mich?«

»Ja. Wir wollten, dass ihr alle die gleichen Chancen habt.«

»Und? Ist außer mir noch jemand drauf gekommen?«

»Das hier ist deine Nachbesprechung, Link, nicht die von jemand anderem. Aber eines können wir dir verraten: Flora fand heraus, dass wir je einen Vertreter der für eine Schule typischen sozialen Gruppen auf die Insel geschickt hatten. Wir wollten herausfinden, wie sich diese Stereotypen in einer Überlebenssituation verhalten. Das änderte sich allerdings, als wir dich in die Gruppe aufnahmen. Danach hatten wir nämlich eine Doppelbelegung.«

»Und wer war bei eurem Klischee-Roulette meine Doppelbelegung?«, fragte ich, obwohl ich die Antwort bereits wusste.

»Gilbert Egan.«

Zu Beginn des Sommers hätte ich gesagt: *Das ist nicht euer Ernst.* Doch inzwischen hatte ich größten Respekt für Gil und überhaupt nichts dagegen, mit ihm in einer Gruppe zu sein. »Flora ist der Nerd-Überschuss wohl nicht aufgefallen.«

»Nein. Aber sie ist dahintergekommen, dass es auf der Insel nur männliche Ziegen gab.«

»Dann hatte sie also recht?«

Meine Eltern nickten gleichzeitig.

»Warum? Sollten sie irgendwann knapp werden? Und dann? Hungerspiele wie in *Die Tribute von Panem?«*

»Nein«, erwiderte meine Mutter. »Auf diese Weise konnten wir eure Nahrungsquelle beeinflussen. Die Ziegen hatten wir gentechnisch verändert, damit sie frei von Krankheiten und nährstoffreich waren, sich leicht fangen ließen und viel Fleisch lieferten. Wenn sie sich untereinander gepaart hätten, wären Mutationen und Verunreinigungen entstanden. Wir wollten eure Ernährung so weit wie möglich kontrollieren. Flora hat das genau richtig eingeschätzt.«

»Außerdem«, meldete sich Dad zu Wort, »ist ihr aufgefallen, dass deine Sitznummer im Flugzeug nicht der üblichen Nummerierung entsprach.«

»Okay.« Ich musste an die Nacht denken, in der Flora und ich zur Absturzstelle gegangen waren. »Und was war mit der Bibel unter Sitz 23b? War das ein Hinweis? Oder noch so ein Gag von der Lachuniversität?«

»Die Bibel war einer der Hinweise.«

»Auf was?«

»Es war nicht das *einzige* Buch, das du gefunden hast, richtig?«, half mein Vater.

Ich schlug mir mit der Hand auf die Stirn. *Natürlich.* »Die Bibel und *Shakespeare.* Bei *Desert Island Discs* geben sie einem die Bibel und Shakespeare auf die einsame Insel mit, zusammen mit einem Luxusgegenstand und einem weiteren Buch, das man sich selbst aussuchen darf. Spätestens da hätte ich es wissen müssen.« Dann fiel mir noch etwas ein. »Hattet ihr eigentlich geplant, dass wir das mit der Filmerei herausfinden? Waren die Hinweise dafür gedacht?«

Meine Eltern sahen sich wieder an. »Die Kameras wurden in großer Höhe installiert, damit die Teilnehmer des Experiments sie nicht erreichen und herausfinden konnten, was sie in Wirklichkeit waren. Und wie du selbst festgestellt hast, konnten die Palmen nicht gefällt werden, da sie nicht aus Holz bestanden, sondern aus glasfaserverstärktem Kunststoff. Aber als wir bemerkten, dass du und Sebastian euch vorgenommen hattet, eine Kokosnuss herunterzuholen, haben wir das toleriert. Wir wollten wissen, wie die Versuchspersonen reagieren, wenn sie herausfinden, dass sie gefilmt werden. Einige haben ihr Verhalten geändert. Andere wiederum haben sich den Kameras entzogen.«

Damit war natürlich ich gemeint. Ich hatte mich im Weißen Haus versteckt, weil ich wusste, dass ich mich erbärmlich benommen hatte. »Warum waren eigentlich immer zwei Kokosnusse an jeder Palme?«

»In jeder Nuss steckte eine Kamera, als Absicherung für den Fall, dass eine von ihnen ausfällt. Und eine ist dann ja tatsächlich ausgefallen, stimmt's?«

»Und die Stämme, die wir nicht fällen konnten? Da waren wohl jede Menge Kabel drin.«

»Nein. Die Kameras hatten über Satellit eine Funkverbindung zum Kontrollraum. Deshalb hat die Kamera, die du ins Innere von Bikini Bottom gebracht hast – du hast sie Wilson genannt –, auch weiterhin gefilmt.«

»Dann wisst ihr also auch von dem Rucola«, stellte ich mit einem wachsenden Gefühl der Unruhe fest.

»Mit dem Rucola haben wir nicht gerechnet«, sagte Dad. »Wir hatten die Pflanzen auf der Insel natürlich so weit wie möglich auf Gift untersucht und alles, was tödlich war, entfernt. Aber einige der Pflanzen hatten Nebenwirkungen, die wir nicht vorhersehen konnten. Den Rucola, wie du ihn genannt hast, haben wir nach eurer Rettung natürlich etwas genauer analysiert.« Er sprach völlig leidenschaftslos, nicht wie ein Vater, sondern wie ein Wissenschaftler.

»Und?« Ich täuschte ebenfalls Objektivität vor.

Meine Eltern sahen sich an. »Die Blätter sind entfernt mit der Kokapflanze verwandt.«

Ich schluckte. »Kokain?«, flüsterte ich.

»Ja. Diese Pflanze hat auch halluzinogene Eigenschaften. Als Ralph sich weigerte, dir noch mehr davon zu bringen, hat sich vermutlich dein Wahrnehmungsvermögen verändert.«

Und zwar ganz gewaltig. Keine himmelhoch jauchzende Euphorie, keine Regenbogenwolken mehr wie bei Mirandas Schwimmdarbietung im Meer oder Juns Geigenkonzert. Und Wilson – Wilson hatte aufgehört, mit mir zu reden, und mir nicht mehr gesagt, was ich tun sollte.

»Du brauchst dir deshalb keine Sorgen zu machen, Link.« Mein Vater wurde wieder zu meinem Vater. »Bei deiner medizinischen Abschlussuntersuchung konnten keine Spuren der Pflanze in deinem Blut mehr nachgewiesen werden. Und du wirst so etwas nie wieder im Leben anrühren, richtig?« Es war keine Drohung, sondern die Feststellung einer Tatsache.

»Nie wieder«, sagte ich. »Ich schwöre es.« Und es war mir ernst damit. Drogen. *Großer Gott.* Es war komisch, aber ich hatte mehr Mitleid mit Ralph als mit mir selbst. »Ralph hat in Oxford nie mit Drogen gedealt«, sagte ich langsam. »Das hat er erst getan, als *ich* ihn dazu gezwungen habe.« *Und dies Geschöpf der Finsternis erkenn' ich für meines an.* Das hatte Prospero über seinen heimtückischen Sklaven gesagt.

»Du brauchst seinetwegen kein schlechtes Gewissen zu haben«, beruhigte mich Mom. »Sobald uns klar wurde, was da vor sich ging, haben wir die Rucola-Bestände auf der Insel entfernt, aber zu dem Zeitpunkt hatte Ralph sich schon geweigert, dich weiter damit zu versorgen. Er hat das Problem selbst gelöst. Er ist ein guter Junge.«

Ralph war der Gute. Und ich der Böse.

Der Gedanke daran tat weh und noch schlimmer war, dass meine Eltern *gesehen* hatten, was aus mir geworden war. Sie hatten *alles* gesehen. Aber es gab etwas, das noch viel, viel schlimmer war als mein Rucolakonsum. Etwas, über das ich selbst jetzt nicht reden wollte und konnte: die Tatsache, dass ich Miranda und Jun an den beiden Abenden in Bikini Bottom so übel behandelt hatte, und das nur, weil sie etwas zu essen haben wollten. Und dass ich Flora fast verhungern ließ, als es mir nicht gelang, ihr meinen Willen aufzuzwingen.

Ich hätte dem Rucola die Schuld daran geben können, aber ich wusste, dass es nicht daran gelegen hatte. Ja, das Zeug hatte mich durchdrehen lassen, aber es hatte mich nicht zu jemandem gemacht, der ich nicht schon war. *Ich* hatte das alles getan. Die Insel hatte mich nicht zum Präsidenten gemacht, nicht einmal zu einem Grafen, sondern zu einem schlechten Menschen. Und meine Eltern waren Zeugen gewesen. Es war fast so, als hätten sie eine Kamera in meinem Zimmer installiert. Nein, falsch – sie hatten *genau das* getan. Ich schämte mich und das ließ mich wütend werden. Ich starrte meine Eltern an, als würde ich sie überhaupt nicht kennen. Dieses nette Hippie-Pärchen, das mich geboren und großgezogen und dann den Haien vorgeworfen und gefilmt hatte, wie sie mich fraßen.

»Wie konntet ihr das nur tun? Wie konntet ihr mich nur so dermaßen verarschen? Das war mein *Leben.* Ihr habt meinen ganzen Sommer verschwendet.«

»Bist du dir da wirklich so sicher, Link?«, fragte Mom. »Aufgrund unserer wissenschaftlichen Beobachtungen hatten wir nämlich sehr stark den Eindruck, dass du ... na ja, dass es dir auf der Insel gefallen hat.«

Ich schnaubte ungläubig, was sich ziemlich furchtbar anhörte. »Und warum genau glaubt ihr das?«

Statt einer Antwort holte Dad einen Gegenstand aus seiner Aktentasche und legte ihn auf den Tisch.

Er war salzverkrustet und mit Sand überzogen, aber man konnte noch die blauen Schatten französischer Berge auf dem Etikett und die Umrisse eines zusammengerollten Zettels im Innern erkennen.

Es war die Evian-Flasche mit der Nachricht.

48
FALSCHE NUMMER

Wir starrten die Flasche an, die vor uns auf dem Tisch lag und von dem grellen Licht angestrahlt wurde.

Dad lehnte sich zurück. »Als deine Mutter noch auf der Highschool war, hatte sie ziemlich viele Verehrer.« Mir wurde etwas flau im Magen. Das war nicht unbedingt das, was man über die eigene Mutter wissen wollte. »Weißt du, was sie getan hat, wenn ein Junge nach ihrer Telefonnummer fragte und sie nicht wollte, dass er sie anrief?«

Ich wusste es leider ganz genau.

Mom erzählte die Geschichte weiter: »Ich gab ihm eine falsche Telefonnummer. Ich schrieb jede einzelne Ziffer meiner Telefonnummer richtig auf, bis auf eine. Dann wusste ich, dass er mich nicht anrufen konnte und ich vor ihm sicher war.«

Sie schraubte den Verschluss der Flasche auf und schüttelte den zusammengerollten Zettel heraus. Dann strich sie mit den Fingern, an denen wie immer unzählige Ringe steckten, das Papier glatt. »Auf dem Gipfel des Berges hast du etwas berechnet. Kannst du dich noch daran erinnern?«

»Nein.« Es war keine Lüge. Ich konnte mich wirklich nicht mehr daran erinnern. Seitdem war so viel passiert.

»Aber wir. Es wurde aufgezeichnet. Du hast den Breitengrad von Lincoln Island berechnet. Das Ergebnis war 30 Grad Süd.«

Natürlich. Die grünen Eier, die selbst ganz oben auf dem Gipfel hingen. Ihre Kameras hatten Seb und mich beobachtet und meine Berechnungen gefilmt. »Und am Strand hast du mithilfe von Sebastians Fitbit festgestellt, dass der Längengrad von Lincoln Island 60 Grad West ist.«

»Wenn du meinst.«

Mom gab mir den glatt gestrichenen Zettel. Ich las die Zahlen, 20 Grad Süd und 60 Grad West, in meiner Handschrift.

20, nicht 30.

Als ich ihr den Zettel zurückgab, zitterte meine Hand ein bisschen. »Da ist mir wohl ein Fehler passiert.« Ich wich ihrem Blick aus.

»Wirklich? *Wir* glauben nämlich, dass du die Koordinaten absichtlich falsch aufgeschrieben hast.«

Ich sagte nichts.

»Warum, Schätzchen?«

Dad beugte sich wieder vor. »Wir glauben, dass du es getan hast, weil du auf der Insel bleiben wolltest. Nicht für immer, aber länger. Die Flaschenpost hast du am vierten Tag geschrieben. Wir vermuten, dass du zu diesem Zeitpunkt bereits herausgefunden hattest, dass die Insel ein Ort war, an dem du aufblühen konntest, ein Ort, an dem du wichtig warst, ein Ort, an dem du *führen* konntest.«

»Ist ja gut«, sagte ich. Und dann versuchte ich, meine Eltern unter Druck zu setzen. »Es kann schon sein, dass ich die Insel nicht völlig gehasst habe. Aber Tatsache ist, ihr habt mich *benutzt.* Dieses Projekt – das Whitlohn-Projekt –, war das der Grund, weshalb wir nach England gezogen sind? Nach Oxford?«

»Ja. Die Universität von Oxford hat dem Insel-Experiment vor zehn Jahren zugestimmt, zu der Zeit, als wir umgezogen sind.«

»Und wo genau ist die Insel?«, fragte ich. »Wo ist Lincoln Island? Wie nah war ich mit meinen Koordinaten dran?«

Meine Eltern wechselten wieder einen Blick. »Das dürfen wir

dir nicht sagen. Dafür bräuchtest du eine Sicherheitsfreigabe der höchsten Stufe. Nur so viel: Es ist das teuerste Soziologie-Experiment, das je im Bereich Verhaltensforschung durchgeführt wurde.«

»Aber ihr habt *Desert Island Discs* doch gar nicht gekannt, als wir nach England gezogen sind. Und Harry Whitlohn auch nicht.«

»Der Name kam erst später. Da wir so begeistert von BBC Radio und *Desert Island Discs* waren, wussten wir natürlich auch, dass 1963 eine fingierte Sendung ausgestrahlt worden war, mit einem Schauspieler namens Whitlohn, der über seine acht ›Lieblingsplatten‹ redete. Wir fanden, dass der Name sehr gut für das Projekt passte. Harry Whitlohn war ein erfundener Schiffbrüchiger und das warst du auch.«

»War ich von Anfang an Teil des Projekts?«

»Nein, natürlich nicht«, erwiderte Mom. »Du bist kein Experiment, du bist unser Sohn. Osney war schon immer Forschungspartner der Universität und deshalb müssen die Kinder von Uni-Dozenten dort auch kein Schulgeld zahlen, einschließlich dir. Aber wir hatten gar nicht vor, *dich* in das Projekt aufzunehmen, bis du sagtest, dass du von der Schule abgehen willst. Erst zu dem Zeitpunkt ist uns klar geworden, dass du womöglich deinen Platz in der Welt falsch interpretierst, dass vielleicht deine Zukunft in Gefahr ist, weil dir von der Schule eine falsche Hierarchie aufgezwungen wurde. Wir wollten diese Hierarchie durch eine andere ersetzen. Wir wollten dich an einen Ort bringen, an dem dir klar wird, was du wirklich wert bist.«

»Man lebt nur einmal. Es gibt keinen zweiten Versuch«, sagte mein Vater. Es erinnerte mich an das, was Mr Llewellyn gesagt hatte. »Wir wollten dich auf den richtigen Weg bringen. *Wir* wussten die ganze Zeit, dass du Großes leisten kannst, dass du das Zeug dazu hast, andere zu führen. Was du auch getan hast. Du hast alle von der Insel heruntergebracht. Du hast das Rätsel gelöst.«

»Ich hatte Hilfe«, musste ich zugeben.

»Natürlich. Ohne Hilfe geht es auch bei Anführern nicht.«

Ich musste an das Tastenfeld in der Mitte des X denken und daran, wie wir in dem Erdloch gehockt und Vorschläge gemacht hatten. »Die Sache mit *unseren Desert Island Discs«*, sagte ich. »Wie zum Henker konntet ihr wissen, welche Zahlen wir eingeben würden? Ihr habt sehr gründlich recherchiert und alle Eltern befragt, aber sie hätten mit Sicherheit nicht gewusst, welche Songs ihre Kinder aussuchen würden. Oder dass alle Tracks irgendetwas mit einer Zahl zu tun haben würden. Ihr hättet nicht mal gewusst, was *ich* mir aussuchen würde. Ich habe meine Tracks schließlich erst gewusst, als ich auf der Insel war.«

»Wir haben es nicht gewusst. Aber es spielte keine Rolle. Es gab keine richtige Zahl und keine richtige Antwort. Wir haben euch beobachtet, und sobald alle zusammenarbeiteten, um die richtigen Zahlen zu erraten, und jeder einen Beitrag leistete, haben wir euch in den Bunker gelassen.«

»Es hätte alles Mögliche sein können«, ergänzte Dad. »Eure Lieblingszahlen, eure Schuhgrößen, euer Alter. Es sollte einfach Teamarbeit sein. Ihr solltet etwas voneinander in Erfahrung bringen und miteinander reden. Und du, Link, solltest endlich lernen zu delegieren.«

In diesem Moment wurde mir bewusst, wie sehr ich sie enttäuscht haben musste. Ich war so egoistisch gewesen und hatte auf der Insel nur an mich gedacht. »Ich war ein beschissener Anführer.«

Ganz im Gegensatz zu sonst tadelten meine Eltern mich nicht einmal dafür, dass ich fluchte. »Am Anfang nicht. Und am Ende auch nicht. Dazwischen, ja. Die Macht hat dich verdorben. Du hast deine Mitschüler gequält, ganz besonders die Mädchen.« Ich ließ den Kopf hängen. »Du hast sogar Drogen genommen. Aber besser, man tut das mit sechzehn als später. Du hast ein paar wichtige Lektionen gelernt. Und du wirst diese Fehler nicht noch einmal machen.«

Nein, mit Sicherheit nicht.

»Und du bist so lange gemobbt worden. Ich glaube, uns ist erst auf der Insel klar geworden, wie schlecht man dich in Osney behandelt hat. Das ist unser Fehler, unsere Schuld. Kein Wunder, dass dir das alles ein bisschen zu Kopf gestiegen ist, als du in einer Machtposition warst. Das ist eine der Lektionen, die du *jetzt* lernen sollst. Es gibt keine Entschuldigung dafür, wie du die Mädchen behandelt hast, aber wir verstehen, wie das passieren konnte. Du hattest bis jetzt kein Interesse an Mädchen gezeigt, du hattest noch nie eine Freundin gehabt. Und plötzlich wollten dich gleich *zwei* Mädchen haben. Du warst das Alpha-Männchen. Und das hast du ausgenutzt.«

Oh Mann. Es war so ätzend. Genau das, worüber man mit seinen Eltern schon immer hatte reden wollen. Nur die Tatsache, dass sie so verdammt wissenschaftlich darüber sprachen, hielt mich davon ab, aus dem Raum zu flüchten. Ich wechselte schnell das Thema. »Alles, was ich in meiner Kindheit gelesen habe«, sagte ich, »die vielen Robinsonaden – *Der Graf von Monte Christo. Die Geheimnisvolle Insel. Die Schatzinsel. Die Koralleninsel.* Sogar meine Videospiele, *Myst* zum Beispiel. Und das, was wir im Fernsehen geschaut haben – *Lost, Cast Away.* Und dieses verdammte *Desert Island Discs.* Gehörte das alles dazu? War das alles Teil des Whitlohn-Projekts?«

»Dieses Referenzmaterial hatten wir natürlich bei uns zu Hause – wir haben für unser Projekt recherchiert und du hast dir das Material angesehen und warst ganz begeistert davon. Und warum auch nicht? Es sind großartige Abenteuergeschichten. Und trotz allem, was auf der Insel passiert ist, du musst zugeben, dass es auch für dich ein großes Abenteuer war.«

Ich war noch nicht so weit, das zuzugeben. »Dann hat also die Uni von Oxford dieses Projekt finanziert.«

Meine Eltern wechselten einen Blick. »Nicht das ganze Projekt. Es gab noch einen anderen Geldgeber, der den größten Teil davon finanziert hat.«

»Wen?«

»Die US-Regierung.«

Das war jetzt wirklich so etwas wie ein historischer Moment. »Das ist jetzt nicht euer Ernst, oder? Eine Insel, die extra für dieses Projekt kreiert wurde. Ein medizinisches Team. Taucher, Hubschrauber. Finanziert von der US-Regierung. Für eine Gruppe britischer Jugendlicher. Ein ziemlich teures Sommercamp, wenn ihr mich fragt.«

Die beiden sahen mich an. Und dann machte es Klick bei mir. »Ooooooooh. Die Insel wurde nicht nur für *uns* gebaut.«

»Richtig. Ihr wart die Ersten. Aber wir werden das Projekt auch auf andere Schulen ausweiten und für Teambuilding-Maßnahmen von Firmen verwenden, im Gegenzug für die Daten. Es gibt allerdings noch einen größeren Zusammenhang.«

»Einen im wahrsten Sinne des Wortes größeren Zusammenhang«, fügte Dad hinzu.

Plötzlich hatte ich wieder dieses Gänsehautgefühl wie beim Öffnen der Falltür. »Redet ihr über ... den Weltraum?«, fragte ich. Ich konnte kaum glauben, was ich da hörte.

»Ja. Einer unserer Forschungspartner ist die NASA. Die Weltraumbehörde will bis spätestens 2024 eine Mission zur Besiedlung des Mars durchführen. Wir sollen Daten darüber sammeln, wie Astronauten auf einem solchen Flug interagieren könnten, wie Hierarchien dabei entstehen, wie sich Gesellschaften von Grund auf neu entwickeln.«

Ich erinnerte mich daran, wie ich an unserem letzten Abend auf der Insel mit Flora zusammen auf dem Gipfel des Monte Christo gestanden und die Sterne über mir angestarrt hatte. An jenem Abend hatte ich an die Astronauten der Internationalen Raumstation denken müssen, die irgendwo über uns im All kreisten. *Der Weltraum, unendliche Weiten,* wie Captain James T. Kirks berühmte Worte lauteten. Diese unendlichen Weiten waren der letzte Ort im Universum, den die Vereinigten Staaten noch besiedeln konnten.

»Link ...« Meine Mutter beugte sich über den Tisch und nahm meine Hand, als würde ich im Gefängnis sitzen. Ich rechnete fest damit, dass der Typ, der an der Tür Wache hielt, zu uns gerannt kam und sagte, Körperkontakt sei nicht erlaubt. »Link, du warst alles andere als ein Versuchskaninchen. Es war der erste Durchlauf, das stimmt. Aber es ist und bleibt das wichtigste Experiment, das das Whitlohn-Projekt *jemals* durchführen wird.«

»Warum?«, wollte ich wissen.

»Weil *du* dabei gewesen bist«, sagte Mom.

Ich ließ meine Hand in ihrer liegen, drückte sie aber nicht. »Willst du damit etwa sagen, dass ich nur deshalb auf die Insel geschickt wurde, damit ich nicht von der Schule abgehe?«

»Nein, natürlich *nicht.*« Sie lächelte. »Du hast doch gehört, was dein Vater über die Mars-Mission gesagt hat. Und dass du überhaupt nicht für das Whitlohn-Projekt vorgesehen warst bis zu dem Tag, an dem du nach Hause gekommen bist und gesagt hast, du wolltest von der Schule abgehen. Wir haben lange darüber nachgedacht – und darüber gestritten –, ob wir dich in das Projekt aufnehmen sollen oder nicht. Das Experiment war für sechs

Teilnehmer ausgelegt; du warst der siebte. Aber dann gelangten wir zu der Überzeugung, dass du ein paar wichtige Lektionen lernen würdest. Und da wir wussten, dass du rund um die Uhr überwacht werden würdest – nicht von unbeteiligten Beobachtern, sondern von deinen eigenen Eltern –, beschlossen wir, dich teilnehmen zu lassen. Wenn du dich entscheiden solltest, weiterhin zur Schule zu gehen, würden wir uns natürlich freuen.«

Ich musste daran denken, dass ich von der Schule abgehen wollte, um Mechaniker oder Programmierer oder was auch immer zu werden, und die Tage gezählt hatte, bis ich Osney verlassen konnte. Dann dachte ich an das, was ich auf der Insel alles gelernt hatte. Nicht nur, wie man Feuer macht, sondern auch, wie man eine Ziege häutet und ausweidet und Fische fängt. Und an das, was man *nicht* tun sollte und was ich irgendwann begriffen hatte. Man behandelt andere Menschen nicht wie Scheiße. Man macht sie nicht zu seinen persönlichen Sklaven. Man sieht Frauen nicht als Objekte. Man nimmt keine Drogen. Ich hatte jeden Fehler gemacht, den man machen konnte. Ein paar davon waren ziemlich schwer und in der echten Welt kriminell gewesen. Aber irgendwann – okay, ich geb's zu, ich hatte ziemlich lange dafür gebraucht – hatte ich gelernt, wie man führt.

Und ich hatte noch etwas gelernt. Dass Menschen einen ganz schön überraschen können. Ich dachte an Ralph und seine medizinischen Grundsätze. An Jun und ihre Musik. An Miranda und ihre heldenhafte Verletzlichkeit. An Gil und seine Version von Liebe. Und sogar an Seb, der ganz zum Schluss das Rätsel gelöst und dadurch die Falltür geöffnet hatte. Endlich hatte ich gelernt, dass niemand eine Insel ist und dass ich ohne die anderen nicht gerettet worden wäre. Und ganz besonders lange dachte ich an Flora. Wenn ich jetzt von der Schule abging, würde ich sie dann je wiedersehen?

»Wirst du in der Schule bleiben?«, wollte meine Mutter wissen. »Jetzt, wo du weißt, wer du bist, was du erreichen kannst und was du sein kannst?«

Ich sah meine Eltern an. Und dann sagte ich das Zauberwort. »Okay«, meinte ich. Ich stand auf und nahm die Plastikflasche. »Kann ich das hier behalten?«

»Ja klar.«

Ich rollte das Stück Papier mit den fehlerhaften Koordinaten zusammen, steckte es wieder in die Flasche und schraubte den Verschluss zu.

Dann schüttelte ich die Flasche ein wenig, sodass die kleine Rolle im Innern auf und ab hüpfte. »Ich glaube, ihr schuldet mir was. Schließlich gab es ja keinen Schatz.«

Meine Eltern standen auf, gingen um den Tisch herum und umarmten mich. »Es *gab* einen Schatz«, sagte Mom in meine Haare. »Du hast deine Stärken und Schwächen gefunden. Und du weißt jetzt, was du kannst.«

»Du hast dich selbst gefunden«, fügte Dad hinzu.

Angesichts der Tatsache, dass meine Eltern von der amerikanischen Westküste stammten, klang das nicht ganz so kitschig, wie man meinen könnte. Aber es war trotzdem grenzwertig. Als ich die Arme um die beiden schlang, fragte ich mich, ob ich die schlechtesten Eltern der Welt hatte – oder die besten.

49
DIE ANDERE INSEL

Als ich zurück nach Osney Island ging, trug ich die flaschengrüne Uniform der Oberstufe. Auf der Brusttasche meines Blazers waren drei Wellenlinien und ein Baum in Gold aufgestickt.

Meine Schuhe waren mega-unbequem, was nicht nur daran lag, dass sie neu waren, sondern auch daran, dass es Schuhe waren. Nach drei Monaten barfuß waren schon Socken eine Zumutung für mich.

Ich überquerte die kleine Brücke und war wieder auf meiner ersten Insel. Als ich durch den Torbogen ging, fiel mir die in den Sturz gemeißelte lateinische Inschrift auf, die George III. gewidmet war – der Typ, der wahnsinnig geworden war, aber trotzdem noch sein Land geführt hatte –, und ich fragte mich, ob jetzt alles anders sein würde. Ich beobachtete die anderen Schüler auf dem Gelände und hatte irgendwie das Gefühl, dass sie nicht hierhergehörten. Hier hätten nur wir sein sollen.

Seit der Nachbesprechung im Institut für Verhaltenswissenschaften hatte ich keinen von den anderen mehr gesehen. Im Institut waren wir uns immer nur kurz über den Weg gelaufen, wenn jemand mit einer ärztlichen Untersuchung fertig war oder einen Konferenzraum verließ, in dem ich erwartet wurde, oder sich an den Getränkeautomaten eine Dose holte. Ralph war der Erste, dem ich begegnete – er stieß genau unter dem Torbogen mit mir zusammen.

»Hallo Ralph.«

Ralph rutschte ein »Alles gut, Alder?« heraus, ehe er es verhindern konnte. Dann starrte er vor sich auf den Boden.

Ich musterte ihn von Kopf bis Fuß. »Wie geht's dir?«

Er zuckte mit den Schultern und wich meinem Blick aus. »Alles Bombe, Digga.« Er hampelte herum und gab den Proll, genau wie früher. »Muss den Arsch in die Hose stemmen, Bro. Viel zu tun.«

Ich lächelte dünn. »Alles klar, Ralph«, erwiderte ich freundlich. »Dann stemm mal schön den Arsch in die Hose.«

Er schlenderte lässig weiter, mit dem Gangsta-Gang, den er wieder aus der Schublade geholt hatte. Es überraschte mich nicht sonderlich.

Es überraschte mich ebenso wenig, dass Miranda Pencroft schneller wieder Sebastian Loams Freundin war, als man »Robinson Crusoe« sagen konnte. Und auch nicht, dass Jun Am Li mich bat, ein paar neue Geigensaiten für sie zu kaufen, als Ersatz für die, die wir zum Angeln benutzt hatten, oder dass Gilbert Egan immer noch lachte, wenn jemand sagte, ich sei schwul, oder dass Ralph Turk wieder in Blackbird Leys herumhing. Sie wollten die Insel vergessen. Ich beobachtete sie und lächelte. Weil ich endlich verstanden hatte.

Es spielte keine Rolle.

Von mir aus konnte Ralph seine Show abziehen und den Gangsta spielen. Ich hatte kein Problem damit, dass Seb seine letzten Wettkämpfe in der Schule absolvierte und sich für einen Superstar hielt. Meinetwegen konnte Miranda so lange im Pool ihre Bahnen ziehen, bis ihre Haare sich wieder silbern verfärbten. Sie sollten ruhig so tun, als seien sie etwas, was sie nicht waren, bevor das echte Leben ihnen einen Strich durch die Rechnung machte. Denn ich – und jeder der anderen – wusste, wer und wie sie waren, wenn es hart auf hart kam. Ich wusste jetzt, wo ich in der Hackordnung stand.

Ich konnte lächeln.

John Donne hat einmal gesagt, dass niemand eine Insel ist.

John Donne war ein ganz schön kluges Kerlchen.

Ich konnte lächeln, weil ich jemanden hatte, dem ich *zulächeln* konnte, jemanden, der nicht vergessen wollte, aber am meisten zu vergeben hatte. Ich hatte viel gelernt auf der Insel, aus dem, was ich falsch gemacht hatte, und aus dem, was ich richtig gemacht hatte. Flora hatte mir verziehen. Sie war diejenige, die zurücklächelte.

Und Sebastian Loam? Ich wartete auf die Konfrontation, die mit Sicherheit kommen würde. Und eines Tages war es dann so weit. Es begann fast genauso wie vor drei Jahren. Ich begegnete Seb, als er durch den Innenhof lief. Wir trafen uns in der Mitte des Vierecks, als würde es gleich zu einer Schießerei zwischen uns kommen. Und dann blieben wir an genau der Stelle stehen, an der alles angefangen hatte, damals, an meinem ersten Tag in Osney.

Loam hatte eine Sporttasche dabei, die mir sehr bekannt vorkam. Sie bestand aus einem marineblauen wasserdichten Gewebe, das mit einem roten Rennstreifen und einem auffällig unauffälligen Nike-Haken bedruckt war, und hatte raue Klettverschlüsse an den Henkeln. Loam hielt die Tasche mit ausgestrecktem Arm vor sich in die Höhe und ließ sie mir auf die Füße fallen, wobei er die glänzende Kappe meiner neuen Schuhe nur knapp verfehlte. Ich starrte die Tasche mit den Klettverschlusshenkeln an. Dann sah ich Loam an.

Er erwiderte meinen Blick.

Wer zuerst die Augen niederschlug, hatte verloren.

Achte Platte

By the Sleepy Lagoon

(Erkennungsmelodie von *Desert Island Discs*, BBC Radio, 29. Januar 1942 – heute)

Eric Coates (1930)

EPILOG

»Mr President?«

Die noch etwas ungewohnte Anrede riss mich aus meinem Tagtraum. Ich hatte aus dem Fenster der Limousine auf die Straßen Londons gestarrt. Es war das erste Mal seit fast dreißig Jahren, dass ich wieder in England war. Wir waren auf einem Staatsbesuch und unterwegs zum Buckingham Palace, wo wir das Oberhaupt dieser Insel treffen sollten.

Als ich die Menschenmassen sah, die The Mall säumten, glaubte ich – im Gegensatz zu früher – nicht, dass alle wussten, was sie mit ihrem Leben anfangen sollten, nur ich nicht. Ich dachte genau das, was mir durch den Kopf geschossen war, als meine Hand auf der Bibel lag, die ich im Wrack eines Flugzeugs gefunden hatte, und auf die vielen Tausend Menschen am Wasserbecken starrte, die gekommen waren, um bei meiner Amtseinführung dabei zu sein. *Hundert Millionen Schiffbrüchige, die nach einem Zuhause suchen.*

Ich musste an die Insel denken, die Insel, die ich nach mir benannt hatte. Inzwischen kannte ich natürlich den genauen Längen- und Breitengrad dieses geheimen, im Besitz der Vereinigten Staaten von Amerika befindlichen Atolls im Pazifik, das für mich immer Lincoln Island sein würde. Ich dachte an die Mitglieder des Frühstücksclubs und an das, was aus ihnen geworden war. So etwas konnte ich jetzt ganz einfach herausfinden – ich hatte Mitarbeiter, die das für mich erledigten. Seb war ein international bekannter Rugbyspieler geworden, hatte seine Karriere wegen einer Verletzung beendet und war dann als Kabinettsminister in die dem Sport bemerkenswert ähnliche Welt der Politik gewechselt. Gil war sein Privatsekretär und – wie ich aus zuverlässiger Quelle wusste – heimlicher Lebenspartner. Ich freute mich für die beiden. Und ich hoffte, dass sie eines Tages den Mut haben würden, sich als schwul zu outen. Gil war diesen Schritt wohl bereits gegangen, Seb würde es vermutlich nicht tun. Von Ralph wusste ich, dass er Arzt geworden war, und ich könnte mir vorstellen, dass seine pharmazeutischen Streifzüge auf der Insel ihn dazu inspiriert hatten. Jun hatte am Royal College of Music studiert und gab weltweit Konzerte. Ich hoffte, dass sie glücklich war und eines Tages das kleine Mädchen haben würde, nach dem sie sich so sehr sehnte, und es vielleicht Verstecken spielen ließ anstatt Geige. Miranda hatte mit dem Schwimmen aufgehört und Karriere beim Fernsehen gemacht. Nach einem Sexskandal war sie wieder auf einer Insel gestrandet, nämlich im Dschungelcamp von *Ich bin ein Star – Holt mich hier raus!;* zuvor aber hatte sie noch eine Zwischenstation in *Big Brother* eingelegt. Und Flora? Flora war nach Nashville gezogen und Countrysängerin geworden. Und dort ...

»President Selkirk? Könnten wir kurz das Programm für morgen durchgehen?« Die Stimme meines Stabschefs riss mich aus meinen Gedanken. Jared Hollister war ein tüchtiger, humorvoller Mann, der für mich arbeitete, seit ich zum ersten Mal Senator geworden war.

Ich widmete ihm meine ganze Aufmerksamkeit. »Natürlich.« Morgenbesprechungen war ich gewohnt. Ich hatte vor langer Zeit damit angefangen – auf einer Sanddüne stehend.

»Frühstück in der Handelskammer um 9.00 Uhr. Um 11.00 Uhr sind Sie in der Downing Street beim Premierminister. Um 12.30

Uhr Mittagessen im Guildhall, anschließend um 15.00 Uhr bei der BBC für *Desert Island Discs.«*

»Oh.«

Jared hatte meinen Gesichtsausdruck offenbar als Zögern missverstanden. »Sie hatten schon vor einiger Zeit zugestimmt.«

»Ja. Ja, natürlich, ich erinnere mich.«

Jared kratzte sich mit seinem Kugelschreiber an der Nase. »Angesichts unseres Ziels klingt das jetzt vielleicht banal, aber könnten wir schnell noch einmal Ihre Playlist durchgehen? Die Moderatoren müssen die Tracks für die Sendung vorbereiten.«

»Kein Problem. Das beruhigt vielleicht meine Nerven.« Ohne zu zögern, ratterte ich meine acht Tracks herunter. Ich hatte sie seit dreißig Jahren im Kopf.

»Hervorragend«, sagte Jared, während er den letzten Titel abhakte. »Das stimmt mit der Liste überein, die ich von der BBC bekommen habe. Oh, und ich brauche noch ein Buch. Sie bekommen die Bibel und *Shakespeares Gesammelte Werke* für die Insel, können sich aber ein zusätzliches Buch aussuchen.«

»Das ist leicht. *Der Graf von Monte Christo«,* erwiderte ich, »von Alexandre Dumas.«

»Und Ihr Luxusgegenstand? Sie dürfen einen Luxusgegenstand mitnehmen.«

»Hmm«, meinte ich. »Jetzt wird es schon schwieriger.«

»Whirlpool?«, schlug Jared vor. »Konzertflügel?«

Ich lachte, war aber immer noch am Überlegen. Mir fiel einfach nichts ein.

»Das ist doch ganz offensichtlich«, sagte meine Frau, die neben mir saß.

»Wirklich?«

»Ja«, meinte sie. »Eine Brille.«

Ich rückte meine zurecht. Ich trug immer noch eine Brille, obwohl ich sie nicht brauchte. Dann ergriff ich die Hand meiner Frau und lächelte. Sie erwiderte mein Lächeln und drückte beruhigend meine Finger. Ich führte ihre Hand an meine Lippen und küsste sie. Dann drehte ich sie herum und küsste das Pik-Ass auf ihrem Handgelenk. Ich war ziemlich sicher, dass sie die einzige tätowierte First Lady in der Geschichte der Vereinigten Staaten war.

Sie hatte natürlich recht. Sie hatte immer recht gehabt, in den ersten drei Jahren unserer Beziehung und in den zehn Jahren unserer Ehe. Sie hatte dafür gesorgt, dass ich offen und ehrlich und auf dem Boden geblieben war, obwohl die berauschende Macht eines politischen Amtes mich durchaus vom rechten Weg hätte abbringen können. Flora war das gewesen, was jeder Schiffbrüchige braucht: ein Kompass. Auf der Insel und seit dem Tag unserer Rettung.

Als wir durch das Tor des Buckingham Palace fuhren, musste ich an meine Mutter denken. Wenn sie mich heute Abend in den Nachrichten sah und auf einem Fernsehbildschirm beobachtete, wie sie es vor langer Zeit einmal drei Monate lang getan hatte, würde sie vielleicht sagen, dass der Nerd die Erde besaß.

ENDE

DIE »DESERT ISLAND DISCS« DES FRÜHSTÜCKSCLUBS

Lincoln

1 *Ode an die Freude* – Ludwig van Beethoven (1785)
2 *Nowhere Man* – The Beatles (1965)
3 *Survivor* – Destiny's Child (2001)
4 *Light My Fire* – The Doors (1967)
5 *Gimme Shelter* – The Rolling Stones (1969)
6 *Rocket Man* – Elton John (1972)
7 *Message in a Bottle* – The Police (1979)
8 *By the Sleepy Lagoon* – Eric Coates (1930)

Miranda

1 *Despacito* – Louis Fonsi & Daddy Yankee feat. Justin Bieber (2017)
2 *Look At What You've Done* – Drake (2011)
3 *Payphone* – Maroon 5 (2012)
4 *Shake It Off* – Taylor Swift (2014)
5 *There's Nothing Holdin' Me Back* – Shawn Mendes (2016)
6 *Attention* – Charlie Puth (2017)
7 *Bang Bang* – Ariana Grande, Nicki Minaj, Jessie J (2014)
8 *Titanium* – David Guetta feat. Sia (2011)

Ralph

1 *Traktor* – Wretch 32 (2011)
2 *Wot Do U Call It* – Wiley (2004)
3 *I Luv U* – Dizee Rascal (2003)

4 P's & Q's – Kano (2005)
5 *Street Fighter Riddim* – D Double E (2010)
6 *Duppy (Doin' It Again)* – Skepta (2006)
7 *On a Mission* – Onyx Stone & DJ Bugzee (2018)
8 *Man Don't Care* – JME feat. Giggs (2015)

Jun

1 *Caprice Nr. 1 für Sologeige* – Niccolo Paganini (1802–1817)
2 *Violinkonzert D-Dur* – Pjotr Iljitsch Taschaikowski (1878)
3 *Konzert für zwei Violinen d-Moll* – Johann Sebastian Bach (1717–1723)
4 *Konzert für Violine und Orchester D-Dur* – Ludwig van Beethoven (1806)
5 *Violinkonzert Nr. 5 A-Dur* – Wolfgang Amadeus Mozart (1775)
6 *Violinkonzert e-Moll* – Felix Mendelssohn (1845)
7 *Chaconne d-Moll* – Johann Sebastian Bach (1717–1720)
8 *Der Sommer, Die vier Jahreszeiten* – Antonio Vivaldi (um 1721)

Seb

1 Das Lied von der Champions League
2 Das Lied von dem Boxfilm
3 Das Lied von den Olympischen Spielen
4 Das Lied von der BBC-Sportschau
5 Das Lied von Kate Perry über Basketball
6 Das Lied, das immer in Liverpool gesungen wird
7 Das Lied von den Rugby-Fans
8 Das Lied von der FIFA

Gil

1 *Zadok the Priest* – Georg Friedrich Händel (1727)
2 *Eye of the Tiger* – Survivor (1982)

3 *Chariots of Fire* – Vangelis (1981)
4 *Life of Riley* – The Lightning Seeds (1992)
5 *Swish* – Katy Perry feat. Nicki Minaj (2017)
6 *You'll Never Walk Alone* – Richard Rogers & Oscar Hammerstein (1945)
7 *Swing Low, Sweet Chariot* – Afroamerikanisches Gospel
8 *Song 2* – Blur (1997)

Flora

1 *Your Song* – Elton John (1970)
2 *Beyond the Sea* – Bobby Darin (1959)
3 *Born to Fly* – Sara Evans (2000)
4 *Nightswimming* – R.E.M. (1992)
5 *Save it for a Rainy Day* – The Jayhawks (2003)
6 *White Rabbit* – Jefferson Airplane (1967)
7 *Nulla in Mundo Pax Sincera* – Antonio Vivaldi (1735)
8 *Ace of Spades* – Motörhead (1980)

DANKSAGUNG

Es gibt viele Freunde und Familienangehörige, denen ich für *Sieben* zu danken habe, was ich sehr passend finde, denn genau darum geht es in diesem Buch – Freunde und Familie.

Erneut habe ich dem wunderbaren Team von Hot Key Books unter der Leitung von Jane Harris zu danken. Danke an Emma Matthewson für ihr präzises Lektorat und Talya Baker für ihr ausgesprochen gründliches Korrektorat. Ruth Logan, Tina Mories und Ilaria Tarasconi bin ich zu Dank verpflichtet, weil sie alles getan haben, um *Sieben* bekannt zu machen.

Wie immer geht mein Dank an meine Agentin und Freundin Teresa Chris, die mein persönlicher Kompass in der Verlagsbranche ist.

Danke an meinen Sohn Conrad, der mir als leidenschaftlicher Gamer dabei geholfen hat, mich in *Overwatch, Fortnite* und *Zelda* zurechtzufinden.

Danke an meine Tochter Ruby, deren technische Unterstützung für meine Social-Media-Aktivitäten von unschätzbarem Wert für mich ist.

Danke an meinen Freund MC Onyx Stone, der mir Ralphs Grime-Tracks in die Tasten diktiert hat, weil ich keine Ahnung hatte.

Danke an meinen Schwiegervater Captain Colin Sharples, der mir einen Crash-Kurs in Kleinflugzeugen gegeben hat.

Danke an meine Schwägerin Aurora Bennett für ihre Erklärungen in Sachen Piercings und Tattoos von Teenagern.

Danke an Sacha, dessen Schulzeit meine Inspiration für Link war.

Danke an die BBC, diese großartige britische Institution, für *Desert Island Discs.*

Zu diesem Buch haben viele literarische Werke beigetragen. Auf *Der Graf von Monte Christo* von Alexandre Dumas dem Älteren wird ständig verwiesen. Weniger augenfällig, aber genauso wichtig ist *The Admirable Crichton,* ein Theaterstück von J. M. Barrie über einen Butler, der auf einer einsamen Insel strandet und nach kurzer Zeit zum Anführer der Gruppe wird.

Genau genommen muss ich mich bei *allen* Schiffbrüchigen aus Literatur und Film bedanken, angefangen bei Edmond Dantès und Robinson Crusoe bis hin zu Chuck Noland und Jack Shephard. Sie alle haben mir dabei geholfen, Lincoln Island zu erschaffen.